SV

Julio Cortázar
Carol Dunlop

DIE AUTONAUTEN AUF DER KOSMOBAHN

Eine zeitlose Reise Paris – Marseille

Aus dem Spanischen
von Wilfried Böhringer

Suhrkamp Verlag

Die Originalausgabe erschien 1983 unter
dem Titel *Los autonautas de la cosmopista o Un viaje atemporal Paris – Marsella* bei Muchnik
Editores, Barcelona.

Erste Auflage 1996

Druck: Wagner GmbH, Nördlingen
Printed in Germany

Wir widmen diese Expedition und ihre Chronik allen Bekloppten der Welt und insbesondere jenem englischen Gentleman, an dessen Namen wir uns nicht mehr erinnern und der im 18. Jahrhundert die Strecke London–Edinburgh rückwärts gehend zurücklegte und dabei Wiedertäuferhymnen sang.

Danksagungen

Wir wollen all jenen, die uns durch ihren Zuspruch, ihre moralische und materielle Unterstützung, ihr Verständnis und ihre Mittäterschaft bei diesem Unternehmen zur Seite gestanden haben, unsere tiefempfundene Dankbarkeit ausdrücken, und ganz besonders gilt unser Dank den folgenden Personen:

Raquel und Jean Thiercelin, welch letzterer »Rabe vom Luberon« genannt wird, weil sie beide von der Planung des Projektes an spontan Hilfe logistischer und jedweder anderen Art anboten und den Expeditionsteilnehmern großzügig ihr Haus öffneten, damit diese sich am Ende der Reise von ihren Beschwernissen und Strapazen erholen konnten.

Necmi Gurmen und Anne Courcelle, die sich, kaum hatten sie von dem Projekt erfahren, dazu bereit erklärten, als Rettungsdienst zu fungieren, und die den gefährlichsten Widrigkeiten trotzten, um uns frische Nahrungsmittel zum Rastplatz von Ruffey zu bringen, wo sie über mehrere Stunden hinweg die Lebensbedingungen auf einem der ungastlichsten Rastplätze der Autobahn mit uns teilten,

mit einem ganz besonderen Dank an Anne, die einen Teil ihres Geschicks auf die Zubereitung eines Hähnchens verwandte, welches dazu bestimmt war, bei unseren gastronomischen Happenings der folgenden Tage eine herausragende Rolle zu spielen,

und die, als wir lange vor unserer Abreise die Versorgungsexpedition planten, bemerkte, daß es besser wäre, die Hilfslieferung träfe am Mittwoch, dem 2. Juni, ein und nicht am Dienstag, dem 1., wie wir es vorgesehen hatten, denn montags kann man in Paris nichts Gescheites kaufen, und außerdem gehörte dieser Montag zur »Überbrückung« zwischen mehreren freien Tagen, alles gute Gründe, die unserer Aufmerksamkeit entgangen waren.

Lemi Gurmen, der köstlicherweise 4 Apfel mit 4 kg Äpfel verwechselte und uns überdies am Vorabend der Abreise riet, die Versorgungsexpedition auf dem ersten der für den 2. Juni vorgesehenen Rastplätze zu erwarten und ihm so Hunderte von zusätzlichen Kilometern zu ersparen, da die für seine Rückkehr nach Paris günstigste Autobahnabfahrt genau zwischen den beiden fraglichen Rastplätzen liege.

Doktor Hervé Elmaleh und seiner Gattin Madeleine, die uns in weiser Voraussicht über die uns belauernden Gefahren des Skorbuts in Kenntnis setzten.

Luis Tomasello, der es nicht nur verstand, auf fast wunderbare Weise in Fafnir weite Stauräume für Mundvorrat und Wegzehrung zu schaffen, sondern sich außerdem unserer Katze Flanelle annahm und es ihr so ersparte, sich den harten Lebensbedingungen auf der Autobahn aussetzen zu müssen, ganz zu schweigen von der logistischen Unterstützung, die er beim Verladen und Verstauen gewährte.

Catherine Lecuiller, die dadurch, daß sie uns ein hochwissenschaftliches kleines Gerät auslieh, unseren Schutz gegen Malaria, Gelbfieber und andere Seuchen gewährleistete und uns überdies Nächte ungestörten Schlafs verschaffte, ganz ohne die erschöpfenden und so unnützen Unterbrechungen und Aufschrecker durch die Gegenwart von Moskitos.

Nicole Adoum, die uns, als sie von Paris zur Praxis ihres Zahnarztes fuhr, am dritten Tag der Expedition Kirschen und einen Augenblick angenehmer Gesellschaft schenkte.

Karen Gordon, die uns mit unendlicher Geduld und viel Verständnis bei den letzten Vorbereitungen half, uns Schleckereien schenkte, an denen wir uns gebührend labten, und bereit war, sich um die Nachsendung unserer Post zu kümmern.

René Caloz, der uns auf der Autobahn unverhofft besuchte und uns großzügig mit zwei Flaschen *Fendant* bedachte, die uns zum Apéritif mehrfach eine Wonne waren.

Fafnir, der trotz seiner Drachennatur hier auch als Person genannt wird und ohne dessen Mitwirkung nichts möglich gewesen wäre.

Jorge Enrique Adoum, Françoise Campo, Jérôme Timal, Julio Silva, Gladis und Saúl Yurkiévich, Aurora Bernárdez, Nicole Piché, François Hébert, Hortense Chabrier, Georges Belmond, Laure, Philippe und Vincent Bataillon, Marie-Claude, Laurent und Anne de Brunhoff, die alle eingeweiht waren, uns wertvolle Ratschläge erteilten, welche wir hier jedoch aus Platzgründen nicht aufzählen können, und uns in den schwierigen Augenblicken mit ihrem fernen Lächeln ermutigten.

Der Gräfin für viele Stunden aufregender Lektüre.

Brian Featherstone und Martine Cazin, die uns unerwartet besuchten und uns auf einem besonders stumpfsinnigen Rastplatz aus dem wachsenden Überdruß erlösten.

Herrn und Frau Afonso, die uns bei unseren Vorbereitungen in Paris soviel halfen.

Frau María Martins, die uns mit ihrer gewohnt guten Laune beim Herrichten von Säcken und Paketen zur Hand ging.

Den Unbekannten auf den Rastplätzen, die mit einem Lächeln oder einer freundschaftlichen Geste mehr Licht auf den Hintergrund jedes einzelnen Tages brachten.

Wie soll ich die Reise erzählen und den Fluß beschreiben, dem entlang – gleichsam ein anderer Fluß – die Reise durchgeführt wird, so daß sich im Text die schwerer zugängliche und dauerhaftere Seite des Geschehens hervorhebt, diejenige, bei der das Geschehen, das weder Anfang hat noch Ende, das veränderlich ist und unveränderlich, uns herausfordert?

OSMAN LINS, Avalovara

PROLEGOMENA

P
Overzee
LIMITÉ A 24H
ARRÊTÉ PRÉFECTORAL DU 31.01.78

Wie wir einen Brief schrieben, der, obschon ungewöhnlich, eine Antwort durchaus verdient hatte, was indes nicht eintrat, und wie die Expeditionsteilnehmer dieserhalb beschlossen, ein derart schnödes Gebaren zu ignorieren und zu einem guten Ende zu führen, was in besagtem Brief auf das geistreichste und in allen Einzelheiten dargelegt wurde.

An den
Direktor der
Autobahngesellschaft
41 bis, Avenue Bosquet
75007 PARIS

Paris, 9. Mai 1982

Sehr geehrter Herr Direktor!

Vor einiger Zeit bat mich Ihre Gesellschaft um die Erlaubnis, in einer ihrer Zeitschriften einige Passagen aus meiner Erzählung »Südliche Autobahn« veröffentlichen zu dürfen. Natürlich erteilte ich die besagte Erlaubnis mit dem größten Vergnügen.

Ich wende mich heute an Sie, um Sie nun meinerseits um eine allerdings ganz andersartige Genehmigung zu bitten. Meine Frau Carol Dunlop, die ebenfalls Schriftstellerin ist, und ich erwägen derzeit die Möglichkeit einer etwas verrückten und ziemlich surrealistischen »Expedition«, die darin bestehen soll, auf der Autobahn an Bord unseres mit allem Notwendigen ausgestatteten VW-Busses von Paris nach Marseille zu fahren und dabei auf allen 65 Rastplätzen der Autobahn haltzumachen, und zwar auf jeweils zweien pro Tag, das heißt, wir würden für die Überwindung der Strecke Paris–Marseille etwas mehr als einen Monat benötigen und die Autobahn *nicht ein einziges Mal* verlassen.

Abgesehen davon, daß es sich um ein kleines Abenteuer handelt, haben wir die Absicht, im Verlauf der Reise ein

Buch zu schreiben und in literarischer, poetischer und humoristischer Form von den Etappen, Ereignissen und vielfältigen Erfahrungen zu erzählen, die uns eine so sonderbare Expedition zweifellos bieten wird. Es wird vielleicht *Paris–Marseille in Kurzetappen* heißen, und natürlich wird die Autobahn seine Hauptfigur sein.

Das ist also unser Plan, und er soll mit der Unterstützung durch einige Freunde verwirklicht werden, die den Auftrag hätten, uns (über das hinaus, was auf den Rastplätzen der Autobahn zu finden sein wird) alle zehn Tage mit Nachschub zu versorgen. Das einzige Problem besteht darin, daß ein Fahrzeug, wie wir zu wissen glauben, nicht länger als zwei Tage auf der Autobahn verweilen darf, und aus diesem Grund wenden wir uns an Sie und bitten Sie um eine Genehmigung, die uns zu gegebener Zeit an den verschiedenen Mautstellen Schwierigkeiten ersparen würde.

Wenn Sie meinen, daß unsere Idee, ein Buch über dieses Thema zu schreiben, für Ihre Gesellschaft nichts Unliebsames hat und daß nichts dagegen spricht, uns die Genehmigung zu erteilen, damit wir bei einer Fortbewegung um zwei Rastplätze pro Tag einen Monat lang auf der Autobahn »leben« können, dann würde es mich freuen, möglichst bald Ihre Antwort zu erhalten, da wir gerne um den 23. dieses Monats losfahren würden. Selbstverständlich wollen wir auf keinen Fall, daß die Presse über unser Projekt berichtet, denn da wir als Schriftsteller bekannt sind, könnte darunter unsere Zurückgezogenheit als Forschungsreisende leiden. Später wäre es dann an unserem Buch, die Geschichte einem breiteren Publikum zu erzählen.

Ich danke Ihnen im voraus für Ihr Wohlwollen bezüglich unseres Projekts und verbleibe, sehr geehrter Herr Direktor, auch im Namen meiner Frau, mit vorzüglicher Hochachtung,

Ihr
JULIO CORTÁZAR

Dieser Brief wurde am 9. Mai 1982 abgeschickt. Am 23., nachdem wir ergebnislos und letztmals unseren Briefkasten geöffnet hatten, meinten wir, daß für eine Handelsgesellschaft, und sei sie noch so durch Computer und giftsprühende Sekretärinnen verseucht, zwei Wochen mehr als genug waren, um auf unseren bescheidenen Antrag zu antworten. Wir schauten uns in die Augen, drückten uns fest die Hand und sagten gleichzeitig:

»Koexpeditionär, morgen, um vier Uhr nachmittags, setzen wir Segel und nehmen Kurs auf unser Ziel!«

Womit wir sagen wollten, daß wir nach der Rue Martel über die Rue des Petites-Ecuries Richtung Place de la République fahren würden, von dort dann zum Pont d'Austerlitz (ein gutes Omen!), und nachdem wir die Distanz bis zur Porte d'Italie überwunden hätten, würden wir mit der Entschlossenheit, die uns auszeichnet, auf die Autobahn nach Süden fahren und auf der Höhe von Corbeil unsere erste Rast machen.

Dies alles geschah dann auch mit einer Genauigkeit, die uns doch überraschte, denn wir sind beide Spezialisten im Falschfahren, und es hätte uns nicht allzu sehr gewundert, wenn wir uns auf der Ostautobahn oder auf der Place des Victoires wiedergefunden hätten. Aber nachdem wir uns einmal in die richtige Richtung eingefädelt hatten, wer hätte uns da noch aufhalten können? Ganz im Gegenteil: Wir konnten schon den ersten Sandwich auspacken und uns sagen, daß wir allein waren, unglaublich allein, auf der ersten Etappe eines Abenteuers, von dem der Leser nicht die geringste Vorstellung hat, so wenig wie wir zu jenem Zeitpunkt.

Korollar aus Marco Polos »Buch der Wunder«, welches dem Leser zeigen wird, daß in früheren Zeiten die Forschungsreisenden nicht nur Antworten auf ihre Briefe erhielten, sondern auch Gegenstand einer Behandlung waren, die unsere jämmerlichen, so blassen und rachitischen Zeiten angedeihen zu lassen nicht mehr imstande sind.

»Darauf befahl der Große Khan, daß in seinem Namen Briefe in tatarischer Sprache an den Papst in Rom abgefaßt und den beiden Brüdern übergeben würden. Auch ließ er ihnen eine goldene Tafel, Kinpai genannt, aushändigen, auf der das kaiserliche Zeichen eingegraben war; gemäß dem Brauch, den die Majestät des Großen Khans eingeführt hatte, wurde der, dem er diese Tafel verlieh, mit seinem Gefolge von den Gouverneuren aller Orte in den kaiserlichen Ländern sicher von Station zu Station geleitet und war während der Zeit seines Aufenthalts in jeder Stadt berechtigt, Lebensmittel und andere Dinge, deren er zu seiner Bequemlichkeit bedurfte, von den Behörden zu fordern.«

Ein Zitat, das die Forscher am Beginn ihres Reisetagebuches als guten Ratschlag interpretieren.

Pierre, unser Bergführer, der von seinem schmerzlichen Schwindelgefühl genesen ist und sich wieder an die Abfassung seiner Memoiren gemacht hat, kommt zu mir und bittet mich, ihm »den, der die Wörter entfernt« zu leihen. Ich brauche einige Zeit, bis ich begreife, daß es sich um einen Radiergummi handelt.

JEAN CHARCOT, Autour du Pôle Sud.

Wo dem geduldigen Leser nacheinander die Protagonisten der Expedition vorgestellt werden und er ihre hervorstechendsten Eigenschaften und Wesenszüge kennenlernt.

1.

In diesem Reisetagebuch pflegen die Autoren miteinander zu sprechen oder sich aufeinander zu beziehen. Natürlich nennen sie sich bei ihren Taufnamen, aber, was noch natürlicher ist, sie benutzen oft auch ihre vertraulichsten Namen, die sie nun dem Leser anheimgeben, da es ihnen richtig erscheint, ihm alles anzuvertrauen, was mit der Expedition zu tun hat und mit dem Privatleben, das ihr Halt gibt. So werden sehr bald das Bärchen und der Wolf Erwähnung finden, und auf letzteren bezogen gibt es sogar ein unvollendetes *Handbuch für Wölfe*, das Bärchen zu ihrem eigenen Vergnügen vorbereitete, aber auch, damit der Wolf nicht mehr so dumm wäre wie gewöhnlich und etwas besser über die vielen Dinge Bescheid wüßte, die nur die Bärchen wirklich kennen.

Unser Fahrzeug Fafnir wird oft Drachen genannt. Auf der nächsten Seite sind Einzelheiten über seine tellurische Natur zu finden, doch es sollte hier gleich gesagt werden, daß sich unsere Triade nicht nur aus Gründen der Zuneigung und Vertrautheit ihrer wildwüchsigen Namen bediente, sondern auch weil sie sich im Verlauf der Expedition immer mehr mit den Wäldern, den Wiesen und den Tieren der verborgenen Welt der Autobahn identifizierte. Es war unsere Märchenseite, unsere unverdorbene Ökologie, unser Glück inmitten eines technologischen Getöses, das wir aufhoben, indem wir uns liebten.

2.

Dieses kurze, aber notwendige Kapitel ist ein Autozitat (ein in diesem Zusammenhang besonders zutreffendes Wort) aus einem Text, der bereits vor Jahren geschrieben wurde und »Fahnenkorrektur in der Haute Provence« heißt.

Und so höre ich von Zeit zu Zeit auf zu arbeiten und gehe durch die Straßen, betrete eine Kneipe, schaue, was in der Stadt los ist, unterhalte mich mit dem Alten, der mir Würstchen fürs Mittagessen verkauft, denn der Drachen – es ist an der Zeit, ihn vorzustellen – ist eine Art rollendes Haus oder Schneckengehäuse, das meine hartnäckigen wagnerianischen Vorlieben als Drachen definiert haben, ein roter Volkswagen mit einem Wassertank und einer Sitzbank, aus der ein Bett wird, und den ich noch mit Radio, Schreibmaschine, Büchern, Rotwein, Suppendosen und Pappbechern ausgestattet habe, dazu die Badehose, falls sich die Gelegenheit ergibt, eine Butangaslampe und ein Kocher, dank dem sich eine Konservendose in ein Mittag- oder Abendessen verwandelt, während man Vivaldi hört oder diese Seiten schreibt.

Das mit dem Drachen entspringt einem alten Bedürfnis: Fast nie habe ich das Namensetikett der Dinge akzeptiert, und ich glaube auch, daß sich das in meinen Büchern widerspiegelt, ich sehe nicht ein, warum man ausnahmslos hinnehmen soll, was von früher und von außen auf uns kommt, und so habe ich den Wesen, die ich liebte und liebe, immer Namen gegeben, die aus einem Aufeinandertreffen, aus einem Kontakt zwischen verschiedenen Geheimcodes hervorgingen, und dann wurden Frauen zu Blumen, zu Vögeln, zu kleinen Tieren des Waldes, und es gab Freunde, deren Namen sich sogar änderten, nachdem ein bestimmter Zyklus abgeschlossen war, der Bär konnte zum Affen werden, so wie jemand mit hellen Augen zuerst eine Wolke war und dann eine Gazelle und eines Nachts zur Mandragora wurde, doch um auf den Drachen zurückzukommen, möchte ich sagen, daß ich ihn vor zwei Jahren zum erstenmal die Rue Cambronne in Paris heraufkommen sah, er wurde ganz frisch vom Autohändler gebracht, und als ich ihn vor mir hatte, sah ich sein großes rotes Gesicht, die tiefsitzenden glühenden Augen, diesen halb verschlagenen, halb draufgängerischen Ausdruck, bei mir machte es klick, und schon war er der Drache, und nicht nur irgendein Drache, sondern Fafnir, der Wächter des Nibelungenschatzes, der nach der Sage und nach Wagner dumm und pervers gewesen sein mag, für den ich aber immer eine geheime Sympathie hegte, und sei es nur, weil er dazu verdammt war, durch Siegfrieds Hand zu sterben, und so etwas verzeihe ich den Helden nicht, so wie ich schon vor dreißig Jahren Theseus nicht verzeihen konnte, daß er den Minotaurus getötet hatte. Erst jetzt bringe ich die beiden Dinge miteinander in Verbindung, an jenem Nachmittag war ich zu sehr mit den Problemen beschäftigt, die mir der Drache in Sachen Schalthebel und bezüglich seiner weit über die Höhe und Breite meines Ex-Renaults hinausgehenden Ausmaße bereiten würde, doch es ist ziemlich klar, daß ich dabei demselben Impuls gehorchte, nämlich diejenigen zu verteidigen, die von der etablierten Ordnung als Ungeheuer definiert und so bald wie möglich ausgemerzt werden. In zwei oder drei Stunden freundete ich mich mit dem Drachen an, sagte ihm klar und deutlich, daß er für mich nicht mehr Volkswagen hieß, und die Poesie war wie immer pünktlich zur Stelle, denn als ich in die Werkstatt ging, wo man das endgültige Kennzeichen anbringen sollte, brauchte ich den Mechaniker zum Schluß nur ein großes F auf sein Hinterteil kleben zu sehen, um die Wahrheit bestätigt zu finden; natürlich kann man einem französischen Automechaniker nicht sagen, daß dieser Buchstabe nicht Frankreich, sondern Fafnir bedeutet, aber der Drachen wußte es und bekundete mir auf dem Rückweg seine Freude, indem er zum hellen Entsetzen einer mit Gemüse beladenen Frau hurtig auf den Bürgersteig kletterte.

3.

Wo man feststellen wird, daß »the last but not the least« zwar nicht persönlich an der Expedition teilnahm, daß aber sein wertvoller Beitrag – so dies noch nötig sein sollte – den zeit- und raumlosen Charakter unserer an Wundern so reichen Reise bestätigt.

Gleich nachdem unser kühnes Heldenstück vollbracht war – den Leser, für den es noch gar nicht begonnen hat, bitten wir ergebenst um Geduld –, hatte Fafnir Anspruch auf eine wohlverdiente Ruhepause, während Carol und ich uns nach Nicaragua aufmachten, wo Bärchens Sohn, der mit seinem Vater in Montreal lebt, zu uns stoßen sollte. Stéphane Héberts fröhliche vierzehn Jahre, seine Rockschlagzeugerambitionen und sein Halbwüchsigenliebreiz vervollständigten unser Glück bei einem tropischen Ferienaufenthalt, bei dem unsere Expedition als etwas wehmütiges Echo in der Erinnerung immer noch gegenwärtig war.

Stéphane entdeckte unsere Notizen und die Negative und Kontaktabzüge der Photos von unserer Reise. Carol, die sein großes Zeichentalent kannte, schlug ihm vor, *ex post facto* unser Kartograph zu werden. Womöglich verstand Stéphane diesen lateinischen Ausdruck gar nicht, doch er holte sofort seine Bleistifte und sein Zeichenheft hervor und begann, sich auf der Grundlage unserer Texte, mündlichen Erläuterungen, Anekdoten und Photos ein Bild von jedem einzelnen Rastplatz zu machen.

Die zwei Forschungsreisenden, deren diesbezügliche Strenge sich der Leser unschwer vorstellen kann, staunten über die wissenschaftliche Genauigkeit, die dieser Heranwachsende bei seiner Arbeit walten ließ, und beschlossen, seine Darstellungen in die allgemeine Dokumentation der Reise aufzunehmen. So ist Stéphane Hébert, obwohl faktisch abwesend, hier ebenso deutlich zugegen wie Fafnir oder wir.

Von den Ursprüngen der Expedition: ihre Genese, ihre allmähliche Ausgestaltung und ihr verschlungenes Heranreifen, und wo der bleiche Leser nicht nur sehen wird, daß wissenschaftliche Reflexion gemeinhin die Weltanschauung dessen, der sie betreibt, zu ändern vermag, sondern auch die Hindernisse gewahren wird, die sich dem Forscher in den Weg stellen, und zugleich reichlich Gelegenheit finden wird, Scharfsinn und Kühnheit der wackeren Expeditionsteilnehmer zu bewundern.

1.

Wo man sehen wird, daß die Expeditionsteilnehmer mehrere Jahre auf dem falschen Weg wandelten, sogar wenn es sich um denselben handelte.

Bis zum Sommer 1978, o bleicher, furchtloser Leser, gehörten wir, die wir dies schreiben, jener Rasse von Sterblichen an, die eine Autobahn für das halten, was sie zu sein scheint: ein modernes, höchst ausgeklügeltes Bauwerk, das es den in ihre vierrädrigen Kapseln eingeschlossenen Reisenden erlaubt, eine auf der Landkarte leicht nachzuweisende und in den meisten Fällen im voraus ausersehene Wegstrecke in einem Minimum an Zeit und mit einem Maximum an Sicherheit zurückzulegen. Die Ingenieure, die das, was man die Institution Autobahn nennen könnte, erdachten und ausarbeiteten, vollbrachten Großartiges, um dem Autofahrer nicht nur jedes Hindernis aus dem Weg zu räumen, das die Geschwindigkeit mindern könnte (bekanntlich sind die weitaus meisten Benutzer dieser Straße fanatische Verfechter einer anständigen Durchschnittsgeschwindigkeit), sondern auch alles, was den Fahrer von seiner Konzentration auf das Asphaltband ablenken könnte, welches denjenigen, die ihm folgen, den – wie wir später feststellen werden, trügerischen – Eindruck einer stetigen Kontinuität zu vermitteln pflegt, einer Kontinuität, die nach dreißig, vierzig oder sechzig Minuten konstanter Geschwindigkeit nicht nur die Räder des Fahrzeuges einbezieht, das der Mensch am Steuer noch zu kontrollieren glaubt, sondern auch das Steuer des besagten Fahrzeuges und sogar die Hände und Reflexe des besagten Menschen, der sich so, bewußt oder unbewußt, in diese große unpersönliche Gesamtheit einfügt, nach der alle Religionen so sehr trachten.

In jedem Fall muß festgehalten werden, daß wir beide einer mittleren Rasse von Autobähnlern angehören, das heißt, daß wir schon immer sehr viel längere Pausen einlegten als die der anderen Rasse, die nur anhalten, wenn die Nadel der Benzinuhr in bedenklicher Weise um das V oszilliert (oder das R, je nach Auto, oder das E im Falle der Engländer) oder wenn die Schwiegermutter tränenüberströmt sagt, in ihrem Alter in die Hose pinkeln zu müssen wäre wirklich ein ausreichender Anlaß, ihr Testament zu ändern; oder jene, die, wenn das Baby die Farbe von Grün zu völliger Blässe wechselt und nicht einmal mehr die Kraft hat, mit den Füßen gegen die Rückenlehne des Fahrers zu trampeln, wie es dies schon seit drei Stunden getan hat, um seinem Hunger Ausdruck zu verleihen, so nah wie möglich an der Autobahn anhalten, die belegten Brötchen aus dem Kofferraum holen und sie in Windeseile und im Stehen essen, zwei Meter von einem für Picknicks vorgesehenen Tisch und manchmal nur zehn Meter von einem Wald voller Schatten und Überraschungen. Nein, zumindest gehörten wir zu jenen, die sich sogar auf der Autobahn Zeit nehmen, die sich zum Essen ein nettes Eckchen suchen und, wenn es die Zeit erlaubt, dem Verlangen nach einer kurzen Siesta nachgeben. Bei uns beiden kam es überdies auch vor, daß wir zwischen Ausgangspunkt und Zielpunkt die Autobahn verließen, was beweist, daß sich in uns gegen die Anmaßung der

Autobahn, zwischen Punkt A und B könne es nur sie geben, bereits ein gewisser Widerstand regte. Was mich betrifft, so pflegte ich sie gerade wegen dieses Rauschgefühls, das ihren Zauber ausmachte, zu verlassen, um zu einem Zeitpunkt, da die Hypnose total und fatal zu werden drohte, die Flucht nach vorn zu unterbrechen; beim Wolf lag es vor allem daran, daß er im Grunde die Autobahn nicht mochte, und so folgte er oft der Sehnsucht nach dem Grünen, nach dem Bewohnten, nach der großen Ruhe und Langsamkeit, die an den Mautstationen so oft jenseits der Schranken warten. Aus all diesen Gründen wußten wir beide die Autobahn durchaus zu schätzen, machten ihr gleichzeitig aber ein bißchen zum Vorwurf, daß sie dieses notwendige Übel ist, dem sowohl wir als auch die anderen in diesem Jahrhundert zwangsläufiger Geschwindigkeit nicht entgehen können, doch wir wahrten einigermaßen Distanz und bedauerten ein wenig all jene, die zu ihrem Opfer wurden.

Um alles zu sagen, o bleicher, geduldiger Leser, bis zum Sommer 1978 schien die Autobahn für uns nicht von besonderer Bedeutung zu sein, und manchmal vergaßen wir sie sogar für Monate. Sie schien uns nicht dazu berufen, in unserem Leben eine so wichtige Rolle zu spielen wie zum Beispiel die Pariser Metro, ja nicht einmal wie manche Fluggesellschaften. Selbst die *bateaux mouche* schienen, obwohl wir sie nie benutzten, in unserem Alltagsleben ein entscheidenderes Element zu sein als die Autobahn. Damit befanden wir uns im Irrtum, und ohne den wissenschaftlichen Geist, der während der gesamten Ausarbeitung unseres Projektes vorherrschte und der anfangs ja auch seine Geburt eingeleitet hatte, wäre unser Denken vielleicht für immer dieser großen Straße verschlossen geblieben, die sich seit Jahren vergeblich vor unseren Augen entfaltete, vor unseren damals noch durch krasseste Ignoranz versiegelten Augen.

2.

Wo der Leser erfahren wird, daß die Dämonen im Monat Juli Ferien machen, und welche Folgen dies mit sich bringt.

Es kam also der Sommer 1978. In jenem Jahr – einige werden sich noch daran erinnern – erfreute der Sommer nur einige Ortschaften im Süden Frankreichs, während der Rest des Landes in einem dunklen Reich fast ununterbrochenen Regens versank und unter einer steten Folge von Kältewellen schauderte. Ohne die Meteorologie zu Rate gezogen zu haben (denn Wissenschaft ist fast immer auch eine Sache der Intuition), flüchteten sich das Bärchen und der Wolf gerade in eine der Gegenden, in denen es den Sommer über nicht regnete, um ihren Teil Ruhe und Frieden zu suchen, zwei Dinge, deren sie grausamerweise seit geraumer Zeit entbehrten. (Wisse, bleicher und geneigter Leser, ohne deshalb der Totenblässe anheimzufallen, die dies bei Schwächlingen hervorrufen würde, daß jede Frau und jeder Mann, die ihr Leben wirklich leben wollen und sich nicht damit begnügen, es vorbeiziehen zu sehen, ständig der Gefahr ausgesetzt sind, es zu verlieren, und zwar aus Gründen, die nicht unbedingt der Familie der körperlichen Gefahren angehören müssen, und daß die tollkühnen Protagonisten dieses Buches zu der Zeit, von der wir sprechen, gerade erst aus einer Periode unheilvoller und sonstiger Turbulenzen aufzutauchen begannen, in denen sie um ein Haar Leib und Leben gelassen hatten; sehe also in diesem Rückzug nicht nur schlichte selbstsüchtige Faulheit, wenngleich letztere durchaus auch mit von der Partie war.)

Es war ein Monat, geschätzter Leser, in dem das Leben und die Temperaturen an ein und derselben Beständigkeit teilhatten: Sonne, Ruhe, wolkenloser Horizont. Es gab Musik, Fiestas und Siestas, und unsere beiden Figuren setzten sich sogar nach langen Monaten der Enthaltsamkeit wieder vor ihre Schreibmaschinen. Die Dämonen waren in den Ferien, und unschuldig, wie es Bärchen und Wölfe sein können, kamen die unsrigen zu dem Schluß, sie hätten diese Kräfte des Bösen besiegt.

Ach, geneigter Leser, nie sollte man Siegeshymnen anstimmen, zumindest nicht mit lauter Stimme (denn die Dämonen – ein Geheimnis, das wir uns dir ob deiner großen Geduld zu enthüllen verpflichtet sehen – sind äußerst eitel und nicht allzu intelligent; wenn du nicht laut sagst, daß du sie besiegt hast, werden sie sich mit dem begnügen, was sie als eine wirksame Störpolitik betrachten, und dies gerade zu einem Zeitpunkt, da ihre Taktiken in deinen Augen bereits jede Bedeutung verloren haben. Aber wenn du verkündest, sie würden dich nicht mehr beeindrucken, dann sei vorsichtig: Diese Wesen, die vor allem versuchen, den Schein zu wahren, fühlen sich gekränkt, und die Wut, von der sie beherrscht werden, stachelt sie oft dazu an, eine ganze Kohorte von Dämonen zu Hilfe zu rufen, die mächtiger sind als sie und über die sie trotz ihrer lächerlichen Bedeutungslosigkeit nötigenfalls verfügen können). Diese Verhaltensnorm sollte uns, als wir sie richtig begriffen hatten, im Verlauf der Expedition, um die es hier geht, viele Widrigkeiten ersparen; doch wie der intelligente Leser gewiß schon erraten hat, im Jahre 1978 waren wir auf den Wegen der Erkenntnis, die mit Dämonen gepflastert sind, noch nicht sehr weit vorangekommen.

Kurz und gut, während draußen das Wetter unverändert schön blieb, zog sich im Haus ganz langsam der Gewittersturm zusammen. Gegenstände, die uns bislang freundlich gesinnt waren, begannen sich nach und nach unseren geringsten alltäglichen Gesten zu widersetzen: der Kühlschrank, der uns bis dahin mit dem zufriedenen Schnurren des Eiswürfelfabrikanten begleitet hatte, begann jedesmal zu kollern, wenn wir uns eine Schallplatte anhören wollten; aus dem Hahn, der uns immer kaltes Wasser gegeben hatte, kam plötzlich heißes Wasser und umgekehrt, was Geschrei und diverse Verletzungen zur Folge hatte; die Treppenstufen wichen im selben Augenblick, in dem wir den Fuß daraufsetzten, aus, so daß derjenige, der geglaubt hatte, sie hinaufzusteigen, unter das Niveau hinabrutschte, bei dem er seinen Aufstieg begonnen hatte; sogar die Post veränderte ihr Wesen, und dort, wo wir bisher fröhliche Geschichten über die Ferien und Abenteuer unserer Freunde gelesen hatten, fanden wir nur noch schlechte Nachrichten, Rechnungen und bedrohliche Bilanzen (jeder Leser, dem wie uns der Sinn für die sogenannten »Geschäfte« abgeht, wird letzteres verstehen); wenn wir von den Messern nur verlangten, einen Pfirsich oder den Käse zu schneiden, schafften sie es irgendwie, uns zu beißen, und während wir durch Handakrobatik ihren Zähnen zu entgehen suchten, kamen ihre Freunde, die Gabeln, von unten, um uns zu pieksen.

»Genug!« sagte eines Tages der Wolf. »Ich bin zu allem bereit, wenn sie uns nur in Frieden lassen!«

»Glaubst du«, fragte das Bärchen und erhaschte dabei gerade noch rechtzeitig ein Bild, das sich von der Wand gelöst hatte und sich anschickte, dem Wolf den Schädel einzuschlagen, »daß wir mit diesen ständigen höllischen Übergriffen wirklich in Frieden leben können?«

»Du wirst schon sehen«, sagte der Wolf ein paar Stunden später und rieb sich dabei die Wange an der Stelle, wo ihm das Spannbettuch, das sich sowohl im Süden als auch in Paris immer perfekt dem Bett angepaßt hatte, soeben ins Gesicht gesprungen war, kaum hatte er den Zipfel unter die Matratze gestopft. »*No pasarán!*«

Es ist anzunehmen, daß die Dämonen (die, das sei nicht vergessen, nach einem Monat Ferien voller Energie zurückkamen) darin die schlimmste aller Schmähungen sahen. Sie, die sich überall einschleichen können, sollten nicht durchkommen? Das wollen wir doch mal sehen!

Es folgten weitere Tage erbitterten Kampfes mit den Gegenständen, die sich, wenn sich ihnen keine Gelegenheit zur Teilnahme an einer direkten Aggression bot, auf die schnödeste Weise genau in dem Augenblick davonmachten, da man sie am dringendsten brauchte: Die Papiere, die wir auf dem Tisch zurückgelassen hatten, flogen davon, die Manuskripte tauchten plötzlich im Backofen auf, ganz zu schweigen von einem gewissen Mangel an Koordination seitens der Dämonen, denn während der Kühlschrank angefangen hatte, Suppe zu fabrizieren, wenn wir Eiswürfel benötigten, kühlte der Ofen die Ravioli, anstatt sie zu gratinieren. Und eines Tages, als wir in dem Schrank, in dem sich der Boiler befand, etwas nachsehen wollten, stießen wir einen Schrei aus: ein großer Vogel kam herausgeflogen. War dies das letzte Zeichen, der Bote der dunklen Kräfte, der uns eine Warnung überbrachte, oder vielmehr der letzte Vertreter des Lichts, der die Katastrophe vorausahnte und die Flucht ergriff, solange es noch Zeit war? Wartete er seit dem fatalen »sie werden nicht durchkommen« darauf, daß wir ihm die Tür öffneten? Wir werden es nie erfahren, und es ist auch ziemlich egal.

Zwei Tage später bemächtigten sich die dunklen Kräfte des Bärchens, und tage- und nächtelang schien es, als würden sie das Spiel gewinnen. Doch die Dämonen wußten nicht, daß Bärchen selbst in der Dunkelheit noch das Licht einfangen und im Notfall sogar seine Intensität zu verdoppeln wissen, vor allem wenn der Wolf sie aus dem Schatten einer unüberschreitbaren Grenze auf die gute Seite hinüberzieht.

Als das Bärchen endlich wieder aus der Finsternis auftauchte, wußte es bereits, daß der Wolf recht gehabt hatte, als er sein *No pasarán* sagte, aber es hatte auch begriffen, wie dünn die Haut war, mit der sie sich umgeben hatten, um ihnen das Durchkommen zu verwehren. Nach dieser Erfahrung waren unsere beiden Protagonisten körperlich ausgezehrt, vor allem wegen der Ambulanzen, Ängste und schlaflosen Nächte, die sie für beide mit sich gebracht hatte. Noch schwankend begaben sie sich in das Haus ihrer Freunde, der Thiercelins, in Serre, um sich dort zu erholen; die Dämonen haben keinen Zugang nach Serre, und mit Hilfe der Ruhe und der Freundschaft heilten unsere künftigen Forschungsreisenden schließlich ihre Wunden und beschlossen eines Tages, sie seien jetzt wieder stark genug, um nach Paris zurückzukehren, allerdings ohne Eile, denn der Wolf sah, daß das Bärchen durchaus noch ein etwas schütteres und nicht gerade glänzendes Fell hatte. So machten sich unsere beiden Protagonisten, zerbrechlich wie Gespenster, die nicht sicher sind, was ihnen unter den Füßen – reine Illusion – fehlen wird, wenn sie sie auf den Boden – ebenfalls Illusion – setzen, ermattet, aber im vollen Bewußtsein des wahren *No pasarán*, auf eine Rückreise, aus der die bereits bekannte geniale Idee hervorgehen sollte, mit anderen Worten, das Projekt des wahren Paris–Marseille.

3.

Wo der Leser unseren Helden auf einem Weg folgen wird, der Tage voller Sonne, Beweise für die Existenz der menschlichen Güte und auch für verborgene Bedrohungen mit sich bringen wird; wo sich einmal mehr zeigen wird, um einen berühmten Zapateotänzer zu zitieren, daß jede Wolke eine silberne Hülle hat, und wo unsere tapferen Expeditionsteilnehmer entdecken werden, daß es manchmal von Vorteil ist, nirgendwo zu sein.

Aus Serre wegzufahren fiel uns schwer. Uns – nur weil es notwendig war – von der Magie des Turms zu trennen, von der Zärtlichkeit und Freundschaft von Raquel und Jean Thiercelin, von den Scherzen ihres Sohnes Gilles, ganz zu schweigen von der aufmunternden Zungenfertigkeit, mit der uns ihre Krokodilhündin Carlota in Augenblicken der Mutlosigkeit beglückte; uns vom Licht des Südens zu trennen, von den langen Stunden des Gesprächs und der Einsamkeit (das Haus der Thiercelins ist ein großes Mysterium, in dem jeder verlorengeht, der es wünscht, wann immer er es wünscht), fiel uns nicht leicht, zumal wir wußten, daß uns die Dämonen – die nie eine Ritze in den großen Mauern von Serre finden konnten und dort nie hineingelangen werden – in Paris erwarteten; seit Tagen schon schickten sie uns sogar Botschaften, wir sollten so schnell wie möglich kommen (sie langweilten sich, die Armen, weil sie ihre dreisten Umtriebe und ihre bösen Streiche wegen unseres langen Ausbleibens nicht wieder aufnehmen konnten). Wir fuhren also gegen unseren Willen los, nicht um den Dämonen gefällig zu sein, und schon gar nicht, um ihren Befehlen zu gehorchen, sondern weil uns dort Verpflichtungen aller Art erwarteten, die wir der Schicklichkeit halber nicht mehr länger hinausschieben konnten.

Umarmungen, Schultertätscheln, immer noch etwas unsichere Blicke und diese Dankbarkeit, die man nie auszudrücken vermag. Fafnir bis unters Dach beladen, eine letzte Streicheleinheit für Carlota, unser Lieblingskrokodil, und wir sehen sie mit den Augen voller Tränen, von denen wir wissen, daß sie echt sind, davontrotten und mürrisch in einem Winkel Zuflucht suchen.

Die – kaum sind wir in unsere rote Kapsel eingeschlossen – wiedergefundene Einsamkeit ist uns zugleich süß und beunruhigend. Wisse, bleicher Leser, daß jedesmal wenn man sich wirklich des Sterbens enthält, daraus eine wirkliche Geburt hervorgeht, die um so heikler und schmerzhafter ist, als man ja nur mit sich selbst als Mutter aus der Finsternis auftaucht, nur durch die Kontraktion eines Willens, den man nicht immer richtig zu begreifen vermag. Lange Zeit wird sich der Verstand an die Tage erinnern, an denen er weder mit dem Körper noch mit der Außenwelt Kontakt halten konnte, und das ganze Leben erscheint ohne diesen anderen Blick sehr viel zerbrechlicher als der Körper, der es enthält. Man überrascht sich selbst dabei, wie man sich tastend durch eine Welt bewegt, die trotz allem voller Licht ist, um wieder zu den Leuten zurückzukehren, ganz vorsichtig, als könnten sie bei der geringsten Berührung zerbrechen, während man in sich selbst spürt, daß die Bruchstücke noch nicht ganz ihren angestammten Platz wiedereingenommen haben.

So zerbrechlich waren wir beide – denn wenn diese Reisen in das Land der Finsternis den Reisenden ermüden, so erschöpfen sie noch mehr denjenigen, der sich bemüht, ihn zu begleiten, und dabei immer wieder gegen unüberwindliche Barrieren stößt; überdies hat er weder das Recht noch die Mittel, seine auf der Seite des Lichtes fortdauernde Existenz zu unterbrechen, und die einzige Nachlässigkeit, die ihm erlaubt ist, vorausgesetzt, er kann sie sich erlauben, ist die Hoffnung –, und so fuhren wir endlich zugleich traurig und glücklich davon.

Wie geniale Ideen entstehen

Es war angebracht – erste wissenschaftliche Berechnungen –, die Reise in kleinen Etappen zu machen. Wir wären gerne über Nebenstrecken gefahren, doch wegen unserer Verpflichtungen in Paris verfügten wir nicht über allzu viel Zeit und durften eine gewisse Grenze nicht überschreiten. Wir beschlossen also, die Autobahn zu nehmen, verließen sie aber jeweils nach etwa zwei Stunden wieder, um ein gutes Hotel zu finden, auszuruhen usw.

(Wie du siehst, bleicher Leser, war die Autobahn für unseren unzureichend aufgeklärten Geist noch ein Feind der Geruhsamkeit und des »angenehmen Reisens«; doch sehr bald veranlaßte sie uns dazu, unsere Einstellung zu ändern.)

Kaum hatten wir sie in Angriff genommen, beschloß der Wolf auch schon, eine Pause einzulegen, damit wir ausruhen, etwas trinken und das schöne Wetter genießen konnten. Wir fühlten uns so wohl (»Da wir die Autobahn genommen haben, Bärchen, haben wir doch Zeit genug, oder nicht?«), daß sich die Pause hinzog; wir begannen die Möglichkeiten der Rastplätze zu erahnen, zumindest dieses einen, und als es Abendessenszeit war (denn der Ort hatte sich für die Siesta, die wir mit vorgezogenen Vorhängen in Fafnir hielten, als bestens geeignet erwiesen), genossen wir die Köstlichkeiten, die Raquel im letzten Moment noch in unser Gepäck geschmuggelt hatte. Bei Einbruch der Nacht sagten wir uns, daß uns ja immerhin fünf Tage zur Verfügung standen, um nach Paris zu gelangen, und warum sollten wir also nicht gleich hier schlafen, weshalb wir am nächsten Morgen nach ausgezeichnetem Schlaf aufwachten, ohne über Avignon oder vielleicht sogar nur Cavaillon hinausgelangt zu sein, ich erinnere mich nicht mehr genau, doch fest steht, daß wir drei Tage später noch nicht auf der Höhe von Orange angelangt waren, wo auf dem Rastplatz von Orange-le-Grès, während wir aufmerksam und zum ersten Mal das Zeremoniell der mit gelb-orangen Overalls bekleideten Männer und ihre komplizierte Technik zur Entleerung der Abfallsäcke beobachteten, die Idee zu dem aufkeimte, was dann unser Paris–Marseille werden sollte.

»Ist das gemütlich hier«, sagte der Wolf und schlürfte seinen Whisky.

»Wir könnten in diesem Rhythmus weiterfahren, wie die Reisenden in den Postkutschen.«

»Und an jedem Rastplatz einen langen Halt machen...«

»Wir könnten jeden Tag auf einem anderen Parkplatz wohnen, fernab der Welt, stell dir vor, und auf diesem

Monstrum der Geschwindigkeit in aller Freiheit eine Erholungskreuzfahrt machen…«

»Und ohne Telephon!« rief der Wolf aus, der bekanntlich an akuter Telephonphobie leidet.

Niemand würde uns finden können. (Denn es nützt ja auch nichts, sich auf der abgelegensten Insel zu verstekken, da es immer jemanden gibt, der uns entdeckt und der, weil er uns gesehen hat, *weiß*, wo wir sind. Auf der Autobahn dagegen würde auch jemand, der uns zufällig erkennt – und man wird sehen, daß es solche Zufälle durchaus gibt –, nie auf den Gedanken kommen, wir *seien* auf der Autobahn. Ganz im Gegenteil, er könnte unserer Sache dienen und alle Dämonen auf eine falsche Fährte schicken: »Ich hab sie auf der Höhe von Mâcon gesehen, sie waren bestimmt auf dem Weg nach Lyon oder Avignon…« Wer könnte denn vermuten, daß wir auf dem Weg nach nirgendwo sind?)

»Ja«, sagte der Wolf, »aber man müßte das Ganze sehr wissenschaftlich angehen.«

»Ein Reisetagebuch. Wie früher die Forschungsreisenden.«

»Stell dir vor! Jeden Rastplatz beschreiben, die Abenteuer, die man dort erlebt, die Leute, die vorbeikommen.«

»Praktisch eine ganz andere Autobahn.«

»Sollen wir es machen, Bärchen?«

»Wir machen es.«

Und so kam es, daß wir mit einer Begeisterung, die dem unvorbereiteten Leser übertrieben erscheinen könnte, sofort damit begannen, uns die Spielregeln auszumalen, die günstigste Zeit auszuwählen und sogar auszutüfteln, wie wir es mit dem Proviant machen würden. Am Anfang, und noch mit der vollkommenen Unbedarftheit der gewöhnlichen Autobahner (wir nannten noch nicht einmal die Autobahnkarte von Michelin unser eigen), legten wir die folgende Spielregel fest: Ein Rastplatz pro Tag, die

Verpflichtung, zwischen Paris und Marseille die Autobahn nicht zu verlassen, und das Schreiben eines Buches, das einerseits alle wissenschaftlichen Elemente enthalten sollte, die topographischen, klimatischen und phänomenologischen Beschreibungen, ohne die es dem besagten Buch an der nötigen Ernsthaftigkeit fehlen würde, das andererseits aber auch ein gewissermaßen paralleles Buch einschließen sollte, welches wir nach den Regeln eines in seinen Einzelheiten noch festzulegenden Glücksspiels schreiben würden. Was Fafnir anbelangt, so fehlte ihm nur ein kleiner Kühlschrank, denn alles andere schien uns überaus zweckgemäß.

Während des Restes unserer Reise betrachteten wir die Autobahn endlich mit offenen Augen. Sie war nicht nur dieses für die Geschwindigkeit gemachte und nach Kriterien der Nützlichkeit und Hygiene mit Haltestellen interpunktierte Asphaltband. Nein, jetzt wußten wir, daß sich hinter ihr noch etwas anderes verbarg, und wir waren entschlossen, es zu entdecken. So groß war unsere Begeisterung, daß es uns am fünften Tag noch nicht gelungen war, bis nach Lyon zu kommen, und wir die noch fehlenden drei Viertel der Strecke an einem einzigen Tag zurücklegen mußten; doch das war uns ziemlich egal, denn wir kamen ja mit einem geheimen Schatz zurück. Und während sich der Wolf um das Lenkrad kümmerte, zählte das Bärchen aufmerksam die Rastplätze.

»*Wieviel?*« fragte der Wolf ungläubig.

»Etwa siebzig.«

Erste Überraschung, o Leser, und erste Lektion: Das war der Beweis dafür, daß wir uns die Autobahn nie richtig angeschaut hatten, denn bis dahin hatten wir geglaubt, zwischen Paris und Marseille gäbe es etwa dreißig Parkplätze.

Der Leser wird bereits festgestellt haben, daß wir außer vielen anderen Dingen auch verrückt sind, doch zugleich haben wir noch genügend Wirklichkeitssinn, um zu merken, daß wir nie und nimmer – und jetzt, da das Experiment seinem Ende zugeht, bedauern wir es – siebzig Tage frei haben würden, um eine solche Expedition durchzuführen. Deshalb beschlossen wir nach langen Debatten, die Spielregeln zu ändern und den Fahrtrhythmus auf zwei Rastplätze pro Tag festzulegen. Mit anderen Worten (wir wußten noch nicht, ob uns andere Regeln letztendlich nicht doch einen präziseren Plan aufzwingen würden), es sollten jeden Tag zwei Rastplätze besucht werden, wobei auf jedem eine nach noch nicht genau definierten Regeln festzulegende Zeit zuzubringen war (schließlich sollte, wie man sehen wird, jeder Rastplatz selbst die Dauer des Halts bestimmen), aber immer zwei Parkplätze pro Tag und mit der einleuchtenden Verpflichtung, auf dem zweiten zu nächtigen, sei er, wie er wolle. Wir sagten uns, wesentlich sei, zumindest ein paar Stunden auf jedem dieser siebzig Rastplätze zu leben, um über jeden verläßliche Erkenntnisse zu gewinnen.

Glaube nicht, o skeptischer Leser, daß wir mit Freuden zu diesem Entschluß gelangten: Wir wußten bereits von der Existenz von Rastplätzen wie dem von Pierre-Bénite und einiger anderer bloßer Betonstreifen direkt neben der Autobahn, und bei diesem Stand der Planung wäre es uns ein leichtes gewesen, andere Regeln zu erfinden, um diese aus unserem Fahrtverlauf zu tilgen. Doch so wie ein Zoologe, der sich in das Reich der Insekten begibt, sich nicht als wahrer Wissenschaftler betrachten kann, wenn er all jene Insekten, die ihn anekeln, aus seinen Untersuchungen ausschließt, mußten wir auf der Autobahn bereit sein, mit unseren Forscheraugen das Schlechte ebenso wie das Gute auszuloten.

Der Plan konkretisiert sich

Im Herbst 1978 waren also die Grundlagen der Expedition mit den folgenden Spielregeln festgelegt:

1. Die Strecke Paris–Marseille zurücklegen, ohne ein einziges Mal die Autobahn zu verlassen.

2. Alle Rastplätze erforschen, und zwar jeweils zwei pro Tag, wobei auf dem zweiten immer und ohne Ausnahme die Nacht zu verbringen ist.

3. Auf jedem Rastplatz wissenschaftliche Erhebungen durchführen und die entsprechenden Beobachtungen aufzeichnen.

4. In Anlehnung an die Reiseberichte der großen Forscher der Vergangenheit ein Buch über die Expedition schreiben (Modalitäten noch zu bestimmen).

Da keiner von uns beiden Masochist ist, beschlossen wir außerdem übereinstimmend, daß es uns erlaubt sein sollte, alles zu nutzen, was wir auf der Autobahn vorfänden: Restaurants, Geschäfte, Hotels, usw.

Überdies erschien es uns, nachdem wir die Sache eingehend studiert hatten (wir waren bereits im Besitz einer Autobahnkarte, auf der die Rastplätze verzeichnet waren und dank der wir wußten, daß es auf der Strecke Paris–Marseille 65 davon gibt), unmöglich, Fafnir mit allen für fünfunddreißig Tage notwendigen Konserven zu beladen, ohne daß wir uns dabei der Gefahr aussetzen würden, im Verlauf der Reise dem Skorbut oder etwas noch Schlimmerem anheimzufallen. Wir beschlossen deshalb, zwei befreundete Paare, das eine in Paris, das andere im Süden, um logistische Hilfe zu bitten; sie sollten uns am elften und am einundzwanzigsten Reisetag mit frischen Lebensmitteln versorgen. Wir mußten unsere Komplizen sorgfältig auswählen; in erster Linie verlangte eine solche Reise ein Opfer von ihnen, und nur jene, die den Sinn und die Bedeutung des Unternehmens richtig verstanden hätten, wären auch bereit, uns von ganzem

Herzen zu helfen. Zweitens mußten wir im Rahmen des Möglichen Freunde auswählen, die so verrückt waren wie wir, da sonst die Sache schlecht ausgehen konnte. Drittens mußten sie, um mitwirken zu können, im Besitz eines Autos sein und über die nötige Zeit verfügen. Und schließlich mußte es sich natürlich um wahre Freunde handeln, denn es stand ja unsere Gesundheit und sogar unser Leben auf dem Spiel.

Was den Süden anging, gab es keinerlei Zaudern, und so unterrichteten wir unverzüglich die Thiercelins über unser Projekt. Sie waren nicht nur ganz hingerissen, sondern unser wackerer Kapitän Jean erbot sich auch, uns – sollten wir es für notwendig erachten – von Corbeil an zu versorgen, und war bereit, die Fahrt alle drei Tage und sogar noch öfter zu machen, wenn es uns an etwas fehlen sollte. Doch er begriff sehr schnell, daß derart häufige Besuche in gewisser Weise die Ernsthaftigkeit der – von Natur aus einsamen – Expedition beeinträchtigen würden, und so wurde entschieden, daß er uns nur am einundzwanzigsten Tag, wenn wir schon mitten im Süden wären, zu Hilfe eilen würde.

Es verging viel Zeit, bis wir mit Pariser Freunden Kontakt aufnahmen, um von ihnen denselben Beistand zu erbitten. Und nicht etwa, weil es uns an Freunden gefehlt hätte, sondern weil wir uns unerwartet zu einer Reise mit anderen Zielen und Zwecken gezwungen sahen. Wir sagten uns damals, vielleicht im Herbst, aber in jenem Herbst gab es andere Verpflichtungen, und wir schworen uns, daß wir im Frühjahr... Und dann kam der folgende Herbst, in dem wir vorhatten, gleich nach unserer Rückkehr nach Paris aufzubrechen, aber aus Gründen, die wir nicht zu verantworten hatten, war dann Fafnir nicht verfügbar, und so sagten wir uns erneut, wir würden im Frühjahr losfahren, und glaube nicht, geschätzter Leser, daß wir in der Zwischenzeit verzagten oder die Expedition aus den Augen verloren. Ganz im Gegenteil, je öfter unsere Pläne scheiterten, desto größer war unsere Entschlossenheit. Wir kauften weiterhin Reiseliteratur, wissenschaftliche Instrumente, regelten alle Einzelheiten; und in der Zwischenzeit fuhren wir ab und zu auch über die Autobahn, über eine Autobahn, die jetzt ganz anders war, da wir sie als ein zu erforschendes Territorium sahen und jedesmal Details notierten, die uns bis dahin entgangen waren. Kurzum, wir machten die Not mehr und mehr zur Tugend. Wie lange hatte es denn bei Kolumbus gedauert, bis er endlich in See stach? Und bei Magellan? Doch der Leser möge die Endergebnisse ihrer Reisen bedenken: ein neuer Kontinent statt Indien und eine riesige Kugel statt eines flachen Bretts. Angesichts solcher Früchte der Geduld und Hartnäckigkeit lohnte sich das Warten. Wir warteten vier Jahre.

4.

Wo trotz der Dämonen der Prolog ein Ende findet, obschon nicht ohne Widrigkeiten.

Wir mußten noch die Pariser Komplizen finden, die mittels der bereits erläuterten logistischen Unterstützung helfen sollten, unser Überleben zu sichern. Wir dachten an diese und jene, während in dem Häuschen im Tholonet, wo wir den Sommer 81 verbrachten, die Vorbereitungen voranschritten. Was hältst du von den…? Sicher, aber sie sind zur Zeit in den Ferien, und ich weiß nicht, ob man die Sache, wenn man sie brieflich erklärt… Und die…? Hm, ich glaube, die fahren im Herbst weg. Und die…? Ach was, die würden uns doch nur einen Psychiater schikken…

Das war der Stand der Dinge, als wir eines Tages von weitem auf dem Schotterweg, der zum Haus führte, ein Knattern hörten, das nur zu einem VW-Käfer gehören konnte, und nicht zu einem der jüngsten. Wir gingen auf die Terrasse hinaus, und, o Wunder, wen sahen wir da aus einer Staubwolke auftauchen? Fafnirchen, den per Verfügung seiner Besitzer unehelichen Sohn Fafnirs und archaischen Überlebenden einer Zeit, in der Autos noch für ein langes Leben gemacht waren, wie die zahlreichen Narben auf seinem Panzer zeigten; und dieses tollkühne Fafnirchen brachte uns Anne Courcelle und Necmi Gurmen, die lachend aus dem Auto stiegen und sich mit kräftigen Schlägen den Staub abklopften.

Der Wolf und das Bärchen schauten sich an, und innerhalb dieses Blicks war alles entschieden.

Ohne jeden Zweifel erfüllten Necmi, unser Lieblingstürke, und Anne, seine liebreiche und lebhafte Gefährtin, alle Bedingungen:

1. Was die Freundschaft angeht, so waren (und sind, wie man sehen wird) sie wahre Freunde.

2. In Sachen Verrücktheit, siehe ihre Ankunft im Tholonet mit einem Auto, das nie über die Porte d'Orléans hätte hinauskommen dürfen.

3. Sie hatten ein Auto, um es einmal so zu nennen.

4. Sowohl der eine als auch die andere besaßen einen immer gegenwärtigen Sinn für Humor, der sie bestimmt dazu anstacheln würde, mit großer Begeisterung mitzumachen.

5. Hinsichtlich der freien Zeit wäre die Sache etwas heikel, da Anne jeden Morgen tapfer mit dem Zug losfährt, um Gehirnen, die sehr viel lieber Schnaps als Latein oder Griechisch aufsaugen, wenigstens versuchsweise ein bißchen Intelligenz einzuflößen, aber da wir auch ihre Güte und ihren fröhlichen Charakter kannten, vertrauten wir darauf, daß sie in der Lage sein würde, nötigenfalls eine kleine Grippe zu erfinden, damit Necmi nicht den ganzen Ruhm einer so bedeutenden Rettungsaktion für sich vereinnahmen könnte.

Also machten wir, nachdem wir ihnen, um die Sache

etwas zu erleichtern, einen guten Schluck angeboten hatten, unseren Vorschlag. (Ich bedaure, daß es die heutige Technologie noch nicht ermöglicht, in gängige Buchausgaben Tonkassetten miteinzubinden, denn Worte können niemals das Lachen ausdrücken, das sofort von Necmis ganzem Körper Besitz ergriff und sicherlich noch jenseits des Mont Sainte-Victoire zu hören war.)

Wir hatten gesiegt.

Oder fast.

Denn wie wir dir bereits gesagt haben, bleicher Leser, nie sollte man Siegeshymnen anstimmen, und vor allem nicht im August, wie wir bereits gesehen haben. Genau vier Jahre, nachdem sie versucht hatten, sich des Bärchens zu bemächtigen, machten sich die dunklen Kräfte blindwütig und erbarmungslos über den Wolf her. Welcher viele Tage später wieder aus der Finsternis auftauchte. So mußte man, statt eines Paris–Marseille Rastplatz für Rastplatz, erneut Schritt für Schritt ins Licht zurückkehren, und erneut öffneten die Thiercelins ihr Haus (nicht umsonst gehörte es einst den Hospitalitern), wo wie beim ersten Mal langsam und vorsichtig das Leben neu begann.

Und es gedieh so gut, daß wir, noch bevor wir Serre verließen, wo Luis Tomasello zu uns gestoßen war, um uns zu pflegen, als wären wir nicht nur seine Freunde, sondern seine Kinder, den Entschluß faßten, daß Paris–Marseille, das im Verlauf der Jahre die Dimensionen eines essentiellen, mystischen Projektes erreicht hatte, *im Frühjahr durchgeführt werden sollte*. Noch bevor wir uns einen Terminkalender für 82 kauften, wußten wir, daß darin zwischen dem 20. Mai und Ende Juni eine Lücke von gut sechs Wochen klaffte. Keine Reise, sei es, was es wolle, keine Arbeit, *nichts* sollte uns an der Durchführung hindern. Beweisen, daß wir diese Reise verwirklichen konnten, hieß irgendwie auch uns beweisen, daß wir gegen die Düsternis gewappnet waren, und zwar nicht nur in ihren großen Erscheinungsformen, wie der, welche uns gerade so sehr geschwächt hatte, sondern auch dort, wo sie sich heimtückischer äußert, etwa in der Banalität der alltäglichen Obliegenheiten, in diesen Verpflichtungen, die, für sich genommen, nichts bedeuten, die einen aber insgesamt immer mehr von diesem Zentrum entfernen, wo jeder sein Leben zu leben hofft. Wir nahmen Julios Erkrankung als Warnung. Sein Leben nicht in seinen realsten Zügen zu leben ist ein Verbrechen, nicht nur sich selbst, sondern auch den anderen gegenüber.

Deshalb nutzten wir mit Luis' Hilfe die Wochen der Genesung in Serre (wo, wie bereits gesagt, die Dämonen nicht über die Schwelle kommen, wenngleich die Gespenster dort nach Herzenslust herumspazieren), um Fafnir in Form zu bringen, den Kühlschrank ordentlich zu befestigen und ein Vorratslager einzubauen, das zwischen den beiden Hilfsmissionen unser Überleben sichern sollte.

Von da an, bleicher, doch unerschrockener Leser, blieben wir standhaft. Keine Einladung wurde angenommen, trotz der Kampagnen, die man mit dem Ziel entfesselte, in den Monaten Mai oder Juni die Anwesenheit des Wolfes an diesem oder jenem Ort zu erwirken (und es war nicht leicht, da wir keine annehmbare Begründung für unser Absagen anführen konnten). Sie kamen nicht durch. Wir aber sehr wohl. In der Hoffnung, o geduldiger Begleiter dieser Zeilen, daß unsere Erfahrung dir ebenfalls einige Türen geöffnet hat und daß in dir bereits das Projekt irgendeiner von dir selbst erdachten parallelen Autobahn keimt.

Stellt euch eine Flußreise vor. Der Schiffer folgt der Strömung des Wassers vom Quell bis zur Mündung. Fängt er irgendwo an, dieser Flußlauf? Hat er ein Ende? Der Schiffer glaubt es und sieht es so; und tatsächlich gibt es eine Strecke des Laufs, für den Anfang und Ende vorhanden sind, die sich ablesen, die sich als Reise durchführen läßt. Es gibt eine Anschauungsweise, für die Vergangenheit und Zukunft wirklich sind; und eine andere, die nicht weniger wirklich, aber viel unzugänglicher ist, für die sich Boot und Schiffer, Fluß und Ausdehnung des Flusses vermischen. Mit einem Schlag teilen die Ruder des Bootes die ganze Länge des Flusses; und der Reisende beginnt, verwirklicht und beendet die Reise seit jeher und für immer, so daß ihr Anfang am Oberlauf der Ankunft an der Mündung nicht vorausgeht.

OSMAN LINS, Avalovara

Wie die Expeditionsteilnehmer Fafnir mit den für ein Unternehmen von solcher Tragweite unverzichtbaren Lebensmitteln ausrüsteten und deren detaillierte Aufzählung, die sie großherzig anderen, nach gleichgearteten Kreuzfahrten trachtenden Autonauten weitergeben.

Da beschlossen war, der Expedition einen möglichst wissenschaftlichen Charakter zu verleihen, übernahm es der Wolf, herausragende Reisebücher zu konsultieren, damit Fafnir mit den geeigneten Vorräten ausgerüstet werden konnte. Das Tagebuch des Kapitäns Cook – dessen Name ja schon eine Verheißung war – verschaffte ihm die folgenden interessanten Informationen:

»Ich habe bereits auf das beständige Bemühen der Admiralität hingewiesen, uns mit allen Nahrungsmitteln zu versorgen, die wir aufgrund der Erfahrung oder der Ratschläge anerkannter Autoritäten als der Gesundheit unserer Seeleute zuträglich betrachteten; ich will die Zeit meiner Leser nicht über Gebühr beanspruchen, indem ich die ganze Liste aufzähle, und beschränke mich auf die nützlichsten.

Man stellte uns einen größeren Vorrat an Malz zur Verfügung, aus dem wir einen *Süßmost* bereiteten; von diesem wurden zwei Pints pro Tag verteilt, manchmal auch bis zu drei Quarte, wenn es dem Arzt angelegen schien, der jedem, bei dem sich das geringste Anzeichen von Skorbut einstellte oder der einfach nur durch diese Krankheit bedroht schien, immer eine zusätzliche Ration verordnete. Es handelte sich zweifellos um eine der besten bislang entdeckten antiskorbutischen Arzneien, und ich bin davon überzeugt, daß sie, wenn sie rechtzeitig angewandt wird, sehr lange die Verschlimmerung der Krankheit aufhalten kann, obschon ich keinesfalls glaube, daß sie diese auf hoher See zu heilen vermag.

Das *Sauerkraut*, von dem wir große Mengen an Bord hatten, ist nicht nur ein gesundes Gemüse, sondern besitzt meines Erachtens auch bemerkenswerte antiskorbutische Eigenschaften und verdirbt nicht so schnell; auf hoher See wurde jedem Seemann zweimal in der Woche, wenn nötig auch noch öfter, ein Pfund davon zugeteilt.

Die *Brühewürfel*...«

»Moment mal«, sagte Carol. »Wenn wir mehr als einen Monat lang solches Mistzeug schlucken sollen, dann bleibe ich lieber zu Hause.«

»Aber der Kapitän Cook...«

»Bevor du überflüssigerweise deinen Satz zu Ende führst, schlage ich dir vor, mich zum Supermarkt an der Ecke zu begleiten, der vielleicht nicht der Admiralität gehört, dafür aber voller ebenso schmackhafter wie gegen Skorbut wirksamer Dinge ist.«

So kam es, daß wir zwei Tage vor der Abfahrt in dieses uns schon gut bekannte Etablissement gingen, das den bemerkenswerten Vorteil hatte, sich nur wenige Türen von der Garage entfernt zu befinden, in deren Untergeschoß schnaubend unser roter Drache Fafnir wartete. Unter den Augen der verdutzten Kassiererinnen füllten wir zwei Einkaufswägelchen bis oben hin und fuhren mit ihnen zum Erstaunen zahlreicher Nachbarn und Passanten durch die Straße. Dieser Vorgang wiederholte sich eine halbe Stunde später, als sich das Erstaunen der Verkäuferinnen bereits auf den Geschäftsführer übertragen hatte, der für alle Fälle aufmerksam die Bezahlung der Vorräte kontrollierte; sie sind nachstehend ohne besondere Ordnung verzeichnet, denn jeder von uns hatte eine andere Liste, die auf unseren jeweiligen gastronomischen Vorlieben und Spezialitäten beruhte.

So nahmen wir also mit:

Whisky im Überfluß
Wein *id.*
1 Dutzend Eier
2 Flaschen Mineralwasser
Parmesankäse, gerieben
Butter
Öl
Essig
Senf
Nescafé
Desserts (Fruchtkonserven, Süßspeisen)
Schinken
Thunfisch
Sardinen
Tubenmayonnaise
Corned beef
Mais, Erbsen, Kichererbsen, Bohnen,
Mischgemüse in Dosen
Sauerkraut in Dosen
Salz, Pfeffer
Knäckebrot
Marmelade
Zwieback für das Frühstück
Reis
Spaghetti
Tomatensoße
verschiedene Käsesorten
Couscous in Dosen
frisches Obst
Zwiebeln
Salat
Tomaten

Reinigungsmittel
Papier zum Geschirrabtrocknen
Toilettenpapier
Waschpulver
Schwämme

Die frischen Produkte wurden in kleineren Mengen gekauft, da sie sich nicht lange halten würden. Die Freunde, die uns am zehnten und einundzwanzigsten Tag neu versorgen sollten, hatten Anweisungen, uns fast ausschließlich mit folgendem zu beliefern:

Obst	Gemüse
Butter	Fleisch
Käse	Brot (Baguette)

Für den Whisky und andere Aperitifs verfügten wir über einen Siphon mit Gaspatronen, was uns half, die Anzahl der Flaschen gering zu halten.

Außerdem nahmen wir eine sehr kleine Menge Schokolade mit, vermieden aber in puncto Leckereien jeden Luxus, weil uns bewußt war, daß eine Expedition dieser Art im Zeichen der Enthaltsamkeit durchgeführt werden mußte. Wir wollen uns nicht weiter über die Reiseapotheke äußern, denn da hat jeder seine eigenen Wehwehchen, doch wir vergaßen nicht, daß es auf der Autobahn keine Apotheken gibt und daß wir für alles Nötige Vorsorge treffen mußten.

DIE EXPEDITION

Der feierliche, wenngleich etwas chaotische Augenblick des Aufbruchs der Expedition. Freunde und Helfer schreiten zu den letzten Kontrollen.

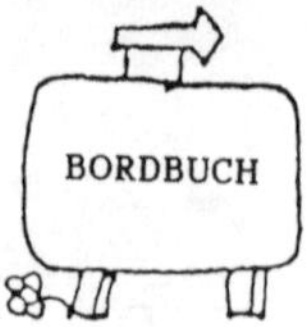

Sonntag, 23. Mai 1982

14.12 h. Irgendwo im 10. Distrikt von Paris, im Regen. Letzte Details, Kontrolle der Ladung. Wasserbevorratung im Kanister, da die Handpumpe nicht richtig funktioniert und der Tank unbrauchbar ist.
Internationale Zusammenarbeit bei der Abfahrt: Luis Tomasello und Karen Gordon.
14.25 h. Abfahrt im Regen.
14.44 h. Einfahrt auf die Ringautobahn (Porte d'Italie). Regen.
14.47 h. EINFAHRT AUF DIE SÜDAUTOBAHN.

15.10 h. Rastplatz: AIRE DE LISSES.
Wind, Sonne, Wolken. 17 °C.
Ausrichtung Fafnirs: NNW.
Elf-Tankstelle.
Kleine Hügel in der Ferne. Hochhäuser am Horizont.
Zahllose englische Touristen.
17.45 h. Dramatisches Gewitter mit Hagel.
Abendessen: Unter den gegebenen Umständen recht luxuriös: Wurst, Knollensellerie, Rote Beete, Mais, Brot, Kaffee.

18.28 h. Rastplatz: AIRE DE NAINVILLE.
Ankunft bei starkem Regen. In Anbetracht des heftigen Gewitters keine Möglichkeit, die Umgebung zu erkunden.
Mit Bäumen bestandener Rastplatz. Donner und Blitz.
20 h. Als wir nach einer wohlverdienten Siesta aufwachen, ist schönes Wetter. Vogelgezwitscher. An den Rastplatz grenzt eine Wiese. Wir beobachten einen Hasen von der Größe eines kleinen Hundes, hühnerfarben, der herumhüpft, als wollte er den Flug eines Schmetterlings nachahmen.

Anfängliche Verstörtheit

Wir sind in der Tat etwas verstört ob dieses Beginns einer Reise, bei der den wissenschaftlichen Pflichten die Hoffnung auf ein beträchtliches Dolcefarniente gegenübersteht, haufenweise Bücher, die wir zu lesen vorhaben, die Vorbereitung unserer Berichte, die Sie in der Zukunft in Ihrer Gegenwart, die für uns schon längst Vergangenheit sein wird, lesen werden, außerdem noch kochen, den unzähmbaren Fafnir fahren, indem wir ihn am kurzen Zügel von Rastplatz zu Rastplatz steuern (bei nur zweien pro Tag kommt dem die geringste Bedeutung zu, aber der Drache wäre beleidigt, wenn wir nicht von vornherein auf die Rolle des dritten Autors hinwiesen, die er bei dieser Expedition spielt).

Folge solch verständlicher Verstörtheit zweier Neulinge sind: zeitweilige Verständigungsprobleme, Rippenstöße, wenn wir gleichzeitig versuchen, nach dem hinter einem Stapel von Taschen und Beuteln verschwundenen Zigarettenpäckchen zu greifen, Neigung, um den Busch zu stampfen, wie die guten Übersetzer englischer Romane sagen, Strafexpeditionen zur Flasche Glen Mavis blended and bottled in Scotland und Mahlzeiten, die mit einer gewissen Tendenz zum Durcheinander und zum Klekkern zubereitet werden. Aber wir wissen ja: Wenn wir während der ganzen Expedition auf dieselbe Weise verstört sind, wird sie ein voller Erfolg.

Selbsttaufe

Diese parallele Autobahn, die wir suchen, existiert vielleicht nur in der Phantasie derer, die von ihr träumen; doch wenn es sie gibt (es ist noch zu früh, kategorische Behauptungen aufzustellen, und dennoch könnte man sagen, daß wir seit vierundzwanzig Stunden *dort sind*; bevor er diesem neuen Weg jegliche Realität abspricht, indem er das »vielleicht« aus dem Satz tilgt, möge der skeptische Leser bedenken, daß wir vielleicht mit diesem Wort verschwinden werden; er wappne sich also mit Geduld und warte zumindest, bis wir Gelegenheit hatten, Beweise zusammenzutragen), dann umfaßt sie nicht nur einen anderen physischen Raum, sondern auch eine andere Zeit. Was werden wir als Kosmonauten der Autobahn nach Art der interplanetarischen Reisenden, die aus der Ferne das schnelle Altern derer beobachten, die weiterhin den Gesetzmäßigkeiten der irdischen Zeit unterworfen sind, entdecken, wenn wir nach so vielen Reisen mit Flugzeug, U-Bahn und Zug in den Rhythmus von Kamelen verfallen? (Gewiß, da war jene lange Schiffsreise von San Francisco nach Le Havre, doch dabei geschah alles, wie sich das auf dem Ozean gehört, im Rhythmus des Meeres, und niemand überholte uns mit Vollgas, wie es hier der Fall ist.) *Autonauten der Kosmobahn*, sagt Julio. Der andere Weg, der dennoch derselbe ist.

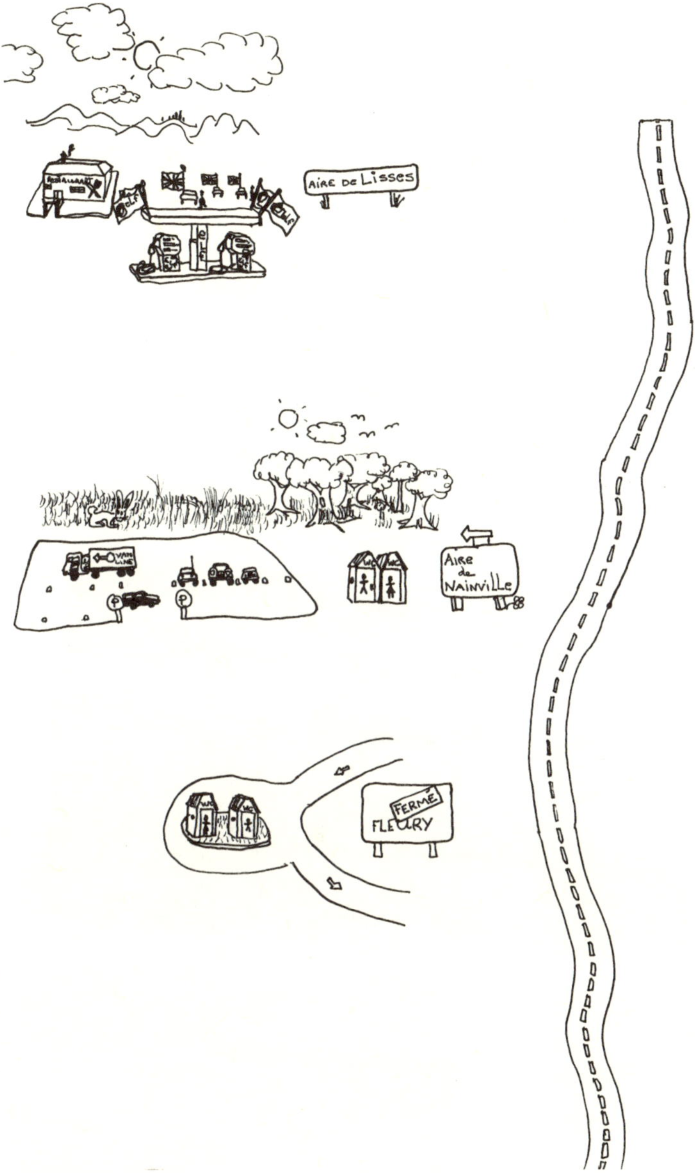
AIRE DE LISSES
Aire de NAINVILLE
FERMÉ
FLEURY

BORDBUCH

Montag, 24. Mai

7.30 h. Schöner Morgen. 19 °C.
Frühstück: Orangensaft, Madeleines, Kaffee.
8.59 h. Sabotage? Der Rastplatz von FLEURY ist geschlossen. Gezwungen, bis zum nächsten weiterzufahren.

9.03 h. Rastplatz: AIRE D'ARCHERES-LA-FORET (der Wald liegt außerhalb des Rastplatzes).
Wir suchen unter Mühen eine Stelle, wo wir den Drachen plazieren können; der einzige geeignete Platz (hinter der

Angesichts der Unbilden der Witterung üben sich die Forschungsreisenden in verschiedenen Manövern…

Tankstelle) weist ein *Verboten*-Schild auf. Wir heben den Fehdehandschuh auf. Sonne. Das Thermometer funktioniert nicht.
Fafnir: Bug Richtung Süden.
Mittagessen: Spiegeleier mit Käse, Salat, Käse, Äpfel.
Tankstelle mit Ladengeschäft: die »Samaritaine« der Autobahn: man kann sogar Fernseher kaufen (und Senftöpfchen in Form eines WCs).
Die richtigen WCs sind sauber, *und es ist Papier da.*
Heißes Wasser.
Kontakte mit der Zivilisation: Zeitungen!
Einer Radiomeldung ist zu entnehmen, daß sich auf den Malvinen die Engländer und die Argentinier auf immer barbarischere Weise umbringen.
Wir beobachten eine anomale Menge von Elstern, die den

..., die dazu bestimmt sind, die Ausrüstung und die Installationen an Bord zu erproben. (Archères-la-Forêt.)

Eindruck erwecken, sich als Zebras tarnen zu wollen. Ihre Anzahl nimmt in dem Maße zu, wie die Essenszeit näher rückt. (Elstern im Pyjama, sagt Julio.)
NB: Dieser Rastplatz wird wegen der oben erwähnten Sabotage für zwei Etappen stehen müssen.

Nach einem schönen Morgen ziehen Wolken auf, und es regnet erneut. Julio kauft eine Tube Klebstoff, um die Seitenfenster zu befestigen. Die Tube ist leer. Kann man Scheiben mit Luft in Tuben kleben? Ölwechsel für Fafnir bei 65 888 km. Durch brüllende Ungeheuer, die dicht an uns vorbeischrammen, erheblich beeinträchtigte Siesta, doch Fafnir weiß uns zu verteidigen.
Das Wetter wird nachmittags besser, doch das Grau hält an. Carol hat bereits die WCs auf der Damenseite ausprobiert und versichert, daß sie alle gleichermaßen effizient sind. Sehr schönes, frisches, strahlendes Tagesende.
Der Wolf hat ein fürstliches Abendessen bereitet.
Abendessen: Petit salé aux lentilles, Käse, Äpfel.

Etwas verloren unter soviel touristischer Begeisterung, öffnet Fafn so weit wie möglich sein Faltdach, damit wir ihn von weitem seh können.

Wo die Forschungsreisenden die Tarot-Karten legen und was sich daraus ergibt

Die Wasserpumpe ist endgültig kaputt, und offensichtlich gibt es keine Möglichkeit, sie zu reparieren. Wir sprechen den Segen (auf unsere Weise, ohne uns zu bekreuzigen und ohne höhere Wesen anzurufen, statt dessen aber lächelnd, während wir einen Kanister hochheben, um Wasser über den Schwammhandschuh zu gießen, mit dem wir nach der Siesta wenigstens provisorisch ein nach vierundzwanzig Stunden Fahrt bitter nötiges »Bad« nehmen können; und das Lächeln bringt zuwege, was die Madeleine von heute morgen – auf dem Rastplatz von Nainville, wo wir im übrigen nicht einen einzigen Zwerg zu Gesicht bekamen – nicht zuwege brachte: Der Kanister neigt sich, und da ist er wieder, der letzte Abschied im Süden, Jeans Umarmung unter der Herbstsonne, Raquel mit den Armen voller Thymian und Majoran), und so segnen wir Kapitän Thiercelin, den vorausschauenden und großzügigen Spender des erwähnten Kanisters, den wir nur ob unseres fehlenden Vertrauens in die Wasserpumpe noch in letzter Minute füllten, um jetzt zu entdecken, daß das Wasser fast so gut aus einem Kanister fließt wie aus einem Wasserhahn.

Nachdem dieses bedeutende Hygieneproblem gelöst ist, wie sollen wir weiter vorgehen? Neben den Grundregeln des Spiels haben wir nicht die geringste Vorstellung. Schreiben. Aber vielleicht nicht direkt: die Ereignisse brauchen ein bißchen Zeit, um Wort zu werden. Als müßten ihre Bedeutung und sogar ihre Form einen langen inneren Weg zurücklegen, bevor sie ihren Zusammenhang finden.

Werden wir uns zwingen müssen zu arbeiten? Jetzt, da wir mitten in der Sache drinstecken, wird uns bewußt, daß man das, was als Abenteuer gedacht war, nur allzu leicht als einen simplen Ferienmonat leben könnte. Das plötzliche Fehlen von Telephon, Post, Verpflichtungen usw. fällt natürlich ins Gewicht. Vorläufig tasten wir uns noch in der Überraschung voran, *wirklich* losgefahren zu sein; im übrigen wäre es großmäulig zu behaupten, wir seien uns absolut sicher, dreiunddreißig Tage lang durchhalten zu können. Wie dem auch sei, bevor wir etwas nervös den Deckel unserer Schreibmaschinen abnahmen, legten wir die Tarotkarten, weil wir dachten, wir könnten darin einige Linien des Spiels entdecken, und gleichzeitig auch mit dem Gedanken, daß wir in gewissem Sinne die großen Linien der ganzen Reise sehen würden.

Wir verdeckten die Karten und zogen drei in dieser Reihenfolge:

Den Wagen des Hermes; den Narren; den Kaiser.

Der Wagen des Hermes: Sieg, aber um ihn zu erringen, müssen die physischen und moralischen Kräfte ausgeglichen sein. Kenntnis der Widrigkeiten und Vorbereitung, um sie zu überwinden. Erfolg, verdientes Vorankommen. Die politischen Zwistigkeiten, die Wirrungen und die Rachegelüste sind bereits überwunden. Eroberung. Der Auskunftsuchende erreicht den Gipfel des Erfolgs und der Popularität. Geschick zum Regieren. Diese Karte bedeutet auch Beweglichkeit, Reisen, Fortschritt.

Der Narr: Verrücktheit, Gedankenlosigkeit, Überspanntheit, Torheit. Lächerliche Taten. Besessenheit. Leichtfertigkeit. Völlige Hingabe.

Der Kaiser: Er repräsentiert für den Auskunftsuchenden die notwendige Unterstützung für die Erfüllung seiner Hoffnungen. Er deutet auf Standhaftigkeit, Vernunftdenken, unzähmbaren Willen hin. Aufrichtigkeit, Stärke; kann eine gute Führungskraft sein. Autorität. Triumph. Unterzeichnung wichtiger Verträge. Harmonische Situationen, sowohl im Gefühlsleben als auch in beruflicher Hinsicht. Ausgeglichene Gesundheit.

Wo der Wolf mit dem Feuer spielt

Erste Zeichen des Unverhofften auf dem Rastplatz von Archères-la-Forêt. Einerseits die Botschaft, die uns das Tarot übermittelt (Carol als Offiziantin, beide ziemlich verschreckt) und die ermutigender nicht sein könnte. Als ich die drei Karten umdrehte und den Wagen des Hermes sah, wußte ich Bescheid. Alles, was von diesem feinsinnigen Gott kommt, war mir im Leben immer Leitschnur, und wenn es in vielerlei Hinsicht nicht gerade bequem ist, Jungfrau zu sein, so hat mir unter anderen Aspekten das Merkuriale, das Graue, das Introvertierte immer wieder so etwas wie Maulwurfsgänge bei vollem Tageslicht verschafft, Durchlässe, wo sich viele Stiere oder Steinböcke die Hörner abgebrochen hätten. Jetzt weiß ich, daß wir das Ziel erreichen werden, daß Hermes sich ein bißchen auf unsere Kosten amüsieren, uns aber gleichzeitig als Herr der Straßen und Beschützer der Reisenden den Weg freimachen wird.

Andererseits ein duftendes Zeichen um halb sechs Uhr abends. Durch die spanische Übersetzung eines Reisebuchs von Werner Herzog ziemlich deprimiert, ging ich im Norden des Parkplatzes Luft schnappen, dort, wo man über ein Stück Brachland voller verheißungsvoller Blümchen zu einem asphaltierten Weg gelangt; er führt zu einem Pavillon hinauf, der zweifellos dem Verwalter dieses besonders bedeutenden, mit einer Autowerkstatt, einem Ladengeschäft von teilweise recht ungewöhnlichem Warenangebot (würden Sie auf der Autobahn einen Fernseher kaufen?) und anderen, für mich nicht immer ganz durchschaubaren Serviceeinrichtungen ausgestatteten Rastplatzes vorbehalten ist.

Als ich den Pfad erklommen hatte, war der Duft eines mit weißen Blüten übersäten Busches wie eine Stimme, die zu mir sagte: »Siehst du, das ist nicht mehr der Geruch der Autobahn, hier betritt man eine andere Welt.« Aber es ging hier nicht um das Eintreten, sondern um das Hinausgehen, und das war zugleich das Zeichen und die Versuchung: Es war fast nicht zu glauben, aber in diesem langgezogenen, geschlossenen Mikrokosmos zwischen Paris und Marseille, in dieser endlosen Abfolge von achthundert Kilometern Drahtzäunen, Erdwällen, Schutzwänden, wehrhaften Hecken und anderen chinesischen Mauern französischer Herstellung, auf diesem praktisch uranfänglichen, jungfräulichen Rastplatz unserer Reise stand ich vor einem Tor, das mit Kette und Vorhängeschloß zugesperrt war, gleichzeitig aber, und aus Gründen, die ich nie verstehen werde, einen Durchlaß bot, so etwas wie den Eingang eines Labyrinths, eine Aufforderung, hinüberzuklettern, um eine erste Ecke zu biegen und dann um eine zweite, die sich auf einen Lehmweg zwischen den Feldern auf der anderen Seite öffnete, und im Hintergrund der Anblick eines Dorfes in weniger als einem Kilometer Entfernung.

So eindeutig, so plump fast. Einmal mehr die Versuchung. Weder Baum noch Schlange, noch Apfel, sondern die Einladung, den Durchlaß zu überspringen und, ohne daß es jemand erfährt, die Spielregel zu verletzen, einfach nur so, aus Spaß an der Freud, zehn oder zwanzig Meter vorzudringen und dann in unser Territorium zurückzukehren. Bescheißen um des Bescheißens willen. Ohne es zum Beispiel Carol zu sagen, diese Übertretung für mich behalten, so wie wir fast alle für uns behalten. Oder um es ihr doch zu sagen, mal sehen. Ja, es war ein Zeichen, aber im Gegensatz zum Tarot war es ein Zeichen, das mich dazu einlud, von meiner Freiheit Gebrauch zu machen.

Während ich zurückging (Hatte ich in der einen oder anderen Weise von ihr Gebrauch gemacht? Entscheiden Sie selbst), war ich in meinen Gedanken wieder einmal ganz *homo ludens*, empfand so etwas wie Dankbarkeit dafür, daß ich mich auf dieser Ebene, die so viele andere durch Seriosität oder Inhaberaktien ersetzen, auch fast am Ende des Lebens noch nicht geändert hatte. Ich erinnerte mich an die Spiele im Alter von acht, zehn Jahren: das darf man, das darf man nicht, ohne Erklärungen, ohne langes Überlegen, die Zeit der Papierdrachen begann in diesem Monat, und niemand wäre auf den Wiesen bei Banfield, dem Ort meiner Kindheit, auf den Gedanken verfallen, den seinen vor diesem Stichdatum steigen zu lassen (obwohl nicht bekannt war, wer es festgelegt hatte), weder vor noch nach diesem Zeitabschnitt, dessen Beginn und Ende einer Tradition unbekannten Ursprungs gehorchten. Ich erinnerte mich an die Regeln von Himmel und Hölle, Fangen und Klicker und an die allmähliche Einführung in andere Regeln, die mich nach und nach in die Welt der Erwachsenen einschlossen, die von Mensch-ärgere-dich-nicht, Dame, Schach: Man-darf-nicht-rochieren-wenn-der-König-im-Schach-steht, berührt-geführt, alles verordnet, unabänderlich und perfekt wie zwei und zwei ist vier oder die Befreiungsfeldzüge von General San Martín. So wie heute, und an den weiteren 32 heute, die noch vor uns liegen, man-darf-die-Autobahn-nicht-verlassen.

O ja, es war ein gutes Zeichen, es hat mir gut getan, ihm wie in den Duft des weiß blühenden Busches eingehüllt zu begegnen. Wahre Gerontologie, erneut spüren, »daß zwanzig Jahre nichts sind«, und noch sehr viel mehr als zwanzig, *compadre*.

Wo das Bärchen auf seine Weise ebenfalls spielt

Aus dem Blickwinkel der Kindheit betrachtet (oder zumindest in der Erinnerung an diesen Blickwinkel wiederbetrachtet), in der Spielen eine Pflicht ist, schien es die Regeln, die alles bestimmten, seit unvordenklichen Zeiten zu geben, und wenn man es wagte, darauf hinzuweisen, daß es einmal jemand übernommen hatte, sie zu *erfinden*... Vorsicht, ein subversives Kind! In ein Spiel eingeweiht zu werden – wenn es sich nicht um Phantasiespiele handelte (ich wär der König und du der Indianer), denn da fluktuierten die »Regeln« in der Tat nach dem Rhythmus der Vorstellungskraft, doch nur sehr festgefügte Freundschaften überlebten diese Regeln – war vielleicht der am wenigsten schmerzhafte Lernprozeß bei diesem Freiheitsverlust, den wir (unnützerweise?) mit dem Heranwachsen verbinden, mit dem »Leben in der Gesellschaft«, wo die Regeln – jedenfalls zu einem großen Teil – nicht minder willkürlich sind (Schutzwall des Alltäglichen, *wer* hat beschlossen, daß alles Grenzen hat?) als die von Himmel und Hölle (könnte man das nicht auch im Kreis spielen, es in Bäume oder Wolkenkratzer einbauen oder die Grenzen der Zeichnung erweitern, wenn der Stein danebenfällt?).

Unverrückbare Regeln, und niemand wußte, warum. Man mußte wirklich außergewöhnliche Umstände suchen (oder allein spielen), um sie verändern zu können; wenn man zum Beispiel Himmel und Hölle an einem Hang spielte, konnte man wenigstens erfundene Regeln hinzufügen – wenn der Stein nach rechts rollt, eine Runde aussetzen, wenn nach links, darf man darüber hinweghüpfen, und wenn ein kleiner Erdrutsch alles fortreißt, dann hat der gewonnen, der als erster zu Hause ist – und so die Welt verändern.

Vielleicht wurde man so zum Schummeln gezwungen, was ja bei den Spielen das einzige Türchen war. Aber die

Spiele der eigentlichen Übertretung, die spielte man allein. Gewiß, es gab die kleineren Übertretungen, die jedermann erwartete, die Erwachsenen zuallererst, und die man mit Freunden teilen konnte. Aber die tiefinnere, beständige Übertretung, diese Freiheit, die man sich sehr bald nahm, die Welt wenn nötig abzulehnen? Das Köstlichste war, daß niemand etwas wußte. Erst später lernten wir, in aller Freiheit unsere eigenen Spiele mit ihren stummen, grundlegenden Regeln zu schaffen. Um den Dingen einen Sinn zu geben, wenn es notwendig war. Und ohne diese Regeln als Unterbau wären manche Wege nur fruchtlose Phantasie oder nichts. Ohne ihre Regeln wäre diese Reise weiter nichts als eine Dummheit (von Paris nach Marseille durch das ganze Land zu fahren ist nur von touristischem Interesse, doch diese Reise zu machen...). Aber muß man denn glauben, daß eine Regel ihre Kraft verliert, weil sie übertreten worden ist?

Hast du mir aus Verderbtheit vorgeschlagen, mich dort oben, wo der duftende Baum stand, ein bißchen umzusehen? Das Pförtchen war halb geöffnet; auf der anderen Seite ein kleiner Pfad, drei Häuschen, eine Hundehütte und eine Leine, auf der ein Bettlaken und zwei oder drei Hemden hingen. Postkarte im Jahr 2050: Ansicht der Vorstadt im letzten Viertel des vergangenen Jahrhunderts.

Bin ich deshalb querfeldein zum Auto zurückgelaufen? Auf keinen Fall aber, weil ich Angst vor dieser Tür gehabt hätte. Und den Apfel teilten wir beim Mittagessen in zwei Teile.

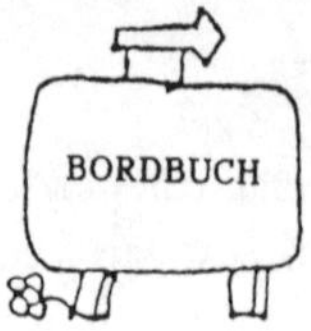

Dienstag, 25. Mai

Frühstück: Orangen, Madeleines, Kaffee.
8.34 h. Abfahrt bei wunderschönem Wetter.

8.44 h. Rastplatz: AIRE DE VILLIERS.
Ausrichtung Fafnirs: Bug Richtung Süden.
Wir parken auf einem der beiden parallel zur Autobahn verlaufenden Streifen. Zur Rechten weite baumbestandene Fläche mit: Tischen/Bänken/Megalithen (Felsen aus der Gegend von Fontainebleau)/Felsbrocken mit Ritzzeichnungen (eher modern, aber man weiß nie)/ Abhängen/gewundenen Pfaden/Kiefern/Vögeln/usw.
Es ist der bisher schönste Parkplatz. In der Ferne Täler und Hügel. In der Nähe zahlreiche englische Touristen, die überraschenderweise die Belgier bisher bei weitem übertreffen.
11 h. Großes Staunen! Nicole Adoum kommt auf ihrer Reise in die Schweiz vorbei. Sie bringt uns Kirschen und Zuwendung.
Mittagessen: Thunfischsalat, Paprika, Tomaten und Zwiebeln, Käse, Sahnedessert, Kaffee.
Carol geht die Brotreste unter die Vögel verteilen und hört unseren ersten Kuckuck.
15.40 h. Abfahrt.

15.50 h. Rastplatz: AIRE DE NEMOURS.
Ausrichtung Fafnirs: ONO.
Wir schlafen im Hotel.
Abendessen: Beefsteak mit Pommes frites, Kaffee (im Hotel).

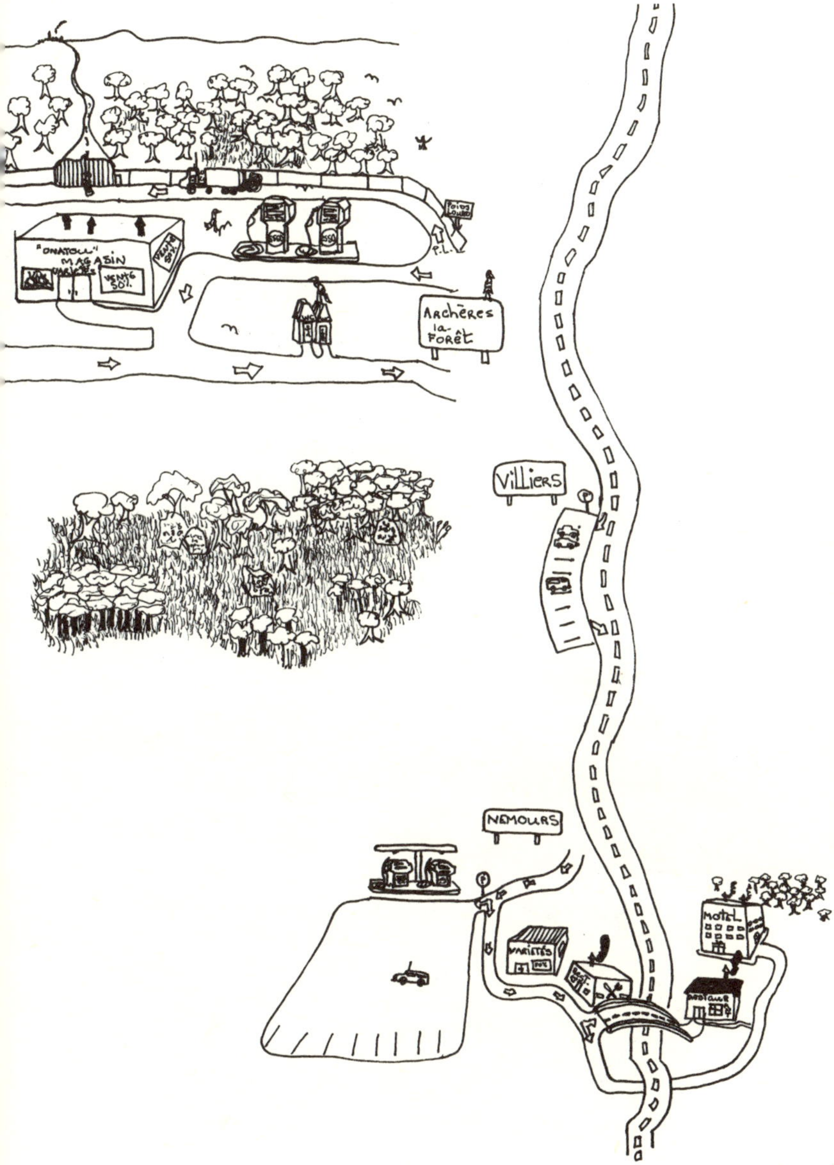
MAGASIN
Archères
la-
Forêt
Villiers
NEMOURS
MOTEL

Wo man sehen wird, daß die Dämonen nicht schlafen.

Gestern abend, in unserem wegen Dusche und gutem Bett so ersehnten ersten Motel, genossen wir für einige Stunden alle technologischen, gastronomischen und hygienischen Privilegien einer modernen Einrichtung. Der Fernseher am Fußende des Bettes führte uns Szenen aus dem Malvinenkrieg vor Augen, indem er mit der teilnahmslosen Natürlichkeit des elektronischen Geräts die Distanz aufhob. Schalter, Tasten, Wasserhähne, jedes Teil der Ausstattung verschaffte uns seine Quote an Bequemlichkeit, während Matratzen und Kissen die süße Trilogie von Liebe, Ruhe und Schlaf nahelegten. So ist es immer, man taucht in eine Sphäre der Behaglichkeit und Sicherheit ein, in der sich dieses auf der Straße, im Auto, im Offenen und Massenhaften immer vorhandene Gefühl des Ungewissen auflöst. Vielleicht ist deshalb – wir hätten das bedenken sollen – der Angriff des Teufels noch schrecklicher, wenn er mitten in einem Fest erfolgt, wenn

In der Stille des Rastplatzes von Villiers beginnt die Autobahn a Konsistenz zu verlieren.

das Böse sich auf das Terrain des Guten schleicht, um zuzuschlagen.

Es geschah schon nach kurzer Zeit, als wir gerade unser erstes Autobahnhotel feiern wollten und die beiden rituellen Whiskyfläschchen und die Eiswürfel aus der Minibar im Schlafzimmer holten. Ich goß ein Glas für Carol ein, bereitete mir meines, und wir setzten uns, um nach der heißen Dusche, die wir so nötig gehabt hatten, zu trinken und zu rauchen. Als ich an meinem Whisky nippte, wurde mir sofort klar, daß ich in eine alte, schon oft gestellte Falle getappt war. Erst in diesem Augenblick wurde mir bewußt, daß mein Fläschchen ohne Mühe zu öffnen gewesen war, während sich bei Carols der Widerstand jedes fest verschlossenen Schraubdeckels bemerkbar gemacht hatte. Die Farbe meines Getränks war die des Whiskys, aber auch Urin kann diese Farbe haben.

Ich ging ins Bad, spülte den Mund aus und öffnete ein Fläschchen Martini, das sich, nachdem ich es sorgfältig überprüft hatte, als bestens verschlossen erwies. Carol

Die geheimnisvollen Felszeichnungen auf dem Rastplatz von Villiers (vgl. Champollion und andere Experten).

wollte diesem zwar unbedeutenden, aber ekelhaften Schrecken großzügig noch mehr an Bedeutung nehmen. Es sei bestimmt kein Urin gewesen, sondern irgendein Shampoo, irgendeine gelbliche Flüssigkeit, mit der man die Farbe des Whiskys vorgaukeln könnte. Das war mir jetzt schon ziemlich egal, obwohl ich sicher war, obwohl ich schon sich wiederholen sah, was die Argentinier eine *ranada* oder eine *viveza* oder eine *cachada* nennen und die Mexikaner oder die Dänen oder die Italiener weiß ich wie, was aber immer dasselbe ist, in eine Bier- oder Whiskyflasche pissen, dafür sorgen, daß sie unversehrt aussieht, und dann das doppelte Vergnügen genießen, sie nicht bezahlt zu haben und sich das Gesicht oder das Gespeie des unsichtbaren, aber sicheren Opfers auszumalen, das demnächst in Fesseln gelegt und unausweichlich dazu verdammt sein wird, in diesen intelligenten Hinterhalt zu geraten.

Ich bin, glaube ich, kein böser Mensch, aber ich versage mich nie einer gerechten Rache, wenn auch nur im Geist.

Die Autobahn der anderen vom Rastplatz von Villiers aus.

Ich meine, daß es möglich ist, einen Wunsch zu projizieren, und daß er irgendwie in Erfüllung geht, so wie Keats in einem seiner Briefe sagt, daß es immer gut ist, Prophezeiungen zu machen, weil die es dann schon irgendwie hinkriegen, von selbst in Erfüllung zu gehen. Ich wünschte mir eingehend, der Urheber des Scherzes möge irgendwo auf der Autobahn einen Unfall haben und sein Auto möge danach so aussehen wie Juan José Mosalinis Bandoneon, wenn er es zum letzten schrägen Akkord eines Tangos aufwölbt, ohne daß der Fahrer eine schwerere Verletzung davonträgt. Keine schwerere Verletzung, gewiß, aber später sollten die Ärzte bei ihm eine irreversible Hypourämie diagnostizieren oder, was auf dasselbe herauskommt, eine lanzinierende Makrozystitis, das heißt, daß er nur noch Tröpfchen für Tröpfchen pissen kann, und zwar in die kleinen Reagenzgläschen, die von den Ärzten benötigt werden, um tagtäglich die mühselig erbrachte Urindosis zu untersuchen und festzustellen, daß es sich jedenfalls nicht um Johnnie Walker Red Label handelt.

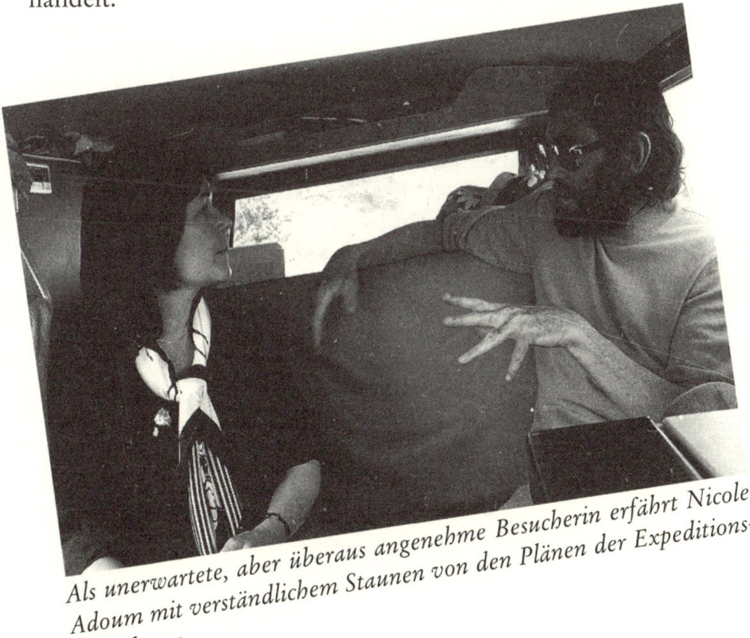

Als unerwartete, aber überaus angenehme Besucherin erfährt Nicole Adoum mit verständlichem Staunen von den Plänen der Expeditionsteilnehmer.

Savigny-sur-Orge, le 25 mai 8

Mon cher petit Eusèbe,

Ton père et moi étions bien contents d'avoir de tes nouvelles, et d'apprendre que le voyage s'est bien passé. Ici, c'est la routine que tu connais, mais au moins nous avons un printemps merveilleux. Il fait déjà un temps d'été, et souvent, le soir, alors que nous prenons le tilleul sur le balcon, j'ai de la peine ~~[illegible]~~ en pensant combien un tel temps t'aurait plu. Mais ton père me rappelle à l'ordre en me disant que de son temps on était moins douillet, et qu'il n'y avait même pas de coopération, tout juste le service militaire dans des conditions bien dures... mais tu en as entendu parler assez souvent par lui, je ne le répéterai pas.

Nous avions l'intention de partir pour le weekend, peut-être pour aller à la forêt de Fontainebleau, mais ton cousin André est venu nous rendre visite, et avec ton père ils ont commencé à regarder les joueurs de tennis à la télévision, et après le déjeuner papa a dit qu'on pouvait quand même aller faire un tour, mais imagine-toi (tu connais André, dommage, mais je n'ai jamais pu comprendre pourquoi Jacqueline avait fait un tel mariage et rien à faire, il y a des enfants qui tiennent du père) qu'avec tout le vin qu'ils avaient pris pendant le déjeuner, ce n'est pas moi qui serais montée dans la voiture avec ton père au volant, alors nous sommes restés tranquillement à la maison.

Hier nous sommes quand même allés voir la tante Héloïse à Viry. Toujours pareil, la pauvre, mais notre visite a semblé lui faire plaisir. Ton père, évidemment, a tenu à prendre l'autoroute pour arriver au plus vite. Il a fallu s'arrêter pour prendre de l'essence, car il n'avait pas pensé avant; je dis que si on décide de se risquer sur l'autoroute il faut quand même savoir tout prévoir. Imagine-toi que nous aurions pu, il s'en est fallu de peu, tomber en panne sèche en plein milieu de tous ces gens qui passent à des centaines de kilomètres à l'heure sans même te regarder. Quand même, pendant que ton père faisait vérifier des choses par le pompiste, je suis sortie de la voiture pour marcher un peu. Je ne comprends rien à ses conversations avec les garagistes, et je n'ai jamais compris pourquoi il faut parler de tout ce qu'il y a dans la voiture chaque fois que nous prenons de l'essence. Tout le temps que ton père gagne en prenant l'autoroute, il le perd en parlant avec ces gens-là. Personnellement, j'aimerais beaucoup mieux les petites routes où il y a des arbres mais ce n'est pas moi qui conduis. En faisant un petit tour dans l'Aire de service, j'ai vu un drôle de couple, qui t'aurait peut-être intéressé, vu ton métier. Ils me faisaient penser un peu à la tante Rose et son mari,

Briefe einer Mutter (1)

Savigny-sur-Orge, 25. Mai 1982

Mein lieber Eusèbe,

Dein Vater und ich haben uns sehr gefreut, von Dir zu hören und zu erfahren, daß die Reise gut verlaufen ist. Hier verläuft alles wie gewohnt, Du kennst das ja, aber wenigstens haben wir einen wunderschönen Frühling. Es ist schon richtiges Sommerwetter, und wenn wir nachmittags auf dem Balkon unsere Tasse Lindenblütentee trinken, denke ich oft bekümmert daran, wie Dir ein solches Wetter gefallen würde. Aber Dein Vater ruft mich zur Ordnung und erinnert mich daran, daß man in seiner Jugend nicht so empfindlich war und daß es damals noch keinen Ersatzdienst in der Entwicklungshilfe gab, sondern nur den Militärdienst unter sehr harten Bedingungen… Aber das hast Du ja alles von ihm schon so oft gehört, also will ich es Dir nicht noch einmal erzählen.

Wir hatten vor, am Wochenende wegzufahren, vielleicht in den Wald von Fontainebleau, aber Dein Vetter André kam uns besuchen und fing an, zusammen mit Deinem Vater die Tennisspiele im Fernsehen anzuschauen, bis Papa nach dem Mittagessen sagte, wir könnten wenigstens eine kleine Spazierfahrt machen, aber stell Dir vor (Du kennst ja André, es ist ein Jammer, aber ich habe sowieso nie verstanden, wie Jacqueline einen so unmöglichen Mann heiraten konnte, und es ist nichts zu machen, Söhne kommen halt auf den Vater raus), bei all dem Wein, den sie zum Mittagessen getrunken hatten, war ich doch nicht bereit, mich zu Deinem Vater ins Auto zu setzen, also sind wir einfach zu Hause geblieben.

Gestern sind wir jedenfalls nach Ury gefahren, um Deine Tante Héloïse zu besuchen. Der Armen geht es unverändert schlecht, aber über unseren Besuch hat sie sich anscheinend gefreut. Natürlich bestand Dein Vater darauf, über die Autobahn zu fahren, um schneller da zu sein. Wir mußten haltmachen, um zu tanken, weil ihm das mal wieder nicht früher eingefallen war; ich meine, wenn man sich schon auf die Autobahn wagt, dann sollte man zumindest an alles denken. Stell Dir vor, es hätte uns ja mitten unter all diesen Leuten, die mit Hunderten von Kilometerstunden vorbeirasen, ohne einen auch nur anzuschauen, plötzlich das Benzin ausgehen können. Na ja, während Dein Vater den Tankwart darum bat, weiß ich was alles nachzuschauen, bin ich ausgestiegen, um mir ein bißchen die Beine zu vertreten. Ich verstehe nichts von diesen Gesprächen mit den Tankwarten, und ich habe auch nie begriffen, warum man jedesmal, wenn wir tanken, über alles reden muß, was in so einem Auto drin ist. Die Zeit, die Dein Vater auf der Autobahn einspart, verliert er dadurch wieder, daß er sich mit diesen Leuten unterhält. Mir persönlich gefallen die Nebenstraßen, wo es Bäume gibt, sehr viel besser, aber ich fahre ja nicht. Bei meinem kleinen Spaziergang über den Rastplatz sah ich ein sonderbares Paar, das Dich aus beruflichen Gründen

Das Motel auf dem Rastplatz von Nemours. Eine Dusche, ein Bett!

vielleicht interessiert hätte. Sie haben mich ein bißchen an Deine Tante Rose und ihren Mann erinnert, entsinnst du dich? Ich weiß nicht, ob Du noch eine Erinnerung an sie hast, Du warst so um die sechs oder sieben, als sie starb, und ihr Mann hat sie nicht sehr lange überlebt. Die Rose wog an die hundert Kilo und war mindestens zwei Meter groß. Niemand hat je begriffen, wo das herkam, denn Du weißt ja, daß wir in der Familie eher von zarter Konstitution sind. Wie dem auch sei, gegen die Erwartung von uns allen beschließt sie mit zwanzig Jahren auf einmal, tanzen zu gehen… und kommt mit einem Freund zurück! Ich brauche Dir ja nicht zu sagen, daß wir darauf verzichteten, Empfehlungsschreiben von ihm zu verlangen, und drei Wochen später waren sie verheiratet. Du hättest die beiden sehen sollen! Die Braut hatte beschlossen, in Weiß und mit allem Drum und Dran zu heiraten, ich kann dir sagen, sie war wirklich beeindruckend, und er ähnelte ja eher diesem bärtigen Maler, der immer so Szenen aus dem zwielichtigen Milieu gemalt hat, so daß ich persönlich mir

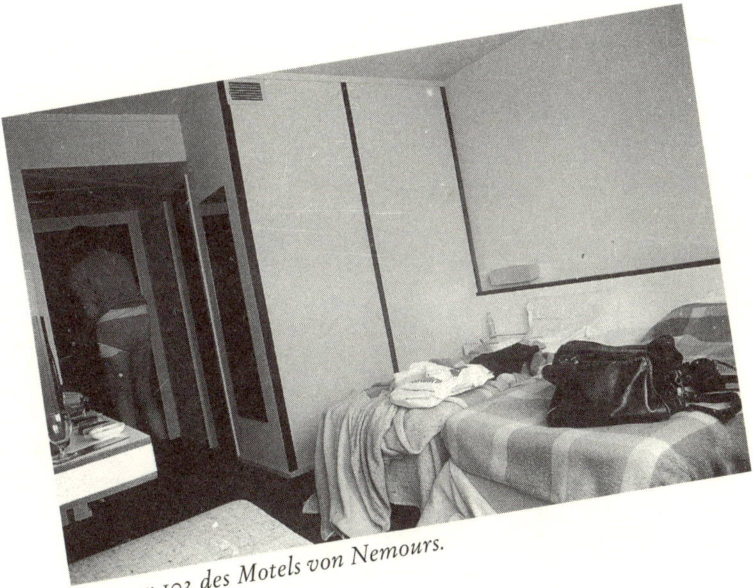

Zimmer 103 des Motels von Nemours.

nie auch nur ein einziges seiner Bilder angeschaut habe, und wie er in seinem Frack aufs Standesamt kam, da hätte man ihn am liebsten auf einen Stuhl gestellt, damit er seiner Braut in die Augen schauen kann. Aber letztendlich, Du magst es glauben oder nicht, waren sie bis zum Schluß glücklich, und das ist mehr, als man von den meisten Paaren sagen kann. Aber wovon hab ich denn gerade geredet? Ach ja, hinter der Tankstelle war einer von diesen Wohnlastern, wie man sie heute hat. Kein richtiger Laster, eher ein kleiner Lieferwagen, aber vollständig eingerichtet, um damit ins Wochenende zu fahren, mit einer Art Zelt, das man auf dem Dach hochzieht. Und da, direkt hinter der Tankstelle, hatte sich dieses Paar eingerichtet, als wären sie schon an dem Ort, wo sie ihre Ferien verbringen wollten. Er war sehr groß – gutaussehend, muß ich sagen, mit Bart, aber nicht zu vergleichen mit den Hippies oder solchen Leuten, ein wirklich stattlicher Mann und mit einem liebenswürdigen Ausdruck im Gesicht – und sie neben ihm so klein, also wenn man eine

Brücke des Rastplatzes von Nemours: Die Autobahn flieht ins Unendliche…

Neigung hätte, Schlechtes zu denken, müßte man sich wirklich fragen, wie sie gewisse Dinge machen… Zuerst nahm ich an, sie kämen von weit her und ruhten sich jetzt aus, nachdem sie Paris durchquert hätten, aber dann merkte ich, daß ihr Auto eine Pariser Nummer hatte (die 75er Nummernschilder kenne ich, weil Dein Vater, wenn er am Steuer sitzt, auf die immer schimpft und »Scheißpariser« oder was noch Schlimmeres schreit). Meinst Du, daß die beiden in wilder Ehe leben? Was für ein Ort für diese Art von Abenteuern! Aber sie sahen nett aus, grüßten mich mit einem Lächeln, und dann fuhren wir weiter, ich muß Dir noch sagen, daß es der armen Héloïse gar nicht gut geht.

Gut, mein Junge, ich muß jetzt Schluß machen, weil es gleich fünf ist und ich noch nicht mit dem Abendessen angefangen habe. Paß gut auf Dich auf, wir umarmen Dich ganz herzlich,

Mama

(Fortsetzung folgt)

…, doch wir bleiben.

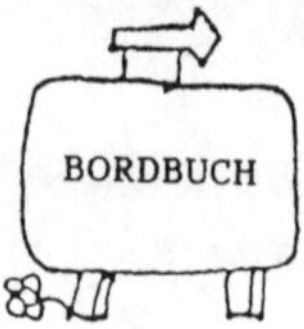

Mittwoch, 26. Mai

Frühstück: Orangensaft, Croissants, Brot, Butter, Marmelade, Kaffee (im Hotel).
9.58 h. Abfahrt.

10.08 h. Rastplatz: AIRE DE SONVILLE.
Schöner Parkplatz.
Mittagessen: Corned Beef, Kichererbsensalat, Käse, Kirschen.
14.35 h. Abfahrt unter einer glühenden Sonne.

14.45 h. Rastplatz: AIRE DU LIARD.
Schöner Parkplatz mit Bäumen. Es gibt eine große Wiese, Blumen, hohes Gras, und am einen Ende finden wir einen kleinen Strand. Nicht baden, wir vermuten, daß es Krokodile gibt.
16 h. Überraschung! René Caloz taucht auf; nachdem er von unserer Reise erfahren hat, ist er alle Rastplätze seit Paris abgefahren, bis er uns gefunden hat. Als er wieder geht, schenkt er uns zwei Flaschen »Fendant«.
Abendessen: ein chinesisches Gericht, Litschis in Sirup, Kaffee.

Wo sich die Reisenden fragen, ob absolute Einsamkeit möglich ist. – Gegenbeispiel. – Vorhersehbare und unvermeidliche Besucher. – Unerwartete Besucher. – Gespräche und Geschenke.

Es ist ja hinreichend bekannt, daß überall, wo ich bin – ob in einer Raumkapsel auf dem Flug zum Mars, ob im Tauchboot von Kapitän Cousteau oder in einem dieser nur von Yaks und den abscheulichen Schneemenschen bewohnten tibetanischen Tempel –, irgendwann Calac und Polanco auftauchen, und zwar in der immerwährenden Absicht, uns die klangliche Einsamkeit zu ruinieren, das Schweigen, das Gold ist, und das geruhsame Leben dessen, der den Lärm dieser Welt flieht und dem (in diesem Falle) verborgenen Pfad der Autobahn nach Süden folgt.

Unser Drache nimmt seine ersten Gespräche mit Bäumen und Vögeln auf.

An der ständigen Wiederkehr dieser Tataren, wie ich sie ob ihrer für das Zusammenleben und vor allem den gastronomischen Bereich so zerstörerischen Angewohnheiten immer genannt habe, trägt das Bärchen nicht die geringste Schuld, aber ich kann meiner eigenen Persönlichkeit nicht aus dem Wege gehen. Ohne die Folgen meines Tuns richtig einzuschätzen, gewährte ich Polanco und Calac Einlaß in mehrere meiner Bücher, wo sie wie in einem eroberten Land herumstolzierten, und jetzt ist es eigentlich ganz logisch, daß sie plötzlich in diese Chronik einbrechen und uns alsbald zu verstehen geben, daß sie beschlossen haben, uns auf unserer Route zu folgen und auch um den Preis der größten Opfer über unsere Sicherheit zu wachen.

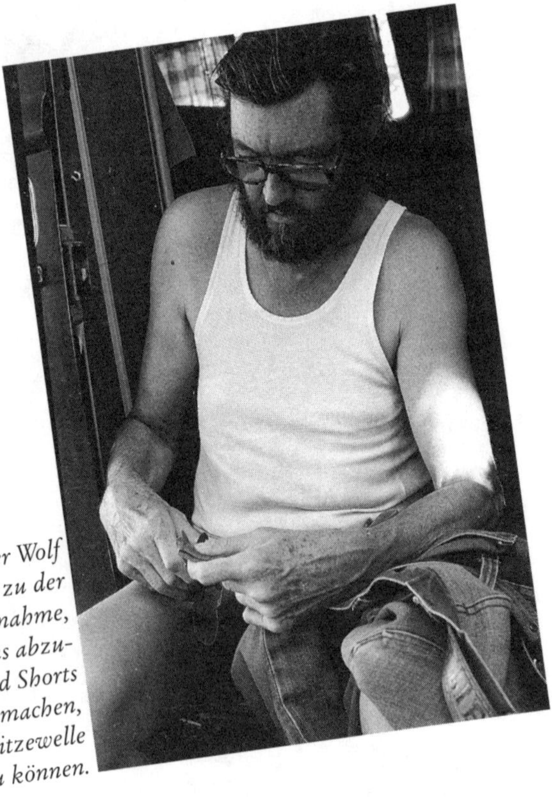

Der Wolf entschließt sich zu der drastischen Maßnahme, seine Jeans abzuschneiden und Shorts daraus zu machen, um so einer Hitzewelle begegnen zu können.

Nun gut, es stimmt zwar, daß ich sie in etliche meiner Schriften eingelassen habe, aber nicht minder zutreffend ist, daß ich immer das Mögliche getan habe, um sie wieder loszuwerden, was mir allerdings nicht immer gelungen ist. Bärchen ihrerseits duldet sie, weil sie sich als meine Freunde ausgeben (und es in Wirklichkeit auch sind), und jetzt bietet sie ihnen etwas zu trinken an, was sie mit ihrer gewohnten Griesgrämigkeit annehmen. Da ich sie kenne, tue ich ihnen nicht den Gefallen, sie zu fragen, wie sie es geschafft haben, uns auf diesem Rastplatz ausfindig zu machen, und schreibe es nicht nur dem Zufall zu, sondern tue auch so, als wüßte ich nichts von ihren Absichten, auf uns aufzupassen, wie sie sagen. Die Erfahrung hat mich gelehrt, daß die Tataren in einem gewissen Maß von mir abhängig sind, das heißt, daß ich, sofern ich beim Schreiben nicht leichtsinnig bin und mich nicht von irgendeiner geistigen Assoziation mitreißen lasse, die sie wieder zurückbringt, darauf vertrauen kann, daß wir sie bis zum Ende der Expedition nicht wiedersehen werden. Sie wissen das, auch wenn sie das Gegenteil vortäuschen, und schauen mich aus dem Augenwinkel an, mich und die Flasche Scotch, die das Bärchen nicht rechtzeitig verwahrt hat.

»Siehste«, sagt Calac, »die bedanken sich nicht mal bei uns.«

»Und natürlich keine Rede von einer möglichen Einladung zum Mittagessen«, sagt Polanco, der schon die Flasche in der Hand hat.

»Für die anderen Besucher zerreißen sie sich regelrecht, aber gegen uns führen sie Kalten Krieg. Glauben die vielleicht, wir wüßten nicht, daß sie schon zweimal Besuch gehabt haben?«

»Und zu allem Überfluß auch noch Schweizer, stell dir vor.«

»Du«, herrscht mich Calac an, »hast bestimmt mehrere Geheimkonten in Genf, wie alle diese Typen vom *Boom*, und bestimmt waren die, die euch besucht haben, in Wirklichkeit Finanzberater, die dir die neuesten Notierungen gebracht haben, damit du die Platinbarren und das Zeugs besser anlegen kannst.«

»Die arme Carol hat sicher keine Ahnung«, sagt Polanco, der Spezialist im Zwietrachtsäen ist, »und meint, das seien nur helvetische Zufälle.«

An diesem Punkt ließen wir sie einfach reden, was ja im Grunde auch ist, was ihnen Spaß macht, und sagten uns statt dessen, in Sachen Zufall sei dieser doppelte Besuch durchaus nicht schlecht gewesen. Der gestrige war der von Nicole Adoum, die uns mit aller Selbstverständlichkeit erklärte, sie müsse zum Zahnarzt (also von Paris an irgendeinen Ort in der Schweiz) und habe deshalb beschlossen, ein paar Kirschen zu kaufen und uns auf allen Rastplätzen zu suchen, weshalb ihr Autochen drei Stunden lang wie eine Nadel beim Nähen auf die Autobahn fuhr und gleich wieder herunter, vermutlich zur Verblüffung derer, die den Begriff des Rastplatzes korrek-

Mit samt und sonders gesetzten Segeln hält sich Fafnir für den Drache von Paolo Uccello, und niemand wagt sich in seine Nähe.

terweise mit dem des Rastens verbinden. Wir freuten uns über den Besuch und die Kirschen, unter anderem, weil sie uns für einen Augenblick dieses in der Ferne fast noch zu erkennende Paris zurückbrachten und uns zugleich die unwiderrufliche Realität einer Expedition bewiesen, die uns manchmal, das müssen wir zugeben, fast wie ein vollkommen absurdes Unterfangen vorkommt.

(Doch zum Absurden bitte bei Tertullian nachschlagen.)

Daß der zweite Besuch ebenfalls schweizerisch war – bei Leuten, die fast keine Freunde dieser Herkunft haben –, schien uns das beste Zeichen dafür, daß die Expedition auf dem richtigen Kurs und in bester Obhut war, daß unser Narrenschiff Zeichen und Winden gehorchte, die zwar schwer zu erklären waren, es aber vorantrieben, wie wir es erhofft hatten: ein Meer voller Überraschungen, wunderschöne Küsten, kopfstehende Sternbilder, unverhoffte Schweizer und Kirschen außerhalb des vorgegebenen Speiseplans.

Wir saßen gerade neben Fafnir und lasen, unter Bäumen voller Vögel, die auf die Ökologie schissen und auch in so geringer Entfernung zu den Benzindünsten und dem Krach der Autobahn überaus glücklich zu sein schienen; Carol in den *Invisible Man* von Ralph Ellison vertieft und ich bei jeder neuen Episode des *Interview with the Vampire* von Anne Rice vor Grauen zitternd. Plötzlich beendete ein stämmiger, freudestrahlender Mann ein Wahnsinnsmanöver im Rückwärtsgang, das ihn wenige Meter vor unserer Bleibe zum Stehen brachte, und kam mit einem dieser »Julio, Julio!«-Rufe auf uns zu, die bei Calac und Polanco unvermittelt heftige Eifersuchtsanfälle auslösen, was ihre späteren ironischen Anspielungen erklärt. Ungläubig erkannte ich René Caloz, einen Schweizer Freund, mit dem ich *in illo tempore* die nicht gerade leichte Redaktion des *Unesco-Kuriers* geteilt hatte, einer

Zeitschrift, die aus der Sicht der Abonnenten recht schlicht erscheinen mag, deren politisches Gleichgewicht, um es mit einem manierlichen Namen zu bezeichnen, jedoch Wochen komplizierter Verhandlungen, heftiger Wortwechsel, Gruppen- oder Individualstrategien, *Powwows* mit Engländern, Sowjetrussen, Franzosen, Mexikanern, Argentiniern, Isländern und Nordamerikanern bedeutet, damit die Nummer am Ende den ausgeglichen einhelligen und internationalen Geist der Unesco widerspiegelt, obwohl nach diesen endlosen Alchimistereien, Säuberungen, Destillationen, *re-writings* und semantischen Korrekturen das Ergebnis eher zu einer gewissen Fadheit neigt, wenn ich das mal mit aller Zuneigung sagen darf.

Der Wolf konzentriert sich, bevor er die wissenschaftlichen Beobachtungen des Tages festhält.

Aire de
Sonville
Aire du
Liard
Parc
Thierry

Carol und René lernten sich kennen, wir setzten uns in den Schatten, und was mir als reiner Zufall erschienen war, wurde zu einem Zufall zweiten Grades, das heißt, die Figur wurde zum Dreieck und deshalb noch faszinierender. Wir erfuhren, daß Brian Featherstone, der uns am Tag vor unserer Abfahrt besucht hatte und über die Expedition im Bilde war, bei René wohnte und daß dieser durch ihn von dem großartigen Projekt Kenntnis bekommen hatte. René und ich hatten uns seit mindestens sechs Jahren nicht mehr gesehen, und ich werde nie so recht verstehen, warum er plötzlich solche Lust bekam, uns auf der Autobahn zu treffen, als er sich auf der Fahrt zu seinem Haus im Gard befand. Wir hätten uns hundertmal in Paris treffen können, aber so sind die Cronopien nun mal, und ganz plötzlich kam René auf den Gedanken, nacheinander alle Rastplätze abzufahren, bis er auf uns stoßen würde (genau wie Nicole, woraus man ableiten könnte, daß die Schweizer geistige Verhaltensweisen teilen, die meinen Respekt verdienen). Veranlaßte ihn das geheimnisvolle, aber wahrnehmbare Prestige der Expedition dazu? Oder die wehmütige Erinnerung an eine Freundschaft, die wir beide unter normalen, abgeschmackten Bedingungen so sehr vernachlässigt hatten?

Aber das war nicht der Augenblick, René mit Problemen dieser Art zu behelligen, wir waren zu glücklich, uns auf diese Weise getroffen zu haben, wie durch ein kleines Wunder der Zuneigung, und ich glaube, wir spürten alle drei gleichzeitig, daß diese Begegnung eine Bereicherung des Spiels war: für uns bei unserem und für René, weil er seine Fahrt über die Autobahn mit einer Art Häkelborte versah, bis er uns in einer der Schleifen der Zeichnung gefunden hatte.

Wir lachten viel in Erinnerung an die alten Zeiten, als René, der ein ausgezeichneter Bergsteiger war, regelmäßig aus seinem Urlaub zurückkam und mir Photos zeigte, auf denen man ihn eine senkrechte Wand erklettern sah, weit unter ihm Schweizer Chalets, die wie Dominosteine aussahen, und ich, dem es schon schwindlig wird, wenn er nur zu Hause an die Decke schaut, wurde grüner und grüner und bat ihn, die Photos wegzustecken, wenn er nicht wolle, daß ich mitten ins Büro kotze. René steckte sie weg und fing an, mir zu erklären, das Ganze sei gar nicht so schrecklich, aber je mehr technische Einzelheiten er auftischte, um so mehr sah ich mich in seiner schwindligen Lage, und das war noch schlimmer, so daß das Thema Bergsteigen bei den Unterhaltungen im *Kurier* bald nur noch selten zur Sprache kam.

Als einer, der von allem Senkrechten und Aufsteigenden begeistert war, besaß René doch die Großzügigkeit, unser eher waagrechtes und kriechendes Unternehmen

Manche wissen Oasen zu schätzen.

zu loben. Zum Abschied schenkte er uns zwei Flaschen *Fendant*, dieses angenehme flüssige Gold, das wir jetzt, nach seiner Abfahrt, auf ihn und sozusagen mit ihm trinken. Kirschen und *Fendant*... Dem armen Kolumbus hat niemand an den ersten Tagen seiner Reise solche Dinge gebracht.

Manchmal wird Fafnir feierlich und fast monumental.

Von Migrationen und Exodussen

Am dritten Tag wird immer offenkundiger: Von zehn Touristen, die Richtung Süden fahren, sind sieben Engländer. Es wird fast schon langweilig, auf die Nummernschilder zu schauen, GB dominiert bei weitem. (Natürlich sind da auch viele Franzosen, aber wir neigen dazu, uns Touristen immer als Ausländer vorzustellen, und es kommt uns so vor, als wären die Franzosen hier nur Handelsreisende oder Händler auf Reisen.)

Carol fällt wie mir auf, daß im Gegensatz zu unseren früheren Fahrten auf der Autobahn, als die Belgier in fast offensiver Weise die Parade beherrschten, jetzt ihr einsames B nur noch von Zeit zu Zeit auftaucht. Wir denken an den Rhythmus der Ferien, migratorische Staffelungen als zweifelsfreie Erklärung für diese britische Invasion, übrigens zeitgleich zu der auf den Malvinen, deren Wechselfälle wir alle drei oder vier Stunden über die Kurzwellensender verfolgen. Ich werde mich hier nicht mit den Malvinen befassen, denn wie es in der Bibel so treffend heißt, hat alles seine Zeit und seinen Ort; ich beschränke mich auf die Frage, ob die vielen Engländer auf der Autobahn nicht Ausdruck einer ausgesprochen britischen Art und Weise sind, Maggie Thatcher eine lange Nase zu machen und die Pinguine von Port Stanley gegen das Roulette in Monte Carlo einzutauschen.

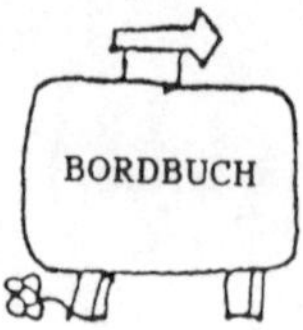

Donnerstag, 27. Mai

Frühstück: Orangen, Madeleines, Feigengelee, Kaffee.

9.36 h. Abfahrt.

9.38 h. Einfahrt in das Departement Loiret.

9.46 h. Rastplatz: AIRE DU PARC THIERRY.
Der größte Parkplatz, den wir bisher gesehen haben.
Ausrichtung Fafnirs: O.
Die sibirische Kälte kehrt zurück.
Mittagessen: Spaghetti mit hausgemachter Soße, Kirschen, Kaffee.

18.30 h. Abfahrt unter einer zaghaften Sonne.

18.35 h. Wir fahren in das Departement Yonne ein.

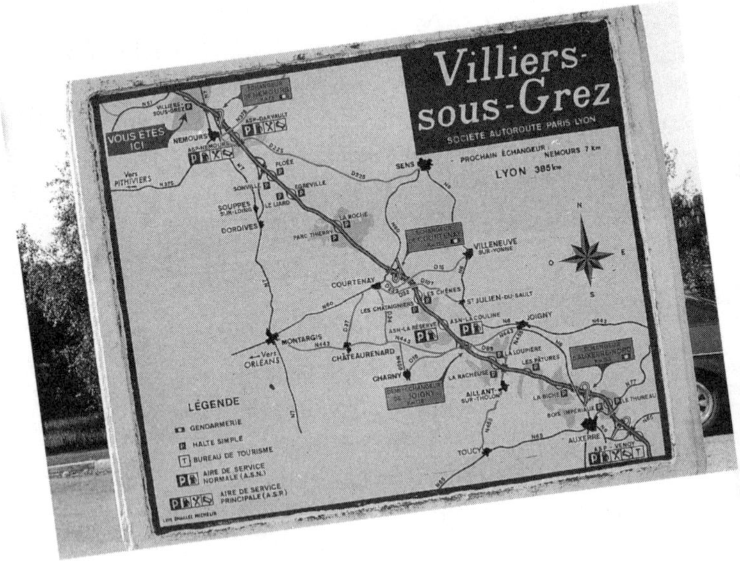

18.47 h. Rastplatz: AIRE DES CHATAIGNIERS.
Wald, von Bäumen gesäumte Wege für die Autos.
Ausrichtung Fafnirs: SSW.
Abendessen: Gekochte Eier, Käse, Kaffee.
Heftiger Regen während der Nacht, doch Fafnir hält bestens stand. In respektvoller Entfernung sind noch zwei weitere Drachen auf dem Parkplatz.

Plötzlich nackt. Weil ich mich so jäh vorgebeugt habe, daß der Vorhang mit einem Schlag herunterfällt, dieses Provisorium aus einem Badetuch, das uns vom vorderen Teil abschirmen soll, weil die breite Windschutzscheibe sich jedem Blick von außen öffnet.
Was macht es im Grunde schon aus, bei dem wohligen Beben, in das du meinen Körper versetzt, hättest du mich – ich schrie ja, nein – auch so nehmen können, bei geöffneten Vorhängen und in einem Wirrwarr von Jeans Hemden Bündeln Büchern und Autos, die in der Ferne weiter vorbeifahren und auch in der Nähe, wenn du Platz genug gehabt hättest, es zu tun. Trunken sein von deinem Körper und den Rest vergessen.
Glaubst du, daß ich eines Tages diese Methode wiederfinden werde, den vorderen Vorhang im Bruchteil einer Sekunde zuzuziehen? Wie habe ich das nur geschafft, wenn da noch nicht einmal der kleinste Haken ist, um auch nur ein Taschentuch festzumachen?

Gärtner

Nach der offiziellen Autobahnkarte gibt es auf diesem Rastplatz nichts, er erfüllt lediglich seine Funktion als »Erholungszone«. Man braucht sich dort nur einzurichten, um zu entdecken, daß ihn nicht nur die Reisenden für ihre kurze Picknick- oder WC-Pause besetzen; eine stetigere Bevölkerung bewegt sich auf seinem Territorium und widmet sich Ausbesserungs- und Erweiterungsarbeiten. Junge Arbeiter versorgen Blumenbeete mit frischer Erde, und als wir Fafnir in der Nähe eines uns sehr zupaß kommenden Wäldchens abstellen, sehen wir zwei von ihnen mit ausholend bukolischer Geste etwas aussäen, was vermutlich der Samen eines künftigen Rasens ist. Später kommt ein anderer Arbeiter, um die vom Pflug ans Licht beförderten Steine einzusammeln; mit gemächlichen Bewegungen von althergebrachter Anmut beugt er sich hinab und hebt die Steine auf, sammelt mit sicherem

Der Garten der Versuchung mit einer verschlüsselten Botschaft (blaue Lappen). Glaubte die Gesellschaft, daß wir voller Verzweiflung in di Fluchtfalle gehen würden?

Griff einen Armvoll und geht sie dann auf einen Haufen werfen, der zunehmend größer wird. Von meinem Ausguck aus – einem steinernen Tisch, wo wir im Schatten zu Mittag essen und den von Carol zubereiteten duftenden Salat aus Kichererbsen und Zwiebeln genießen – sehe ich diese Szene, die jeder Zeit entrückt und zugleich mit dem Vorbeirasen von Autos und Lastzügen auf der hinter einem grasbewachsenen Erdwall notdürftig versteckten Autobahn verwoben ist.

Wenn man immer mehr in dieses Zwischenreich eintaucht, in dem sich Dinge und Zeiten auflösen, verwischen und manchmal verschmelzen, welche Beziehung besteht dann noch zwischen diesem Wettlauf, in dem nur zählt, was man noch nicht erreicht hat, diesem *weiter*, das den Blick der Fahrer konzentriert und versteinert, und diesem ewigen Thema des Frühlings und des Keimens, dieser zeitlosen Gebärde, mit der die jungen Arbeiter ihre Handvoll Samen auf die Erde streuen?

Wir schauen nach vorne, aber die großen Augen des Drachens überwachen das rückwärtige Gebiet und beschützen uns.

Mutation

Wie immer schickt die Praxis jede ihrer selbst zu sichere Theorie zum Teufel. Es war zu vermuten, daß das Befahren einer Autobahn, auf der praktisch jeder mit Höchstgeschwindigkeit dahinrast, und nur kurz anhält, um zu pinkeln, zu tanken oder bestenfalls auf einem anheimelnden Parkplatz ein Weilchen auszuruhen, sich stark von diesem unmerklichen Kriechen unterscheiden würde, bei dem sich alles umkehrt: Das Fahrzeug verliert seine Bedeutung, denn kaum hat es einen Rastplatz verlassen, muß es auch schon wieder auf dem nächsten vor Anker gehen; die von Blase und Darm gesteuerten Bedürfnisse sind kein Grund mehr, die Fahrt zu unterbrechen oder den vorgesehenen Zeitplan zu ändern; die Rastplätze werden unendlich viel wichtiger als das helle Band in einem Raum, der den Autofahrer verschlingt, während dieser ihn verschlingt.

All diese Veränderungen waren vorhersehbar, als wir die Expedition vorbereiteten, doch keine theoretische Vorgabe konnte uns eine Vorstellung von ihrem Ausmaß und ihrem Reichtum vermitteln. Es ist gerade erst der dritte Tag unserer Reise, und die üblichen Parameter sind einer anderen Art und Weise gewichen, die Autobahn zu erleben. Ursprüngliche Empfindungen: schon kurz hinter Fontainebleau haben wir den Eindruck, sehr weit von Paris entfernt zu sein, so daß uns Marseille nicht ferner erscheint als unser Ausgangspunkt. Die Zeit ätzt sich in den Raum, verändert ihn; wir können uns schon jetzt keinen wesentlichen Unterschied mehr zwischen diesem Rastplatz und den letzten vorstellen, die uns einen Tag vor dem Ende der Expedition erwarten.

Wichtiger als das: die fortschreitende Veränderung des gewohnten Begriffes der Autobahn, die Ablösung ihrer faden und fast abstrakten Funktionalität durch ein Erscheinungsbild voller Leben und Reichtum: die Leute, die

Haltepausen, die Episoden auf ihren mehr oder minder bewaldeten Bühnen, aufeinanderfolgende Akte eines Theaterstücks, das uns in seinen Bann zieht und dessen einzige Zuschauer wir sind. Fafnir, so lange Jahre und in so vielen Ländern ein kilometerfressender roter Drache, ist jetzt ein regloser, gefügiger Elefant, der nur zehn oder zwanzig Minuten fährt, um dann wieder friedlich auf seinen vier Gummifüßen festzusitzen. Er nimmt es nicht übel, ganz im Gegenteil, man hat den Eindruck, daß er sich mit uns solidarisiert und daß sein orangefarbenes Faltdach, das wir nach jeder Etappe hochstellen und das ihn in ein Häuschen verwandelt, wo es sich gut leben, lesen und schreiben läßt, so etwas wie ein Zeichen dafür ist, daß er sich zufrieden aufplustert, wenn er uns sein Bestes schenkt. Es besteht für uns nicht der geringste Zweifel daran, daß Fafnir der dritte Forschungsreisende ist und daß er diesem langsamen, aber tiefgehenden Vorankommen zustimmt, während ihm andere Reisen vielleicht zu oberflächlich und ungezügelt vorgekommen sind, und wir meinen, daß Drachen und Elefanten das nicht mögen.

Zweite Metamorphose, die Autobähnler. Welche Vorstellung hatten wir von dieser mit kaum einmal durch einen Sandwich oder einen Sprint zum WC unterbrochener Höchstgeschwindigkeit dahinrasenden Fauna? Gewiß, wenn sich nach fünfzig oder achtzig gleichermaßen monotonen Kilometern der Überdruß einstellt, kommen die einzig möglichen Gesprächsthemen auf: »Schau, schon wieder ein Belgier, das sind jetzt schon fünf. Und jetzt ein Deutscher, vier Franzosen, zwei Schweizer, ein Engländer. Und dieses Kennzeichen? Anscheinend Bulgarien. Sonderbar, Bulgarien, das erste Mal, daß ich hier einen Bulgaren sehe.« Und auch die Lastwagen: »Sie werden von Tag zu Tag größer und furchterregender, jetzt fahren sie schon mit hundert oder hundertzehn, die nehmen auf nichts Rücksicht, und bei denen mit Hängern, die sich plötzlich in Schlangen verwandeln und dir einen Schwanzhieb verpassen, muß man beim Überholen immer schön Abstand halten, obwohl ja im allgemeinen sie dich überholen, die fahren wirklich wie die Verrückten.«

An alledem hat sich im Grunde nichts verändert, aber für uns hat sich alles verändert. Die Beobachtungen auf der Fahrt reduzieren sich auf wenig mehr als Null: Alles geschieht jetzt auf den Rastplätzen, in die Autos und Lastwagen langsam, fast zaghaft einfahren, um dann höchst behutsam nebeneinander zu parken. Was ein riesiges, bedrohliches Parallelepipedon war, ein Rennwagen namens Porsche oder ein im Zickzack fahrender Renault 5, nähert sich uns jetzt in dem langsamen, freundschaftlichen Kriechtempo eines Hundes, der gestreichelt werden will, oder einer Katze, die einen Rest Sardinen vermutet.

Die Lastwagen: Sie werden von Tag zu Tag größer und furchterregender.

Doch das ist noch gar nichts neben dem Wesentlichen: Die *Dinge* suchen ihren Platz, bleiben stehen, und aus den Dingen beginnen *Menschen* zu steigen, die bei dem gnadenlosen Rennen auf der Autobahn nur theoretisch anzunehmen waren. Aus diesem riesigen Lastwagen, der sich als TRANSPORTS VIALLE mit Sitz in Thiviers, Périgord, zu erkennen gibt und uns wie ein grauenerregender blauweißer Dinosaurier zum Entsetzen des friedfertigen Fafnir mit hundert Stundenkilometern überholt hätte, steigt jetzt ein blonder Junge, der neben der Wagentür seine Beine streckt, uns, als er uns in der Nähe sieht, mit einer freundlichen Geste bedenkt und dann frohgemut Richtung Snackbar geht, wo ihn Beefsteaks mit Pommes frites und der Rotwein der Mittagspause erwarten. Aus diesem präpotenten Mercedes, der sicherlich nie die für Höchstgeschwindigkeiten reservierte linke Fahrbahn verläßt, taucht ein Paar auf, das der Wagen gleichzeitig aus den zwei vorderen Türen zu katapultieren scheint, wie eine sonderbare Hennenmutante, die in der Lage ist, gleichzeitig zwei Eier von ausgeprägt deutschem Aussehen zu legen. Die *Dinge* waren also tatsächlich bewohnt; die Rastplätze sind der Ort und die Stunde der Wahrheit, wo das Leben wieder zwei Beine und zwei Arme hat, während die Autobahnroboter in ihrem Schweigen und ihrer Ohnmacht regungslos, flügellahm, tot darniederliegen.

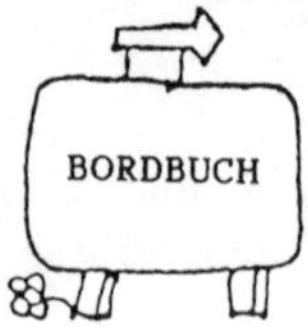

Freitag, 28. Mai

Frühstück: Orangen, Madeleines, Feigengelee, Kaffee.
10.08 h. Abfahrt. Nebel.

10.15 h. Rastplatz: AIRE DE LA RESERVE.
Kühe!
Als erstes geben wir Fafnir zu trinken (Normalbenzin, da er ein Drache mit einfachen Gewohnheiten ist).
Graues Wetter, ab und zu Sonne. Nicht so kalt wie gestern.
Es gibt einen Laden und ein Restaurant. Wir kaufen ein Thermometer, um unser defektes zu ersetzen.
Ausrichtung Fafnirs: SO.
Mittagessen: Eier mit Mayonnaise, Beefsteak mit Pommes frites, Mousse au chocolat, Kaffee (im Restaurant).
13.10 h. Erster telephonischer Kontakt mit der Rettungspatrouille; in Paris ist alles in Ordnung.
13.18 h. Abfahrt.
13.21 h. Wir fahren in Burgund ein.

13.24 h. Rastplatz: AIRE DE LA RACHEUSE.
Schöner Parkplatz mit Bäumen.
20 °C.
Wir finden eine Raupe.
Abendessen: Sauerkraut (das uns Alpträume verursacht), Käse, Kaffee.
Wissenschaftliche Beobachtungen: Auf dem zweiten Rastplatz hatten wir eine terracottafarbene Wegschnecke beobachtet, die ihren Kopf in eine auf dem Boden liegende leere Bierflasche steckte. An diesem Abend kochten wir Sauerkraut, nachdem wir Fafnir vorsichtshalber an einem abfallfreien Platz abgestellt hatten. Kurz darauf bemerkten wir die Gegenwart einer ebenfalls ziegelfarbenen Schnecke,

Aire des Châtaigniers
Aire de La Reserve
boutique
Restaurant
Aire de La Racheuse

die sich unserem Fahrzeug näherte. Fünf Minuten später war die ganze Fläche vor Fafnir mit Schnecken übersät, die auf unser Abendessen zusteuerten. Wenn wir den Vorfall auf dem zweiten Rastplatz zu der Erfahrung dieses Abends in Beziehung setzen, kommen wir zwangsläufig zu dem Schluß, daß die Schnecken deutscher Abstammung sind. (Bilder von Schnecken suchen, ihren lateinischen Namen usw.) Sind sie ein Zeichen des Feindes? Nicht zu vergessen der sorgfältig auf den Drahtzaun gespießte Korken.

Minilager in einer feindseligen Zone: Fafnir als Wehrmauer, die
blümten Greuel, der Mikrotisch und der Trinkwasserkanister.

Briefe einer Mutter (2)

Savigny-sur-Orge, 31. Mai 1982

Mein lieber Sohn,

vielen Dank für die Postkarte. Wie stellst Du es nur an, in einem Land mit soviel Schnee noch rumzureisen? Hast Du das Päckchen mit den Wollsocken und dem Schal bekommen? Ich hätte gern, daß Du mir sagst, ob man beim Militärdienst rote Socken anziehen darf, denn ich hab vom Schal genügend Wolle übrig, um dir noch ein Paar zu stricken, aber vielleicht sind sie ja gar nicht erlaubt.

Hier geht die Zeit sehr langsam vorbei, im Fernsehen gibt es nichts Besonderes. Jetzt, wo wegen der Hitze die Fenster offenstehen, merken wir erst, daß es in diesem Viertel einen Haufen Kinder gibt und daß sie Deinen Vater ständig bei seinem Mittagsschlaf stören. Ich frage mich, ob es richtig war, den Laden und das Haus zu verkaufen, im Grunde hätten wir noch ein paar Jahre weitermachen können, meine ich, aber vielleicht hast Du recht und wir sollten die Zeit, die uns noch bleibt, richtig genießen, obwohl ich Dir sagen muß, daß wir uns an das, was man so den Ruhestand nennt, noch nicht richtig gewöhnt haben. Natürlich ist der Gedanke sehr angenehm, jedesmal, wenn wir Lust haben, wegfahren zu können, an jedem Tag der Woche, aber im allgemeinen ist es uns lieber, wenn der Sonntag auf den Sonntag fällt. Wenn wir es am Dienstag oder Donnerstag ausprobieren, ist es einfach nicht dasselbe.

Ich glaube nicht, daß Dein Vater ernsthaft daran denkt, wieder ins Geschäft einzusteigen – dazu hat er viel zu starke Rückenschmerzen –, aber er schaut immer noch die Anzeigen durch, und Anfang der letzten Woche, als wir nach Joigny gefahren sind, wo wir die arme Tante Héloïse in einem Heim unterbringen mußten, sind wir danach noch nach Auxerre, weil Dein Vater von einem Lokal erfahren hatte, das dort zu einem interessanten Preis zum Kauf angeboten wurde. Der Gedanke mit dem Lokal gefällt mir nicht besonders, aber in der Anzeige stand etwas von einem Häuschen mit Garten, und manchmal sage ich mir, daß die Zeit schneller vergehen würde, wenn ich einen Garten hätte. Jedenfalls fuhren wir am Freitagmorgen früh los und machten in Joigny halt, um die Sachen der armen Héloïse abzuholen. Wenn Du gesehen hättest, in welchem Zustand die Wohnung war, dann wär Dir bestimmt ganz anders geworden. Ich tat, was ich konnte, um ein bißchen Ordnung zu schaffen, aber Dein Vater dachte natürlich vor allem an das Lokal, obwohl ich mir vorstellen kann, daß wir bei einem solchen Geschäft jeden Tag nach der Arbeit Deinen Vetter André auf der Pelle hätten, selbst wenn er weit weg wohnen würde. Seit zwanzig Jahren bringt sein Vater seine Zeit in den Kneipen rum, und ich fürchte, daß der arme Junge schon auf demselben Weg ist. Dein Vater hatte es eilig wegzukommen, so daß ich nicht alles machen konnte, was ich vorhatte. Wir fuhren wieder auf die Autobahn Richtung Joigny, und wie immer merkte Dein Vater, daß uns das Benzin nicht reichen würde, so daß wir an einer dieser Supertankstellen haltmachten, ich glaube, die sind ihm am liebsten, da sind mehr Autos als an den gewöhnlichen Tankstellen, und außerdem verkaufen sie alle möglichen Sachen fürs Auto. Manchmal sage ich mir, daß Dein Vater glücklicher gewesen wäre, wenn er Tankwart und kein richtiger Geschäftsmann geworden wäre, aber dafür ist es jetzt zu spät, und ich glaube, daß ich für mein Teil einen Mann, der jeden Tag nach Schmierfett riecht, nicht hätte ertragen können. Jedenfalls, als ich sah, daß Dein Vater die Motorhaube hatte aufmachen lassen und sich mit einem jungen Mechaniker unterhielt, stieg ich aus dem Auto, und im selben Moment erlebte ich eine Überraschung. Auf dem Parkplatz war dasselbe Paar (Du erinnerst Dich doch, daß ich Dir in meinem letzten Brief von diesem Paar mit dem Wohnlastwagen erzählt habe), nur daß es das letzte Mal in der Nähe von Ury war und seither schon eine Woche vergangen ist. Vielleicht fahren sie ja oft in dieser Gegend herum, aber Du wirst mir nicht abstreiten, daß es ein sonderbarer Zufall war. Obwohl wir so oft über die Autobahn fahren, treffen wir an den Tankstellen so gut wie nie dieselben Tankwarte an. Und zu allem hin hatten sie Liegestühle und ein Tischchen herausgestellt, als wollten sie gerade ein Picknick machen. Na gut, diesmal sahen sie mich nicht, ich stieg wieder ins Auto, und wir fuhren Richtung Joigny weiter. Nachdem wir festgestellt hatten, daß Tante Héloïse gut untergebracht ist – mehr konnten wir nicht tun, die Arme erkannte uns nicht einmal –, gingen wir vor der Rückfahrt in ein Restaurant essen. Dickköpfig wie immer, bestand Dein Vater darauf, Sauerkraut zu essen, obwohl es so heiß war und er noch eine ganze Weile zu fahren hatte. Ich sagte ihm immer wieder, das sei zu schwer, aber Du weißt ja, wie er auf mich hört, ich könnte genausogut mit einem Tauben reden, der nicht

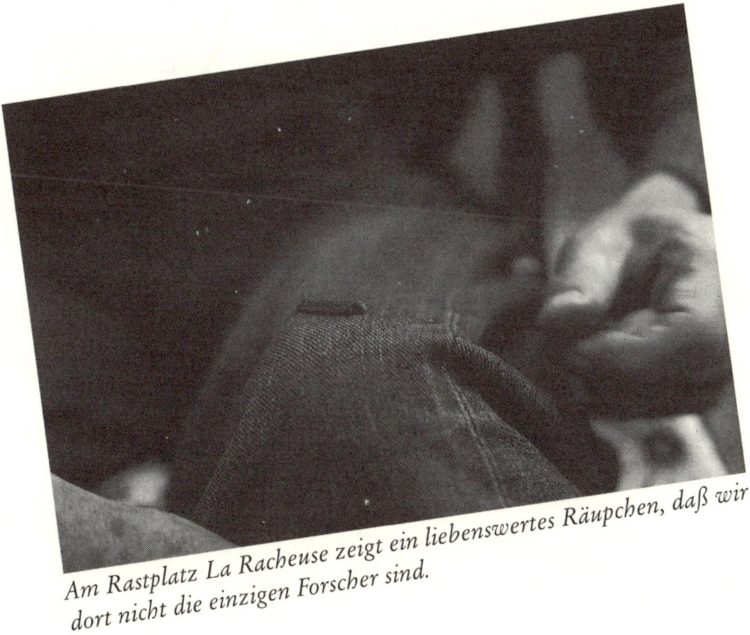

Am Rastplatz La Racheuse zeigt ein liebenswertes Räupchen, daß wir dort nicht die einzigen Forscher sind.

von den Lippen ablesen kann. Wenigstens trank er nicht so viel... (Jetzt, wo Du Dein Diplom hast, könntest Du mir einmal sagen, was die Männer zum Trinken bringt? Deinem Vater hat es meines Wissens nie an etwas gefehlt.)

Aber Sauerkraut ist auf jeden Fall Sauerkraut, und das Ergebnis war, daß wir, kaum waren wir auf der Autobahn, gleich am ersten Rastplatz wieder anhalten mußten, damit er sich ein bißchen Zeit zum Verdauen nehmen konnte. Ausnahmsweise, denn Du weißt ja, daß Dein Vater unterwegs immer mit einem Auge auf die Uhr schaut, denk nur an die Reisen, die wir machten, als Du noch klein warst, wie schwierig es war, ihn davon zu überzeugen, daß er anhält, wenn Du Pipi machen mußtest, mein armes Engelchen. Nun gut, ausnahmsweise war es diesmal keine Tankstelle, sondern einer von diesen Rastplätzen, mit Bäumen, Waldwegen und sanitären Einrichtungen, die erstaunlich sauber waren. Dein Vater schlief ein, und ich ging spazieren. Du weißt ja, bei dem Leben, das wir führen, muß man sich angenehme Momente verschaffen, wo's nur geht, und meine größte Hoffnung ist, daß Dein Leben mal anders wird. Natürlich habe ich keinen Grund, mich zu beklagen, das weißt Du ja. Na gut, da wir neulich wegen Deinem Vetter André und dem Tennis nicht nach Fontainebleau fahren konnten, beschloß ich, ein wenig auf den Wegen im Wald spazierenzugehen. Und da mußte ich mir die Augen reiben, denn dasselbe Pärchen, das ich schon zweimal gesehen hatte, hatte sich ganz am Ende des Rastplatzes eingerichtet, und sie hatten nicht nur ihre Liegestühle und ein Tischchen herausgestellt, sondern auch zwei Schreibmaschinen, und beide saßen da im Wald und tippten. Kannst Du Dir das vorstellen? Als er mich vorbeigehen sah, lächelte mir der Mann zu und sagte »Guten Tag«, als hätten wir uns, jeder mit einem Brot unter dem Arm, in einer Bäckerei getroffen. Die Frau hob den Kopf und lächelte mich ebenfalls an. Sag mal, begreifst Du das? Sie sind nicht mehr so jung, und natürlich könnten sie mit dem Auto, das sie haben, bessere Plätze zum Arbeiten finden, oder nicht? Na, jedenfalls habe ich sehr bedauert, daß Du nicht bei mir warst, Du hättest bestimmt einen Weg gefunden, Dich mit ihnen zu unterhalten.

Wie zu erwarten war, entsprach das Lokal nicht im geringsten der Anzeige, und der Garten, wenn man ein Gelände voller Abfälle und Unkraut Garten nennen kann, lag direkt an der Bahnlinie, das heißt, die ganze Fahrt war umsonst. Aber wir haben beschlossen, nächste Woche ein bißchen Ferien zu machen, Dein Vater hat es mir versprochen. Vielleicht fahren wir ein paar Tage in die Gegend von Dijon, und er hat mir geschworen, daß es keine Geschäftsreise wird.

Ich weiß, daß Dir solche Sachen in Deinem Alter auf die Nerven gehen, mit den ganzen Diplomen, die Du jetzt hast, aber ich muß Dir gestehen, daß in meinem Leben etwas fehlt, seit Du fort bist. Es sind ja nur zwei Jahre, sagt Dein Vater, und er sagt auch, ich müßte Dich Dein eigenes Leben leben lassen, und vermutlich hat er ja recht. Aber ich hätte Dich während des Militärdienstes lieber etwas mehr in der Nähe gehabt. Man weiß nie, was in diesem Leben passiert, und Kanada ist ja doch sehr weit.

So, ich komme jetzt zum Schluß. Anne-Marie hat vor einer Weile angerufen, anscheinend gibt es bei Cécile interessante Sonderangebote.

Du weißt ja, daß wir viel an Dich denken und daß wir Dich von ganzem Herzen umarmen,

Mama

(Fortsetzung folgt)

Ich stellte den Liegestuhl in den Schatten einer Kiefer, um die Zeitung zu lesen; der Schatten wanderte weiter, und die Sonne kam, was ich erst erfuhr, als ich aus einem langen, sanften und schon fast vergessenen Traum erwachte, ich weiß nur, daß darin Wölfe und vielleicht ein Zug vorkamen.

Dasselbe Gefühl wie so oft, wenn man in einem Bett, in einem Raum aufwacht, die nicht zur eigenen Wohnung gehören, wenn man nicht von den gewohnten Wänden umgeben ist, fast als brauchte das Unterbewußtsein immer ein bißchen länger für den Kulissenwechsel; nicht zu wissen, wo man ist, aber schon bevor man die Augen aufschlägt der Eindruck des Andersartigen, diesmal noch stärker, weil das Gehör, das vielleicht nie schläft (zumindest stimmt es, daß seine Funktion oft in die Träume einbezogen ist), Zeichen aussendet, die besagen, was zum Teufel ist denn das für ein Lärm, weder Stadt noch Land, und ich mache die Augen auf und bin immer noch auf dem jetzt bereits von der Sonne beschienenen Platz neben der Kiefer, und ein paar Meter weiter steht Fafnir, schön und treu wie immer, mit geöffneter Tür. Er ist leer, Julio hat mit dem Tippen aufgehört; vor allem um Schatten zu suchen, steige ich in den Drachen, esse ein paar Kirschen von Nicole (ich, die ich fast nie Kirschen esse, seit ich in der Mensa der Uni von Aix-en-Provence die Erfahrung machte, daß sie fast immer bewohnt sind, weiß, daß in diesen hier kein Wurm sein wird), und plötzlich wird mir bewußt, wie seltsam es ist, nicht zu wissen, wo Julio ist, wenn er nicht zurückkommt... Ich hänge angenehmen Träumereien nach, er geht da drüben spazieren, er schläft auf der Wiese, er hat einen geheimen Pfad gefunden. Und ich erfinde ein weiteres Spiel, Julio hat keine Ahnung, wo ich ihn gehen sehe, was er gerade tut, und ich werde es ihm auch jetzt nicht sagen, denn es ist Gutes und Schlechtes dabei, immer das gleiche Problem: Wenn man dem Phantastischen die Tür öffnet, kommt alles herein, und ich wundere mich, als ich Julio plötzlich mit seinem gewohnten Lächeln daherkommen sehe, er sagt, er habe ein herrliches Sonnenbad genommen, auf einer Wiese habe er sich bis auf die Unterhose ausgezogen, und dann denke ich: Während du den Pullover auszogst, gingst du diesen Weg entlang, als du die Jeans auszogst, warst du auf einen Baum geklettert, um zu sehen, was auf der anderen Seite der Hügel ist, und ganz zu schweigen von dem Augenblick, als du das Unterhemd auf die Bank neben dir legtest, aber ich werde dir nichts von den Männern erzählen, die kamen, und auch nicht von der Stadt, dies alles erwuchs auch aus deiner Freiheit oder aus der Freiheit der Träume.

An den Leser:

Dieser Text von Carol scheint hier abzubrechen, oder vielleicht ist auch eine Seite verlorengegangen; ich habe lediglich ein paar geringfügige Fehler korrigiert und ihm ansonsten seine ganze Freiheit gelassen und sogar das eine oder andere unflätige Wort, das Carol mit der Unbefangenheit eines jeden Ausländers gebraucht, wenn er sich einer Sprache bedient, die nicht seine eigene ist (und wenn er kein puritanischer Dummkopf ist).

Bezeichnenderweise benutzte Carol erneut das Spanische, um sich später auf Calac und Polanco zu beziehen, die ich aus Gewohnheit (aus schlechter Gewohnheit, sagen manche) in meine Romane und anderen Texte einzuführen pflege, und zwar unter dem Vorwand, sie selbst, die verfluchten Tataren, täten dies auf eigene Faust. Ich weiß, daß Carol nicht nur die Bedrohung durch die teuflische »Gesellschaft« ernst nimmt, sondern auch die gelegentliche Invasion meiner beiden Kumpel, die vorgeben, uns zu beschützen, und ganz nebenbei unseren Wein wegtrinken und unser Pâté aufessen, wo gerade diese

Lebensmittel doch so knapp bemessen sind. Da sie mich bereits ein bißchen langweilen, freut es mich, daß Carol sie ein paarmal in Erscheinung treten läßt, bevor sie, wie vorauszusehen war, es ihrerseits leid wird. Man sieht, daß sie im Grunde Zuneigung zu ihnen gefaßt hat, was mich erleichtert, da die beiden Tataren ja eine meiner tadelnswertesten Schwächen sind.

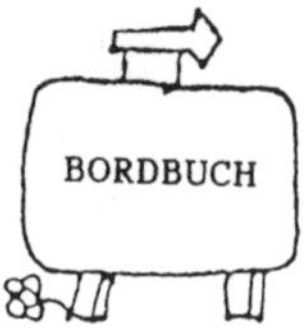

Samstag, 29. Mai

7.15 h. Schöner Morgen. 12 °C.
Frühstück: Orangensaft, Madeleines, Feigengelee, Kaffee.
8.09 h. Abfahrt.
8.11 h. Landschaft des Auxerrois im Morgendunst. In der Ferne ist Auxerre zu sehen.

8.26 h. Rastplatz: AIRE DE LA BICHE.
Ein weiterer »Drei-Sterne«-Parkplatz.
15 °C. Ausrichtung Fafnirs: W.
12 h. 20 °C. Herrlicher Sonnenschein.
Mittagessen: Mousse d'oie mit Pilzen, mexikanischer Salat, Vanilledessert, Kaffee.
Mehrere Flugzeuge überfliegen uns in niedriger Höhe. Die »Gesellschaft«? Ein weiteres Zeichen: Der an der Einzäunung befestigte verdorrte Kiefernast.
17.10 h. Halt an der Ausfahrt des Parkplatzes, um uns mit Trinkwasser zu versorgen.
17.15 h. Abfahrt. 24 °C.
17.19 h. Wir überqueren den Fluß Yonne.

17.22 h. Rastplatz: AIRE DES BOIS IMPERIAUX.
22 °C. Ausrichtung Fafnirs: S.
18.45 h. Angesichts einer Invasion von »Caravans« (auf diesem großen und noch leeren Parkplatz richten sich zwei Autos mit solchen Wohnanhängern praktisch direkt neben Fafnir ein) verziehen wir uns ans andere Ende.
Wissenschaftliche Beobachtungen: Die Schnaken treten in Aktion (ist das nicht ein Beweis dafür, daß wir vorankommen?)
Zum Glück hat uns Catherine Lecuiller vor der Abreise eine superwissenschaftliche und superwirksame Waffe gegen diese Bestien beschafft. Wir nehmen sie aus ihrem Etui, und man hört ein leises Summen, das die Schnaken in die Flucht schlägt, uns aber eine ziemlich traurige Vorstellung von ihrem Sexualleben vermittelt. In der Tat gibt die Maschine genau das gleiche Geräusch von sich wie ein Schnakenmännchen (ein brünstiges, wenn das bei Schnaken vorstellbar ist), worauf alle Weibchen die Flucht ergreifen (anscheinend stechen nur sie). Aber wie vermehren sie sich dann?

Die Genügsamkeit beim Mittagessen auf dem Rastplatz von La Biche schließt die Phantasie nicht aus.

Fortschreitendes Eintauchen in »das Andere«. – Betrachtungen über die Mülltonnen. – Sioux und Komantschen auf der Autobahn.

Nie hätten wir das gedacht, und wir müssen mit nicht geringem Vergnügen feststellen, daß die Vorstellungskraft uns zwar geholfen hatte, die Expedition auszuhecken und vorzubereiten, jedoch nicht so weit reichte, uns auch nur den geringsten Vorgeschmack auf das zu geben, was uns tatsächlich widerfahren sollte. Daß sich gegen Mitte der Reise bei uns Gewöhnung, ja sogar Routine einstellen würde, war vorauszusehen; aber daß wir am fünften Tag und eben erst an den Toren Burgunds ein Leben führen, das man einzig und allein mit dem Begriff *Natürlichkeit* definieren kann, versetzt uns nun doch in Staunen.

Alles andere ist wie ausgeklammert, auch wenn uns das Radio und die Zeitungen, die wir ab und zu finden, über Kriege, Filmfestivals, Morde, Literaturkritiken und Arbeitskämpfe auf dem laufenden halten. Dies alles ist, dies alles besteht fort; aber es ist und besteht fort im Niemandsland zweier Parkplätze pro Tag, zweier Inseln, die Fafnir nach wenigen Minuten bedeutungsloser Fahrt erreicht. Vielleicht ist dies das Sonderbarste: Was die Hauptsache hätte sein sollen, nämlich ganz langsam die Autobahn nach Süden abzufahren, verlor schon am ersten Tag jegliche Bedeutung. Die Symptome der Autobahn – Monotonie, Zeit und Raum als Obsession, Ermüdung – existieren für uns nicht; kaum sind wir drauf, verlassen wir sie schon wieder, vergessen sie für fünf, zehn Stunden, für eine ganze Nacht. Welche Bedeutung kann sie für uns schon haben, wenn wir sie kaum sehen, wenn sie in über sechzig Teile zerstückelt ist, ein Schlangenspießchen statt einer vollständigen, zischenden Schlange?

Die Natürlichkeit ruft hingegen in uns nicht das geringste Gefühl von Monotonie hervor, auch nicht die geringste Befürchtung, sie könnte sich einstellen. Die

Rastplätze sind, was sie sind, armselige Engel, aber jeder einzelne stellt eine interessante Abwandlung des Einheitsschemas dar. Wenn wir einen guten Platz gefunden haben, um Fafnir abzustellen, möglichst im Schatten eines Waldes oder zumindest an einer möglichst weit vom Lärm der Autobahn entfernten Stelle, entdecken wir jedesmal die Abänderung der allen gemeinsamen Elemente. Das WC, das wir zuvor zehn Meter rechts von uns hatten, ist jetzt zwanzig Meter nach links oder hinter uns; das Wäldchen mit den schlanken Baumstämmen von gestern abend ist jetzt eine Masse von Eichen, aus der immer wieder reizende Raupen herunterfallen, die über unsere Jeans oder die Schreibmaschine spazieren und uns *anschauen* (das steht fest, sie schauen uns an und wirken zufrieden und zutraulich, als wüßten sie, daß wir ein Weilchen mit ihnen spielen und sie dann auf ein großes Blatt setzen werden, damit sie uns nicht mehr weiter stören); die Tische mit ihren grob gezimmerten Bänken, wo man so angenehm zu Mittag und zu Abend speisen kann, sind

... die Abänderung der allen gemeinsamen Elemente.

anders verteilt, genauso wie die Mülltonnen, deren großzügiges Vorhandensein uns glücklich macht.*

Dies alles fällt bei einer schnellen Reise nicht sonderlich auf, wenn die Parkplätze lediglich ein hygienischer oder gastronomischer Stopp sind; niemand wird dann detaillierte Vergleiche mit den vorhergehenden Rastplätzen anstellen, denn, man möge mir die Autoparaphrase verzeihen: *der Parkplatz aller Parkplätze*. Aber unser Fall ist ein ganz anderer: Kaum haben wir uns von dem einen losgerissen, da sehen wir schon voller Erwartung dem kommenden entgegen, mutmaßen über seine möglichen Qualitäten oder befürchten eine böse Überraschung, gestalten nach unseren Wünschen diesen nächsten Zufluchtsort, der wenige Minuten später sein erstes großes *P* zeigen wird und damit sein Versprechen, nach 1000 Metern da zu sein, dann nach 200 Metern, und dann erneut das Ritual, langsam hineinzufahren, Möglichkeiten zu erkunden und dabei Vorteile zu verwerfen, die durch die Erfahrung bereits als nur vermeintliche bloßgelegt sind. Heute nachmittag zum Beispiel war der beste Platz unter schattigen goldenen Eichen von einer vielköpfigen Familie besetzt, die auf einem der Tische ihr Mittagessen

* Auf der wissenschaftlichen Ebene ist zu vermerken, daß dieses natürlich unästhetische häufige Vorkommen, das aber darauf abzielt, diejenigen zu beschämen, die nach wie vor der Auffassung sind, leere Dosen und schmutziges Papier seien dazu bestimmt, dem Boden als Teppich zu dienen, uns manchmal übertrieben erschien. Wir kamen zu der Vermutung, daß die Autobahngesellschaft eine gewisse Anzahl von Mülltonnen bestellte, daß eine zerstreute Sekretärin zwei Nullen anhängte und daß man, da der Irrtum nicht mehr zu berichtigen war, sich nach dem Grundsatz »Ein bißchen mehr kann nicht schaden« richtete. So kommt es, daß man auf den Rastplätzen den Abfall fast mit geschlossenen Augen wegwerfen kann, vor allem im Abschnitt Paris–Lyon; danach ist das Modell ein anderes (wieder eine nachlässige Sekretärin?), kleiner und etwas anthropomorph, zwischen Roboter und teutonischem Ritter aus *Alexander Newskij*, aber auch dieses ist in großen Mengen überall anzutreffen.

arrangiert hatte und sich daran labte. Wie Sioux, wie lautlose Komantschen und mit dem Gebaren derer, die nur anhalten, um einen Schluck zu trinken oder sich die Beine zu vertreten, brachten wir Fafnir in fünfzehn Metern Entfernung zum Stehen, doch während Carol wie Prinzessin Pocahontas beim Belauern von Bleichgesichtern gleichgültig umherschlenderte, um abzuschätzen, in welchem Augenblick die Familie vom Kaffee zum Auto schreiten würde, blieb ich am Steuer sitzen und paßte auf, daß ja keine Touristen aus Paris oder Deutschland hereingesaust kamen und uns den guten Platz wegnahmen.

Diese etwas hinterhältigen Manöver mögen naiv erscheinen, doch sie sind es nicht. Auf keinen Fall könnten wir jemandem, der uns den Platz streitig machen wollte, sagen, daß wir dreiunddreißig Tage auf der Autobahn

Ein Tropenwald in der Nähe von Auxerre (Rastplatz von La Biche).

leben werden, denn er würde es für notwendig erachten, die Psychiatrie oder bestenfalls die Polizei anzurufen. Andererseits ist aber für jene, die so viele Wochen einer anstrengenden Expedition bewältigen müssen, die Bequemlichkeit ein gewichtiger Beweggrund; die Gesundheit, die gute Laune, dieses Buch und seine Leser stehen auf dem Spiel, und solch vortreffliche Gründe rechtfertigen unser Herumschleichen, das lauernde Abwarten, wenn es vonnöten ist, und jede andere legitime Art und Weise, uns gemütlich einzurichten. Sind nicht so die Städte und sogar die Nationen entstanden? Flüsse, Küsten und angemessene Höhen, geeignete Klimaverhältnisse: Es geht ja nicht darum, seine Zelte einfach nur irgendwo aufzuschlagen, das mögen Romulus und Remus, Niemeyer oder Pedro de Mendoza bestätigen.

Entwurf eines Werbeplakats für Parkingland (Rastplatz von La Biche).

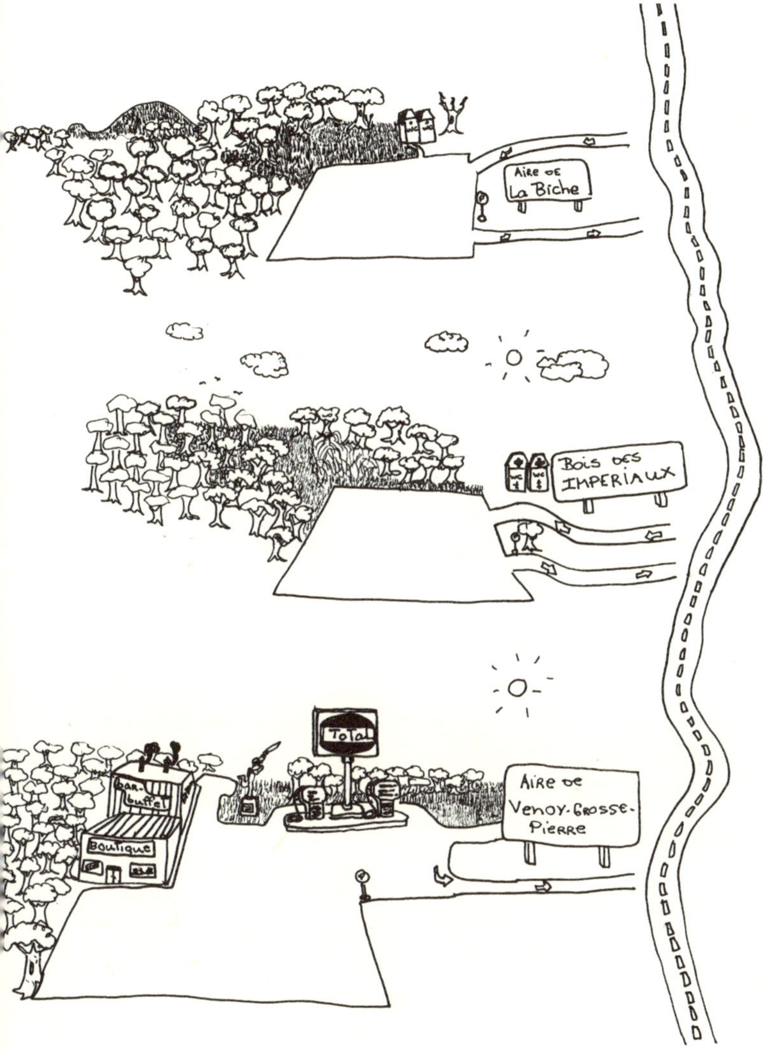
Aire de
La Biche
Bois des
IMPERIAUX
Total
bar-
buffet
Boutique
Aire de
Venoy-Grosse-
Pierre

Wo wir die Nachrichten hören, die uns beileibe nicht gefallen.

Die ersten Regentropfen streifen die zarten Hörner der Schnecke, die sich flink in ihr spiraliges Häuschen zurückzieht. In weniger als einer Minute haben wir die Liegestühle (alias *Die Geblümten Greuel* wegen des Musters ihrer Bezüge, die Carol in ihrer Abartigkeit trotz meines Flehens nicht hat austauschen wollen) weggeräumt und uns in Fafnir geflüchtet, der sich kurz danach in eine glänzende rote Blase verwandelt, wie das sicher allen Drachen widerfährt, wenn sie außerhalb ihrer Höhlen von einem Regenguß erwischt werden.

Nichts kann die wackeren Expeditionsteilnehmer schrecken: Bärchen installiert ihre Schreibmaschine auf dem Fahrersitz und setzt sich zum Schreiben auf den des Beifahrers; ich klappe hinten den Tisch herunter und richte mein Arbeitszimmer ein, wie es sich für einen weiteren Angehörigen der »Intelligentsia« gehört, der außerdem ein Bequemling ist und sich immer der besten Plätze bemächtigt. Eine halbe Flasche leuchtenden roten Burgunders, begleitet von Salzmandeln, versetzt uns in einen *satori*-ähnlichen Zustand, und Fafnir erzittert im Rhythmus zweier Olympia Traveller de Luxe, während draußen ein byronmäßiges Frühlingsgewitter tobt und die Sichtigkeit, wie es in den für die Schiffahrt bestimmten Radiobulletins heißt, gleich Null ist.

Da wir gerade vom Radio reden: Diese Expedition hat nichts Eskapistisches. Wenn es nur so wäre, grummelt die kleine perverse Hälfte unseres doppelten Herzens, weil sie nur allzu deutlich spürt, daß wir niemals Dingen zu entkommen suchen werden, die es vielleicht verdient hätten, an die wir aber weiterhin glauben. Das Radio nimmt beim Paris–Marseille einen wichtigen Platz ein; nach langem Überlegen beschloß ich, daß wir von den drei

Transistorradios, die es im Hause gibt, den JVC mitnehmen würden (den ich im *The Good Guys*, San Francisco, gekauft hatte, nachdem ich mehrere Tage auf der Suche nach einem guten Kurzwellenempfänger gewesen war), denn er verbindet uns nicht nur mit den lokalen UKW-Sendern, sondern bereitet uns die unverhofftesten Überraschungen, jugoslawische, tunesische, dänische Sender und, was in diesen Tagen für uns mehr zählt, die BBC aus London, die uns Stunde um Stunde ihre Version des Malvinenkriegs übermittelt. Und diesem Krieg, das ist wohl schon klar geworden, wollen und können wir uns nicht entziehen.

Wenn Sie diese Seite lesen, werden die Nachrichten des heutigen Nachmittags nur noch ein schwacher Widerschein auf der riesigen Orange der Zeit sein, viele Dinge werden geschehen sein, und, wie Jean Sablon in den alten Zeiten sang,

> *Tout passe, tout casse, tout lasse,*
> *Un autre aura ma place…*

ein anderer Krieg wird an anderen Horizonten flackern etcetera. Aber heute ist es dieser, und es ist unserer, es geht um Lateinamerika. Wie sollte man angesichts der finsteren Pantomime einer Militärjunta, die, da sie von der Zivilbevölkerung abgelehnt wird, die Flucht nach vorn antritt und sich in die Rückeroberung der Malvinen stürzt, wohl wissend, daß sie damit Tausende von schlecht ausgebildeten und ausgerüsteten Wehrpflichtigen in den Tod schickt, keine Beklemmungen bekommen? Wie sollte einem nicht übel werden angesichts der dummen Gefolgschaft einer Mehrheit von Argentiniern, die in den letzten Jahren Tag um Tag Unterdrückung, Mord, Folter und das Verschwinden von Tausenden von Landsleuten erlebt haben? (Ende der 19-Uhr-Nachrichten. Die nächsten Nachrichten um 20 Uhr.)

Von der entomologischen Fauna auf den Rastplätzen und andere ökologische Betrachtungen sowie von den (spärlichen) Möglichkeiten, ihre baumartige Flora kartographisch zu erfassen.

Die Wirklichkeit ist ziemlich euklidisch, und diese Expedition bestätigt tagtäglich ihre Tendenz, sich in Figuren darzustellen, die zwar ungreifbar sind, sich aber hartnäkkig wiederholen; so rennen wir, kaum macht die Sonne ihren ersten Aufschlag à la Björn Borg und knallt uns ihren großen gelben Ball mitten auf den Rastplatz, schnurstracks in den Schatten, und das Dreieck Hitze-Baum-Reisender schließt sich hier einmal mehr, so wie es sich wohl an vielen anderen Punkten des weiten Erdenrunds schließt.

Innerhalb dieses Dreiecks machen wir uns daran, die Geblümten Greuel zu installieren, und lassen uns von einem durch goldene Punkte gedämpften Schatten, vom Rauschen der Blätter und vom Gesang der wie wir cleveren und euklidischen Vögel einhüllen. Im allgemeinen ist dies nicht der Moment, um zu arbeiten, oder er ist es, kann aber warten, weshalb wir spüren, daß wir mit dieser Intensität leben, die einem nur das Nichstun zu geben vermag, ein Gefühl, das im gewöhnlichen Leben immer weniger bekannt ist, und die Konsequenzen daraus gießen Eingeweihte in ein kurzes, aber unheilschwangeres Wort: Streß. In unserem Dreieck droht diesbezüglich nicht die geringste Gefahr, da reicht Paris, wo er bestimmt hinter der Tür auf uns wartet. Hier ist alles Wärme, Schatten und Baum, ein langsames, regungsloses Treiben im grünen Wasser des pflanzlichen Aquariums.

Mein Baum von heute nachmittag hat keinen Namen, wie fast alle meine Bäume; ich habe nie gelernt, mehr als drei oder vier zu unterscheiden: Weide, Pappel, Platane, Eiche, und das war's dann auch schon. Von mittlerer Größe und breitem Wuchs, streckt er seine fünf oder sechs Etagen dickerer Äste aus und bläht sich zu einer weiten Kuppel, die von meinem Sitz am Fuß des Stammes kaum auszumachen ist. Der sanfte Wind bewegt nur leicht die großen Blätter; man hat das Gefühl, daß er in seiner Individualität ganz für sich steht, daß er sich selbst genügt. Doch er steht nicht nur für sich, das werde ich nach und nach lernen, und die erste Lektion erteilt mir ein Kitzeln auf der Nase, denn dort ist gerade ein Räupchen gelandet, nachdem es mit Absichten, die sich meiner Kenntnis entziehen, seine seidene Leiter von einem Blatt herabgelassen hat. Kaum habe ich den Seidenfaden abgetrennt, um es auf der Erde abzusetzen, damit es sich anderswo als Störenfried betätigt, da sehe ich viele andere Raupen, die mit derselben etwas engelhaft anmutenden Operation beschäftigt sind

Ein ganzes Buch lesen können, ohne daß uns jemand unterbricht…

und mit Hilfe ihrer fast unsichtbaren Leitern vom Baum auf den Boden herabgleiten; ein Zyklus hat begonnen, eine Metamorphose steht bevor, die Raupen verlassen ihren schwankenden grünen Himmel, um sich in das erdige Abenteuer zu stürzen, das sie unten erwartet. Der Stamm seinerseits – das entdecke ich erst jetzt, da ich etwas näher hinschaue – ist wie ein Ygdrasil, auf dem sich zwischen oben und unten seltsame Passagen vollziehen; auf der einen Seite klettert eine Reihe großer schwarzer Ameisen hinauf, bis sie sich auf dem ersten Ast links verliert, während eine andere, weniger disziplinierte Reihe herabkommt, anscheinend nach einer Reise, die ihnen keine Nahrung verschafft hat, es sei denn, sie hätten sie gleich dort zu sich genommen, wo sie sie gefunden haben. Und welche Absicht leitet diesen blauen Käfer, der sich wie ein buddhistischer Mönch auf der Reise der Offenbarung in einer überaus langsamen Spirale voranbewegt? Er verschwindet hinter dem Stamm, um einige Zentimeter weiter oben wieder aufzutauchen; bei diesem Tempo wird er in zwei Stunden oben sein und vielleicht die Erleuchtung finden. Eine Libelle hat soeben ein hinreißendes Spiel entdeckt: Sie verläßt den freien Raum und dringt unter Umgehung aller Hindernisse in das Laubwerk ein, weicht nach der einen und anderen Seite aus, während sie zwischen den Ebenen der Blätter auf und ab steigt, vergnügt sich damit, eine Wegstrecke zu vervielfachen, die offenbar keinen anderen Zweck hat als das zwingende Gebot, sich bei der Einschätzung der Entfernungen nie zu irren.

Dieser Baum und allein? Zehn Minuten haben mir genügt, um herauszufinden, daß er ein von Leben strotzendes Universum ist, so wie dem Bärchen eine Sekunde genügt hat, um ihren Aufschrei mit dem Biß einer Ameise an irgendeiner Stelle ihres linken Beins zeitlich fast zur Deckung zu bringen, ein Vorfall, der uns aus unseren Meditationen und den Geblümten Greueln reißt, jedoch außer deftigen Flüchen und Gelächter keine weiterreichenden Folgen hat. Aber das Bärchen macht sich über ein bedeutsames Problem Gedanken: *Warum* hat die Ameise sie gebissen? Eine durchaus angebrachte Frage, denn es liegt auf der Hand, daß niemand das Biest gestört hat, als es über die nackte Wade lief, und dennoch blieb es ganz plötzlich und aus verborgenen, unerfindlichen Gründen stehen und stieß ihr die Kneifzangen in die Haut.

Jetzt, da wir davon reden, merke ich, daß auch ich ziemlich von Ameisen befallen bin, und ich entledige mich ihrer, ohne ihre persönlichen Entscheidungen abzuwarten. Wir haben das Thema noch nicht abgeschlossen, als wir im feuchtesten und schattigsten Bereich des Bodens ein Heer riesiger Nacktschnecken vorrücken sehen. Wir bewundern ihre Terracottafärbung, und zugleich bringt uns ein unheilbarer Anthropomorphismus dazu, sie als abstoßend, ekelerregend, schleimig zu bezeichnen und mit anderen, gleichermaßen ungerechten Epitheta zu bedenken. In Wirklichkeit sind sie wunderschön, es sind Nacktschnecken mit einem glatten, glänzenden Vorderteil, gefolgt von einer Rückenpartie, die aussieht, als wäre sie von unserem Freund Piza, einem brasilianischen Maler, bearbeitet worden, ich meine damit, eine Oberfläche voller kleiner Kerben und Erhebungen, die wie handgemacht aussehen, obwohl man sich nur schwerlich eine Hand vorstellen kann, die eine Schnecke bearbeitet, und schon gar nicht die Pizas. Wie es ihren Gepflogenheiten entspricht, rückt diese Kohorte von Nacktschnecken Millimeter um Millimeter vor und erweckt dabei eindeutig den Eindruck, daß sie nirgendwo hinsteuert, es sei denn genau dorthin, wo sie von Fußgängern und Fahrzeugen unweigerlich plattgedrückt werden; aber wir verfallen schon wieder in unseren Anthropomorphismus, denn die Schnecken wissen besser als wir, warum sie ihren Unterschlupf im Wald verlassen haben und auf dem Rastplatz

Einzug halten, obwohl es vielleicht auch einfältig ist, sich vorzustellen, sie seien ihrer selbst so sicher, die Armen.

»Du solltest auch die Spinnen nicht vergessen«, sagt Carol, bei der ich ein paar wichtige Informationen über die Nacktschnecken in Kanada eingeholt habe.

»Natürlich, die Spinnen...«

»Ich sag es dir nur, weil du eine ziemlich große auf der Schulter hast.«

Ich schaue sie etwas mitleidig an, ich, der ich die Vogelspinnen von Mendoza und die Kükenspinnen von Banfield kennengelernt habe, aber für alle Fälle schnipse ich sie in eine gewisse Entfernung, was ich nie mit den Spinnchen machen würde, die von Anfang an über die Geblümten Greuel (ihnen gefällt wohl das Muster) und meine Beine gerannt sind. Zu ihnen, zu den Marienkäfern und

Unerwartete Fauna auf dem Rastplatz von Venoy-Grosse-Pierre.

zu den kleinen, pelzigen, harmlosen Käfern haben wir eine gute Beziehung; das gilt allerdings nicht für die Fliegen, von denen es auf der Autobahn aber nicht viele gibt, und ebensowenig für die Bremsen und Wespen, welch letztere wir mit der blanken Waffe der Insektenvernichtungswolke vertreiben, auch wenn uns die Ökologen dafür verurteilen.

Der Geblümte Greuel hat einen Hebel, der es erlaubt, sich zum Zwecke der Siesta zurückzulegen; so sehe ich den Baum jetzt direkt von unten, der Blick kann von Ebene zu Ebene aufsteigen und, ein bißchen wie die Libelle, im leise flimmernden grünen Licht herumschweifen. Man muß sich nur hingeben, aus sich heraus in einen Zustand gleiten, der in vertikaler Haltung unerreichbar ist, um ein bißchen der Baum zu sein, den Baum zu leben und ihn nicht mehr wie sonst zu sehen, dies-Baum, dies-Eiche oder Platane oder Kastanie; es genügt dieses Im-Baum-Sein, um ihn auf andere Weise zu erfahren, wenn erfahren noch etwas bedeutet. Jetzt, da ich von dieser Gewißheit der Pluralität, der vielfältigen Welt von Insekten und Vögeln (denn auch sie spielen dort oben, fliegen wie große schwarze oder graue oder rote Elefanten zwischen den Blättern hindurch, hinter denen sich die fast unsichtbare Welt der Insekten verbirgt), zurückgekehrt bin, bin ich der Baum wie ein Land mit nicht vorstellbaren Grenzen, Übereinanderschichtung von schwebenden Städten, miteinander verbunden durch ein System von Wegen, Zugbrücken, feuchten Pflanzensaftkanälen, Start- und Landeplattformen, Seen aus blauem Licht, grünen Pfuhlen, Wüsten aus Sonnensand, Rundstrecken oder Hauptstraßen, die bis in die höchste Höhe führen und an der flimmernden Grenze der letzten Blätter enden, dort, wo der Himmel beginnt.

Kartographie eines Baum-Landes: warum nicht? Man brauchte nur eine Reihe präziser Photos und die Geduld, wie Mercator, wie die Schöpfer der Portolane das Sphärische einzuebnen, hier der Norden oder der Osten, hier das Hohe und das Tiefe, die Everests und die Mittelmeere des Baumes. Ich stelle mir die Landkarte meines Baumes vor, mit ihren konventionellen Zeichen, ihrem Blau und ihrem Grün und ihrem Weiß, mit der Hydrographie und der Hypsometrie und der Orographie und warum nicht auch seiner Ethnographie (seiner Entomologie und seiner Ornithologie). Ich stelle mir vor, wie der Kartograph im entsprechenden Maßstab den sphärischen Wirbel des Baumes zeichnet, die Straßen, die vom Mittelholz – der Autobahn des Baumes – nach allen Seiten abzweigen, sich dann wieder in zwei, vier, fünfzig, zweihundert, tausendachthundertvierundvierzig untergeordnete Straßen gabeln, die sich wiederum in Zehntausenden von Wegen verlieren, jeder mit seinen grünen Feldern, jedes Blatt eine Parzelle im Kataster und auf jeder Parzelle ein Besitzer – so ephemer, wie es alle sein sollten –, die Schnake, die Spinne, das Räupchen, der Marienkäfer, bis hin zu diesen nicht wahrnehmbaren Wesen, die in den Fachbüchern sicherlich einen Namen haben, die aber hier, auf dieser Schreibmaschine, von Zeit zu Zeit nur das winzige Bild eines Tierchens zeichnen, das sich auf die Tasten zubewegt, am Rande zaudert, zurückweicht und nach einer Sekunde der Nichtbeachtung verlorengeht, bereits vergessen, im Nichts.

Ja, aber würde sich dieser Kartograph, nachdem er wochenlang gearbeitet hat, mit der Landkarte eines Baumes begnügen? Ich stelle mir vor, wie sein Blick auf den nächsten fällt, auf alle Bäume des Rastplatzes, der angrenzenden Wälder, des Landes, des Kontinents, der Erde. Ich stelle mir vor, wie er die Aufgabe vor sich hat, die Bäume der Welt zu kartographieren, die Dschungel Gabuns, das Amazonasbecken, die kalifornischen Wälder, den Schwarzwald. Jeder Baum eine andere Karte (und eine ephemere, aber das sind ja alle Landkarten), eine individuelle Schöpfung von Wegen, Kreuzungen, Passagen und Brücken. Undenkbar, ich weiß, aber was für einen Sinn hätte andererseits ein Weltatlas, in dem die Landkarten von Portugal oder Venezuela fehlen würden?

»Komm«, sagt das Bärchen zu mir, »du hast jetzt genug geschlafen, du fauler Wolf.«

Sonntag, 30. Mai

8.30 h. 15 °C.
Frühstück: Orangensaft, Madeleines, Feigengelee, Kaffee.
11.45 h. Abfahrt. 20 °C, leichter Wind, zaghafte Sonne, etwas Nebel.
Ungewißheit: Die Anzeigetafeln kündigen an, daß es auf dem nächsten Rastplatz ein Hotel gibt, doch das ist auf unserer Karte nicht verzeichnet.

11.55 h. Rastplatz: AIRE DE VENOY-GROSSE-PIERRE.
Café, Buffet, Laden, Benzin. Ausrichtung Fafnirs: SO.
Mittagessen: Crudités (gegen den Skorbut), Hähnchen mit Pommes frites, Kaffee (Buffet »L'Arche«).
13.20 h. Abfahrt. Das Thermometer zeigt... 35 °C!
Wir haben im Laden Orangen gekauft: dem Skorbut entronnen! Zweiter telephonischer Kontakt mit der Rettungspatrouille. Dunstiges, schwüles Wetter.

13.25 h. Rastplatz: AIRE DE LA GROSSE TOUR. Wege für die Fahrzeuge. Wälder, Felder. Parkplatz wildwüchsiger als die anderen, sehr schön. 25 °C.
15.45 h. 27 °C. Zum ersten Mal bemerken wir die Gegenwart äußerst lästiger kleiner Fliegen, was zu bestätigen scheint, daß wir uns tatsächlich gen Süden bewegen.
Abendessen: Mousse d'oie mit Pilzen, Spaghetti (mit Öl oder Butter, ganz nach Geschmack), Kaffee.
Der Film ist voll. Die nächsten beiden Rastplätze werden wir zeichnen müssen.
21 h. Dieser im tropischen Urwald der Autobahn gelegene Rastplatz ist nicht ohne Gefahren. Des Nachts beginnt eine erbarmungslose Invasion blutrünstiger Ameisen. Sie überrennen uns vollständig.

Das Michelin-Männchen, eine der zahlreichen Autobahngottheiten, herrscht hochnäsig über seine Gläubigen.

Wo unter anderem der Verdacht aufkommt, es mischten sich feindliche Kräfte ein, deren Zeichen gebührend verstellt werden, nebst einer halb freundschaftlichen, halb imaginären Spionagetätigkeit, von der später noch mehr zu berichten sein wird.

Klar, es konnte ja nicht sein, daß wir uns als einzige für diese andere Autobahn interessieren, die uns nach und nach in ihre Geheimnisse eindringen läßt, die uns liebgewinnt, so wie wir sie allmählich liebgewinnen, und so nehmen wir mit wenig Lärm und ohne Gewalt Besitz von ihren Wegen, Pfaden und versteckten Winkeln, und das ist ähnlich, wie wenn man im Bett Zug um Zug von einem geliebten Wesen Besitz ergreift, mit Zärtlichkeiten und Blicken und Geflüster, die sich nach und nach als Türen und Fenster erweisen, hinter denen immer andere, noch süßere, noch schönere sind, und am Ende weiß niemand, wer die Tür öffnet, wer das Fenster ist oder wer wen in den Armen hält. So ist es auch mit der Autobahn: Wir wissen, daß sie in vielerlei Hinsicht nicht das ist, was wir vorher dachten. Autos, Lastwagen, Ambulanzen rasen mit erstaunlicher Geschmeidigkeit vorbei, doch man braucht nur genau hinzusehen, um festzustellen, daß sie manchmal gar keine Räder haben und daß sie nicht über die Autobahn fahren, wie etwa ein Fuß über den Boden geht und das Beschrittene hinter sich läßt. Nein, das ist zugleich Autobahn, Asphalt und Fahrzeuge, ein einziges Wesen, das atmet und sich vorwärtsbewegt; manchmal durchbricht der eine oder andere seiner Bestandteile den Rhythmus, verläßt den Hauptorganismus, schert seitlich mit einer genau berechneten Bewegung aus, damit weder das Gleichgewicht des Ganzen gestört noch ein anderer Teil dieses sich mit dem Tosen und der Kadenz der Brandungswellen voranbewegenden Lebewesens verletzt wird, und bleibt auf einem Parkplatz stehen, und aus dieser Entscheidung – die sicher nicht immer leicht ist, denn mir scheint, daß dieses lebendige Ding, das sich nun schon seit fünf Tagen unaufhörlich an uns vorbeibewegt, seine Kraft aus der Fähigkeit zieht, alle zu hypnotisieren und auf der Autobahn festzuhalten – ergibt sich eine Art Neuschöpfung derer, die sachte anhalten, menschliche Gestalt annehmen, zu Fuß gehen, sich von der Maschine lösen, die bis zu diesem Augenblick *sie war*.

Aber für uns besteht ja keine Gefahr mehr, denn wir haben begriffen, daß die wahre Autobahn nicht diese ist, sondern vielmehr die parallele, die wir seit Jahren vermuteten und jetzt endlich leben (und zwar so gut, daß es uns bereits völlig normal erscheint, uns hier am Ufer der Straße aufzuhalten, und wir uns ab und zu schütteln müssen, um uns daran zu erinnern, daß es ein Abenteuer ist und nicht nur eine andere Version des Alltagslebens... Ein Leben, das für manche Personen ja schon irrwitzig genug ist, wie zum Beispiel für die beiden Kumpel Julios, die, ich weiß nicht wie, von der Expedition erfahren haben und uns vermutlich per Anhalter nachgefahren sind, bis sie uns gefunden hatten; und dennoch haben diejenigen, die am häufigsten das Wort Verrücktheit benutzten, als sie von unserem Projekt erfuhren, ihm am meisten Schönheit verliehen. Im Grunde wußten sie sehr genau, daß es schon zu spät war, um uns auf den rechten Weg zurückzuholen, auf einen Weg, den wir, glaube ich, nie gegangen sind, weder der eine noch die andere).

Aber natürlich sind da immer auch die Neidischen, die Argwöhnischen, diejenigen, die Lust hätten, aber nie den Mut aufbringen werden, es selbst zu tun, weshalb ihnen nichts größere Freude bereiten würde als ein Scheitern. Und SIE sind auch da, wie immer: Jetzt, wo sie über das Telephon nichts mehr hören können, weil es stumm oder für niemanden läutend zu Hause geblieben ist, und wo sie mich mit ihrer Bespitzelung nicht mehr direkt erreichen können (da ich nicht viel von der Installation versteckter Mikrophone verstehe, habe ich weiß ich wie oft und für alle Fälle mal *Fuck you, friends* zu ihnen gesagt, während ich die Pflanzen goß oder die Vorhänge aufzog), schäumen sie bestimmt vor Wut, wenn sie sehen, daß es um die wissenschaftliche und häusliche Organisation der Expedition bestens bestellt ist und daß wir zwei Minuten nach unserer Ankunft auf einem Parkplatz bereits eingerichtet sind, der Kühlschrank ausnivelliert, alles an seinem Platz und wir selbst je nach Tageszeit für einen Kaffee oder etwas anderes bereit. Ganz allmählich, aber mit aller Deutlichkeit, nehmen wir die Zeichen wahr. Es liegt auf der Hand, daß sie nicht direkt eingreifen werden, aber als schon am zweiten Reisetag der erste Rastplatz geschlossen war, war das nicht wie eine Versuchung, das Projekt aufzugeben? Bringt es sie zur Verzweiflung, daß sie nicht richtig begreifen, was wir suchen, glauben sie vielleicht, daß wir irgendeine verdächtige Zusammenkunft auf der Autobahn angezettelt haben?

Vielleicht gehören nicht alle zur selben Organisation. Als der erste Hubschrauber über den Parkplatz flog, auf dem wir gerade angekommen waren, dachte ich sogar, wir hätten auch Freunde, die uns beschützen... Es gibt die unterschiedlichsten Zeichen: die Flasche mit dem falschen Whisky im Hotel, zum Beispiel. Und vor demselben Hotel, als wir, bevor wir auf unser Zimmer gingen, sicherheitshalber Fafnirs Vorhänge zuzogen, weil wir dachten, daß er vielleicht manchmal ein bißchen Intimität für sich allein braucht, was sollte man da von diesem Mädchen mit den roten Stiefeln denken, das zweifellos dachte, wir würden im Wagen schlafen, und sich näherte, um eine Großaufnahme von ihm zu machen? Wie man sieht, sind sie sehr schlecht informiert, denn sie wußten ja nicht einmal, wo wir waren, aber dieses Mädchen ging jedenfalls sehr vorsichtig zu Werke und tat so, als wollte sie das Photo von einem Mann machen, der in einem hinter Fafnir stehenden Auto saß, aber wir, die wir sie von unserem Zimmer aus beobachteten, wußten, daß man, wenn man die Entfernung gegen unendlich einstellen will, das Objektiv nach links drehen muß, gegen den Uhrzeigersinn, während ihre Hand sich nach rechts bewegte, um ein Photo auf eine Entfernung von höchstens zwei Metern zu machen... Nun gut, *no pasarán*. Im Grunde ist es das beste, sie in dem Glauben zu lassen, wir seien dumm. Ach ja, und die andern Zeichen: diese Engländer, die so englisch aussahen, daß sie ganz offensichtlich verkleidet waren, und die anhielten, um angeblich etwas an ihrem Wohnwagen zu reparieren. Und dieses geheimnisvolle Zelt, das irgendwann nächtens neben uns aufgeschlagen wurde?

In erster Linie amüsieren sie uns. Wenn sie nicht bereit sind, dieselbe Alchimie zu leben wie wir, dann werden sie die Route nie finden.

»Route, Tute«, lästert Polanco, ohne sich zu zeigen. Sie sind eifersüchtig, sie meinen, Expeditionen seien nur etwas für Männer, und da ich nicht nur eine Frau, sondern auch nicht besonders groß bin, werde ich die Empfind-

Eine liebenswürdige Wegschnecke stattet Fafnir und seiner Besatzu[ng] einen Höflichkeitsbesuch ab und wird nicht minder liebenswürdig a[uf] einen anderen Kurs umgelenkt.

liche spielen müssen und auf meinen Anteil am Whisky verzichten, den wir rationiert haben, damit sie mehr davon abbekommen. Vorläufig lassen sie sich nicht einmal blicken, machen sich von den Bäumen aus über mich lustig, wie mutig! Und die Autobahn regt sich nicht, und die Leute fahren mit ihren Autos über sie hinweg.

»Sie bewegen sich«, sagt Calac, der vielleicht ein bißchen Zuneigung zu mir gefaßt hat. »Sie sind ständig auf Achse.«

»Sie bewegen sich... Du wirst sehen, die halten sich noch für Philosophen, und weißt du, warum?«

»Bloßer Vorwand; Philosophen zu sein rechtfertigt ihr Farniente.«

»So ein Zirkus, nur weil sie Lust hatten, ohne Telephon oder Verabredungen oder sonst was miteinander zu schlafen.«

»Mit Telephon haben sie es noch nie gemacht, Che.«

»Woher willst du das denn wissen? Die Kanaillen schließen ja die Türen ab.«

Aus reiner Wut, und weil ich weiß, daß sie in ein paar Minuten anfangen werden, sich über meinen argentinischen Akzent lustig zu machen (und du, was verstehst du denn von Tangos, Che?), beschließe ich, daß es Zeit ist, einen Schluck zu trinken, und daß es für sie nichts geben wird.

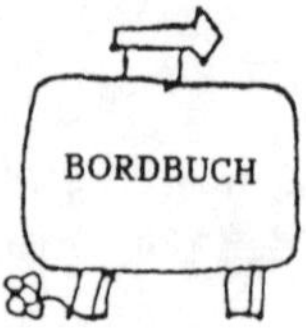

Montag, 31. Mai

Frühstück: Orangen, Zwieback, Kaffee.
8.00 h. Temperatur: 15 °C. Bewölkt.
9.15 h. Abfahrt.
9.21 h. Wir sind auf der Höhe von Vézelay, »Colline éternelle«.

9.27 h. Rastplatz: AIRE DE LA COUEE.
Wald, Tische. Position Fafnirs: SSO.
Mittagessen: Krabbenragout mit Erbsen und Zwiebeln, Reis, Kaffee.
15.15 h. Flucht vor der Invasion einer Horde geschwätziger Barbaren.

15.25 h. Rastplatz: AIRE DE MONTMORENCY.
25 °C. Position Fafnirs: WSW.
17.30 h. Schlagartiges Gewitter. Trotz der Sonne Regen in dicken Tropfen. Wir suchen Zuflucht in Fafnir (auch die Fliegen, ach). Das Thermometer sinkt in 20 Minuten von 25 °C auf 19 °C.
Schöner Rastplatz.
Abendessen: Bami-goreng, Kaffee.

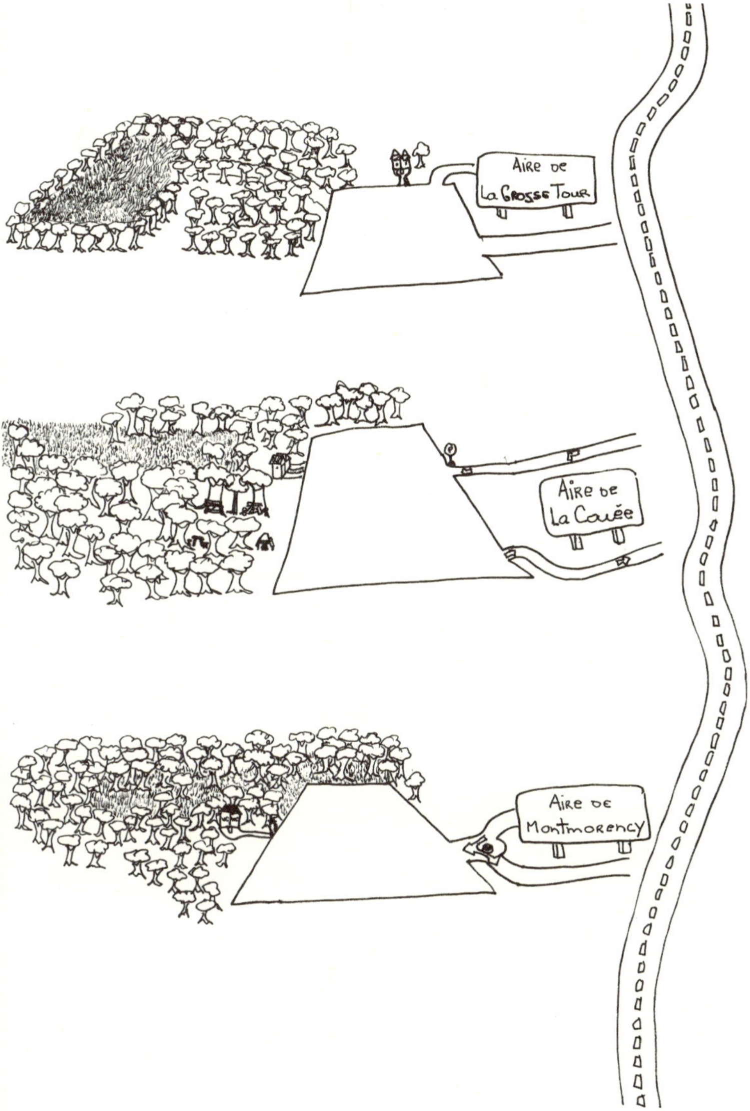
Aire de
La Grosse Tour
Aire de
La Couée
Aire de
Montmorency

Eine Vision von Parkingland

Schon acht Tage auf der Autobahn.

Nein: gerade die Autobahn ist das, was fehlt, für uns ist sie weiter nichts als ein fernes Raunen, das durch die Gewöhnung von Tag zu Tag leiser wird, das wir ohne große Mühe mit dem angenehmen Rauschen des Karibischen Meeres in Martinique oder Guadeloupe gleichsetzen. Gewiß, man darf sich dabei nicht so mechanisch von einer ästhetischen Werteskala leiten lassen (das Geräusch des Meeres ist tausendmal schöner als das einer Autobahn usw.): Bei geschlossenen Augen können die Äquivalenzen sogar richtig beunruhigend sein. Wogen-Laster, Motoren-Brecher... Auf jeden Fall gibt es die gleichen Intervalle der Stille, das Näherkommen und das Crescendo bis zum neuerlichen Bersten, diese Diastole und Systole eines wogenden, atmenden, manchmal unerträglichen Klangvolumens, wie wir es an den Stränden von Martinique oder auf den Rastplätzen kennengelernt haben.

So ist unsere Expedition, wie immer klarer zutage tritt, vor allem ein Buchtenschippern in diesem Archipel der Parkplätze. Nie hätten wir das zuvor geglaubt, denn in der Erinnerung an die gewöhnlichen Reisen war die Autobahn Herrin und Heldin. Nach und nach kommen wir zu der angenehmen Überzeugung, daß unsere Expedition wie die des Kolumbus einem völlig anderen Ergebnis als dem erwarteten entgegendriftet. Der Admiral suchte Indien und wir Marseille; er fand die Antillen und wir Parkingland.

Denn dies ist ein Land, dessen Provinzen wir im Takt von zwei pro Tag erobern, indem wir unser rotes Fafnirsches Banner aufpflanzen, die notwendige kartographische Erfassung vornehmen, die Flora und Fauna überprüfen (auf dem gestrigen Parkplatz gab es so viele Raben, daß wir für einen Augenblick glaubten, uns in einem ökologischen Reservat zu befinden; kurz darauf entdeckten wir etwas Schlimmeres, die Ameisen, doch davon später).

Für uns ist Parkingland ein Land der Freiheit. Wenn uns die Spielregeln auch zwingen, zwei Provinzen am Tag zu erforschen, so wollen wir deshalb doch das Land nicht verlassen, und unsere Pflicht raubt uns nicht das Gefühl, ganz nach Lust und Laune zu handeln. Das Verhalten der Parkinglandianer (ich meine die Autobahner, die auf den Rastplätzen nächtigen oder tägigen) vermehrt dieses Freiheitsgefühl nur noch, denn es muß gesagt werden, ach, daß die Armen auf eine Weise vorgehen, die wir, ohne jemanden geringschätzen zu wollen, fast als bescheuert bezeichnen würden. Der eine oder andere trägt den Keim der Freiheit in seinem Herzen, und dann betrachten wir ihn mit Respekt und sind bereit, den Dialog aufzunehmen, einen Dosenöffner auszuborgen oder über das Wetter und die Temperaturen zu plaudern. Doch fast alle sehen bei ihrer Ankunft auf dem Parkplatz wie jemand aus, der eine volle Blase oder einen leeren Magen hat, und das ersetzt weder Intelligenz noch Sensibilität. Sie pissen, essen (fast immer im Stehen, fast immer Sandwichs) und fliehen wieder, als wäre der Parkplatz voller Krokodile und Schlangen. Ob sie an der Parkingsonschen Krankheit leiden? Die einzigen anders Gearteten sind wie immer die Kinder und die Hunde: Sie schnellen aus den Autos wie bunte Sprungfedern, rennen zwischen den Bäumen herum, erkunden das neue Reich, erfreuen sich an den Blumen und Wiesen, bis ein gräßlicher Pfiff oder ein »Henri!!« die Luft zerschneidet und sie traurigerweise zu der Konservenbüchse zurückholt, in die sie dann mit der jeder eingedosten Sardine eigenen Niedergeschlagenheit einsteigen.

Wenn es um uns immer einsamer wird, je näher die Nacht rückt (wir kennen schon den ansteigenden und fallenden Rhythmus der parkingländischen Demographie), nutzen wir das letzte Licht, um jede neue Insel zu durchstreifen und unsere liebevolle Eroberung Schritt um Schritt zu festigen. Irgendwann kommen wir dann an die Grenze, und diese Grenze ist ein hoher Stacheldrahtzaun, wie in den Konzentrationslagern. Jenseits davon geht der Wald weiter, beginnt eine Wiese, zeichnet sich ein Dorf am Horizont ab; jenseits davon geht die Welt weiter, aber wir könnten sie nicht betreten, selbst wenn es uns die Spielregeln gestatten würden. Und wir beide spüren jetzt, daß die Spielregeln auch einmal ihre böse Seite haben, eine bittere Negativität. Parkingland ist schön; es gehört uns, wir sind hier frei und wir lieben es. Aber seine Grenze ist der Spiegel anderer Grenzen, die durch die Geschichte zu etwas Grauenvollem gemacht wurden; es ist, als sähe man das Bild von Treblinka, von Auschwitz. Es tut uns gut, zu unserem Drachen zurückzukehren, das unverdiente, aber wunderbare Glücksgefühl zu empfinden, daß wir auf der guten Seite des Drahtverhaus sind, noch.

Manche verstehen zu reisen, auch wenn sie sich nicht weit von ihre[m] Fahrzeug entfernen.

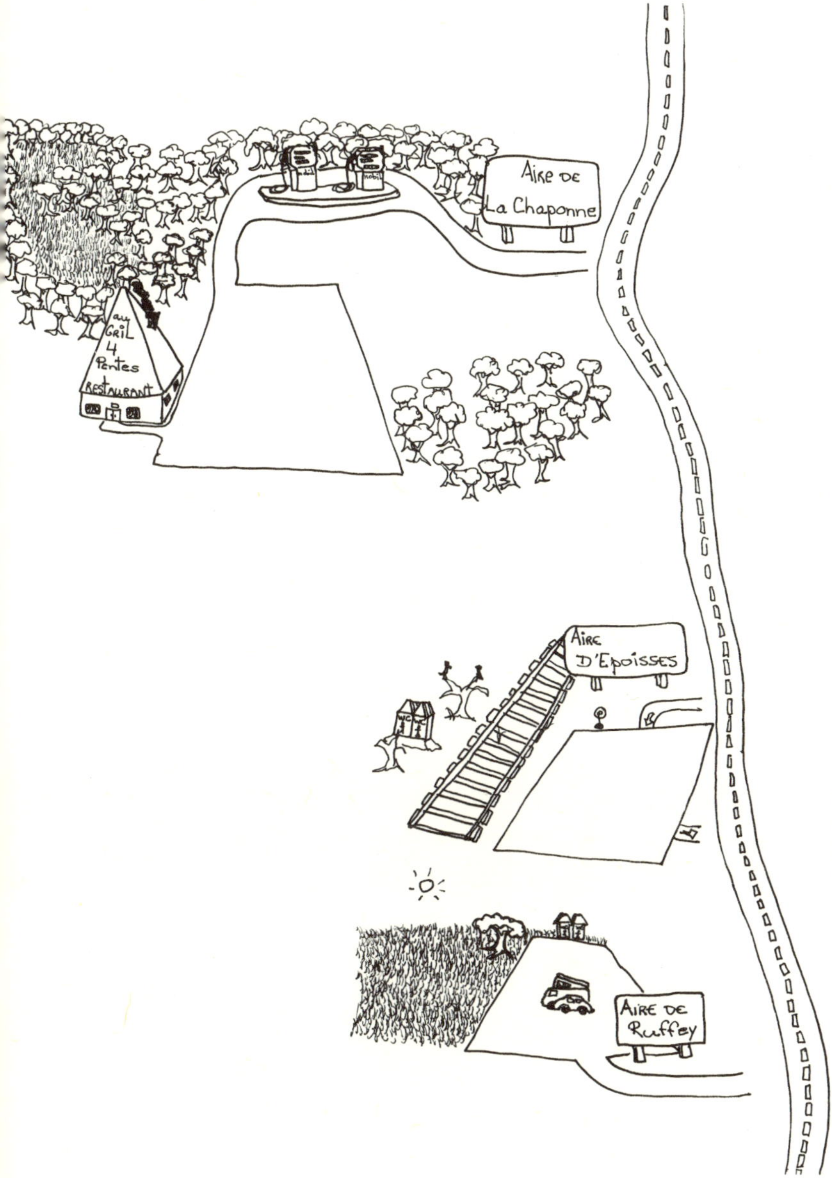
Aire de
La Chaponne
au
Gril
4
Pentes
Restaurant
Aire
D'Epoisses
Aire de
Ruffey

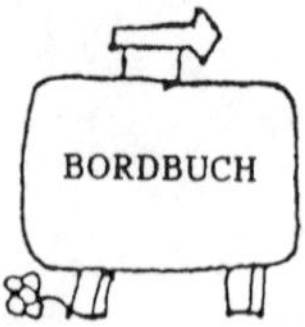

Dienstag, 1. Juni

Frühstück: Orangen, Zwieback, Kaffee.
11.16 h. Abfahrt voller Traurigkeit, weil der Rastplatz ungewöhnlich schön war.
11.22 h. Landschaft des Avallonais (Kühe links und rechts).
11.25 h. Regionaler Naturpark von Morvan.

11.30 h. Rastplatz: AIRE DE CHAPONNE.
Benzin, Restaurant. Ausrichtung Fafnirs: SSO.
Mittagessen: Aperitif »de la maison«, Salat mit Roquefort, Spießchen mit Backpflaumen, Eis (Mocca und Haselnuß), Kaffee.
12.55 h. Abfahrt nach dem ausgezeichneten Mittagessen im »Grill 4 Pentes«.
12.57 h. Baustelle auf der Autobahn, einspurige Verkehrsführung.
13 h. Ende der Baustelle und Einfahrt in das Departement Côte d'Or.
Drohendes Gewitter. Werden wir Zeit haben, uns auf dem nächsten Rastplatz einzurichten, bevor es losbricht? Der Himmel verdunkelt sich wie in einem Film von Hitchcock.
13.02 h. (Unleserliche Notiz, so etwas wie »der große nackte Pan«.) Kühe zur Rechten.

13.03 h. Rastplatz: AIRE D'EPOISSES.
Ausrichtung Fafnirs: O.
Wir sind auf unserem ersten Alptraumrastplatz angekommen: ein schmales Asphaltband neben der Autobahn. Carol tauft ihn »Aire de la Poisse«, das heißt, des Pechs, denn wir stehen nicht nur dicht an der Autobahn, sondern es tobt auch noch ein höllisches Unwetter. Der Gipfel ist, daß uns nicht so sehr der Lärm der Autos am Schlafen hindert als vielmehr das Heulen des TGV, der wie ein Düsenflugzeug über das Viadukt direkt neben dem Rastplatz rast.
18.06 h. 37 °C! (Aber da wir schön im Schatten stehen, spüren wir die Hitze nicht).
Abendessen: Gemischter Salat: Reis, Schinken, Eier, Äpfel, Rosinen. Kaffee.
21.15 h. 18 °C.

Bräuche der Eingeborenen

Man muß ehrlich zugeben, daß uns die menschliche Dummheit bei dieser Expedition eine große Hilfe ist. Zwar hat niemand seinen Schmuck verkauft, um uns zu helfen, wie man uns lehrt, daß es Isabella die Katholische tat, um Kolumbus unter die Arme zu greifen, oder wie diese Sekretärinnen der Unesco, die einmal Geld sammelten, um die Seehundbabys davor zu retten, daß sie von pelz- oder ölgierigen Skandinaviern grausam massakriert wurden. Kein Mäzen hat uns einen Blankoscheck überreicht, und natürlich werden wir bei unserer Ankunft auf den Rastplätzen auch nicht den großherzigen Engländer oder den sich ritterlich gebärdenden Mexikaner treffen, die sich beeilen, ihren Mercedes oder ihren Porsche wegzufahren, um uns den einzigen Platz im Schatten zu überlassen. Aber das ist uns egal, denn dafür sind wir die Nutznießer eines sonderbaren ungeschriebenen Gesetzes, nach dem Touristen, die mit ihrer Reise der städtischen Hölle, der Luftverschmutzung und dem Krach auf den Straßen entfliehen wollen, mit überwältigender Mehrheit dazu neigen, ihre Fahrzeuge so nah wie möglich an der Autobahn, praktisch an der Einfahrt oder Ausfahrt des Parkplatzes, abzustellen. Glücklich und entspannt, in Unterhemd und Shorts, stellen sie die Tischchen und Stühle (und das Radio und sogar den Fernseher) direkt neben ihre Autos, um sie aus der Nähe zu bewachen, nicht daß noch, man weiß ja, in diesen Zeiten, die Kriminalität, schauen Sie, was in Poitiers passiert ist, sie ging pinkeln, und als sie zurückkam, hatten sie ihr eine Scheibe eingeschlagen, und ausgerechnet das Perlenkollier, das Hochzeitsgeschenk ihres Vaters!

Wenn uns jemand nicht glaubt, so möge er am Wochenende eine bescheidene Tour auf den Straßen machen, die an den großen Wäldern der Ile de France entlangführen, zum Beispiel Rambouillet. Diese Wälder sind voller wunderbarer Wege, die in Bereiche vollkommener Ruhe führen, vollkommen gerade deshalb, weil dort nie jemand ist: Die Familien stellen ihr Auto fünf Meter von der Landstraße entfernt ab, damit sie es gut sehen und nebenbei unablässig die Abgase aus allen Auspuffen der anderen Autos einatmen können, und genau da installieren sie auch ihre Tische, Stühle, Babys und Großmütterchen. Auf den Parkplätzen ist es nicht ganz so schlimm, die Leute wagen sich zum Teil ziemlich weit hinein, und manche besetzen sogar die besten Plätze, aber rein statistisch läßt sich sehr leicht nachweisen, daß die Mehrheit weiterhin eine Autoschlange möglichst nahe an der Autobahn bildet. Carol meint, daß diese Leute vielleicht Angst vor dem Wolf haben, es gibt Atavismen, die schwer auszurotten sind, und man weiß ja, in den Wäldern. Ich meine, etwas weniger romantisch, daß sie schlicht und einfach bescheuert sind und uns auf diese Weise bei unserer wakkeren Expedition kräftig unterstützen.

Wissenschaftliche Beobachtungen über die Wirkungen des Gases im Wasser, wenn man beides in einem Siphon vermengt.

Dialoge unterwegs

Die Parkplätze fügen sich aneinander wie die zugleich deutlichen und unbestimmten Szenen eines langen Traums, wobei die Etappen und nicht die Uhren die Zeit erzeugen, sie vielmehr annullieren, weil wir im Grunde genauso außerhalb der Zeit wie außerhalb der Autobahn sind. Wir leben sie, aber sie ist nicht mehr der Feind mit Klingeln, Schellen und Stempeln, sie ist der Freund, der sich in einen Baum verwandelt, wenn wir im Schatten einen Schluck trinken oder lesen wollen, sie ist diese Art Nicht-Unterschied zwischen den Parkplätzen, alle sind ein Raum zum Leben, und das asphaltierte Band der Geschwindigkeit erscheint uns immer ferner und fremder. Fafnir, als wüßte er etwas von dem Projekt (und er begreift, wie könnte man das bezweifeln, nach und nach das Wesen des Spiels; wenn wir das Faltdach einziehen, uns nach vorne setzen und ihn so wieder in ein Auto verwandeln, macht er von Mal zu Mal ein sanfteres Geräusch, fährt diese zehn oder fünfzehn Minuten, als hätte er plötzlich Kissen um die Reifen, als wollte er all das Alltägliche, das wir mit uns führen, nicht behelligen), paßt sich bereits in die Parkplätze ein, als wäre er Teil eines Tarnmanövers, begibt sich in die Nähe der Bäume, versteckt sich in den verborgensten Winkeln, und sogar seine gelben Fransen bewegen sich, als wären es junge Blätter, die nach den Vögeln rufen.

Ich verstehe recht gut, warum so viele Leute fast Angst hätten, diese Reise zu machen. Die Parkplätze sind nämlich nichts anderes als Leere mit Dekor. Man muß sie zu füllen wissen. Und trotz der geographischen oder physischen Unterschiede sind sie immer ein und derselbe. Es wird, glaube ich, wirklich eine Überraschung sein, am Ende festzustellen, daß auch wir uns nach den Kriterien der anderen vorwärtsbewegt haben, ich meine, daß wir trotz der Immobilität, die uns kennzeichnet, in Marseille angekommen sein werden.

»Immobilität *mon cou*«, sagt Calac, der gut daran täte, ein paar Französischstunden zu nehmen, wobei mir sowohl sein Hals als auch das andere schnuppe sind. »So schnell diesen Parkplatz mit Restaurant und allem Drum und Dran zu verlassen, gerade als wir ein paar Fritten essen wollten.«

»*Frites*«, sagt Polanco, der jede Gelegenheit wahrnimmt, um seine Bildung herauszuhängen.

»Glaubt ihr vielleicht, daß es so einfach ist, auf dieser verfluchten Autobahn voranzukommen, wenn man keinen Wagen hat? Und dazu noch in diesen Tagen, wir als Argentinier und die Autos fast alle von Ihrer Majesty?«

»Das Schwierigste war, euch hinterher wieder zu erwischen, Che. Anscheinend ist es verboten, um einen ›lift‹ von weniger als fünfzig Kilometern zu bitten. Sie halten einfach nicht an.«

Aber ich weiß, daß sie die Strecke nicht zu Fuß zurückgegangen sind, die Scheißkerle, sie haben bestimmt auf irgendeiner Brücke die Autobahn überquert, nachdem sie einen Wagen gefunden hatten, der sie auf der anderen Seite wieder hochfuhr. Sie werden sich doch nicht überanstrengen, nur um uns auf den Wecker zu gehen.

»Und dabei sind wir aus reiner Großherzigkeit gekommen! Mann, die merken nicht mal, daß ihre Reise eigentlich stinklangweilig ist.«

Ich würde sie ja zum Teufel schicken, aber ich weiß, daß sie nur auf diesen Vorwand warten, um sich über mich lustig zu machen, weil ich so wenig über Tangos weiß.

»Und ihr, was wißt ihr über schottische Balladen?«

»Au«, sagt Calac und faßt sich an den Kopf, als hätte er gestern abend zu viel getrunken. »Ihr werdet doch hoffentlich nicht wieder zu singen anfangen wie letztes Mal in Burgund?«

»Es sind keine Sterne da, Che. Das machen sie doch nur unter Sternenhimmel.«

Wir lassen sie reden, sonst können sie ja nichts.

Mittwoch, 2. Juni

Frühstück: Orangen, Kekse, Feigengelee, Kaffee.
8 h. 20 °C.
8.18 h. Abfahrt im leichten Dunst.
»Burgund, Weinberge und Gastronomie«.
8.25 h. Auf der Höhe von Sémur-en-Auxois.

8.29 h. Rastplatz: AIRE DE RUFFEY.
Ausrichtung Fafnirs: SW.
Wir richten uns ein, um auf die Ankunft des Nachschubs zu warten.
12.58 h. Ankunft von Anne und Necmi, erster Kontakt zur gastronomischen, ästhetischen und moralischen Aufrüstung.

Erster logistischer Kontakt: Necmi Gurmen und Anne Courcelle br gen uns frischen Proviant und Freude auf den Rastplatz von Ruffe

Mittagessen: (4 Gedecke) Bratspießchen, grüne Bohnen, Kompott... und ein frisches Baguette direkt aus Paris.
Anmerkung: Jegliche Ungewißheit bezüglich der logistischen Effizienz der Expedition wird durch die Umarmungen, Freudenschreie und gegenseitigen Glückwünsche hinweggefegt. Oder, um es bescheidener zu sagen, die von den Raumkapseln der NASA bewerkstelligten Ankoppelungsmanöver sind bedeutungslos neben dem Erfolg einer so brillanten Operation. Ganz zu schweigen von dem Mittagessen, das sie begleitet und das in nichts dieser gräßlichen Vitaminpaste gleicht, die die armen Kosmonauten schlucken, nachdem sie auf eine Tube gedrückt haben; unser Bankett besteht aus duftenden roten und grünen Nahrungsmitteln, exquisiten Weinen und einem knusprigen frischen Brot, die unseren Tisch zieren und unter dem ungewohnten Gewicht vor Aufregung erbeben lassen.
15.10 h. 42 °C.
16.04 h. Abschied von unseren Helfern und Abfahrt.

16.14 h. Rastplatz: AIRE DE FERMENOT.
Noch schöner als der Parkplatz von Villiers.
Ausrichtung Fafnirs: W.
18.46 h. 20 °C.
Abendessen: Radis-beurre mit Baguette. Hähnchen (Meisterwerk von Anne Courcelle), Salat (mit Baguette), Kompott, Kaffee.

»Wissen Sie, wie man Pipi macht, Madame?«

Ein Aquariumslicht, wie es Julio definiert, als er sich mit einem Buch in einem der Geblümten Greuel niederläßt (doch so gräßlich sie auch sein mögen, ich bin immer mehr davon überzeugt, daß ihre Geschmacklosigkeit – die nicht von der Abartigkeit herrührt, deren man mich bezichtigt, sondern vom Zeitmangel auf dieser schwindelerregenden Autobahn, in die sich Paris in den Wochen vor unserer Abreise verwandelt hatte – uns beschützt. Wie könnten die Gendarmen etwas anderes vermuten, als daß es sich bei Leuten, die ohne jede Hemmung einen so offenkundig schlechten Geschmack entfalten (wir können Fafnir in den Tiefen des Waldes noch so tarnen, sobald wir den »Salon« aufgestellt haben, ist das grelle Orange der Liegesessel bestimmt noch vom vorhergehenden Rastplatz aus zu sehen), nur um ehrbare, solide Sommerfrischler handeln kann, die ihre Fahrt lediglich kurz unterbrechen, um dann schnellstens zu einem dieser Campingplätze mit der arglosen, lärmenden Promiskuität der Städte zu gelangen? Trotz der Schreibmaschinen, der Bücher und der Siestas, die sich weit über die zur Erholung von den Anstrengungen der Fahrt notwendige Zeit hinaus ausdehnen, bieten diese Liegesessel ein anderes, falsches Bild unseres Lebens und garantieren uns so die für unsere Reise unabdingbare Anonymität), in der Ferne die Autobahn wie ein grauer Fluß und die Sonne, die Fafnir mit grünen Pfützen umgibt.

Wenn wir nicht vorsichtshalber eine Liste der Rastplätze mit dem jeweiligen Datum erstellt hätten, wäre nur noch schwer zu ermitteln, seit wann wir so leben. Uns wird immer deutlicher bewußt, daß wir ein Territorium erobern, das wir Parkingland oder Freiheit oder sogar Zweitwohnsitz nennen könnten, denn es steht fest, daß wir hier alle Vorteile eines solchen genießen, auch wenn das Grundstück mobil ist und die Nachbarn nicht existieren oder ständig wechseln. Es ist ein Land von großer Stille, das Land einer Zeit, die sich hinzieht und dennoch fortschreitet, ohne daß wir es merken. Und wenn es stimmt, daß Schreiben diese erotische Erfahrung ist, als die wir es beide immer empfunden haben, dann müßten wir uns allmählich auch diesem Buch mehr öffnen. Dieses Vorantasten aufgeben, sich entscheiden. Beim Schreiben geht man immer das Risiko ein, alles zu sagen, vor allem auch das Unbewußte. So wie man, wenn man sich einmal auf ein Liebesabenteuer eingelassen hat und der andere die Decke beiseite schiebt, als entdeckte er einen großen, warmen weißen Strand, nicht einfach sagen kann: »Aber die Unterhose behalte ich an«, so muß auch, wenn wir dieses Buch wirklich schreiben wollen, alles gesagt werden (nicht im Sinne von »nichts verschweigen«, sondern indem man beim Schreiben allem seinen freien Lauf läßt).

Es gibt unterwegs nicht nur Dämonen, sondern auch Engel; gestern traf ich einen auf der Toilette, als wäre das der geeignete Ort, um sich mit ihnen zu treffen. Ein armes Engelchen weiblichen Geschlechts, sehr blond, mit großen runden Augen, die verzweifelt zwischen zwei Klos alla turca hin und her wanderten, während ihre wie Flügel ausgebreiteten Ärmchen die beiden Türen aufhielten. Als sie hörte, daß sich hinter ihr die Eingangstür öffnete, schaute sie sich um und lächelte; ich weiß nicht, ob es daran lag, daß das Sonnenlicht hereinströmte, als die Tür aufging (und auch die frische Luft, denn die göttlichen Düfte, die dort walten, wo Engel zu schweben pflegen, sind bestimmt lieblicher als der Geruch so mancher WCs auf den Rastplätzen), oder daran, daß sie in der Gegenwart eines menschlichen Wesens die Lösung ihres Dilemmas sah. Sie hielt immer noch die beiden Türen auf und schaute mich mit demselben Lächeln an, während ich mir die Hände wusch, um einen natürlichen Eindruck zu machen (ich mußte dringend, aber wie hätte ich einen ganz in Weiß gekleideten Engel von der Statur eines Fünfjährigen bei weiß Gott welchen bedeutsamen Überlegungen stören können?), und dann, während ich meine Hände an den Jeans abtrocknete und mein möglichstes tat, um Hüpfbewegungen zu unterdrücken, die meine Drangsal verraten hätten – denn während die Dämonen zu den überspanntesten Taten anstiften, spornen uns die Engel an, die Würde zu bewahren –, ließ sie die beiden Türen los, hüpfte auf mich zu, als hätte sie in meinen Gedanken gelesen und noch genügend diabolisches Blut in den Adern (man weiß ja, wie das mit den Engeln aller Art gewesen ist), um sich über mich lustig zu machen, und fragte mich mit silberheller Stimme:

»Wissen Sie, wie man Pipi macht, Madame?«

Sehnsucht nach den irdischen Funktionen, oder haben Engel die gleichen Bedürfnisse wie wir? Ohne mich in Erläuterungen über die Frage im allgemeinen zu ergehen, machte ich sie in wenigen Worten mit dem Wesentlichen der Installation vertraut, damit die Operation auf die bestmögliche Weise vonstatten gehen konnte, und fragte mich dabei, ob das mehr als weiße Weiß der Engelkleider so leicht schmutzig wird wie das Weiß der Sterblichen. Nachdem ich entschieden hatte, daß dies der Fall sein könnte, empfahl ich ihr, den Rock so weit wie möglich zu heben.

Dachte sie, daß ich ihr das besser vorführen sollte?

»Danke«, sagte sie, und ich dachte, ich sollte ihr vielleicht meine Hilfe anbieten, doch meine Scham ließ es nicht zu. Man kann doch Engel nicht einfach so berühren, oder?

Sie öffnete erneut eine der Türen, warf einen langen Blick auf die Anlage mit dem Loch und schüttelte dann den Kopf.

»Danke. Ich glaube, ich geh besser meine Mutter holen.«

Als ich zu Fafnir zurückging, sah ich von weitem, wie sie versuchte, eine andere Sterbliche aus einem Auto mit belgischem Kennzeichen zu ziehen. Warum schicken sie Engel, die so wenig mit den irdischen Bräuchen vertraut sind, und welche Missionen übertragen sie ihnen?

Eine unwiderstehliche Einladung zum Jogging auf dem Rastplatz von Fermenot.

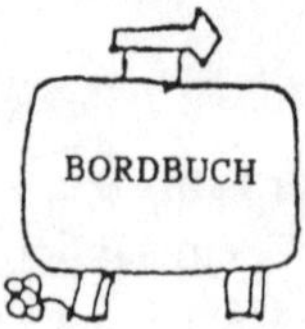

Donnerstag, 3. Juni

Frühstück: Orangen, Butterbrot, Feigengelee, Kaffee.
Ein ganzer Morgen »dolce far niente« im Wald.
13.10 h. Abfahrt. 24 °C.
Die Sonne brennt gnadenlos herab, sobald wir den Wald verlassen haben.
13.26 h. Bauarbeiten auf der Autobahn. Man lenkt uns auf die Gegenfahrbahn um. Durch die Hitze verursachter Dunst. Zum erstenmal seit 12 oder 13 Tagen sehen wir Autos entgegenkommen.
13.29 h. Wir kehren auf die richtige Seite zurück. Wir rollen unter einer weißen, glühenden Sonne dahin.

13.31 h. Rastplatz: AIRE DU CHIEN-BLANC.
Tankstelle, Laden, Restaurant (nicht auf der Karte verzeichnet): »Relais de l'Auxois«. (Aus der Ferne lesen wir wegen der eigentümlichen Schreibweise »Relais de l'Amour«, was Fafnirs Eifersucht weckt.)
Ausrichtung Fafnirs: OSO.
Mittagessen: Hähnchen, Äpfel, Kaffee.
13.55 h. Abfahrt. 35 °C.
13.56 h. Burgfeste zur Linken.
14 h. Windmühle zur Rechten.
14 h. Auf der Höhe von Autun, galloromanische Stadt. »Dijon, Hauptstadt der Herzöge von Burgund«.

14.06 h. Rastplatz: AIRE DU CHAIGNOT.
Schöner, mit Bäumen bestandener Parkplatz.
Ausrichtung Fafnirs: N.
15.30 h. Zeit, um die alle Autos anhalten, damit die Hunde Pipi machen können.
16.55 h. 24 °C (im Schatten).
Abendessen: Radieschen, Beefsteak mit Zwiebeln, Salat, Käse, Kaffee.

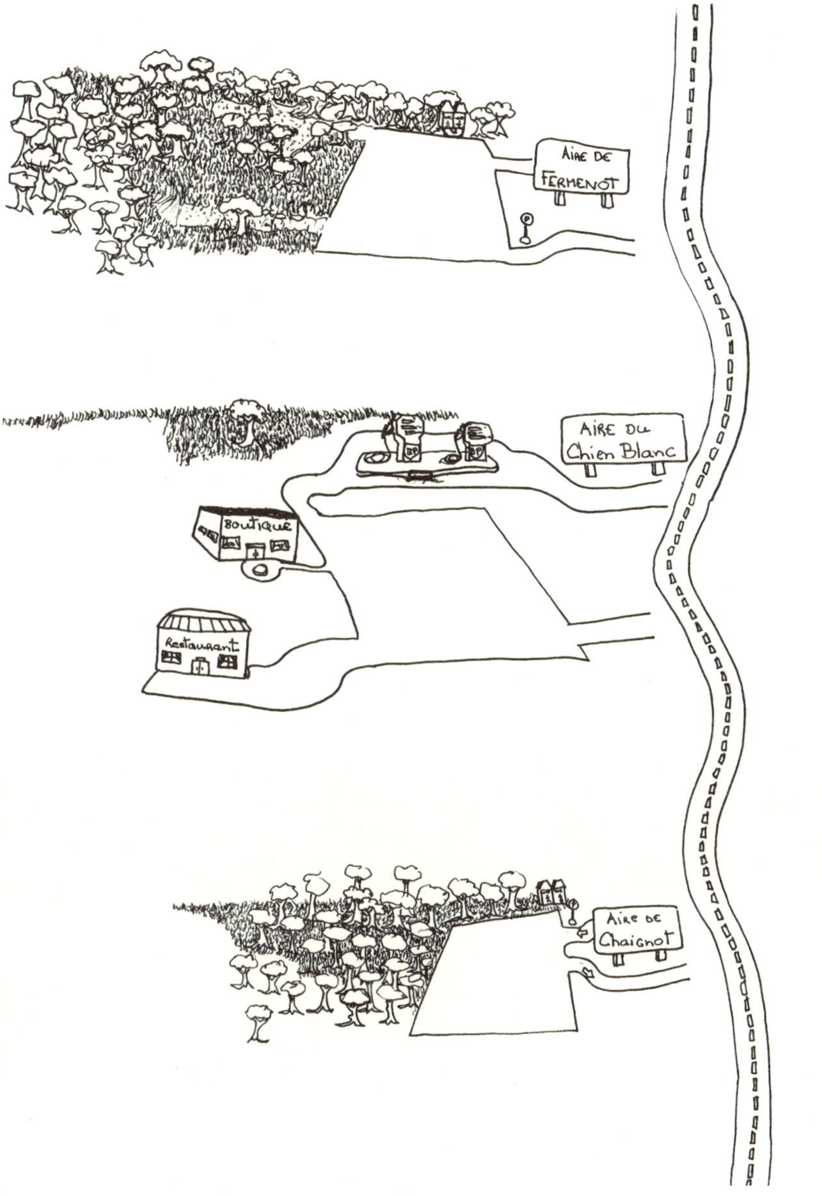
Aire de
Fermenot
Aire du
Chien Blanc
Boutique
Restaurant
Aire de
Chaignot

Wo versucht wird, als wäre das möglich, die Glückseligkeit zu erklären.

Die alte Obsession, Leitmotiv der Freuden und Sorgen, kehrt wieder: Die Welt hat keine Dimensionen. In diesem schon so fernen Chemieunterricht, in dem sie uns geduldig erklärten, daß das Volumen von Gasen durch ihr Behältnis bestimmt wird, warum haben sie da nie das Wesentliche der Erklärung hinzugefügt, nämlich daß auch das Behältnis keine auf ewig festgelegten Dimensionen haben kann, daß nichts den Versuch verbietet, das Unendliche an seinen beiden Enden zu verbinden?

Die Rastplätze sind von dieser Regel nicht ausgenommen. Zweimal hintereinander konnten wir ein kurzes »oh« der Enttäuschung nicht unterdrücken, als wir das Gelände sahen, auf dem wir einige Stunden oder eine ganze Nacht leben mußten. Ein Asphaltstreifen, gewissermaßen ein Zwilling dessen, der geradeaus nach Lyon

Als er das Restaurant auf dem Rastplatz von Le Chien Blanc sieht, öffnet Fafnir blitzschnell die Tür.

und Marseille führt, nur mit dem Unterschied, daß auf dieser Seite die Fahrzeuge stillstehen und auf der anderen – von der uns fast nichts trennt – mit Höchstgeschwindigkeit dahinrasen. Eine Art Garageneinfahrt also, nur daß sie uns nicht in eine Garage führt, sondern ohne Änderung der Richtung oder der Landschaft erneut auf die Autobahn katapultiert. Doch deshalb werden wir nicht die Spielregeln durchbrechen. Mit der üblichen Geschwindigkeit stellen wir das Faltdach hoch, bringen die Liegestühle oben auf der Metallabdeckung unter, überprüfen die horizontale Position des Kühlschrankes, und als machten wir der Häßlichkeit des Rastplatzes eine lange Nase, klappen wir das Bett auf und beziehen es, bereit zu einer eher intimen Rache. Wir sehen keine Autos mehr, nicht einmal mehr den Superzug TGV, der wie ein Düsenflugzeug wenige Meter von Fafnir entfernt vorbeirast. Jetzt haben wir ein Schlafgemach, dessen gedämpftes Licht in dem Maße abnimmt, wie sich der Himmel bedeckt und der Donner zu grollen beginnt. Ein Schlafgemach, das sich in einen, in alle geheimen Schlupfwinkel der Liebe verwandelt. Der Himmel wird immer dunkler, der Regen trommelt auf das Dach, aber wir sind schon weit fort; und die Kontrolleuchte des Kühlschrankes könnte, wäre sie in unserem Blickfeld, sehr gut das Feuer im Kamin eines großen mittelalterlichen Gemachs in Schottland sein, in dem wir vor dem aufziehenden Sturm Zuflucht gesucht hätten. Fafnir öffnet sich, so wie wir uns einander öffnen, er ist nicht mehr dieser angenehme, aber enge Raum, in dem man die Gesten und Bewegungen genau berechnen muß, um nicht mit den Ellbogen anzuecken oder dem anderen einen Fußtritt zu verpassen oder den Eierkarton oder das Transistorradio herunterzustoßen. Nein: er entfaltet sich zu einem riesigen, vibrierenden Feld; Komplizen sind diese Wände, die vor unseren Gesten zurückweichen, ohne zu bersten, und ein enger Verbündeter ist dieses Dach, das sich unendlich weit emporhebt, wenn unser Verlangen mehr Platz braucht, als uns Fafnir normalerweise bieten kann. Schon mehr als einmal hatten wir festgestellt, daß ihn unsere Umarmungen nicht gleichgültig lassen. Vor einigen Jahren legten wir den einzigen Fehltritt, von dem wir bei ihm wissen, seiner Jugend und Unerfahrenheit zur Last: Wohl weil er die Dinge genauso leben wollte wie wir, ließ er sich mit solchem Ungestüm von seiner Wollust mitreißen, daß mit einem Schlag die Hecktür aufging und wir uns plötzlich im unverhofftesten Augenblick unter freiem Himmel wiederfanden.

Aber der Drache ist seither gereift, und ich glaube, daß sich die Türen unter dem Druck seiner Freude nicht mehr öffnen werden. Diese lange Reise, bei der uns nichts daran hindert, uns ständig zu suchen, hat ihn weicher und größer gemacht. Es ist nicht zu bestreiten, daß er sich dehnt, mit Begehren füllt, uns dabei dort Widerstand bietet, wo wir ihn suchen, uns vor indiskreten Blicken

Von Zeit zu Zeit muß die Wäsche gewaschen werden…

schützt und sich zugleich um uns herum ganz klein macht, vielleicht um besser den geringsten Schauder der aufkommenden Begierde zu spüren. Vielleicht auch, um uns zu zeigen, daß unter diesen Umständen der Raum in der Tat keine Grenzen hat.

Wie schon so oft erweist sich der erste Blick als trügerisch. Was uns zunächst wie ein Halteplatz vorkam, vor allem für ungeduldige Harnblasen gedacht und schlimmstenfalls noch dafür, daß die Fahrer mit geringerem Risiko als auf der Autobahn einen Reifen wechseln können, offenbart uns seine Geheimnisse nach der Siesta unter einer warmen, hellen Sonne.

Auf der am weitesten von der Autobahn entfernten Seite (das heißt, vier oder fünf Meter von ihr) entdeckt Julio eine winzige Mulde, ein grünes Winkelchen, wo wir die Liegesessel aufstellen, lesen und unseren Aperitif trinken können. Obwohl die Autobahn der anderen schreck-

… und auch das wird geteilt.

lich und sogar gefährlich nahe zu sein scheint, merken wir nach und nach, daß sie immer weit weg ist, daß sie uns nicht mehr erreichen kann, wie wir es zu Beginn der Expedition befürchtet hatten. Entweder verschlimmert sich unser Geisteszustand, oder wir gleiten langsam tatsächlich in diesen grenzenlosen Raum, dank dem sich jenseits des ersten Anscheins eine zweite Wirklichkeit abzeichnet, die es uns, während Julio uns um fünf Uhr nachmittags einen gut gekühlten weißen Burgunder einschenkt, möglich macht, uns mit einem heiteren Lächeln anzuschauen und erschöpft und matt und glücklich zu sagen:

»Ist das schön hier!«

Das Endergebnis einer tapferen Anstrengung.

Wie wir bereits ein Raum ohne Grenzen sind, in dem sich die Wirklichkeit kristallisiert.

Wenn zwischen Paris und Toronto, wo Diana Cooper Clark wohnt, Tausende von Kilometern liegen, dann liegen Tausende von Kilometern, multipliziert mit einer geheimnisvollen Distanz, die sich nicht in Kilometern oder Meilen berechnen läßt, zwischen Toronto und dem Rastplatz von Chaignot, wo wir uns jetzt befinden. Eine Distanz, die noch komplizierter wird durch den Umstand, daß Diana auf einen Schlag in die Reise einbezogen ist, uns näher als das Dorf und seine Einwohner, das wir in einer Entfernung von zehn oder fünfzehn Gehminuten erkennen können (dieser kurze Spaziergang ist undenkbar und die Distanz folglich absolut, ganz zu schweigen von den völlig unterschiedlichen Mentalitäten: Wer weiß, wie einer dieser Burgunder Bauern, deren Felder so einladend aussehen, reagieren würde, wenn er, während er die abendliche Frische genießt, zufällig an den Zaun käme und wir mit ihm zu plaudern begännen und zu ihm sagten: »Wie schade, daß wir Ihr Dorf nicht besuchen können, aber wissen Sie, wir dürfen die Autobahn vor dem vierundzwanzigsten Juni nicht verlassen...« Würde er kopfschüttelnd davongehen und sagen: »Oh, diese Pariser, die sind doch alle übergeschnappt«? Oder würde er glauben, daß wir uns über ihn lustig machen? Würde er unvorhersehbare und möglicherweise folgenschwere Reaktionen zeigen?).

Diana gehört zu unserer Reise, und sie weiß nichts davon, doch plötzlich kristallisieren sich jetzt ein paar Umstände heraus, die seit zehn oder zwölf oder achtzehn Monaten nur als leichte, kaum vom Alltäglichen getrennte Tropfen Wirklichkeit zu spüren waren, in erster Linie in einem Interview, das sie mit Julio gemacht hat und bei dem sich – wie ich gerade bei seiner Lektüre feststellen konnte – die Interviewerin als genauso interessant erweist wie der Interviewte, und an zweiter Stelle dadurch, daß Diana – die, wie gesagt, so weit entfernt ist, daß sie nicht die geringste Ahnung von unserem verrückten Abenteuer haben kann – in dieses Buch Eingang findet oder in das, was vielleicht ein Buch sein wird, und dies aufgrund einer Antwort, die sie Julio zu entlocken verstand und die mir seit ein paar Minuten im Kopf herumgeht wie ein umgedrehtes Bild der Reise (oder eines von der Seite oder eben einfach nur so: der Eindruck von einem hauchdünnen, fast nicht wahrzunehmenden Faden, dazu ein Gefühl der vollkommenen Stimmigkeit, das mich nicht mehr losläßt). Einen indischen Philosophen zitierend, den er nicht nennt (gibt es ihn, oder ist das »Zitat« nur eine perfekte Illustration seiner selbst?), sagt er: »Wenn man zwei voneinander getrennte Gegenstände betrachtet, den Raum

Dokumentarischer Beitrag: Typisches WC (Rastplatz von Chaignot).

zwischen den Gegenständen zu beobachten beginnt und schließlich die Aufmerksamkeit auf diesen Raum, auf diese Leere zwischen den beiden Gegenständen konzentriert, dann nimmt man in einem bestimmten Augenblick die Wirklichkeit wahr.«

Ich stelle mir vor, daß die beiden Städte, vor allem, wenn man sie aus praktischen Gründen auf zwei Punkte auf der Landkarte reduziert, für die beiden Gegenstände stehen können, und die Strecke zwischen beiden stellt die Leere dar, die sie voneinander trennt. Seit anderthalb Wochen sind Paris und Marseille, ohne daß wir mehr oder minder große Kringel auf den Straßenkarten suchen müssen, nur die beiden abstrakten Pole, die es erlauben, den Raum zwischen ihnen zu entdecken und in ihm (und ich komme erneut auf Diana zurück, um ihr dafür zu danken,

Arglos und furchtsam betrachtet der Drache die Hände, die auf dem Rastplatz von Chaignot aus der Erde auftauchen.

daß sie auch von *Kinästhesie* gesprochen hat, ein Wort, das ich, ohne es vergessen zu haben, dorthin verbannt hatte, wo sich die nützlichen Wörter stapeln, deren Anwendung auf das Leben wir so oft vernachlässigen) durch eine langsame, geduldige Vermittlung in mehrfachem Sinn eine Wirklichkeit wahrzunehmen, die wir, ohne die Abfahrt und die Ankunft gleichsam zu tilgen, unmöglich hätten erahnen können.

Je weiter wir vorankommen, desto größer erscheint uns die Freiheit, die wir genießen. Und auf gar keinen Fall etwa, weil wir Marseille näher kommen. Im Gegenteil, wahrscheinlich ist es die Tatsache, daß wir uns vom Ausgangspunkt entfernt und gleichzeitig das *Ziel* der Reise vollkommen aus den Augen verloren haben, was diesen Zustand herstellt. Nach und nach lernen wir, den Raum, von dem der hypothetische indische Philosoph sprach, nicht nur zu betrachten, sondern auch mit allem, was wir sind, dieser Raum zu *sein*. Und ist dieser Raum zwischen den Gegenständen, sobald der Blick diese zu beiden Seiten des Gesichtsfeldes ausklammert, nicht per Definition grenzenlos?

In diesem Augenblick hebt Julio den Kopf, lauscht und warnt Fafnir: *Attenti!* Ist dieses Geräusch, das er gehört hat, das Grunzen eines Nashorns oder vielleicht eher das eines Nilpferdes?

Bärchen allein im Wald (suite)

Am Eingang zum richtigen Wald ist ein unsichtbarer Hund mit einer roten Leine an einem Baum festgebunden, wobei jemand die Leine umsichtigerweise mit einem doppelten Knoten festgezurrt hat. Ich sollte seine wahre Funktion erst begreifen, nachdem ich dem Pfad, der in den Wald führt, weit gefolgt bin, so weit, daß ich plötzlich Angst bekomme. Schatten umgibt mich, und der Pfad entfernt sich unter riesigen Bäumen bis ins Unendliche. Hinter mir, nichts: nur Bäume, so als könnte ich, selbst wenn ich den Weg zurückgehen würde, nur noch tiefer ins Halbdunkel entschwinden. Dabei erinnnere ich mich genau an die Landschaft, die auf dieser Seite zu sehen war, als wir von der Autobahn abfuhren: ein Wäldchen mit spärlich belaubten Bäumen, so wie man sie am Rande der Rastplätze oft vorfindet. Ein Wäldchen, das sich nach etwa zwanzig Metern auf ein Feld öffnete. Und dennoch gehe ich immer weiter, ohne das Ende dieses alten, dichten Forstes abzusehen, dessen Schatten nur hie und da durchbrochen wird, wenn ein paar Sonnenstrahlen durch das üppige Laubwerk schlüpfen. Ich höre nicht den fernen Lärm der Autos, der uns schon seit so langer Zeit begleitet. Selbst von meinen eigenen Schritten ist im Gestrüpp nur ein leichtes, gleitendes Geräusch zu hören.

Das Verbotene. Ich weiß, daß mir kein Zaun den Weg versperrt hat, und dennoch... Ob die Dämonen ihre widerwärtige Bosheit so weit treiben, *unsichtbare* Zerberusse an den verbotenen Durchgängen zu postieren?

Unter dem Vorwand (für wen? Dialog mit einem richtenden Doppelgänger?), mich ein bißchen sportlich zu betätigen, renne ich zurück: nur weg aus diesem bedrohlichen Schatten. Ich halte erst inne, als ich den guten alten Fafnir friedlich neben Julio stehen sehe, während dieser wie besessen auf der Schreibmaschine herumklaviert. Nichts hat sich verändert. Höchstens das Licht ein bißchen gedämpfter. Und dennoch war die Gefahr ganz nah, real, furchterregend.

(Eine andere mögliche Erklärung: Die Eigentümer des Nashorns unterschätzten seine Kraft und wurden von ihm aufgefressen, bevor es das Weite suchte. Das geschieht ihnen gerade recht, wenn sie geglaubt haben, sie könnten ein Nashorn mit einem roten Lederriemen bändigen, der eines Pariser Pekinesen würdig gewesen wäre. Doch ich habe den Verdacht, daß das Nashorn trotz seines wilden Aussehens eher zu vegetarischer Kost neigt.)

Von der Freßlust beherrscht, schlemmt das Bärchen zwei Eis (Himbeer und Pistazien).

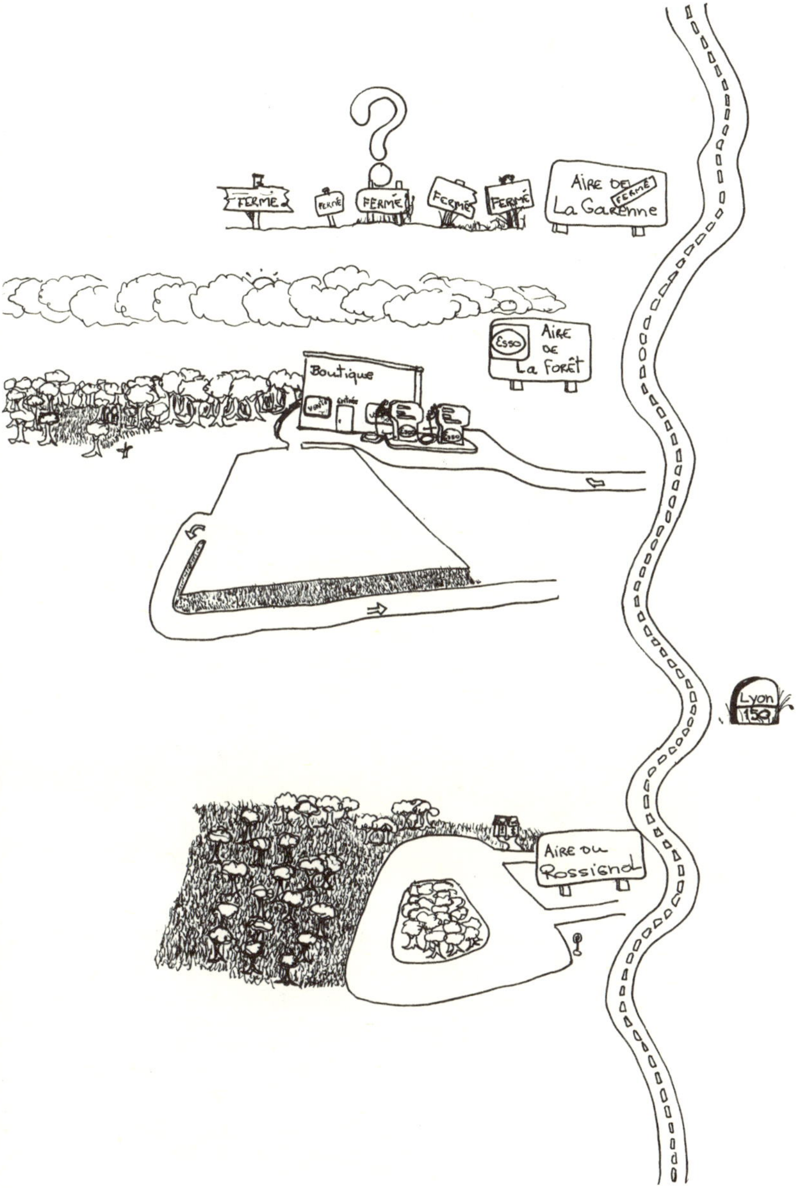
FERMÉ
FERMÉ
FERMÉ
FERMÉ
FERMÉ
AIRE DE La Garenne
FERMÉ
AIRE DE La Forêt
Esso
Boutique
AIRE DU Rossignol
Lyon
159

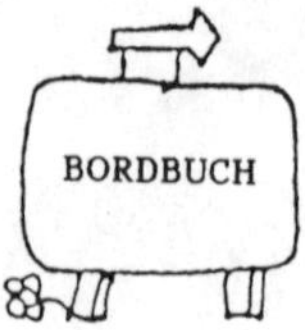

Freitag, 4. Juni

8 h. 18 °C. Bewölkt.
Frühstück: Orangen, Mandelkekse, Kaffee.
11.25 h. Abfahrt. Sonne, 24 °C.
11.27 h. Zur Linken, Dorf und Burg aus dem 12. Jh.
11.28 h. Zur Rechten, der Kanal von Burgund, den wir mutig überqueren.
11.29 h. Eine Barkasse bewegt sich auf dem Kanal so langsam voran wie wir. Wir denken an *Bevinco*, das Boot von Jean Thiercelin.
11.30 h. Wir überqueren den Kanal zum zweiten Mal. Viadukt Pont d'Ouche.
11.32 h. Ein geschlossener Rastplatz?
11.34 h. In der Tat hat man uns den Rastplatz geschlossen (Ausbesserungs- und Vergrößerungsarbeiten). Sabotage? Eine sehr schwierige Steigung.
Gemeindewald von Bligny s/Ouche.

11.40 h. Rastplatz: AIRE DE LA FORET.
»3-Sterne«-Laden.
Ausrichtung Fafnirs: SSO.
12.45 h. (etwa): Vision im WC (vgl. Text).
Mittagessen: Paté-Sandwich, kaltes Fleisch (Steak), Zwiebeln, Tomaten, Kompott, Kaffee.
13.15 h. 30 °C.
22.48 h. Man könnte meinen, es hätten sich alle Dämonen der Hölle auf Fafnir gestürzt. Wir halten stand, während der Sturm durch die Nacht tobt. Hagel, Blitze, Donner, sintflutartiger Regen, es fehlt nichts.
Abendessen: Kalbsschnitzel mit Zitrone, grüne Bohnen, Eis, Kaffee.

Von dem titanischen Kampf, den die Forscher gegen einen Feind ausfochten, dessen Waffen die Stille und die Kneifzangen sind.

Nie werden wir behaupten, daß diese Expedition, so viele Gefahren und Wechselfälle sie auch bergen mag, mit der verglichen werden kann, die sich Werner Herzog in *Aguirre, der Zorn Gottes* ausmalte (das heißt, in Bilder umsetzte). Hier gibt es weder Indianer noch mit Curare getränkte Pfeile und schon gar keine Affen; um die ganze Wahrheit zu sagen, es gibt nicht einmal Spanier wie in dem Film, denn das einzige, was wir auf dieser Reise bisher treffen, sind jede Menge Engländer, dicht gefolgt von Deutschen und Belgiern, dies alles natürlich außer den

Der Blick, der eine bedeutende wissenschaftliche Entdeckung ankündigt.

Eingeborenen, die in dieser internationalen Lawine völlig unterzugehen scheinen.

Wenn man analog schließt, daß die Franzosen die Indios dieser Autobahn sind, so muß man zugeben, daß sie größte Zurückhaltung zeigen und dazu neigen, so schnell wie möglich Pipi zu machen, einen Sandwich zu essen und zu ihren Renault- oder Talbot-Kanus zurückzukehren, als würde sie das, was draußen passiert, in Angst und Schrecken versetzen. Du lieber Himmel, sind die immer so gereist? Wie hat das denn Jacques Cartier gemacht, o Götter? Oder Bougainville? Diese Einheimischen, die wir auf den Parkplätzen treffen, scheinen nicht einmal fähig zu sein, im Quartier Latin ein Café zu finden; aber dort wären sie ja ebenfalls entsetzt über die Kundschaft aus aller Herren Ländern, die in diesen Erholungslokalen ihre Banner aufgepflanzt hat. Aus all diesen Gründen können wir zusammenfassend schließen, daß unser langsames Vordringen von den septentrionalen in die meridionalen Gefilde sich ohne tückische Hinterhalte, tödliche Fallen, unangebrachte Auftritte von Leoparden und Schlangen oder andere der vielen Kalamitäten vollzieht, die Lope de Aguirre dazu brachten, alle umzubringen, einschließlich seiner Tochter, bevor er sich, von Moskitos und Affen umgeben, auf dem Orinoko verlor. Ja, aber vielleicht wäre dies der geeignete Augenblick, von den Ameisen zu reden.

Wie jedermann weiß, ist die Ameise ein entzückendes Tierchen, wenn man es dabei antrifft, wie es über einen Tisch wandert oder versucht, den Knöchel unserer Tante zu erklimmen. Es wäre schon sehr niederträchtig, seine Wut an einer Ameise auszulassen, die uns nur beißen würde, wenn wir versuchten, ihren Kopf zwischen den Fingern zu zerdrücken. Niemanden schätze ich mehr als eine Ameise, dieses paradigmatisch fleißige Insekt, Maeterlinck, Fabre usw. Das einzige Problem ist, daß die Ameisen wie die Nazis und die Rockfans nie allein auftreten, sondern in überwältigenden Massen, und der Zauber des Individuellen löst sich im Horror der tumben Masse auf, genau wie es uns gestern abend passierte, als wir uns im warmen, heimeligen Bauch Fafnirs zur Ruhe begeben wollten und entdeckten, daß die besagten geschäftigen Insekten über die Reifen geklettert waren, um in dicht gedrängten Legionen einzudringen, bis sie alle einnehmbaren Winkel des Drachens eingenommen hatten – und er hat eine ganze Menge davon –, und daß an die siebenhundertvierzig versuchten, ein Butterbrot zu vertilgen, während sich mehrere tausend bei der Salami, den Salzcrakkern und den sechs Bananen tummelten, die wir am selben Tag in der Absicht gekauft hatten, einen deftigen Reis à la Cubana zu machen.

Fafnir zur Kaffeezeit.

Ich weiß nicht, ob Carol den in diesen Fällen unerläßlichen halb angstvollen, halb wütenden Schrei ausstieß und ob ich ihn mit einem der Flüche unterstrich, für die ich seit undenklichen Zeiten berühmt bin; ich weiß nur, daß wir die Gefahr sofort erkannten und zu einer choreographischen Nummer schritten, neben der die beste Sequenz von Fred Astaire wie ein dürftiges Gestrampel ausgesehen hätte, und daß wir in wenigen Minuten einem Großteil der ruchlosen Angreifer einen Denkzettel verpaßt hatten. Zu Recht stolz auf diese (im wahrsten Sinne des Wortes) erdrückende Gegenoffensive, beschlossen wir, uns mit einem, wie es sich gehört, in Schottland auf Flaschen gezogenen *Nightcap* zu belohnen, bevor wir uns nach diesem Kythera einschifften, wo sich entgegen der Meinung herausragender Hellenisten Aphrodite und Morpheus im Verlauf der Nacht in goldenem Rhythmus abwechseln.*

Es erübrigt sich fast hinzuzufügen, daß wir, kaum waren wir ins Bett geschlüpft, in ohnehin zum Jucken neigenden Regionen die Zangen von fünf oder sechs Ameisen spürten, die beleidigt waren, als sie merkten, daß wir sie von der weißen Steppe vertrieben, auf der sie in tiefer sibirischer Autosuggestion umherstreiften. Sie zu töten war leicht, von wegen Schwarz auf Weiß, aber wir hatten keine Ahnung von der verborgenen Anwesenheit von Reservelegionen, die in den schlecht einsehbaren Winkeln Fafnirs auf der Lauer lagen. So entdeckte Carol, als sie gegen drei Uhr morgens eines der eigenwilligen Schlaflosigkeitsintermezzi begann, die sie anschließend dazu bringen, in einem Zug bis halb zehn durchzuschlafen, daß die Ameisen entlang der Kunststoffleiste unter dem Fenster auf ihrer Seite des Bettes eine Prozession in Gang gesetzt hatten, die vielleicht religiös, deshalb aber

* Gewiß: die klassischen Dyaden sind Aphrodite/Ares und Hypnos/Thanatos, niemals Aphrodite/Hypnos, außer in Fafnir, vielleicht weil er Walhall näher ist als dem Olymp.

nicht minder beunruhigend war, denn sie bewegte sich auf das Fußende des Bettes zu, das heißt den Teil des Bettes, wo wir unsere Füße hatten. Zartfühlend und diskret wie immer, weckte mich Carol nicht auf; ihre Opferbereitschaft brachte sie im Verein mit der Schlaflosigkeit dazu, zwei Stunden lang mit erhobenem Zeigefinger dazuliegen und ihn sachte auf jede Ameise niederfallen zu lassen, die sich über den Rand hinauswagte, bis die Prozession ihren mystischen Schwung verlor oder sie wieder einschlief. Am Morgen fanden wir noch einige Individuen vor, die, nachdem ihr soldatischer Geist nun gänzlich zunichte war, sich damit befaßten, unstete Hieroglyphen auf dem Boden, an der Decke oder auf den Kissen zu beschreiben.

Hart war der Kampf gewesen, doch heute, fast eine Woche später, können wir versichern, daß nur noch sieben oder acht Ameisen in Fafnir auf der Lauer liegen. Wie man sieht, ist man auf der Autobahn nicht auf Rosen gebettet; hätten wir nicht rechtzeitig reagiert, so hätten vielleicht

Bärchen kauft gräßliches Zeug, aber man muß gesehen haben, welchen Spaß sie daran hat.

die Polizisten, die auf den Parkplätzen patrouillieren, die gräßliche Überraschung erlebt, unsere Skelette aufzufinden, ganz zu schweigen von der vollständig vertilgten Butter. Wir haben gesiegt, weil wir die Taktik dieser unseligen Insekten kannten, die darin besteht, durch einen Massenansturm beim Feind Panik auszulösen. Wie schon jener Unesco-Übersetzer so schön sagte, als er den folgenden Satz zu übersetzen hatte: »Comme disait feu le Président Roosevelt, rien n'est à craindre hormis la crainte elle-même« und dabei die denkwürdige Version hervorbrachte, der wir vielleicht unser Leben verdanken: »Wie schon Präsident Roosevelt feurig sagte, die Angst vor den Ameisen schaffen sie selbst.«

Wo man sieht, daß sich die Konsumgesellschaft auf der Autobahn nichts entgehen läßt.

Ein geschlossener Rastplatz. – Ein anderer, wo zugleich Buddhas verkauft werden und Eros seine Zeremonien anempfiehlt.

Am Freitag, kurz vor Mittag, verließen wir traurig den Rastplatz von Chaignot, einen wunderschönen, mit Bäumen bestandenen Parkplatz, wo wir gerne noch einen oder zwei Tage mehr verbracht hätten, um zu arbeiten, zu lesen, Musik zu hören, diese Zeit außerhalb der Uhren verfließen zu lassen, in der wir soviel Frieden finden. Wir bedauerten es besonders, weil die Autobahnkarte uns einen nicht gerade angenehmen Tag versprach: einen ersten Rastplatz, der nicht einmal in das Grün eines burgundischen Waldes reichte, und einen zweiten, auf dem eine Tankstelle angezeigt war. Wir wußten aus Erfahrung, daß der erste mitunter nicht mehr sein würde als eine Fahrbahn parallel zur Autobahn, ohne Schutz vor dem Lärm und der Sonne (die, je weiter wir nach Süden kommen, zunehmend heißer wird), und daß er uns auch nicht die Möglichkeit bieten würde, uns so bequem einzurichten, wie wir es uns mittlerweile angewöhnt haben. Der zweite versprach seinerseits nicht mehr zu sein als eine Asphaltpfütze, deren Monotonie nur durch die Zapfsäulen und den Schatten der herumstehenden schweren Lastzüge durchbrochen würde, ein Rastplatz, auf dem wir fast unter den gleichen Bedingungen schlafen würden wie auf dem Gelände eines Supermarkts.

Doch lange bevor wir die Reise antraten, hatten wir beschlossen, nicht zu mogeln, oder zumindest nur ganz selten, und wir sagten uns, daß sich die Erfahrung, wenn sie schon nicht angenehm war, vielleicht wenigstens als amüsant erweisen würde. Immerhin, nach so vielen Rastplätzen, auf denen es uns, um die Dinge beim richtigen Namen zu nennen, bombig ergangen war, könnte sich der Leser fragen, warum es denn notwendig sei, dieses ganze Theater zu veranstalten, wenn wir doch nur einen Monat lang Camping machen wollten. Vielleicht wäre es jetzt für unsere zwei furchtlosen Forschungsreisenden an der Zeit gewesen, sich den Seelenängsten zu stellen, die einer solch gefährlichen Fahrt einfach anstehen.

Weder der eine noch die andere hätten diesen Gemütszustand bis zum Masochismus getrieben, und als wir um 11.32 Uhr ein mit einer Art Plane abgedecktes P sahen, spürten wir so etwas wie ein Kribbeln im Magen. Vielleicht hatte das nichts zu bedeuten, denn eigentlich hatten wir das P ja gar nicht gesehen, doch instinktiv erkannten wir die Form und die Abmessungen der Schilder, die einen Rastplatz ankündigen. Würden wir den ganzen Tag und die ganze Nacht in der Nähe einer gräßlichen Tankstelle verbringen müssen? (Das war uns bereits anläßlich des ersten Sabotageaktes passiert, am zweiten Tag der Expedition; aber damals war sie noch sehr jung, und wir wußten, daß viele schöne Rastplätze vor uns lagen, während wir jetzt, nach zwei Wochen auf der Autobahn, die Gewißheit hatten, daß uns jeder Tag einer Gegend näher brachte, in der die meisten schlecht sind, zumindest soweit wir uns erinnern können.)

11.34 Uhr am Freitag, den 4. Juni. Wir sind auf der Höhe des Parkplatzes, der in der Tat geschlossen ist, obwohl ihn ein Heer von orange gekleideten Männern besetzt hält, die zwischen Bergen von Schotter und Sand arbeiten. Wenn wir das nächste Mal hier vorbeikommen, wird dies ein großer Rastplatz sein, auf dem man gerne eine Pause macht; aber vorläufig hat er aufgehört zu existieren, wie ein Filmstar beim *Lifting* oder bei der alljährlichen Silikoninjektion. Der nächste Rastplatz – der mit den Benzintanks – wird für beide zählen müssen.

11.40 Uhr: Es kostet uns Mühe, ein leichtes Schaudern zu unterdrücken, als wir das gigantische P/1 000 m. sehen, das sich der Windschutzscheibe nähert. Die Autobahn, von der wir nicht den Eindruck haben, sie oft gefahren zu sein, hat auf dieser Höhe wenigstens den Vorteil, eine wundervolle Aussicht auf schöne Landschaften zu bieten. Wir fahren mit 30 oder 40 Stundenkilometern, nachdem wir den geschlossenen Rastplatz passiert haben, als wollten wir das Grün, das sich zu beiden Seiten der Autobahn bis ins Unendliche erstreckt, noch etwas länger dauern lassen und dieses Nirgendwosein hinauszögern, das uns plötzlich so angenehm erscheint. Doch Fafnir fährt, wenn man auf das Gaspedal drückt, und sei es noch so diskret, unweigerlich auf das zu, was vor ihm liegt, und nicht nach den Seiten, wo diese Landschaft herrscht, die wir im Verlauf unserer vorhergehenden Reisen nie so genau betrachtet hatten. Trotz unserer Liebe zu dieser Gegend wußten wir immer, daß ihre nächstliegende Rolle die war, sich so schnell wie möglich durchqueren zu lassen. So ist

Hängen Sie das in Ihr Auto, und es bleibt Ihnen nichts anderes übrig, als glücklich zu sein.

es eben; wenn man eigentlich Heide und Thymian entgegenfährt, vergißt man, daß man auch das sanfte Wogen Burgunds mit seinen unzähligen Grüntönen schätzen kann, mit seinen Luzernenfeldern und Kühen, die auf einen Landschaftsmaler des neunzehnten Jahrhunderts zu warten scheinen.

Fafnir fährt also weiter, trotz der stillen Gelöbnisse, die wir offenbar nicht auf der Autobahn reisenden Göttern machen, damit sie diese Beschleunigung umkehren. P/200 m. Gleich sind wir da. Und wir danken denjenigen, die den ersten Rastplatz geschlossen und uns damit gezwungen haben, diese kleine Mogelei zu akzeptieren. (Woher kommt das Gefühl, daß dieser Dank aufrichtiger gewesen wäre, wenn wir uns nicht so gefreut hätten, dem ersten Rastplatz entronnen zu sein, der in jeder Hinsicht

Was kann man mehr von der modernen Welt verlangen?

unsere negativen Vermutungen bestätigte?) Zu unserer Überraschung ist der Rastplatz einer der schönsten, die wir bisher gesehen haben. Fast lauschige Wege führen in einen großen Wald, und Fafnir fährt mit untrüglichem Instinkt hinein. Gewiß, an der Einfahrt zum Parkplatz befindet sich eine Supertankstelle mit einem Laden, wo man alles mögliche kaufen kann, zum Beispiel einen Porzellanbuddha von einem Meter Höhe oder einen riesigen Teddybär, der die bescheidene Summe von 850 Francs kostet, und auch Kaffee, warme Sandwichs oder Eis. Aber dahinter ist der Wald mit seinen geheimen, schattigen Pfaden und ein idealer Platz, um den Drachen abzustellen.

Das hätte schon alles sein können, die unter Bäumen genossenen Mahlzeiten, die lange Siesta mit der Brise, die uns durch die Vorhänge sanft streichelte, die schmackhafte Baguette, die wir wie durch ein Wunder im Laden entdeckten, und das wäre schon viel gewesen für einen einzigen Tag. Nur durch Zufall kamen wir hinter das wahre Geheimnis der Überraschung, das vielleicht Gegenstand eines anderen Textes sein wird, wenn seine Wirkung in irgendeinem Winkel von mir gereift ist.

Es kam der Augenblick, in dem wir entscheiden mußten, ob wir das Geschirr mit Hilfe von Jeans Kanister direkt neben Fafnir waschen sollten oder in den sanitären Anlagen, die wir in einiger Entfernung sahen. Wir wußten nicht, ob es dort ein Außenwaschbecken gab, wo man die Tassen und Gläser leichter spülen könnte.

»Ich geh mal nachsehen, und wir entscheiden uns dann.«

»Nein, laß mich gehen«, sagte Julio.

»Ich mach das, weil ich sowieso dahin muß.«

Ich schlage den Weg ein, der durch ein Wäldchen zu dem ultramodernen WC führt, das von unserem Standplatz aus kaum zu sehen ist. Aus etwa zwanzig Metern Entfernung stelle ich fest, daß die Türen auf beiden Seiten geöffnet sind, aber als ich mich weitere fünf Schritte nähere, bleibe ich erstarrt stehen. Nicht nur, weil ich in der weit offenstehenden Tür auf der Frauenseite zunächst zwei Hinterbacken sehe und insbesondere den Schatten, der sie teilt, das sich vor allem dort das hell hineinstrahlende Tageslicht konzentriert; und nicht einmal, weil ich, nachdem ich bemerkt habe, daß es sich tatsächlich um einen nackten Hintern handelt, entdecke, daß er schön und weiß und fest ist und daß sich in der Türöffnung deutlich der Körper einer schlanken, anmutigen Frau abzeichnet, die sich in irgendeinem symbolistischen Gemälde entlehnter Gebärde leicht nach vorne beugt; nein, die zweite und wirkliche Überraschung des Tages ist, mit einer Mischung aus Bewunderung und unerklärlicher Wehmut festzustellen, daß mich vor allem die schwarzen Strümpfe an den über hohen Absätzen schwebenden langen Beine und die ebenfalls schwarzen Strumpfbänder in ihren Bann ziehen.

Rastplatz von La Forêt: die sanitären Einrichtungen, wo sich die scheinung zeigte.

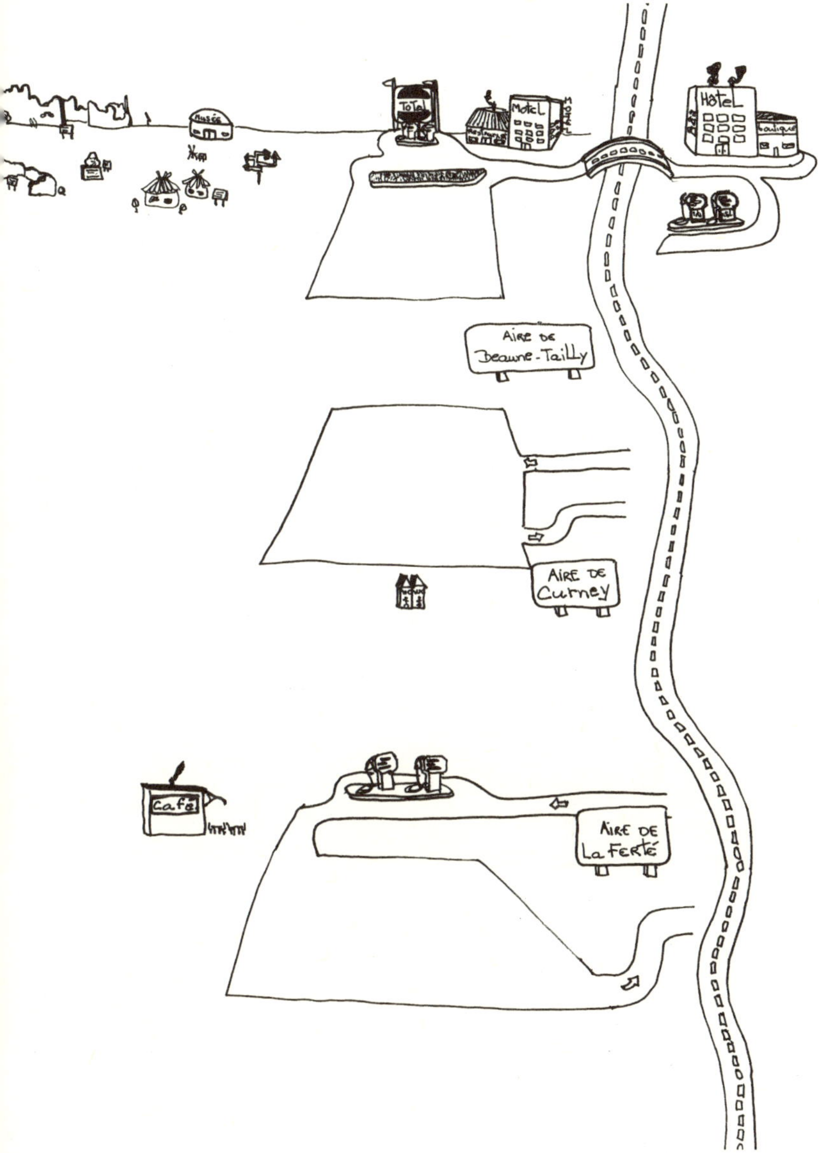
Total
Motel
Hôtel
Aire de
Beaune-Tailly
Aire de
Curney
Café
Aire de
La Ferté

Samstag, 5. Juni

8 h. 20 °C.
Frühstück: Orangen, Mandelkekse, Kaffee.
9.06 h. Abfahrt.
9.11 h. Hügelland von Bessey-en-Chaume. Höhe: 565 Meter.

9.16 h. Rastplatz: AIRE DU ROSSIGNOL.
Panoramaaussicht.
Ausrichtung Fafnirs: NNO.
12.30 h. 36 °C.
12.32 h. Abfahrt.
12.33 h. Auf der Höhe von Beaune.

12.43 h. Rastplatz: AIRE DE BEAUNE-TAILLY.
Ausrichtung Fafnirs: SSO.
Mittagessen (im »Bistro« des Rastplatzes): Suppe (nur Julio), Hors d'œuvre-Platte (Carol), Bœuf bourguignon, Käse der Region.
17 h. 57 °C (in der Sonne), was uns als furchtlose Forschungsreisende, die wir nun einmal sind, nicht daran gehindert hat, das »Archäodrom« zu erkunden.
Der Rastplatz ist der gigantischste, den wir bisher gesehen haben. Wir verbringen die Nacht im Motel.
Abendessen: Wir haben vergessen, das Menü zu notieren.

Wo die Forscher in die Vergangenheit eintauchen und – als neue Dantes – auf Julius Cäsar, Eugène Sue und Vercingetorix treffen.

Jede Expedition setzt irgendwo voraus, daß Marco Polo, Kolumbus oder Shackleton das Kind in sich nicht ganz verloren hatten. Meines ist jedenfalls äußerst aufgekratzt und wach, wenn ein neuer Parkplatz sein Pfauenrad vor ihm schlägt (das manchmal etwas zerrupft, manchmal schillernd und prachtvoll ist) und es mit Staunen erfüllt und mit Raupen, Ameisen und zauberhaft beschrifteten Lastwagen bedenkt, zum Beispiel SPEEDY-SUPPE, den ich gerade vorbeifahren sehe, während ich diesen Satz zu Ende schreibe.

Heute ist es der Rastplatz von Beaune-Tailly (+ Motel, o wie köstlich!), wo das Schild, das wie bei allen seinen Namen verkündet, außerdem ein sonderbares Wort zeichnet, das sich in die Höhle des Imaginären schleicht: ARCHEODROME. Aber da das Kind der Vater des Mannes ist,

Wissenschaftliches Detail unserer Einrichtung auf dem Rastplatz von Rossignol.

richten wir uns zunächst im Motel ein, wo uns ein leidlich bordelleskes Zimmer einhüllt: violettes Halbdunkel, schummrige Beleuchtung, Badewanne, die uns dazu einlädt, uns im duftenden Schaum als Delphine zu fühlen, und die Siesta, die dem allem folgt, die der Liebe, die tiefste der Siestas, bei der die Körper ihre Ruhe als siamesische Zwillinge finden, Arme und Schenkel und Hände verflochten, verheddert im schlußendlichen Verlust jeder Identität, Nirwana zerwühlter Kissen und zerwirbelter Laken.

Als wir zum Archäodrom kommen, dessen beängstigende Umrisse sich in dieser einförmigen Zeit von Tankstellen, Lebensmittelgeschäften und Parkplätzen wie ein totaler Bruch abzeichnen, entlockt uns am Anfang der Eindruck, ein Museum zu betreten, ein Lächeln; der historische Anachronismus wirkt in diesem bisher so unspektakulären Kontinuum fast wie eine Veräppelung, denn nachdem wir das Eintrittsgeld bezahlt haben, begeben wir uns auf einen Rundgang, der in der burgundischen Neusteinzeit beginnt und im nationalen Epos der Belagerung von Alesia und dem entscheidenden Kampf zwischen Vercingetorix und Julius Cäsar gipfelt, welcher hier aber eher wie der zwischen Asterix und Marcello Mastroianni aussieht.

Doch das Kind ist wach, geht mit wachsendem Staunen die Rekonstruktionen von Hütten, Grabhügeln und Saatfeldern ab und gelangt schließlich zu den hohen Verteidigungswällen des römischen Lagers zwischen der belagerten Stadt und der Nachhut des Eindringlings, welche durch die auf Vercingetorixens Ruf herbeieilende Koalition der gallischen Stämme bedroht ist. Ein Video zeigt uns dann die einzelnen Etappen des Kampfes, bei dem Cäsars militärisches Genie über die planlos überlegenen Feinde siegt. (Gegen seinen Willen, doch durch eine erdrückende Logik gezwungen, räumt der Sprecher Schritt für Schritt ein, warum die römischen Adler die Prä-Franzosen niederwalzen konnten.)

Und da beginne ich alles, was ich an diesem Nachmittag gesehen und gehört habe, auf andere Weise zu leben, nämlich als Kind, das aus fast sechzigjährigem Schlaf erwacht und die Episoden, die man ihm zeigt und erzählt, wieder auf seine Weise versteht. Das Buch war eine von Sáenz de Jubera herausgebrachte Übersetzung der *Geheimnisse des Volkes* von Eugène Sue: zwei großformatige, zweispaltig gedruckte Bände, die mich einen Monat lang auf eine märchenhafte Reise durch die Geschichte Frankreichs mitnahmen, von den Druiden über die Merowingerkönige, Jeanne d'Arc, die Religionskriege, die Revolution und das Empire bis hin zu, glaube ich, Napoleon III. Von alledem – woran ich mich auch in anderen Museen hätte erinnern können (so oft habe ich durch reine Gedankenassoziation Bruchstücke davon wieder-

Im Museum des Archäodroms (Rastplatz von Beaune-Tailly) neigt dieses Bildnis aus der Vergangenheit dazu, vor der Autobahn die Augen zu verschließen.

erlebt) – prägt sich mir heute *in situ* die Eroberung Galliens durch die Römer mit der doppelten Kraft der Erinnerung und ihrer Beschwörung direkt auf dem Schauplatz des schrecklichen Epilogs in besonderer Weise ein. Ich glaube nicht, daß die Schlacht von Alesia in Sues Roman vorkam, wohl aber das Erwachen der Gallier angesichts der ausländischen Invasion und Vercingetorixens verzweifelter Kampf, um die Vernunft der Freiheit gegen die römische Maschinerie durchzusetzen, die Meile um Meile voranschritt, so wie ihr Schöpfer in seinem *De bello gallico* Seite um Seite voranschreitet.

Von Cäsar, dem das Kind eine Bewunderung entgegenbrachte, wie sie jede gut durchlebte Kindheit den Kriegern und Kaisern der Antike widmet, zeichnet Eugène Sue ein Bild, das mich anfangs empörte und kränkte. Der Held von Pharsalus, der Liebhaber Kleopatras wird als grausamer, machtgieriger Karrieresoldat bar aller Vorstellungskraft und Großherzigkeit gesehen, als einer, der eiskalt mit den Legionen Schach spielte und unfähig war, die Größe seines Feindes richtig einzuschätzen (was auch zutrifft, denn er brachte Vercingetorix nach Rom und ließ ihn am Tag seines Triumphzuges enthaupten). Ich erinnere mich, daß viele Stunden der Lektüre und das Talent Sues vonnöten waren, damit ich diese Version Cäsars akzeptieren konnte, doch es kam der Augenblick, in dem sich das Kind für immer mit den Galliern verbündete und von ihrer Seite aus einen Krieg erlebte, den ihm die Schulbücher und Cäsar selbst immer von dessen Seite aus gezeigt hatten.

Gerade vor einer Weile, als ich die Rekonstruktion der Fallen sah, die die Römer in Alesia ihren Feinden stellten und die an die der Vietnamesen gegen die Yankeeinvasoren erinnern, machte ich den für mich schrecklichsten und beklemmendsten Moment meiner Lektüre in seiner ganzen Intensität noch einmal durch, die Episode, in der die Natur den römischen Soldaten ihrerseits die gräßlichste der Fallen stellt. Ich erlebte es erneut, als läse ich jetzt gerade den Roman zu Hause in Banfield, in diesem Augenblick der Kindheit, in dem alles Sehen, Riechen, Hören, Tasten war, ich sah von neuem diesen Legionär, der in seiner Rüstung wie ein schwerfälliger, langsamer Käfer vorwärtsmarschiert und in einem Sumpf zu versinken beginnt, in dem, was der Roman Treibsand nannte, und ganz allmählich untergeht, verzweifelt versucht, einen Halt zu finden, verschwindet, bis nur noch der Kopf und der Helm zu sehen sind, und dann schlägt der Treibsand über ihm zusammen und es kommen nur noch ein paar Blasen des Erstickens, um das Grauen des von diesem alptraumhaften Bild besessenen Kindes auf die Spitze zu treiben. – Während wir ins Motel zurückkehrten, fragte ich mich ironisch, was ich heute finden würde,

Das Archäodrom auf dem Rastplatz von Beaune-Tailly, wo Vercingetorix und Julius Cäsar ihr Endspiel bestritten.

wenn ich Sues Roman noch einmal läse, und insbesondere diese Passage (nebst der Geschichte von Fergan dem Steinmetz, dem Tod Jeanne d'Arcs und der Person von Josefino el Francotopo, der im Original weiß Gott wie heißen mag). Doch ich fragte mich danach, ohne daß die Gefahr bestand, daß ich es tun könnte, denn eines weiß ich mit Sicherheit: Gewisse Bücher meiner Kindheit werde ich nicht wiederlesen, und auch einige aus anderen Zeiten nicht, wie zum Beispiel *Les enfants terribles* und *La condition humaine*. Dieses Archäodrom kann man besuchen, und es ist ganz unterhaltsam; die anderen, die tiefinneren, werden in mir so fortbestehen, wie ich sie einmal und für immer kennengelernt habe; sie werden im transparenten Grab der Erinnerung bleiben, wie das Terracotta-Heer, das so viele Jahrhunderte lang den Schlaf des chinesischen Gründerfürsten bewachte.

Im Motel auf dem Rastplatz von Beaune-Tailly spielt das Bärchen mit dem Wolf und dem Spiegel.

Anfang und Ende der Welt von einem Quartett Schuberts aus

Während ich die Autobahnkarte betrachte, stelle ich einmal mehr fest, daß wir unsere Reise in der richtigen Richtung machen. In der Tat müssen diejenigen, die nach Paris zurückkehren und auf der Höhe des Rastplatzes von La Forêt haltmachen wollen, sich mit dem von Le Creux-Moreau zufriedengeben; die Tatsache, daß beide auf der Karte das Minischild einer Benzinmarke und einen wie auch immer auf einem Rad sitzenden Mann aufweisen (Nebenbei bemerkt, einige Aspekte der Beschilderung sollten vielleicht überprüft werden: Kann sich denn ein Behinderter in diesem Einradfahrer neuen Typs erkennen?), wird nichts an der Magie der Namen ändern. Und beim nächsten Halt, wo wir auf dem »Aire du Rossignol« ausruhen werden, finden sich die Reisenden, die auf der Rückfahrt in die Hauptstadt eine Pause machen, im »Bois des... Corbeaux« wieder.

Vorsichtig wie immer, erkunden wir sorgfältig die Möglichkeiten unseres Haltes, bevor wir einen endgültigen Standplatz wählen. Das ist sehr wichtig, denn schon um zehn Uhr morgens macht sich die Sonne bemerkbar wie um die Mittagszeit im Herzen der Sahara, und die Möglichkeiten des Rastplatzes »Zur Nachtigall« sind nicht üppig (nachdem man ihn als »Panoramazone« eingestuft hatte – eine Bezeichnung, die er im übrigen ganz zu Recht trägt –, hat man natürlich dafür Sorge getragen, daß die Aussicht nicht durch Bäume oder sonstige Einrichtungen verstellt wird). Es gibt ein Inselchen mit Kiefern zwischen zwei Wegen für die Fahrzeuge, die zusammen einen Rhombus bilden, und etwas weiter erstreckt sich ein offenes Feld, über das man mit dem Auto fahren könnte, um unter dem einzigen, ganz weit hinten stehenden Baum Zuflucht zu suchen; doch die Regenfälle vom Vortag waren heftig, und wir befürchten, daß Fafnir steckenbleiben könnte. Also installieren wir unseren Drachen direkt bei dem Inselchen und in angemessener Entfernung vom WC und ergreifen sofort Besitz von einem Tisch unter den Bäumen (obwohl es noch früh ist, beginnen die Reisenden bereits mit unverkennbaren gastronomischen Absichten haltzumachen, und da die Hitze Fahrer wie Insassen aus der Ruhe und zur Verzweiflung zu bringen pflegt, ist das Ergebnis vorhersehbar). Dank der im Verlauf der Expedition erworbenen Erfahrung stellen wir in wenigen Sekunden das Dach hoch, nivellieren den Kühlschrank aus, installieren die Liegesessel neben dem am besten beschatteten Tisch, und der fragliche Tisch wird in völlig unzweideutiger Weise mit Schreibmaschinen, Büchern, Flaschen, Gläsern, Photoapparat und Siphon in Besitz genommen (was ungläubiges Staunen auslöst).

Wir richten uns ein, nachdem wir einen guten Schluck zu uns genommen haben, in erster Linie, um uns zu beglückwünschen, weil wir es verstanden haben, zur rechten Zeit zu kommen und den besten Platz zu besetzen (dies mag egoistisch erscheinen, geschätzter Leser, doch bedenke, daß der gewöhnliche Reisende einen Halt auf einer sechs- oder achtstündigen Reise macht, während wir bei einer Reise von dreiunddreißig Tagen eine Pause einlegen), und an zweiter Stelle, weil wir glücklich sind, und irgendein Überrest oder eine Emanation der schönen und langen Nacht, die wir durchlebt haben, reizt uns, so zu tun, als ginge das Fest noch weiter – und es stimmt ja auch, daß diese Reise ein endloses Fest des Lebens ist –, ganz zu schweigen davon, daß dies alles uns dabei hilft, andere Aktivitäten aufzunehmen, denn wir haben ja unsere Schreibmaschinen nicht nur hingestellt, weil wir irgendeinen Lyoner daran hindern wollen, seine gleichnamige Wurst neben uns zu verzehren, sondern auch, weil wir Lust haben zu arbeiten, und bekanntlich ist ja ein guter Schluck für die Inspiration kein Schaden.

Wichtig ist jedenfalls, daß wir ziemlich weit von der Autobahn entfernt sind, da sich der Rastplatz »Zur Nachtigall« als eine Art Hügel über sie erhebt. Gleichzeitig habe ich, wenn ich den Blick hebe, um die Landschaft zu bewundern, das Gefühl, daß ich bisher noch nie ein so klares Bewußtsein von der Autobahn hatte; noch nie habe ich sie sich so weit in beide Richtungen erstrecken sehen, nie hatte ich einen solchen Eindruck der Harmonie, wenn ich ihren Kurven, Steigungen und Gefällstrecken folgte, die ich jetzt dank der Lage des Rastplatzes mit einem einzigen Blick erfassen kann. Da das Gelände so hoch liegt, fahren die Autos und Lastwagen geräuschlos vorbei, ohne zu stören, mit gleichbleibender Geschwindigkeit, obwohl es auf der Seite Paris–Lyon ziemlich bergab und auf der Seite Lyon–Paris entsprechend bergauf geht. Die Geschwindigkeit selbst scheint durch diese Geräuschlosigkeit abgeschafft; man sieht nur diese langsame, harmonische, endlose Bewegung anonymer und dennoch deutlich wahrnehmbarer Formen, welche einem unerforschlichen, aber berechtigten und tiefen Bedürfnis zu entsprechen scheint.

Ich stelle meine Schreibmaschine auf und merke, daß ich etwas in Fafnir vergessen habe. Auf dem Weg zurück nimmt mich die Aussicht auf die gegenüberliegende Seite gefangen, eine Landschaft, die uns durch den Morgendunst bei unserer Ankunft verborgen geblieben war. Ich bin gefangen, und dennoch drehe ich mich um mich selbst und stelle fest, daß es überall ähnlich ist. Ich erhebe mich über den Rastplatz, geflügelter als eine Chagallfigur; ich bin dieser Berg dort in der Ferne, ich trinke das Blau dieser Bäume, die kaum als genau umrissene Größen zu unterscheiden sind, ich gleite an dem Steinbruch dort drüben entlang, und immer noch auf dem Rastplatz und immer noch reglos, setzt sich der Reigen fort bis zum Schwindelgefühl, diesem Schwindelgefühl, wie es in einigen seltenen Augenblicken des Lebens die Rundumsicht von 360 Grad bewirkt, die sich zugleich schafft und zerstört.

Eine kurze musikalische Phrase setzt sich in dem Strudel langsam durch, ähnlich wie die Nachtigall, wenn sie bei Einbruch der Dunkelheit ihre Tonleitern übt, bevor sie aus vollem Herzen zu singen anhebt. Zwei, drei Noten, deren Tiefe aus der Großartigkeit der Landschaft zu entspringen scheint. Ein Takt, noch einer, und es ist dieses Quartett von Schubert, das keinem andern gleicht, und ich vergesse, was ich holen wollte, steige aber in Fafnir ein, weil ich weiß, daß wir genau dieses Quartett auf einer Kassette haben, auf die ich mich in Augenblicken, die ich nicht genau bestimmen und nicht einmal zueinander in Beziehung setzen könnte, oft mit einer Art unabwendbarer Vehemenz stürze, und so sitze ich schneller, als ich es

Hier erlebt man, wie mit einem eindrucksvollen Aufgebot an Arbeitsmitteln die Seite entsteht, die Sie gerade lesen.

sagen kann, auf der Rückbank und bin wie ein außerirdisches Wesen durch das Kopfhörerkabel mit dem Kassettenrecorder verbunden.

Es beginnen die ersten Takte, schmerzvoll und tief, so wie einmal die Welt begonnen haben muß, eine Schmerzensmusik, wie die Landschaft, die mich umgibt, von der ich ein Teil bin, Violine und Cello; die tiefen Töne werden unterbrochen, es ist, als wären sie eine Wunde, die von den unerwarteten Höhen geheilt wird, und dann die langsame, so langsame und wunderbare Verschmelzung des Ganzen, die Harmonie, die sich selbst sucht und die umgebenden Berge und sogar die allmählich eintreffenden Touristen umfängt. Mitten auf dem Rastplatz, bei geöffneten Türen, in die Stille eingeschlossen; in einer äußeren Stille entsteht die Welt, und ich sehe sie, ich sehe sie alle, nicht nur den Wolf, der dort drüben unter den Bäumen ununterbrochen auf der Maschine schreibt, sondern auch das Paar, das direkt neben Fafnir aus einem 4L gestiegen ist und mit einem forschenden Lächeln auf den Lippen den Kassettenrecorder anschaut, die Kopfhörer, mein Gesicht und meine Hände, die das Ganze erneut dirigieren, ja, so wie sie irgendwo die Herausbildung der Landschaft dirigierten, die des Dunstes, der jetzt immer rascher überall aufsteigt. Ich sehe sie, ja. Aber nicht von diesem Körper aus, nicht mit diesen Augen, die ihnen vielleicht zugelächelt haben. Nein, ich sehe sie von dem Ort aus, wo ich zuhöre und den man nicht benennen kann, aus dem Herzen der Saiteninstrumente, aus dem Gehirn eines Musikers, der schon vor so langer Zeit gestorben und dennoch da ist, der weit über die Berge hinwegschwebt, ohne daß ihn Mauern und Fenster, Stadt oder Haus umgeben, ich rühre an das Herz, Ursprung und Entfaltung der Musik wie auch des Sehens: in jedem Finger eines Musikers, der wie ein Liebender den Bogen führt, in jedem Fuß, der das empfindliche Gleichgewicht des Instrumentes aufrechterhält, in jedem Kinn, das auf seiner Stütze ruht, ohne einen Abdruck zu hinterlassen: jede Note, all diese Dinge, die nicht existieren und die dennoch in Augenblicken wie diesem die ganze Schöpfung und der Zweck der Welt sind, ich sitze da, so groß wie all diese Berge um mich herum, eins mit den tiefsten Steinbrüchen, verbunden mit allen Bewegungen, die aus diesem Ganzen, der Dauer der Kassette, eine Einheit machen, und weder die Deutschen, die an das Auto kommen, um herauszufinden, ob ich vielleicht etwas *aufnehme*, noch die Familie, die erstaunt stehenbleibt, um mich mit ungläubigen Augen anzustarren, können diesen vollkommenen Kreis durchbrechen. Allein dieser kleine Junge, der sich mit dem Rücken zu mir auf das Trittbrett gesetzt und begonnen hat, sich ganz allmählich im Rhythmus des Quartetts zu wiegen, hat ihn vielleicht bewußt betreten, als einer, der die Erfahrung wirklich mit mir teilt, auch wenn alle anderen ebenfalls dazugehören.

Rossignol, Panoramaparkplatz, singen jetzt deine Vögel für jene, die ihnen zu lauschen verstehen, dieses wunderschöne Thema von Schubert, das aus einem Rastplatz Anfang und Ende der Welt gemacht hat?

Wo der Leser zustimmen wird, daß »a rose is a rose is a rose«.

Wie oft verpaßt man unter dem Eindruck der Überraschung die wirkliche Überraschung, die diese einschließt? Das passierte uns vielleicht heute vor der Rezeption des Motels auf dem Rastplatz von Beaune, wo jemand, den wir zweifellos nie sehen werden, Rosen von vollkommener Gestalt in prachtvollen Farben gezogen hat. Wie soll man eine Farbe *sagen*, die sich über die Blütenblätter ausbreitet, als wäre es das Natürlichste der Welt, und die zugleich Textur, Konsistenz, Licht und Schatten ist, Wärme, die nicht ausschließt, daß von dem Ganzen so etwas wie die Gewißheit von Frische ausgeht? Es hat keinen Zweck zu erklären, daß die bewundernswertesten von einer Farbe waren, die man zwischen Rot und Rosa ansiedeln müßte, wobei noch sorgfältig die leichten Tupfer Orange zu dosieren wären, die ihre Leuchtkraft verstärkten; denn selbst wenn es dem Leser gelänge, sich durch einen phantastischen Zufall ein geistiges Bild von dieser Färbung zu machen, so würde ihm doch die zugleich schwere und durchscheinende Samtigkeit fehlen, die offenbar der Herausforderung trotzte, gerade an dieser Stelle so ohne weiteres zu gedeihen, nur ein paar hundert Meter von der Autobahn, von ihrem Lärm, ihrem Pulsieren und ihren Abgasen entfernt. Wir konnten nicht umhin, dort stehenzubleiben, uns dem Durst nach dieser Wärme, dieser Textur hinzugeben, überrascht von der Feststellung, daß eine Blume noch solche Ergriffenheit auslösen kann, und uns ein bißchen dumm vorzukommen, weil wir nicht anders reagieren konnten, als zu sagen, o, wie wunderschön. Und uns mit dem Schlüssel in der Hand auf den Weg zu unserem Motelzimmer zu machen.

Aber wer sagt uns, ob diese Farbe, die eine Überraschung an sich ist, nicht ausschließlich den Zweck hat, den Beschauer eben durch die Überraschung von etwas anderem fernzuhalten, von einem verborgenen Schlüssel im Innern der Blütenblätter, von einer noch größeren Schönheit, die durch eine tiefere Stufe desselben Phänomens behütet wird? Hätte dieser letzte Blick unseren Durst nicht noch verstärken sollen, anstatt ihn zu löschen? Oder muß man diese Art von Schönheit so hinnehmen, wie sie sich zeigt, als könnte sie nichts mehr übertreffen? Wir werden nie erfahren, ob sich in dieser vollkommenen Blume nicht eine zweite, noch wunderbarere verbarg. Und da wir keine Botaniker sind, wäre es uns unmöglich gewesen, sie genauer zu betrachten, ohne zu zerstören, was uns absichtslos und unverhofft Freude bereitet hatte.

Sonntag, 6. Juni

Frühstück: Orangensaft, Butterbrot, Croissants, Aprikosenmarmelade, Johannisbeergelee, Kaffee (im Motel).
10.30 h. 35 °C.
10.45 h. Wir kehren dem Komfort des Motels den Rücken.
11.05 h. Abfahrt.
11.07 h. Departement Saône-et-Loire.

11.15 h. Rastplatz: AIRE DE LE CURNEY.
Ausrichtung Fafnirs: OSO.
Mittagessen: Corned beef, Tomaten, Zwiebeln, Morvan-Käse, Kaffee.
19.19 h. 40 °C. Abfahrt.

19.32 h. Rastplatz: AIRE DE LA FERTE.
Ausrichtung Fafnirs: SSW.
Abendessen: Schweinefleisch in süßsaurer Soße, Käse, Kaffee.

Wo man sehen wird, daß unsere Helden auch angesichts der niederträchtigsten Verfolgungen nicht den Mut verlieren, und sich einmal mehr ihre unverbrüchliche Entschlossenheit zeigt, die Expedition zu einem guten Ende zu führen.

Ob die Rastplätze nun gut oder schlecht waren, alles lief perfekt, und wir gewöhnten uns immer mehr an die Anonymität und die totale Freiheit, die uns die Autobahn freundlicherweise gewährte. Wir brauchten den Gendarmen, die von Zeit zu Zeit zu uns kamen, um ein Auge auf uns zu werfen, vor allem, wenn Fafnir tief im Wald versteckt war, nur ein Lächeln zu schenken, um uns sicher zu fühlen*; die Hüter von Recht und Ordnung waren nie dieselben, und bis dahin hatten wir fast noch nie zwei Polizeistreifen auf demselben Rastplatz erlebt. Doch siehe da, kurz vor Mâcon, als wir den Eindruck hatten, eine Fahrtgeschwindigkeit erreicht zu haben, dank der sich die Autobahn in eine Art verborgenes Land verwandelte, das keinem anderen Rhythmus zugänglich war als dem unseren, da werden *sie* plötzlich ungeduldig und zeigen sich, anfangs noch zaghaft, doch schließlich unter energischer Entfaltung einer Strategie, die, so raffiniert sie auch sein mag, doch durchschaubar bleibt, zumindest unseren Augen.

Hatte uns das Gefühl der Freiheit dazu verleitet, unsere Verteidigung zu vernachlässigen, oder war der Angriff schon seit mehreren Rastplätzen vorbereitet? Alles begann, kurz nachdem wir zweimal den Kanal von Burgund überquert hatten. Man könnte sich fragen, ob sich diese zwei Schlangen, die Autobahn und der Kanal, auf einem so kurzen Stück tatsächlich zweimal kreuzen. Waren wir nicht vielleicht in eine falsche Kulisse umgeleitet worden – ein Winkelzug, der eines Films von Charlie Chaplin

* Was die Gründe betrifft, aus denen wir uns nicht in Sicherheit hätten fühlen können, vgl. S. 13/14.

würdig wäre –, indem man uns von der richtigen Autobahn weggelockt hatte, um uns in den Maschen eines ohne Skrupel über unseren Weg gespannten Netzes besser fangen zu können? Wir kennen den Feind gut genug, um zu wissen, daß ihm jedes auf Phantasie beruhende Unterfangen subversiv erscheint und daß er, um es zum Scheitern zu bringen, alles tun wird, was in seiner Macht steht, und die ist, ach, sehr groß, weshalb wir unseren Göttinnen und Göttern nur dafür danken können, daß wir in seinen Augen eine völlig belanglose Beute sind, denn sonst hätte sich unsere Reise auf ein Paris–Corbeil oder mit viel Glück auf ein Paris–Fontainebleau verkürzt.

So wie die Dinge liegen, ist es *ihnen* zu verdanken, daß wir jetzt auf dem Rastplatz von Crêches eingerichtet sind und wie die Verrückten arbeiten, obwohl uns die Gestaltung dieses Parkplatzes und die herrschenden Temperaturen viel eher in die Siesta als an die Schreibmaschine hätten treiben müssen. Doch wir hauen wild in die Tasten, und zwar mit der gezielten Absicht, sie davon zu

Erste und beunruhigende Bestätigung dafür, daß man uns bespitze

überzeugen, daß wir ein Buch über die Autobahn schreiben. Man könnte sich jetzt ausführlich über die Ironie und den Nutzen einer solchen Verfolgung Gedanken machen, doch kehren wir auf die Höhe des Kanals von Burgund und zu unseren ersten Vorahnungen zurück (vgl. hierzu S. 29, wo der Beginn dieses Abenteuers bereits erzählt wurde; im Lichte dessen, was danach geschah, müßte man vielleicht die Rolle untersuchen, die der Erscheinung auf dem WC des Rastplatzes von La Forêt zukam. Hatte sie, als Mata Hari der Parkplätze, nicht vielleicht den Auftrag, Julio in einen Hinterhalt zu lokken? Und wenn nun er es übernommen hätte, das Geschirr zu waschen?).

Trotz des Ausfalls eines Rastplatzes – der Leser hat bereits verstanden, daß wir uns durch etwas derart Geringfügiges nicht entmutigen lassen – setzten wir fröhlich unsere Fahrt fort und verbrachten einen wunderbaren Tag und eine wunderbare Nacht auf dem von La Forêt, der für uns die bereits beschriebenen Überraschungen bereithielt. Aber in dem Augenblick, da ich diesen Satz schreibe, habe ich ein seltsames Gefühl im Rücken. Als ich mich umdrehe, merke ich – das Gegenteil wäre unmöglich, da Diskretion nicht gerade die Stärke der untergeordneten Helfer der »Gesellschaft« ist –, daß zwei kräftige Gestalten, der eine sechs Meter hinter mir, der andere in fünfundzwanzig oder dreißig Metern Entfernung, an einen Kleinlaster gelehnt, der sich sehr leicht in einen etwas speziellen Bereitschaftswagen verwandeln ließe und auf dem *Laboratoires de Sâone-et-Loire* zu lesen ist, reglos zu uns herüberschauen, als warteten sie nur auf ein Zeichen, um sich auf uns zu stürzen. Mit aller erdenklichen Ruhe ziehe ich den Objektivdeckel meiner treuen, immer griffbereiten Canon ab und wende mich erneut den beiden Subjekten zu. Der, der direkt hinter mir stand, verschwindet in Richtung WC, als hätte ihn im selben Augenblick eine fulminante Kolik befallen, während sich der am Lastwagen bückt, um zum x-ten Mal den Zustand des rechten Hinterreifens zu prüfen.

Vielleicht dachten sie (denn sicherlich sind sie sehr enttäuscht, wenn ihnen einer ihrer Spitzel gesagt hat, wie entzückt wir waren, weil wir wegen des geschlossenen Rastplatzes unsere Pläne ändern mußten), unserem alten, gutmütigen Drachen würde die Luft ausgehen, bevor er die Steigung von Bessey-en-Chaume hinter sich gebracht hätte, vor allem nach den Aufregungen, die wir bei dem Gewittersturm am Vorabend durchzustehen hatten (war es wirklich Hagel gewesen, oder hatten *sie* das schlechte Wetter dazu genutzt, Agitatoren in den Bäumen zu plazieren? Erinnert sich jemand daran, am Freitag, den 4. Juni, zwischen 22.48 und 23.03 Uhr Hagelkörner von der Größe eines Golfballs gesehen, gespürt oder gehört zu haben?), doch Fafnir stellt sich auf die Hinterreifen und überwindet, durch unsere Geduld ermuntert, sämtliche Hindernisse, seien es nun die unzähligen Lastwagen, die sich auf die Autobahn gestürzt haben, oder die Ausbesserungsarbeiten, die ihn zu einem olympiareifen Slalom zwingen.

Wenn den Feind bisher unsere gute Laune und das Unvernünftige unseres Vorhabens stören konnten, so haben ihn wohl die langen Stunden, die wir uns im Hotel auf dem Rastplatz von Beaune-Tailly aufhielten, endgültig aus dem Häuschen gebracht, denn er ist ja davon überzeugt, daß alles innerhalb sehr genauer und im allgemeinen ziemlich enger Grenzen verlaufen sollte. Dachte er vielleicht, daß uns der Anblick des dicken Kabels, das von der Eingangstür wegführte, beeindrucken würde? Wir fragten uns lediglich, ob es sich um eine Alarmanlage oder um ein plump installiertes Mikrophon handelte, und warfen ihm für den Fall, daß letzteres zuträfe, eine freundliche rituelle Obszönität zu. Dachte er etwa, daß der Anblick einer so offenkundigen elektronischen Einrichtung uns die Lust am Abenteuer verderben oder die Anziehungskraft des Bettes, der Badewanne oder des Restaurants mindern würde, wo wir ein ausgezeichnetes, gehörig mit Wein aus der Region begossenes Abendessen zu uns nahmen?

Andererseits ist es sehr gut möglich, daß er beschlossen hatte, uns eine kleine Verschnaufpause zu gönnen, in der Hoffnung, wir würden erneut in unserer Aufmerksamkeit nachlassen und denken, letztendlich gäbe es keinen Grund anzunehmen, sie interessierten sich wirklich für unsere Expedition, was uns dann dazu bringen würde, unser Spiel zu offenbaren. (Eine andere Hypothese: Sie waren es leid, in den Mülltonnen an der Autobahn zu nächtigen, und die Tatsache, daß sie anscheinend über keinen anderen Unterschlupf verfügen, könnte das vermehrte Auftreten dieser Behältnisse auf den Rastplätzen erklären... es sei denn, sie würden damit von einem zum anderen vorrücken, in einer modernen Version des Shakespeareschen Waldes.)

Wie dem auch sei, am Sonntag, um 11.05, verließen wir, noch etwas wonnetrunken, den Rastplatz von Beaune, entschlossener denn je, die Expedition bis zum Ende durchzustehen.

Zum Rastplatz von Le Curney ist nichts zu vermerken, außer vielleicht die sinkende Anzahl der englischen Autos und das verschärfte Auftreten der Belgier. Außerdem scheinen sich die Lastwagen in einem recht verdächtigen Tempo zu vermehren, ganz zu schweigen von ihren Aufschriften, die zwar (eine Schwalbe macht noch keinen Sommer) von der Phantasie der Bürokraten in den betreffenden Firmen zeugen, hingegen aber Zweifel an ihren Verstellungskünsten wecken: Wer wird denn wirklich glauben, daß Lastwagen, auf denen in riesigen Lettern Namen wie SPEEDY SUPPEN, FRANCE MACARON, HERMETISCHE EINHEIT oder PHILOSOPH stehen, oder gar eine ganze Flotte von GAYs, die mit hundertzwanzig Stundenkilometern von einem riesigen TRANS-

MEC verfolgt wird, wichtige Waren für das tägliche Leben von einer Stadt in eine andere transportieren?

Dies alles hindert uns nicht daran, ganz normal unseren Beschäftigungen nachzugehen. Nachdem wir uns einen überaus angenehmen Platz in einem Winkel des Rastplatzes gesichert haben, der allerdings bei weitem nicht zu den interessantesten unter den bisher gesehenen zählt, fangen wir in aller Ruhe an zu arbeiten, zu lesen und zu plaudern. Wir sehen erst einen, dann einen zweiten Lastwagen der Autobahngesellschaft vorbeifahren; wir schenken ihnen nicht allzuviel Aufmerksamkeit, da wir ja schon an das Auftauchen dieser mit orangefarbenen Overalls bekleideten Angestellten gewöhnt sind, die sich um die Reinigung der WCs und Waschbecken kümmern, die Abfalltonnen leeren und die Versorgung mit Toilettenpapier sicherstellen.

Um 19.23 ganz offensichtlich ein Versuch, uns aus dem Konzept zu bringen: Plötzlich ragt über dieser Autobahn, von der wir ja sehr wohl wissen, daß sie als die »zur

Die Bedrohung verdichtet sich auf dem Rastplatz von Crêches, wo Schnüffelei unerträglich wird.

Sonne« bezeichnet wird, ein Schild empor, auf dem in großen Lettern zu lesen ist:

AUTOBAHN LOUHANS
LONS-LE-SAUNIER

Aber nichts wird uns von so etwas überzeugen, zumal wir in der Ferne bereits die Hochhäuser von Chalon wahrnehmen.

Um 19.32 erreichen wir den Rastplatz von La Ferté, dessen bemerkenswertester Vorzug zweifellos das Frühstück ist, das im Restaurant zu einem sehr vernünftigen Preis angeboten wird. Kaum haben wir das Dach hochgestellt, sehen wir uns schon von Autos mit Wohnwagen umzingelt. Erneut zahllose englische Nummernschilder. (Der Leser, dessen Kenntnis der Autobahn zwangsläufig beschränkt ist, wird vielleicht nicht verstehen, warum dieses Detail – sich von Wohnwagen umzingelt zu sehen – unsere Aufmerksamkeit auf sich zieht. Er brauchte nur einen Blick auf den Rastplatz von La Ferté zu werfen, um

Unter dem Vorwand irgendwelcher Arbeiten wird der Belagerungsring enger gezogen, und wir müssen fliehen.

festzustellen, daß ein wahrer Reisender nur auf diesen Rastplatz gefahren wäre, um ihn schnell wieder zu verlassen, anstatt sich zwischen den schweren Lastzügen und den Mülltonnen niederzulassen.) Die ganze Nacht über hören wir das Lärmen mysteriöser Neuankömmlinge, während man meinen könnte, daß alle Männer des Rastplatzes sich den Standort Fafnirs als Pissoir ausgesucht haben, so daß wir uns alle fünfzehn oder zwanzig Minuten in eine geheimnisvolle Villa d'Este der Autobahn versetzt fühlen.

Um fünf Uhr sind wir bereits auf den Beinen und haben das deutliche Gefühl, daß sich etwas um uns herum zuzieht. Kurz nach sieben lassen wir den Rastplatz hinter uns.

Die Autobahn der anderen.

Aire de
Jugy
Lyon
100
Aire de
Farges
Mâcon
St-Albain
Motel
Hotel

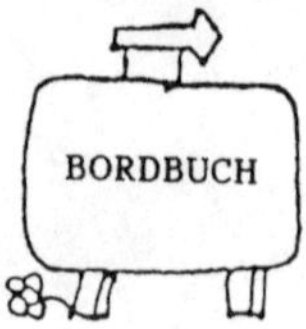

Montag, 7. Juni

Frühstück: Orangensaft, Croissants, Pain au chocolat, Kaffee.
7.18 h. Abfahrt.
7.21 h. Zur Rechten Kapelle aus dem 12. Jh.

7.26 h. Rastplatz: AIRE DE JUGY.
Gräßlich.
Ausrichtung Fafnirs: O.
7.40 h. Abfahrt, nachdem wir den Rastplatz gebührend erkundet haben.

7.46 h. Rastplatz: AIRE DE FARGES.
Gleichermaßen gräßlich.
Wir kolonisieren den einzigen Tisch, wo es ein wenig (sehr wenig) Schatten gibt.
Konzert für Preßlufthammer und nicht zu identifizierende Instrumente.
Zwei Argentinier – oder Uruguayer – lassen sich mit einer Thermosflasche nieder, um Mate zu trinken. Angesichts der internen nationalen Situation ziehen wir es vor, jeden Kontakt zu vermeiden.
Mittagessen: Pâté breton, Salat aus Kichererbsen und Zwiebeln.
18.16 h. Motorisierte Polizeistreifen, Arbeiter, die uns neugierig betrachten (vor allem Carol).
Die Sicherheit der Expedition ist in Gefahr: um 20.55 h beschließen wir nach sorgfältigem Abwägen und Erörtern, zum nächsten Rastplatz weiterzufahren (vgl. Einzelheiten im Text).

21 h. Abfahrt.
21.03 h. Berge des Mâconnais.
21.07 h. Schild: »Weinberge des Mâconnais«. Wir sehen sie nirgendwo. Statt dessen Kühe.

21.09 h. Rastplatz: AIRE DE MACON-SAINT-ALBAIN. Hotel »Relais de Bourgogne«.
Abendessen: Spaghetti »al sugo«, Morvan-Käse, Kaffee.
(In Fafnir, heute haben wir keine Lust auf gastronomischen Luxus.)

Wo sich die Dinge verschlimmern

Um 7.26 erreichen wir den Parkplatz von Jugy und beschließen, ihn zu erkunden und dann so schnell wie möglich hinter uns zu lassen. Das bevorstehende Tagespensum bekümmert uns nicht allzu sehr; nach der Landkarte liegt unser nächster Rastplatz mitten in der Natur, und wir freuen uns schon darauf, uns auf einem dieser großen Parkplätze einzurichten, wo die Autos in die Waldungen fahren können und es uns möglich sein wird, den neugierigen Blicken und der immer heißer brennenden Sonne entzogen, einen langen Tag zu verbringen.

Ein Hubschrauber fliegt sehr tief über uns hinweg, doch wir beachten ihn nicht weiter. Ob er wohl über Funk unsere Entscheidung durchgegeben hat, nicht in Jugy zu bleiben, eine Absicht, die leicht zu erraten war, und sei es nur, weil wir das Dach nicht hochgestellt haben?

Wir erreichen um 7.46 den Rastplatz von Farges. Er liegt nicht nur nicht am Wald, sondern entbehrt praktisch jeglichen Schattens und erstreckt sich dicht entlang der Autobahn. Als zwei Argentinier ankommen und sich ganz in unserer Nähe niederlassen, um ihren Mate zu trinken, wird offenkundig, daß der Feind beschlossen hat, raffiniertere Methoden anzuwenden. Vertraut er darauf, daß die Argentinier besser als ihre Vorgänger das wahre Geheimnis dieses zur Reise gewordenen Dialogs zu entziffern vermögen. Zwei Wochen sind bereits vergangen, und wir malen uns nicht ohne ein gewisses boshaftes Vergnügen sein langes Warten aus und vor allem seine Enttäuschung, wenn er merkt, daß Paris – Marseille weiter nichts als Paris – Marseille ist und daß überdies die Polizei nicht eingegriffen hat, um diese zwei Verrückten der Autobahn zu verweisen. Bisher hat noch kein Zeuge von einer nächtlichen Versammlung Bärtiger berichten können, und die einzigen Besuche, die Fafnir bekommen hat, waren die höchst ehrbarer Personen, die uns nur Proviant, Kirschen und zwei unverhoffte Flaschen Wein gebracht haben. Ich kann mir gut die Gespräche zwischen dem Chef und seinen Agenten am Ende eines jeden Tages vorstellen:

»Nothing, boss.«

»What the hell do you mean, nothing? Are they or are they not still on the autoroute?«

»Yes, boss.«

»But what the hell are they *doing* there?«

»Just what they said they would. Writing a book.«

»Fuck the bastards. A book? On the autoroute? And you expect me to believe that?«

»Well, you know.«

»I know they are nuts, but nobody's *that* crazy! Get your ass back down there and find out what's really going on!«

»Boss, about the trash cans…«*

* *Grosso modo:*

»Nichts, Chef.«

»Was zum Teufel willst du damit sagen? Nichts? Sie sind doch wohl noch auf der Autobahn, oder nicht?«

»Ja, Chef.«

»Und was zum Teufel machen sie da?«

»Genau das, was sie gesagt haben. Ein Buch schreiben.«

»Der Teufel soll sie holen. Ein Buch? Auf der Autobahn? Und das soll ich glauben?«

»Na ja, Sie wissen…«

»Ich weiß, daß sie bescheuert sind, aber so verrückt ist doch niemand! Beweg deinen Arsch wieder da runter und find raus, was wirklich los ist!«

»Chef, wegen der Mülltonnen…«

Gegen acht oder halb neun setzen die Katastrophen ein, die uns derart bedrohen, daß wir den Entschluß fassen müssen (o Leser, der du schon unser Komplize bist, wir appellieren an dein Verständnis!), nicht nur einmal, sondern gleich zweimal die Spielregel zu brechen. Ein Lastwagen, der in etwa dieselbe Farbe hat wie die des Autobahnservice, der aber in Wirklichkeit einem Autoverleih gehört, wie ich feststellen kann, als ich seine kleingedruckten Aufschriften lese, parkt genau hinter Fafnir. Es steigen zwei »Arbeiter« aus, und zu diesen gesellen sich sehr bald die Insassen eines zweiten (einer Firma für Schwimmbäder gehörenden) Lastwagens, der hinter dem ersten parkt und aus dem die besagten Insassen unter großen Mühen eine geheimnisvolle Maschine ausladen, sie aber den ganzen Tag über nicht benutzen.

Es geht nicht so sehr darum, daß uns der Lärm stören würde (hatten sie damit gerechnet, dachten sie, wir würden zu denen gehören, die man mit einem Preßlufthäm-

Überraschende Orographie auf dem Rastplatz von Jugy.

mer verscheuchen kann?), obschon wir so nah an der Autobahn sind, daß sich das Ganze in ein Konzert für Preßlufthammer und Dutzende und Aberdutzende von schweren LKWs verwandelt. Nein, was uns Sorgen macht, ist der Umstand, daß die Arbeiter, wenn es sich wirklich um Arbeiter handelt, wohl den ganzen Tag dableiben werden, genau wie wir. Im Verlauf der Stunden bemerken wir, daß sie uns zunehmend eindringlichere Blicke zuwerfen. Unsere Unruhe wächst, insbesondere als wir sehen, daß sie sich mit unerfindlichen Arbeiten beschäftigen und auf der Fahrbahn vor den WCs eine Art Schützengraben ausheben. Wir richten uns ein, so gut es geht, wechseln fortwährend den Standort, um den dürftigen Schatten eines der wenigen spilleringen Bäume auf dem Gelände zu nutzen. Es kommen zahllose Aufseher, Arbeiter und Lastwagen vorbei, und am späten Nachmittag auch Gendarmen, die für diese Arbeit wohl kaum notwendig sein dürften. Und immer häufiger verläßt der eine

Aus der Ferne beneidet der Drachen den Wolf, der ein bißchen Schatten gefunden hat (Rastplatz von Farges).

oder andere seine Arbeit und geht zum Südzipfel des Rastplatzes, wo überhaupt keine Bauarbeiten im Gange sind, und nutzt dabei die Gelegenheit, im Vorbeigehen einen langen Blick in das Innere Fafnirs zu werfen.

Gegen fünf droht ein Gewitter – die Arbeiter sind vor ein paar Minuten gegangen –, und wir flüchten uns ins Innere des Drachens, wo wir lange darüber debattieren, wie wir uns verhalten sollen. Alles in uns sträubt sich gegen das Schummeln, gegen jegliche Außerkraftsetzung der Spielregeln, aber wir haben das Gefühl, daß »ihr« Verhalten die Expedition allmählich ernsthaft in Gefahr bringt. Genau in diesem Augenblick kehrt einer der Lastwagen zurück, und die Gendarmen kommen in weniger als einer Stunde zum zweiten Mal vorbei. Wir fühlen uns ausgesetzt, bedroht, entblößt. Um zu vermeiden, daß sie uns noch heute nacht von der Autobahn verweisen, beschließen wir, eine Ausnahme zu machen und bis zum nächsten Rastplatz weiterzufahren. (Wir laufen zwar

Im Hotel von Mâcon-Saint-Albain hält das Bärchen die Vorteile Zivilisation im Bild fest.

nicht Gefahr, allzu sehr aufzufallen, wenn wir Stunden um Stunden auf irgendeinem der schönsten Rastplätze verbringen, weil man das noch verstehen kann, auch wenn es auf dieser Autobahn, auf der die Geschwindigkeit mehr zählt als alles andere, nicht gerade normal ist, doch es ist gewiß nicht so leicht, eine Erklärung dafür zu finden, daß wir uns so lange auf einem der gräßlichsten Parkplätze der ganzen Serie aufhalten.)

Auf dem folgenden Rastplatz gibt es ein Hotel, wo wir uns vor Blicken, Anschuldigungen und Ränken geschützt fühlen, obwohl wir gleich bei der Ankunft feststellen, daß sie eine neue Taktik ausprobieren: uns durch einen direkten Angriff auf unsere Finanzen den Schneid abzukaufen (Hotel Sofitel). Doch wir meinen, daß die Gefahr vorüber ist, denn morgen werden die Arbeiter noch auf dem vorhergehenden Rastplatz beschäftigt sein, wo sie offenbar bedeutende Bauarbeiten in Angriff genommen haben. Kaum vorstellbar, daß sie einen gerade erst vor den WCs ausgehobenen Schützengraben gleich wieder aufgeben werden.

Doch die Erfahrung, die wir gerade gemacht haben, hat uns gezeichnet, vor allem weil es das erste Mal ist, daß wir tatsächlich unsere strengen Regeln übertreten und abends auf einem Rastplatz ankommen, der erst für den nächsten Tag vorgesehen war. Gleichwohl waren wir weit davon entfernt, auch nur zu ahnen, was noch kommen sollte; man darf die Gesellschaft nie unterschätzen, wie sehr man sie auch verachten mag.

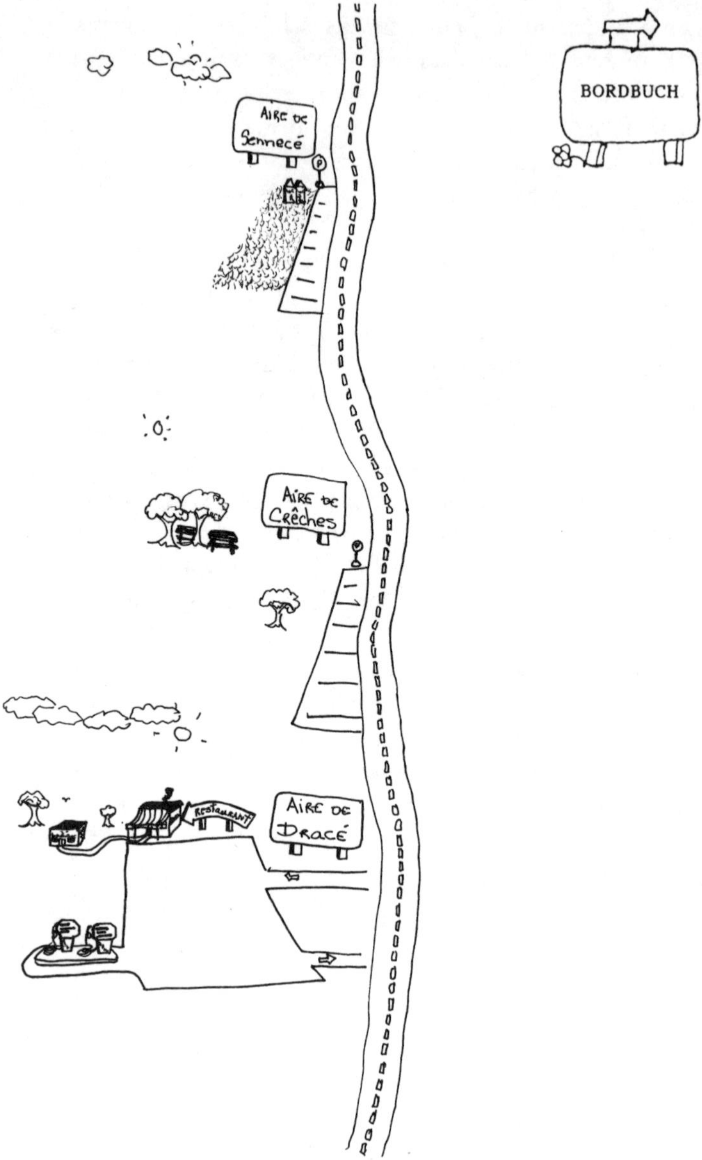
BORDBUCH
AIRE DE
Sennecé
AIRE DE
Crêches
RESTAURANT
AIRE DE
DRACÉ

Dienstag, 8. Juni

Frühstück: Orangensaft, Croissants, Butterbrot, Kaffee.
10.35 h. Abfahrt.

10.42 h. Rastplatz: AIRE DE SENNECE.
O Grauen!
Ausrichtung Fafnirs: SSO.
Wir verirren uns – jeder für sich – in unwegsamen Wäldern.
Mühevolle Rückkehr zu Fafnir.
11 h. Abfahrt (s. Text).
11.02 h. Wir sehen links die Saône.

11.10 h. Rastplatz: AIRE DE CRECHES.
Erneutes Grauen.
Ausrichtung Fafnirs: SSO.
Wir stürzen uns auf den einzigen Tisch im (spärlichen) Schatten.
Mittagessen: Salat aus Mais, Schinken, Tomaten und Käse, Kaffee.
17 h. 49 °C in der Sonne.
18.48 h. Abfahrt.
18.54 h. Einfahrt in das Departement Rhône.

18.56 h. Rastplatz: AIRE DE DRACE.
Restaurant »Relais du Beaujolais«
Zur großen Freude Fafnirs, der seine gelben Fransen schüttelt, tanken wir (es folgt ein unverständlicher Satz: »..., nachdem wir hinter einem Schrank Schlange gestanden haben«).
Ausrichtung Fafnirs: N.
Abendessen: Roher Schinken, Petit salé aux lentilles (Julio) Hacksteak mit Pommes frites (Carol), Kaffee (im Restaurant).
Zum ersten Mal sind die »Boules Quiès« zum Verstopfen der Ohren während der Nacht unerläßlich.

Wo man dem Ende des Alptraums beiwohnt

Um wieder mit der vorgesehenen Fahrtroute in Einklang zu kommen, werden wir nach dem Verlassen des Hotels den ganzen Tag auf dem nächsten Rastplatz verbringen müssen, der aber gar nicht so schlecht ist, denn nach der Autobahnkarte ist er mitten im Grün angelegt worden. (Man hat vermutlich schon festgestellt, daß unser Optimismus oft den positiven Wirkungen des Pragmatismus zuwiderläuft.) Nach einer langen Nacht und einem ausgezeichneten Frühstück verließen wir also gegen halb elf den Rastplatz von Mâcon-Saint-Alban und kamen gegen Viertel vor elf auf dem Rastplatz von Sennecé an, der eigentlich Sennecé-le-Sinistre heißen müßte, denn es gibt da keinen einzigen Baum, keinen Busch und nicht einmal einen Tisch, unter den man sich in den Schatten legen könnte. Wo der Rasen endet, winden sich ein paar steile Pfade zu einem Wald hinauf... Ich beschließe, die Erkundungsmission zu übernehmen, während sich Julio um das Faltdach und den Kühlschrank kümmert, denn wir müssen uns ja bis morgen früh einigermaßen hier einrichten, und in ein oder zwei Stunden wird die Temperatur im Innern Fafnirs mindestens 50 Grad erreicht haben. Der Aufstieg ist schwieriger, als ich gedacht hatte, und die Pfade sind sehr unsicher. Ich erkunde so gut wie möglich die Wälder voller Gräben, Dornensträucher und Blätter, welche im Vorbeigehen die Haut reizen, so daß ich bei meiner Rückkehr aussehe, als hätte ich mir die Masern eingefangen. Unterdessen hat sich Julio wegen meines Ausbleibens Sorgen gemacht und ist seinerseits aufgebrochen, um mich zu suchen, jedoch auf der anderen Seite.

Doch als ich zu unserem Drachen zurückkehre, was sehe ich da, o Fluch und Schrecken? Denselben Lastwagen vom Vorabend, der erneut hinter Fafnir abgestellt ist. Gefolgt von einem weiteren Lastwagen, beide mit denselben Arbeitern, Aufsehern, Ingenieuren usw. vom Vorabend besetzt. Und die beäugen uns schon mit einem sonderbaren Gesichtsausdruck, der unter den gegebenen Umständen alles andere als witzig ist. Diesmal findet unsere Debatte sofort statt: Wir hauen ab. Wenn die merken, daß wir genau wie gestern ausgerechnet an dem Ort bleiben, wo sie arbeiten, dann sind wir verratzt. Zumal unser Verweilen eindeutig nichts mit der Schönheit der Rastplätze zu tun hat. Und da wir unmittelbar von einem Rastplatz zum nächsten weitergefahren sind und so im vorgesehenen Plan einen Tag Vorsprung haben, fänden wir es lächerlich, zu warten, bis die Zeit wieder gleichzieht. Wir beschließen also, einen ganzen Tag zu gewinnen, um so außer Reichweite der orangefarbenen Ameisen zu bleiben: Wir haben sie am Vortag arbeiten sehen, und was sie machen, scheint bei jedem Rastplatz einen ganzen Tag in Anspruch zu nehmen, so daß sie erst morgen zum nächsten Parkplatz weiterfahren werden, nachdem wir ihn bereits verlassen haben. Das sagten wir uns; aber es kommt vor, daß wir uns irren, und zwar ziemlich oft...

Um die Feinde zu überzeugen, tut Julio, als schriebe er, was die Maschine hergibt, und das flößt immer einen gewissen Respekt ein.

Um 11.10 kommen wir auf dem Rastplatz von Crêches an, ein weiterer Greuel in dieser Gegend, wo sich die Greuel häufen, aber wir entdecken einen Tisch im Schatten und richten uns ein, um den Tag dort zu verbringen. Es ist nicht ideal, aber wir sind geschützt, auch wenn die Hubschrauber und Flugzeuge, die wir diese letzten Tage beobachtet haben, weiterhin in geringer Höhe über uns hinwegfliegen. In der Gewißheit, einer schwierigen Situation entronnen zu sein, holen wir zur Feier die Whiskyflasche heraus. Aber, wie es vermutlich in einem guten Krimi heißen würde, der erste Schluck bleibt uns in der Kehle stecken. Es taucht nämlich der bewußte Lastwagen auf und parkt genau hinter Fafnir. Die Stunde der Wahrheit ist gekommen, und es geht nicht mehr an, sich Illusionen zu machen. Es muß, und zwar schnellstens, eine Verhaltensregel festgelegt werden, die uns aus dieser beschissenen Lage befreit. Nachdem die Sache so weit gediehen ist und sie die Karten auf den Tisch gelegt haben, geht es nur noch um eins: Sie oder Wir.

In bestimmten Situationen ist die einzig mögliche Verteidigung der Angriff. Uns wird klar, daß wir die Wahrheit nur verbergen können (denn natürlich können wir ihnen nicht sagen, daß wir, um unser Paris–Marseille zu schreiben, seit dem 23. Mai auf der Autobahn leben; sie würden uns für verrückt, verdächtig oder etwas noch Schlimmeres halten, und außerdem ist es gesetzwidrig), indem wir sofort etwas tun, da sie uns in Gruppen von zweien oder dreien zunehmend unverhohlener anschauen, und den Blicken folgen leise Unterhaltungen untereinander. Das einzig Mögliche ist, die Wahrheit so zu präsentieren, daß sie sich nicht vorstellen können, daß sie das ist, was sie in Wirklichkeit ist.

Und die einfachste Art und Weise, das zu bewerkstelligen, ist die, mich selbst in eine Mata Hari zu verwandeln und dabei fürs erste die Blicke des jüngsten der Arbeiter zu nutzen, die sich gestern nicht wie die des schlichten

Bespitzelns ausnahmen, zumindest nicht des rein dienstlichen. Während mein Opfer in Gesellschaft eines Kollegen unter dem zweiten Baum des Geländes ausruht, gehe ich also ostentativ mit der Kamera in der Hand und einem konzentrierten Gesichtsausdruck eins ums andere Mal an ihnen vorbei. Um sie von meiner Professionalität zu überzeugen, wechsle ich unablässig das Objektiv, überprüfe den Sonnenstand, vollführe die tollsten Verrenkungen und nehme fast laszive Haltungen ein, um Photos zu machen, die ich wie jeder andere auch im Stehen hätte machen können. Als sie sich erheben, um die Arbeit wieder aufzunehmen, nähere ich mich meinem Opfer und bemühe mich dabei, das Zittern zu verbergen, das mich überkommt, wie sich der Leser leicht vorstellen kann. Werde ich Erfolg haben? Werde ich mich nicht verraten? Überdies ist es auch noch das erste Mal, daß ich einen gutaussehenden, kräftigen, mir unbekannten jungen Mann anspreche und ihn frage, ob er mir gestattet, ein Photo von ihm zu machen.

Carol beschließt als Mata Hari der Autobahn, dem Feind die Stirn zu bieten, indem sie ihn photographiert.

»Guten Tag«, sage ich mit einer Stimme, in der plötzlich ein undefinierbarer ausländischer Akzent zu spüren ist. »Ich habe den Eindruck, daß wir uns seit gestern gegenseitig verfolgen.«

»Ja«, sagt er mit einem zugleich beunruhigten und zufriedenen Gesichtsausdruck. Schnell, Terrain gewinnen, bevor sein Arbeitskollege, ein etwas älterer Mann, sein Glas fertiggespült und die Flasche verkorkt hat.

»Wir machen ein Buch über die Autobahn«, sage ich ganz unvermittelt.

»Ach ja?«

Man sieht, daß er damit nicht gerechnet hat.

»Ja, deswegen bleiben wir immer so lange Zeit auf den Rastplätzen. Zur Zeit sind wir fast ausschließlich auf der Autobahn unterwegs.«

»Ist es interessant?«

(Hat er vergessen, daß allem Anschein nach auch er jeden Tag auf der Autobahn ist? Oder haben sie Leute von den Gemeindestraßen rekrutiert?)

Der Erfolg ist schlagend, wenn auch ungewiß. Nachdem die Gef vorüber ist, macht Carol eine wohlverdiente Pause…

»Ja, man sieht viele Dinge, wenn man etwas länger als gewöhnlich hierbleibt. Gestatten Sie (Zack, der Kollege kommt her und schaut mich mit einem etwas argwöhnischen Lächeln an), daß ich ein Photo von Ihnen mache? Wir sind bemüht, uns so gut wie möglich zu dokumentieren.«

»Natürlich«, sagt der junge Mann und ergreift das Ende einer Schnur, die sein Kollege in den Händen hält. »Ist es so richtig?«

Es ist mehr, als ich erwartet habe.

»Ausgezeichnet. Und was machen Sie hier?«

»Ah«, sagt er mit einem ganz offenen Lächeln. »Wir setzen die Bordsteine hier bei den WCs tiefer, damit Behinderte im Rollstuhl leichter hineinkommen.«

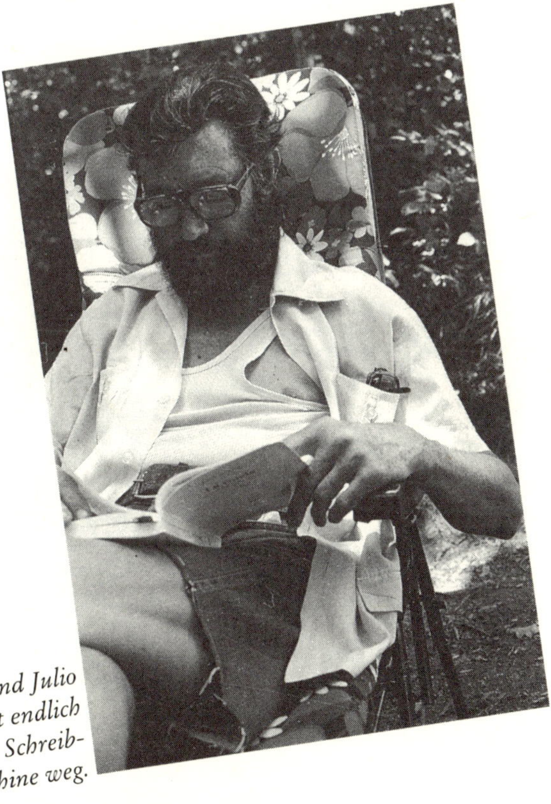

... und Julio räumt endlich die Schreibmaschine weg.

Und dies alles erklärt, warum wir anfangen, wie wild auf unseren Maschinen zu schreiben, nur von Zeit zu Zeit unterbrochen von dem einen oder anderen der Arbeiter – es sind jetzt viele –, die uns jetzt adoptiert haben und uns Fragen stellen; wir wollen ihnen zeigen, daß wir ein Buch über die Autobahn schreiben, damit sie nicht mutmaßen, was wir tatsächlich tun: ein Buch über die Autobahn schreiben.

(P.S. Einzige Äußerung von Feindseligkeit von seiten dessen, der vielleicht der eigentliche Vertreter der Gesellschaft ist: ein mit einer Art Lanze bewaffneter Mann, der irgendwann herkommt, um brutal das Päckchen Chips aufzuspießen, das Julio fast unter seinen Füßen auf den Boden gelegt hatte.)

Ein Picknick auf dem Rastplatz von Farges.

Briefe einer Mutter (3)

Savigny-sur-Orge, Montag, 7. Juni

Mein lieber Eusèbe,

scheinbar kann man in diesem Leben nie auf die Pläne bauen, die man macht. Fast könnte man meinen, daß sie das Schicksal extra immer gleich wieder zunichte macht. Genauso glaubt man, die Leute zu kennen, mit denen man so viele Jahre gelebt hat, und dann merkst du auf einmal, daß du nichts von ihnen gewußt hast, wenn es schon zu spät ist, sie noch was zu fragen.

Die arme Héloïse ist am vergangenen Dienstag im Schlaf gestorben. Im Grunde war es ein Segen, obwohl es uns ja doch schmerzt. Nach Meinung der Ärzte hätte sie noch Jahre weiterleben können. Aber in dem Zustand, in dem sie war, was hätte das denn genützt? Auch wenn sie nichts mehr mitzukriegen schien, vielleicht hat sie doch gewußt, was los war, als man sie nach Joigny brachte. Mir kommt es so vor, als hätte sie irgendwie gespürt, daß jetzt der richtige Augenblick war, sich sanft zu verabschieden. Dein Vater sagt, ich würde herumspinnen. Wie dem auch sei, wir sind sofort nach Joigny gefahren, als wir erfuhren, was passiert war. Wir sind ja die einzigen, die sich um alles kümmern können, aber die Nonnen waren auch sehr nett. Eine von ihnen gab mir einen Brief und sagte mir, Héloïse habe ihn bei ihrer Ankunft in der Hand gehabt und anscheinend darum bitten wollen, ihn uns nach ihrem Tod auszuhändigen. Und dann, mein Lieber, erlebte ich die Überraschung meines Lebens. Ich hätte die arme Héloïse, die ganz weiß in ihrem Bett lag, so gern aufgeweckt, damit sie mir das erklärt.

An erster Stelle verlangt sie, daß sie in Valence *beerdigt wird, und außerdem neben ihrem* Ehemann, *und Du weißt ja genauso gut wie ich, daß auf der ganzen Welt schwerlich eine alte Jungfer zu finden wäre, die noch altjüngferlicher ist als Héloïse. Und das ist noch nicht alles.*

Sie bittet uns, ihren Sohn *von ihrem Tod zu unterrichten und ihm einen versiegelten Umschlag auszuhändigen, der in diesem ersten drin war. Ich hatte bereits das Bestattungsinstitut in Ury informiert, wo sie ja meines Wissens ihr ganzes Leben lang gelebt hat, und Dein Vater meinte, das seien alles nur die Spinnereien einer alten Frau, die den Verstand verloren hatte. Ich hätte meine Hand dafür ins Feuer gelegt, daß Tante Héloïse nie über Dijon hinausgekommen war. Und wenn sie einen Mann und sogar einen Sohn gehabt hätte, dachte ich, dann hätte man das ja auf jeden Fall erfahren. Ach, wenn Du nur dagewesen wärst, wo Du doch studiert hast und die Dinge logischer betrachten kannst als ich! Dein Vater sagte, das habe alles nichts zu bedeuten, und man brauche nur zu machen, was vorgesehen war, die Beerdigung in Ury und was sonst noch anlag. Aber ich sagte mir, daß man auf jeden Fall den letzten Willen respektieren muß und daß wir zumindest versuchen sollten herauszufinden, ob es diesen Herrn Blanc gibt. Dein Vater sagte, meine Leserei würde mir zu Kopf steigen und das Rentenalter täte mir gar nicht gut. Aber ich sagte, man müßte es wenigstens versuchen. Also vielleicht hat ja eher er eine Verkalkung im Kopf, weil er überhaupt nichts tut und außerdem soviel trinkt.*

Und dann die Nonnen, die uns ein bißchen zu beruhigen versuchten, denn sie haben ja viele Kranke im Heim, und die sollten doch von Héloïses Tod nichts mitbekommen, das hätte sie zu sehr beunruhigt, verstehst Du. Sie rieten uns, nach Hause zurückzufahren, um es uns bis zum nächsten Tag zu überlegen, und unterdessen könnte ja Héloïse in der Kapelle aufgebahrt bleiben. Ich sagte ja, weil ich glaube, daß ihr das auch gefallen hätte, und die Einzelheiten der Rückfahrt will ich Dir ersparen.

Na ja, jedenfalls habe ich mit Anne-Marie und Jacqueline darüber geredet, auch wenn die zum anderen Zweig der Familie gehören. Beide waren mit mir einer Meinung, daß man einem Toten niemals zuwiderhandeln darf. Dein

Vater beharrte darauf, daß Héloïse ja nie etwas davon erfahren würde, aber ich sagte ihm, in diesen Dingen könne man nicht sicher sein, auch wenn ich nicht gläubiger bin als andere. Jedenfalls kam Anne-Marie und half mir, Ordnung in Héloïses Sachen zu bringen,. und unter ihren Papieren fanden wir eine Heiratsurkunde und das Photo eines kleinen Jungen. Nach dem Datum konnten wir schließen, daß er jetzt etwa vierzig Jahre alt sein müßte. Ich schickte daraufhin ein Telegramm an die Adresse, die Héloïse angegeben hatte, und es stellte sich alles als wahr heraus, aber Du kannst Dir ja denken, daß ich nicht allzu viel gefragt habe. Stell Dir vor, einem völlig Fremden sagen, daß uns Héloïse das ihr ganzes Leben lang verheimlicht hatte! Und außerdem war ihr Platz an der Seite ihres verstorbenen Ehemannes bereits reserviert. Der Sohn kümmert sich um alles, aber wir werden auf jeden Fall zur Beerdigung fahren, das heißt, morgen früh.

Da bei allem anscheinend unsere Hilfe nicht gebraucht wurde, beschlossen wir, unterdessen zwei Tage in Dijon zu verbringen, um uns ein bißchen zu erholen. Der Tod beeindruckt einen immer, selbst wenn Du weißt, daß es so besser war. Am Samstag fuhren wir also erneut über die Autobahn und ... glaubst Du, daß man bereits in meinem Alter senil werden kann, Eusèbe? Dein Vater ist ja nicht mehr derselbe wie früher, und manchmal denke ich, daß es mir vielleicht schon genauso ergeht, ohne daß ich es merke. Als wir zum Tanken haltmachten, stieg ich aus und ging in den Laden der Tankstelle. Sie verkaufen da alles mögliche, sogar hübsche Majolikafiguren. Und da drin sah ich schon wieder, ich schwörs Dir, diese junge Frau aus dem Wohnmobil, Du erinnerst Dich doch, diese Leute, die ich in letzter Zeit schon drei- oder viermal auf der Autobahn getroffen hatte. Sie ist jünger, als ich beim erstenmal gedacht hatte, sagen wir etwas über dreißig, und gar nicht so klein, wie sie neben ihrem Mann aussieht, aber es gab keinen Zweifel, daß es dieselbe Frau war. Als ich heraus-

kam, sah ich ihr Auto – ich bin sicher, daß es dasselbe war – im Wald hinter der Tankstelle stehen. Vor allem nachdem ich gesehen habe, daß sie Photos macht, frage ich mich jetzt, ob ich nicht die Polizei verständigen sollte. Vielleicht sind sie ja dabei, einen Überfall vorzubereiten?

Als ich zum Auto zurückkam, verkündete mir Dein Vater, das Öl müsse gewechselt werden. Er sucht sich für alles wirklich immer den geeignetsten Moment aus, und es fällt mir schwer zu begreifen, daß man in seinem Alter so wenig vorausdenkt. Ich machte also einen Spaziergang durch den Wald und näherte mich sogar dem Wagen dieses seltsamen Pärchens. Am hellen Nachmittag waren alle Vorhänge zugezogen. Vielleicht stimmt es ja, daß mir die Kriminalromane in den Kopf steigen, aber weißt Du, in meinem Alter tut ein bißchen Aufregung von Zeit zu Zeit ganz gut. Ganz vorsichtig näherte ich mich dem Wagen. Ach, Eusèbe, Du macht Dir keine Vorstellung, wie mir meine Indiskretion die Schamröte ins Gesicht trieb! Was die da drin taten! Die sind mit Sicherheit *nicht verheira-*

Die Versuchung ist immer gegenwärtig. Wie leicht wäre es, auf andere Seite hinüberzuwechseln!

tet, das kannst Du mir glauben! Meinst Du, daß sie auf der Flucht vor der Polizei sind und daß sie gemeint haben, die Autobahn wäre ein gutes Versteck? Auf jeden Fall ist es nicht erlaubt, daß…

Dein Vater hat mir gesagt, ich hätte mir das alles nur eingebildet, und es sei völlig unmöglich, daß es sich um dasselbe Paar handelt. Er sagt, diese kleinen Busse gäbe es auf der Autobahn massenhaft. Kann sein, daß er recht hat, aber ich glaube es nicht.

Ich langweile Dich bestimmt mit meinen Altweibergeschichten. Ich habe an Deiner Stelle Blumen für die Beerdigung bestellt; unter diesen Umständen muß man zeigen, daß sie immerhin auch eine richtige Familie hatte.

Anne-Marie hat mir gesagt, daß es in Kanada sehr hübsche Mädchen gibt. Ich bitte Dich, Eusèbe, sei vorsichtig. Vor allem, wenn Du eine gefunden haben solltest, die Dir gefällt, tu nichts, bevor Du sie uns vorgestellt hast. Ich weiß, daß in anderen Ländern andere Sitten herrschen,

Links die Kette, aber rechts kann jeder vorbei (zum Thema Versuchung).

und man weiß nie, wie gut sich Ausländer hier anpassen können.

Danke für die Ansichtskarte. Ich wußte gar nicht, daß es in Kanada auch Sommer gibt. Ich hoffe, daß Dir Deine Socken und der Schal im Herbst nützlich sein werden. Schreibe ruhig, wenn Du noch etwas brauchst.

Ich umarme Dich und hoffe, daß Deine Arbeit nicht zu anstrengend ist. Dabei habe ich nie verstehen können, daß Du Dich dazu entschieden hast, mit Verrückten zu arbeiten, wo es doch so viele geistig gesunde Menschen gibt, die auch Ärzte brauchen.

Deine Mama

(Fortsetzung folgt)

Hunde und Kinder auf den Rastplätzen

Man fühlt sich sicher, behütet, geborgen im tiefen grünen Aquarium des Waldes; fern von uns windet sich zuckend die Schlange der Autobahn am Mittag dahin, ihre beweglichen Schuppen in Blau, Rot, Schwarz, Renault, Grau, Mercedes, Silbern, Grün, Talbot. Sie spielt keine wichtige Rolle, wir wissen bereits, daß die scheinbare Hauptfigur der Forschungsreise zur bedeutungslosen Statistin geworden ist, die wir nur ein paar Minuten am Tag sehen, auf zwei schnell verstreichenden Teilstrecken, die uns jedesmal wieder in die Tiefe des Waldes oder schlimmstenfalls auf den öden Parkplatz aus Zement und Metall schicken, wo Esso, Antar, Elf und andere Götzen mit ähnlich kryptischen Namen ihre armen Gläubigen zu immer wiederkehrenden übelriechenden Zeremonien erwarten.

Doch man glaubt sich sicher, und dem ist nicht immer so, auch wenn wir dank der für uns bereits charakteristischen Geschicklichkeit mit Fafnir im abgelegensten, wohlriechendsten und schattigsten Winkel des Parkplatzes vor Anker gegangen sind. Kaum haben wir die Geblümten Greuel installiert, kaum haben wir Bücher, Hefte, Zigaretten und Getränke herausgeholt, da wogt uns aus dem Unterholz überschäumende Begeisterung entgegen, und nach dem ersten Schrecken nehmen wir mit Händen und Füßen den liebevollen Überfall eines Bernhardiners oder die eher eigennützigen Gefühlswallungen eines Collies entgegen. Nachdem das anfängliche Gefühl, Opfer einer wilden Fauna geworden zu sein, verflogen ist, verbrüdern wir uns, teilen Brot und Streicheleinheiten aus und der Hund verschwindet nach einem letzten vollkommen unverdienten und deshalb so schönen Liebeserweis.

Sie lassen sie für fünf Minuten, manchmal auch für eine halbe Stunde aus diesen unbegreiflichen fahrbaren Gefängnissen frei, die sie schicksalsergeben oder vor Wut schäumend in Kauf nehmen, und ihr Verhalten auf den Parkplätzen zeigt die Freude an der Freiheit in ihrer überschwenglichsten Form: laufen, fünf- oder sechsmal das Bein heben, um den Genuß nicht an einem einzigen Baumstamm zu erschöpfen, wo es doch so viele und so verschiedene gibt, alles Beschnuppernswerte beschnuppern und sich schließlich zu denen begeben, die über die hervorstechende Eigenschaft verfügen, einen Sandwich in der Hand oder ein paar Scheiben Salami auf dem Tisch zu haben. Die Autobahnhunde haben überhaupt keinen Hunger, etwas zu erbetteln ist lediglich ein höflicher Vorwand, um Kontakt aufzunehmen und für einen Augenblick das Gefängnis zu vergessen, das sie erwartet und von dem sie sich zu entfernen suchen, ungeachtet dieser schrillen Pfiffe, Ausdruck des bürgerlichen Eigentumsrechts an den Hunden und manchmal auch an den Ehefrauen. Sie kommen zu uns, weil jeder Hund sehr genau weiß, welche Menschen die Hunde lieben, und weil ein zusätzlicher Bissen zwischen den verschiedenen Episoden der Zügellosigkeit, die der kurzen Zeit außerhalb des Gefängnisses ihre Würze geben, die Glückseligkeit im Wald noch mehrt.

Manche sind aufgrund ihrer Größe oder Dummheit etwas hilflos, ihre Herrchen haben sich zum Essen oder Plaudern hingesetzt und kümmern sich nicht um sie, und dann muß man ihnen helfen, so wie vor zwei Tagen diesem Riesenhund von undefinierbarer Abstammung, der uns, nachdem man ihn aus einem Lieferwagen befreit hatte, der kaum größer war als er selbst, unendlich verstört anschaute, als er entdeckte, daß der Wasserhahn an der Seitenwand des WCs in der Tat ein Wasserhahn war, ihm aber keinen Tropfen Wasser abgab, obwohl er ihm seine ganze Schnauze darbot, und das war nicht wenig, und darauf zu warten schien, daß der Wasserhahn reagiert, wie er es hätte tun sollen, wäre da nicht seine naturgegebene Unfähigkeit gewesen, sich mit der Welt der

Hunde zu verständigen. Carol ging ihm helfen und erntete dafür dankbares Schwanzwedeln und feuchte Zärtlichkeiten, doch es sind fast immer sie, die uns helfen, die uns zeigen, daß wir nicht allein sind inmitten dieser Hundebesitzer, die sich auf fernen, abgeschiedenen Umlaufbahnen bewegen und sich so sehr um ihre Autos sorgen, während sie unter dem Vorwand von Ferien und Ruhe so sorglos mit dem Leben umgehen.

Da Kinder zum Glück genauso sind wie die Hunde, kommen wir auch mit ihnen gut aus, denn sie erwidern unseren Gruß, freuen sich, daß wir uns freuen, sie zu sehen, und obwohl ihre Besitzer ihnen bei weitem nicht die Freiheit lassen, die sie ihren Hunden gewähren, gelingt es ihnen oft, zu entkommen und ein paar Meter in den Wald vorzudringen, bevor eine Mutter oder ein Großvater einen Aufschrei der Bestürzung und des Tadels von sich gibt und losstürzt, um sie mit einem liebevollen Lächeln, hinter dem fast immer zweiunddreißig Zähne blitzen, wieder zurückzuholen. Aber sie schaffen es auch fast immer, genau wie die Hunde ihr Scheibchen Freiheit zu nutzen. Heute nachmittag zum Beispiel sah ich aus der Ferne, wie ein empfindsames Elternpaar seinem vierjährigen Jungen die notwendigen Instruktionen gab, damit er nicht auf der den Blicken zu sehr ausgesetzten Wiese, sondern zwischen den Bäumen Pipi machen ging. Der Junge sah mich im Schatten einer Eiche sitzen, und seine erste Reaktion war Verstörung, gefolgt von einer Pause, während deren er mich mit diesem tiefen Ernst im Gesicht, der bei ihnen jedes Werturteil begleitet, zu mustern schien, und dann ließ er, ohne den Blick von mir zu wenden, seine Hose herunter, packte entschlossen sein Pimmelchen und gab sich den Wonnen eines jeden *Manneken-Pis* hin, als erlöse ihn meine Gesellschaft von den ganzen schamhaften Empfehlungen und als pinkelte er seinem Vater auf die Schuhe, was er, wie ich hoffe, in ein paar Jahren tatsächlich tun wird.

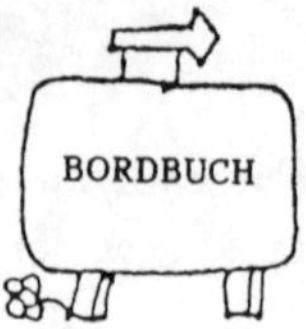

Mittwoch, 9. Juni

8 h. 25 °C.
Frühstück: Orangensaft, Croissants, Brot mit Butter, Kaffee.
8.55 h. Abfahrt.
9 h. Schild: »Weinberge des Beaujolais«. Unsichtbar.

9.03 h. Rastplatz: AIRE DE PATURAL.
Ausrichtung Fafnirs: S.
10.10 h. Ein Zeichen, das die alten Entdeckungsreisenden wie Christoph Kolumbus gut verstanden: eine Möwe fliegt über uns hinweg, läßt sich einige Meter von uns entfernt nieder und setzt dann ihren Flug fort. Fafnir verwandelt sich in einen Baum, um uns ein bißchen Schatten zu spenden. 49 °C.
Mittagessen: Thunfischsalat mit Tomaten und Zwiebeln, Aprikosen in Sirup, Kaffee.
15.58 h. Abfahrt.
16.06 h. Mautstation: 133 Francs. Wir entschuldigen uns, weil wir unser Ticket »verloren« haben, und es geht alles gut, obwohl der Angestellte Fafnirs Kennzeichen notiert.

16.12 h. Rastplatz: AIRE DE CHERES.
Benzin, kahler Asphaltparkplatz, doch es gelingt uns, ein Quentchen Schatten zu finden.
Ausrichtung Fafnirs: O.
Abendessen: Gebratene Bananen mit Eiern und Schinken, Käse, Kaffee.

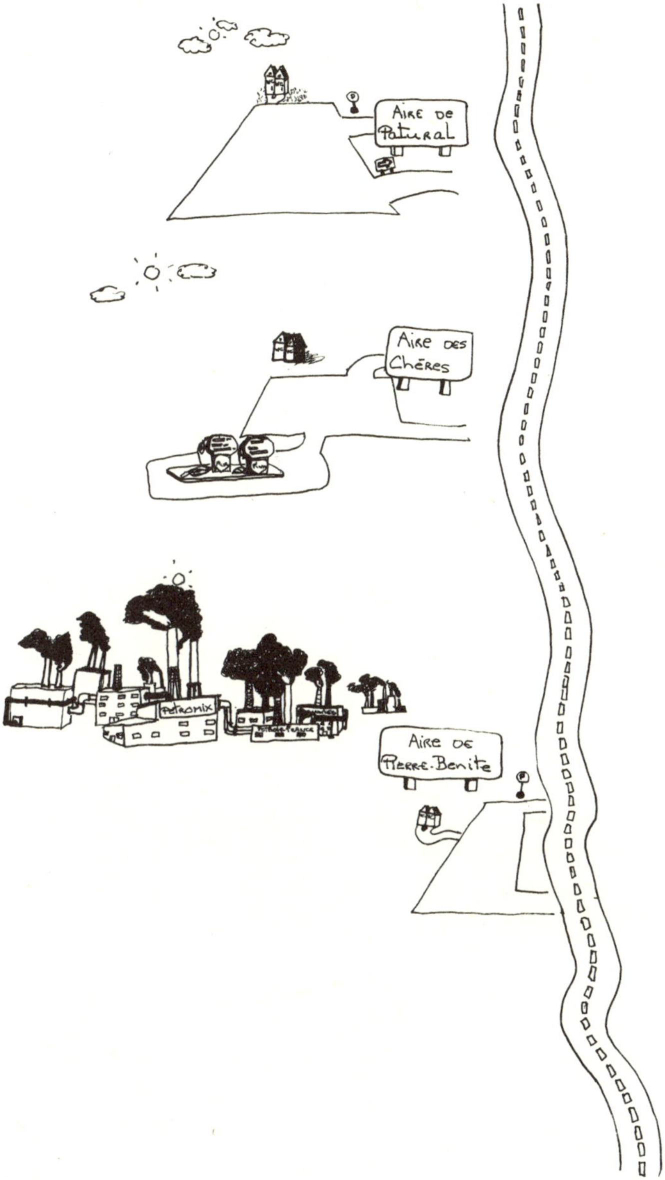
Aire de Patural
Aire des Chères
Petromix
Aire de Pierre-Benite

Briefe einer Mutter (4)

Savigny-sur-Orge, 10. Juni 1982

Mein lieber Sohn,

ach, wenn Du bei Tante Héloïses Beerdigung dabeigewesen wärst, Du hättest Deinen Augen nicht getraut! Mindestens die Hälfte der Einwohner von Valence war anwesend. Viele ältere, aber rechtschaffene Leute, Du verstehst bestimmt, was ich meine. Personen, die nicht den Eindruck machen, daß sie nur dabei sind, weil man ihnen für ein paar Stunden oder den ganzen Tag frei gegeben hat. Ganz im Gegenteil, man sah, daß es jeder von ihnen zu etwas gebracht hatte und daß sie da waren, weil sie es als ihre Pflicht betrachteten. Ich weiß nicht, wie ich Dir beschreiben soll, was ich empfand, Eusèbe. Dabei konnte ich die meisten Anwesenden nur schlecht erkennen, weil mir mein nasses Taschentuch den Blick verschleierte, und dazu noch der Duft der Blumen, der einen schwindlig macht. Aber schwindlig war mir vorher schon: Und wenn wir uns geirrt hätten, Eusèbe? Und wenn es irgendwo ein Mißverständnis gegeben hätte und unsere Héloïse gar nicht die Person wäre, der all diese Leute die letzte Ehre erwiesen? Allein der Gedanke daran läßt mir das Blut in den Adern gefrieren. Aber es fällt noch schwerer zu glauben, daß es keine Verwechslung gegeben hat. Am schlimmsten war, daß wir dort fast wie die armen Verwandten aussahen. Wir hatten uns nicht in Unkosten gestürzt, denn wir mußten ja die Reise machen und alles, und außerdem dachten wir, die Feier würde eher im engsten Kreis stattfinden. Der mutmaßliche Sohn und seine Frau – am Telephon hatte er jedenfalls die Stimme eines verheirateten Mannes, und außerdem sagte ich mir, daß ein Junggeselle nicht angeboten hätte, sich um alles zu kümmern. Ich hatte nicht den Mut, viel zu fragen, das kannst Du Dir ja vorstellen, denn abgesehen davon, daß sie uns so von der Seite anschauten (Dein Vater sagt, ich hätte mir das alles nur eingebildet, niemand hätte auf uns geachtet, sie wären alle damit beschäftigt gewesen zu weinen, sich die Tränen zu trocknen und dem Pfarrer zuzuhören, der so etwa in Deinem Alter war und eine von diesen schönen Stimmen hatte, die einen davor bewahren einzuschlafen), abgesehen davon, daß sie uns wie Luft behandelten – die Blumen, die wir bestellt hatten, zwei Sträuße, also die sah man nicht einmal, Eusèbe, und glaub mir, wenn ich es noch mal zu tun hätte, dann würde ich größere Sträuße bestellen –, oh nein, denen gegenüber zuzugeben,daß wir nichts von der Héloïse wußten, die sie alle dort beweinten, kannst Du Dir vorstellen, was wir da für eine Figur gemacht hätten?

Na gut, es ist vorbei. Wie soll ich es Dir sagen, es ist, als hätten sie uns die arme Héloïse zweimal weggenommen, und jetzt liegt sie unter der Erde und hat für alle Ewigkeit einen Namen, der uns bis vor einer Woche noch nie zu Ohren gekommen war, und in einer Stadt, von der ich

Abenddämmerung auf dem Rastplatz von Dracé.

geschworen hätte, daß sie nie dort war. Das Schlimmste ist, daß es nicht den geringsten Zweifel geben kann. Der junge Herr Blanc empfing uns vor der Feier bei sich zu Hause zu einem Gläschen. Wir hatten es auch dringend nötig, aber Dein Vater hätte es sich verkneifen können, seines viermal hintereinander zu füllen. Er zeigte uns Photos aus seiner Jugend, und die Person, die ihn auf dem Schoß hatte, war ganz eindeutig Héloïse. Natürlich tat ich so, als wüßte ich Bescheid, denn hätte ich ihm sonst nicht einen schlechten Eindruck von seiner gerade erst verstorbenen Mutter vermittelt?

Aber Eusèbe, zumindest bin ich bei alledem nicht die einzige Betroffene, es ist eine Geschichte, bei der ich nichts begreife, die aber mit Sicherheit objektiv *ist. Du kennst mich ja, ich war immer der Meinung, daß die Objektivität eine meiner Stärken ist. Warum sollte man nicht an das glauben, was man sieht, wenn man keine schlechten Augen hat, und Du weißt ja, daß das bei mir nicht der Fall ist,*

Tantalusqualen auf dem Rastplatz von Paturel. Während es auf unser Seite keinen Schatten gibt, lassen sich diejenigen, die von Marseille na Paris reisen…

auch wenn das, was seit einer oder zwei Wochen geschieht, mich so durcheinanderbringt, daß ich alles, aber wirklich alles in Zweifel ziehe, Eusèbe? Ich wußte nicht, daß in meinem Alter noch eine Reihe von Gewißheiten zusammenfallen können wie ein Kartenhaus, und das bringt mich dazu, mir viele Fragen über alles zu stellen, was früher *war. Du bist noch zu jung, um die Wirkung solcher Gedanken in meinem Alter richtig zu begreifen. Ich glaube, es ist nicht das, was Du konstruktive Zweifel nennst: Ich stelle alles in Frage, ich habe mir sogar die Augen untersuchen lassen und weiß, daß sie gut sind. Deinem Vater habe ich nichts gesagt, er wäre mehr als froh gewesen, mir sagen zu können, daß meine Augen nachlassen, wenn sie überhaupt jemals gut waren. Eigentlich muß*

... wie die Könige auf der ihren nieder und bedauern uns noch nicht einmal. Wir verfügen nur über das Streifchen Schatten, das uns Fafnir barmherzigerweise spendet.

man daraus schließen, daß das, was mir angst macht, nicht nur mit den Augen zu tun hat. Andererseits weiß ich, daß das traurige Ende von Héloïse mich sehr durcheinandergebracht hat. Aber das erklärt meiner Meinung nach nicht, warum ich jedesmal, wenn ich über die Autobahn fahre, dieses Paar treffe, als lebten sie da *und als führen sie einfach nur im Tempo eines… na ja, eben im Tempo eines Fußmarsches hin und her. Immerhin ist es ja schon eine ganze Weile her, seit ich sie das erste Mal gesehen habe, und sie sind noch nicht einmal auf der Höhe von Lyon.*

Ich muß diesen Brief jetzt unterbrechen, denn Dein Vater braucht den Tisch für seine Buchhaltung (worüber, frage ich mich), aber ich werde später weiterschreiben. Du bist vielleicht der einzige, der mich nicht auslachen wird, sondern mir auch etwas erklären kann, sei es nun aus ihrer *Sicht oder aus meiner.*

Weißt Du, im Grunde gefällt mir der Gedanke fast, daß Héloïse ein richtig schönes Leben gehabt hat, auch wenn wir nichts davon wußten.

Es umarmt Dich

Mama

(Fortsetzung folgt)

Wo endlich, und dazu war es höchste Zeit, von den Lastwagen die Rede ist, die von Anfang an unablässig vorbeigefahren sind, und ihrem nicht immer klaren Seins- und Daseinsgrund nachgeforscht wird.

Bisher waren wir immer David gegen Goliath gewesen: Was kann ein Renault 5 oder sogar ein Superporsche ausrichten, wenn vor ihm ein Lastzug fährt, ein anderer ihm in zehn Meter Abstand folgt und mit seinem furchteinflößenden Riesengesicht aus dem Rückspiegel schaut, während ihn ein dritter überholt und dabei den Raum erbeben läßt und ein gräßliches Geschnaube von sich gibt? Auf diese Weise ziehen sich die Autobahnbenutzer bald einen eher freudlosen Komplex zu, die akute Lasterphobie, die nur dadurch zu heilen ist, daß man sich selbst einem Laster anheimgibt, um auf die feindliche Seite überzuwechseln (das nennt man in der Psychoanalyse Transfer), oder daß man den Zug nimmt.

Wir waren da immer in der Mitte, denn Fafnir mag zwar kein »Schwergewicht« sein, aber er ist auch kein normales Auto; von seinem Lenkrad aus überblickt man eine weitere und angenehmere Landschaft, als wenn man wie in den modernsten Autos beim Fahren mit dem Hintern den Boden schmirgelt, und außerdem stellt der Drache etwas dar und nötigt den Kleineren Respekt ab und manchmal auch den Großen, denn die Laster neigen dazu, ihn als den netten kleinen Bruder zu betrachten, und springen nicht so brutal mit ihm um, wie sie es zu ihrem Vergnügen gerne mit den Flöhen und Kakerlaken tun, die ihnen kaum bis zu den Knien reichen. Am Anfang der Expedition hegten wir jedenfalls noch unseren gewohnten Groll gegen die Lastwagen, und während der ersten Tage versuchten wir vor allem, ihnen unterwegs und auf den Rastplätzen aus dem Weg zu gehen. Ein naives Novizentum, das wir hinter uns gelassen haben, um in die große internationale Familie der Transporteure aufgenommen zu werden, die wir jetzt ganz aus der Nähe und mit aller Aufmerksamkeit und Zuneigung, die sie verdient, untersuchen.

Aber es gibt natürlich Lastwagen und Lastwagen, und wir haben ein Gespür für die qualitativen Unterschiede entwickelt (die quantitativen kann man vernachlässigen, denn sie sind fast alle riesengroß). Zehn Minuten auf der Autobahn genügen, um das Hauptunterscheidungsmerkmal zu entdecken: Während einige Lastwagen offen ihre Branche und den Firmen- oder Markennamen zur Schau tragen, wobei fast immer auch der Firmensitz angegeben ist, halten andere dies alles geheim. Nach soundso vielen Lastwagen, die Möbel, Pferde, Fruchtsaft, Benzin oder spanisches Nougat transportieren, kommt einer vorbei, der in fast immer graue oder dunkelgrüne Planen gehüllt ist, ohne daß es möglich wäre, die Beschaffenheit seiner Ladung zu erraten. Diese Kategorie beunruhigt uns, und wenn wir einen ihrer Vertreter in den Ruhezonen antreffen, studieren wir ihn sehr aufmerksam, gehen ganz um ihn herum, als würden wir uns nur die Beine vertreten, doch bisher haben wir uns mit der Feststellung begnügen müssen, daß sie Nummernschilder wie alle anderen und auch keine besonderen Ursprungsländer haben.

Was transportieren diese immer etwas unheimlichen, immer leicht bedrohlichen Lastwagen? Ich glaube weder, daß diese Autobahn Teil einer Route des internationalen Waffenhandels ist, noch, daß der Umstand, daß sie den Charakter ihrer Ladung verheimlichen, diese Lastwagen vor der Kontrolle durch Polizei oder Zoll bewahrt, ganz im Gegenteil. Es ist also nicht vorstellbar, daß sie zwischen Bulgarien und Paris oder zwischen Stockholm und Neapel hin und her fahren und Raketen oder Hubschrauber transportieren; aufgrund des enormen Volumens schließen wir natürlich auch andere explosive Ladungen wie Heroin oder Ginsengwurzeln aus. Warum also diese Geheimniskrämerei, warum ähneln diese Lastwagen gewissen Vororthäusern, die sich allem Anschein nach in nichts von den anderen unterscheiden und doch den Eindruck erwecken, als würden sie von Wesen umschlichen oder bewohnt, die nicht wie die Bewohner der anderen Häuser sind? Warum, um es tapfer herauszusagen, machen sie uns so sehr angst?

Carol neigt dazu, sich peinliche Ladungen vorzustellen, bei denen sich keine Spedition trauen würde, sie mit einer Aufschrift zu verkünden wie diejenigen, die frohgemut Bier oder Schweine transportieren. Sie hat sich zu der Meinung verstiegen, manche könnten Tapioka, Enthaarungscreme oder lose Nudeln transportieren, alles Dinge, die man schlecht öffentlich anpreisen kann, ohne rot zu werden. Ich stimme mit ihr darin überein, daß niemand mit allzu großem Stolz verkünden würde, er fahre eine Ladung Häkelnadeln oder Babymützchen. Ihre Ansicht erscheint mir der Beachtung wert, und ich respektiere sie, begnüge mich aber meinerseits damit, mir Dinge vorzustellen, die weniger kommerziell sind, die aber unter gewissen Umständen und in bestimmten Kontexten diskret transportiert werden müssen; so denke ich, daß vielleicht die Regierung eines regnerischen Landes der Regierung eines trockenen Landes insgeheim eine Wolke verkauft hat oder daß die Mitglieder eines Clubs von Lüstlingen in Oslo den Jugoslawen eine Ladung sozialistischer Vibratoren abgekauft haben, die anscheinend besser bibbern als die aus Hamburg oder aus der Rue Saint-Denis. Und könnte es nicht sein, daß dieser zweite in eine schwarze Plane gehüllte Lastwagen, der dem ersten ganz dicht folgt, eine Hundertschaft von Experten im Gebrauch der besagten Geräte importiert? Das würden SIE doch nicht in Lettern von einem Meter Höhe erläutern.

Ich habe noch andere Hypothesen: Einer dieser Lastwagen transportiert vielleicht eine Ladung fettleibiger Holländer, die für die Diätexperimente eines Mailänder

Instituts bestimmt sind, oder umgekehrt; wie könnte man auch auf den Rastplätzen achtzig Dicke gleichzeitig freilassen? Außerdem denke ich an eine Sendung Gummihandschuhe, die immer zweideutige Vorstellungen wekken... Doch die kühnste Hypothese, in der wir beide übereinstimmten, ohne daß wir uns allerdings dazu aufraffen konnten, so richtig an sie zu glauben, ist die, daß alle diese Lastwagen *leer* sind und einem exzentrischen Schotten gehören, der sich damit vergnügt, sie kreuz und quer herumfahren zu lassen, und sich wöchentlich über die Gesichter berichten läßt, die die Zöllner beim Öffnen derselben machen; natürlich ist das ein Vergnügen, das ein Heidengeld kosten muß, aber da es sich um einen Schotten handelt, liegt gerade darin das in höchstem Maße Exzentrische.

Von einem unter so vielen Lastwagen

Der potthäßliche, kahle und sonnenbeschienene Rastplatz ist fast leer, und der Lastwagen aus Castellón de la Plana hält direkt vor Fafnir, dessen Bewohner gerade mit Geschirrwaschen beschäftigt sind, nachdem sie ein (herstellerseits) besonders gelungenes *Nasi-Goreng* zu sich genommen haben. Der Fahrer steigt aus, um sich die Hände zu waschen, wie wir an diesen gastlichen Orten alle sagen, und er sieht so sympathisch aus, daß ich zu ihm gehe und ihn auf spanisch anspreche, wobei ich weiß, daß dies wie ein Geschenk ist, etwas, das ihm gefallen wird. Und es gefällt ihm, klar, und wir plaudern ein Weilchen. Vor langem schon habe ich gelernt, daß es Blödsinn ist, zur Eröffnung eines solchen Gesprächs über das Wetter und die Temperaturen zu reden, weil das Themen auf dem Niveau von Hühnern sind; sehr viel interessanter ist es, gleich das Berufliche anzusprechen, und deshalb sage ich zu ihm, seine Arbeit sei ja sicherlich hart und all das, aber meiner Meinung nach gebe sie ihm mehr Freiheit, als wenn er bei der Post oder bei der Bank von Spanien beschäftigt wäre.

»Stimmt«, sagte er, »aber das gilt nur für die Junggesellen.«

»Ah. Klar, ich verstehe. Sie…«

»Ich bin gerade vor zwei Tagen in Málaga Vater eines kleinen Mädchens geworden.«

»Herzlichen Glückwunsch. Und, ist alles gut gelaufen?«

»Ja«, sagt er mit einer Mischung aus Freude und Frustration, »aber Sie sehen ja, wir hatten gedacht, es wär in zehn Tagen, wenn ich daheim bin, aber die Kleine ist uns zuvorgekommen, so'n Mist.«

Ich beglückwünsche ihn erneut, und wir verabschieden uns, weil ich merke, daß er ganz begierig darauf ist, Kilometer zu fressen und bald heimzukommen, doch zuvor sagt er mir noch, er wolle Carol begrüßen, und geht

Rastplatz von Chères, wo es an nichts fehlt, außer an Schönheit.

zu Fafnir, um ihr die Hand zu geben und uns bei der Gelegenheit die Geschichte noch einmal zu erzählen. Plötzlich erstrahlt er regelrecht vor Glück, klettert in seinen Lastwagen und verliert sich in der Ferne, vielleicht mit dem Gedanken, daß es jetzt schon zwei Personen gibt, die auch von seinem kleinen Mädchen wissen, zwei Unbekannte, die sich auf irgendeinem Rastplatz der Welt und des Lebens mit ihm freuten.

Und trotz allem nehmen uns ein paar Bäumchen auf, damit Fafnir nicht platzt wie eine Seifenblase in der Sahara.

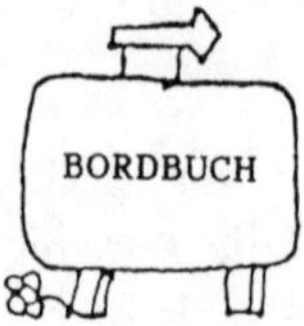

Donnerstag, 10. Juni

Frühstück: Croissants, Kaffee.
10.02 h. 52 °C.
10.15 h. Abfahrt.
10.20 h. Schild: LYON.
10.22 h. Abfahrtsschild (P-PORTE DE LYON). Wir wissen, daß man die Autobahn verlassen muß, um diesen Rastplatz zu erreichen, und wir lassen uns nicht in diese Falle locken.
10.23 h. Wir sehen einen plattgefahrenen Affen auf der Autobahn.
10.23 u. 30'' h. Lyon in Sicht.
10.25 h. Erstes Hinweisschild: MARSEILLE.
10.27 h. Erster Stau seit Paris.
10.34 h. 334 km bis Marseille.
10.40 h. Wir fahren langsam in den Tunnel ein.
10.50 h. Wir verlassen den Tunnel.
10.51 h. Ein weiterer Tunnel.
10.52 h. Ende des Tunnels.

10.56 h. Rastplatz: AIRE DE PIERRE-BENITE.
Ausrichtung Fafnirs: SSW.
Benzin, Laden, Picknicktische, Sicht auf die Erdölraffinerien. Entsetzlicher Lärm.
11.06 h. Abfahrt.

11.12 h. Rastplatz: AIRE DE SOLAIZE.
Greuel aller Greuel. Aber es gibt ein Buffet.
Mittagessen: Hähnchen mit Pommes frites für den einen, kaltes Hähnchen, Tomaten, Salat für den andern, Sahnedessert für beide.

15 h. Wir entdecken endlich ein geheimes Plätzchen fast an der Ausfahrt des Parkplatzes, wo es ein bißchen Schatten gibt. Wir ziehen dorthin um, denn Fafnir hält es in der von einer unbarmherzigen Sonne aufgeheizten (56 °C) Zementwüste nicht mehr aus.

17 h. 39 °C im Schatten.

17.02 h. Greift die »Gesellschaft« wieder ein? Der Tankwagen… (Diese Notiz Carols ist unverständlich). Duschen! Wir teilen sie mit den Fernfahrern.

Abendessen: Crudités, Ei mit Mayonnaise für den einen, roher Schinken für den anderen. Kaffee.

21.30 h. 25 °C.

Wolf: »Wie oft willst du mich denn noch beim Schreiben photographieren?« Bärchen: »Sehr oft. Man muß die Leser von der Ernsthaftigkeit unserer wissenschaftlichen Arbeit überzeugen.«

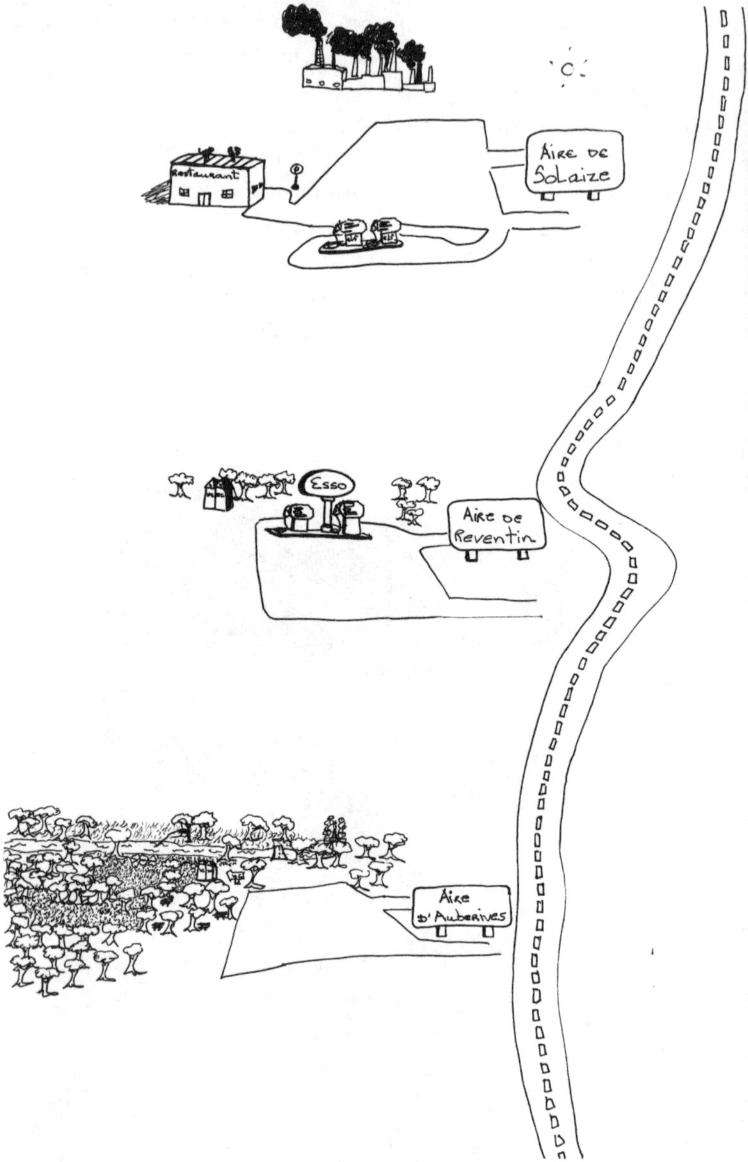
Aire de
Solaize
Restaurant
Esso
Aire de
Reventin
Aire
d'Auberives

Die Nacht auf dem Rastplatz

Mirabeau wird ein eher atheistisches Buch zugeschrieben, das, glaube ich, den Titel *Erotica Biblion* trägt und in der katalanischen Ausgabe, die ich als Kind (sic) las, zu einer plumpen *Pornographie in der Bibel* wurde. Warum sollte man also jetzt nicht an ein *Erotica Parking* denken? Wir halten uns schon zu lange in diesem *all men's land* auf, als daß wir nicht seine sinnliche Aura gespürt hätten, die Klammer, die zu beiden Seiten den französischen Boden ausschließt, um diese Ader von achthundert Kilometern zu schaffen, dieses gewundene, zugleich männliche und weibliche Geschlecht, das sich zwischen Bergen und Ebenen auftut und hindurchgleitet, das in einem nicht einen einzigen Augenblick aussetzenden Hin und Her gibt und nimmt, ein endloser Orgasmus von der Porte d'Orléans bis zur letzten Zuckung in einem aus phönizischen Liebschaften und hellenischem Raffinement geborenen Marseille, dem privilegierten Ort für die Krönung eines Genusses, der auf so vielen Rastplätzen, in so vielen Nächten begonnen hat.

Ich beziehe mich auf uns, auf das Bärchen und mich, aber auch auf vieles von dem, was wir auf den Parkplätzen erspähten, dort wo alles funktional und mechanisch erscheint, wenn man nur das sucht oder das *ist*. Ich lasse Touristen und Handelsreisende, die ihren Blick starr auf die Autobahn gerichtet haben, im Mund den Geschmack nach hastig verschlungenen Sandwichs, kommentarlos vorbeifahren; ich lasse sie vorbeifahren, weil die Zeremonien, die Wechselfälle, die Begegnungen und die Krönungen in einer anderen Dimension vor sich gehen, und vor allem in den Lastwagen, diesen beweglichen Räumen, wo die Sinnlichkeit fast immer gegenwärtig ist, fast immer auf der Lauer liegt. Von den ersten Tagen an lernten wir, sie auszumachen: Sie kommen mit einem Schnauben an, das vielleicht zum Geheimkode der Straße gehört, Erkennungszeichen für andere, Einsatzbereitschaft. Wenn es Abend wird, parken sie hinter- oder nebeneinander; ein verstohlenes Hin und Her von Silhouetten und Dialogen entspinnt sich in der fortschreitenden Dunkelheit. Fafnir genießt unter ihnen den Respekt, der einem kleinen Transporter zusteht, Hände werden zu einem freundschaftlichen Gruß erhoben, man lächelt komplizenhaft. Die großen Rastplätze mit Tankstelle, Laden und fast immer einem Restaurant erleben jede Nacht die Entstehung einer kurzlebigen, schillernden, kleinen Stadt, die nur einmal existieren wird, um am nächsten Tag durch eine ähnliche, aber doch andere abgelöst zu werden. Plötzlich ist die Stadt vollständig, und es ist die internationalste Stadt der Welt, mit bulgarischen, französischen, deutschen, spanischen, griechischen, belgischen Häusern, langgestreckten Häusern mit Aufschriften oder solchen mit großen Planen, die das Geheimnis bergen; Häusern mit vielen kleinen Räumen, mit Küchen, Bädern, Fernsehen, Licht; Häusern, in denen ein Paar wohnt oder ein

Die Damen und Herren Wauwaus dürfen sich wichtig fühlen (es auch höchste Zeit) auf dem Rastplatz von Chères.

Mann oder eine Frau allein, manchmal Hunde, manchmal Kinder, und immer Gaskocher, Flaschen mit Wein und Bier, der Duft von Suppe oder Pommes frites.

Wenn man in Paris ab und zu eine Frau sieht, die einen schweren Lastwagen fährt, löst das bei den Männern immer noch einen Anflug von Überraschung aus, die aber schnell überspielt wird, so als schämten sie sich, das immer noch als eine Übertretung oder gar als Unverfrorenheit zu betrachten. Auf der Autobahn stellt sich fast ein Gefühl der Bewunderung ein, wenn man ein Monstrum von weiß ich wieviel Tonnen mit seinem ebenfalls riesigen Anhänger anhalten sieht, und plötzlich ein blonder Lichtreflex über dem Lenkrad, weiße Arme und eine bunte Bluse, und dann steigt eine Frau mit ungezwungenen, bestimmten Bewegungen aus, fraulicher als manch eine andere Frau, und klopft mit dem Schuh die Reifen ab, überprüft die Befestigung und die Spannung der Plane, füllt sich die Wasserflasche und geht in die Toilette, um dann mit gewaschenem Gesicht wieder herauszukom-

Wo man das künstlerische Talent des Drachens bewundern kann, wenn er sich mit einem Schattenspiel verschönert.

men, sich das Haar zu schütteln, sich mit sichtlichem Genuß die Beine zu vertreten. Fast immer wird sie von einem großen Hund begleitet, der zahm und verspielt, in der Kabine aber vielleicht ganz anders ist. Meistens kommt kurz danach ein zweiter LKW derselben Firma, ein Mann steigt aus, und das Paar ist für den Halt, für die Nacht komplett. Manchmal sind es auch zwei Männer; zwei Frauen haben wir bisher noch nicht gesehen.

Der willkürliche Aufbau der Gespensterstadt läßt uns Begegnungen beiwohnen, die zwar zufällig, aber doch Teil des Kodex sind, wie vor ein paar Tagen, als wir dieses junge Fernfahrerpärchen sahen, das sich nur bruchstückhaft unterhalten konnte, durch Lächeln und Gesten und die Freude, einander sympathisch zu sein. Sie fuhr einen schwedischen Laster, er war Franzose; mit Sicherheit verfügten sie nur über ein Vokabular von fünfzig englischen Wörtern, aber dessenungeachtet machten sie Photos voneinander, besuchten sich gegenseitig in den Kabinen, um ein Bier oder eine Konservendose aufzumachen. Das alles

Nie werden wir nachvollziehen können, daß diese Summe aller G lichkeiten den Namen Pierre-Bénite trägt.

währte nur kurze Zeit, ein tyrannischer Zeitplan hinderte sie daran, sich in die nächtliche Stadt einzufügen, es sei denn, sie hätten beschlossen, sich auf dem nächsten, tauglicheren Rastplatz wiederzutreffen (dieser war es nämlich nicht, Fafnir vegetierte dort unter dem Zwang des Gesetzes unserer Expedition vor sich hin und schaute drein wie ein vertrockneter Fliegenpilz, was sich auf uns übertrug).

Wir sahen die jungen Fernfahrer in ihr Führerhaus steigen, sie fuhr mit zu einem letzten Gruß erhobener Hand als erste los, und er folgte ihr, nachdem er uns zugelächelt hatte, als verstünde er, daß wir uns keinen besseren Ort aussuchen konnten, oder als dächte er einfach nur, wir seien dumm. Wir dachten noch lange über diese flüchtige Begegnung nach, die ihnen vielleicht ein Stückchen weiter ein langes nächtliches Glück bescheren würde, vielleicht aber auch nie.

Manchmal treffen wir sie bereits zusammen an, bereits als festes Paar in ihrer Kabine, wie die jungen Deutschen

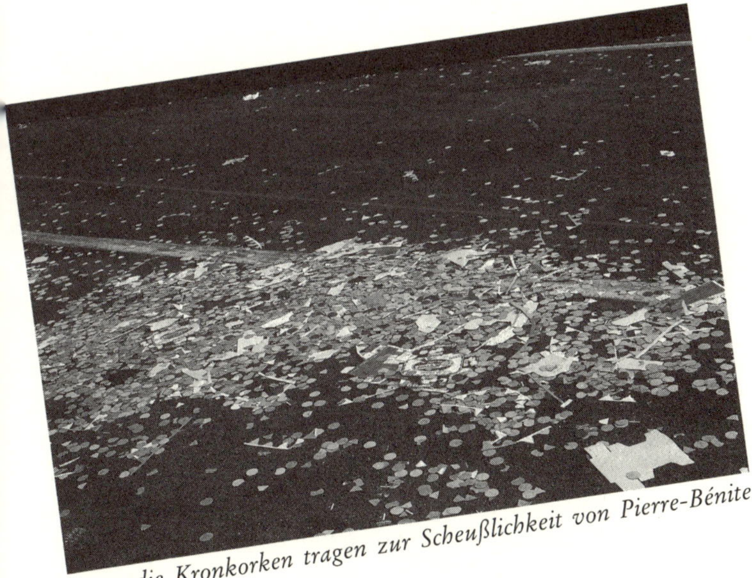

Sogar die Kronkorken tragen zur Scheußlichkeit von Pierre-Bénite bei.

von gestern nachmittag, die mit ihren Flaschen frischen Wassers lachend Aus- und Einsteigen spielten und deren Glücksgefühl sie mit Sonnenschein erfüllte, als brauchten sie das noch auf diesem verfluchten Rastplatz, wo zwei oder drei zugleich zwergwüchsige und halb glatzköpfige Bäume den Schatten eines löchrigen Regenschirms spendeten, in dem Bärchen und ich wie besessen arbeiteten, um zu vergessen, was uns umgab, und das war praktisch nichts. Aber vielleicht kam uns gerade deshalb, gerade wegen der erdrückenden Hitze, die wir ertragen hatten, der nächste Rastplatz wie eine Oase vor, mit seinem Restaurant (*Le relais du Beaujolais*, bitte notieren), seinem Laden mit dem zu diesem Zeitpunkt der Expedition dringend nötigen Proviant und seinem endlosen Parkplatz, wo nacheinander die Häuser ankamen, die sich für wenige Stunden zur Gespensterstadt fügen sollten.

Wie es uns zu unterlaufen pflegt, hatten wir Fafnir an der schlechtestmöglichen Stelle postiert, zwar weit weg vom Lärm der Autobahn, dafür aber genau an der Ausfahrt, die alle Weiterfahrenden benutzen mußten. In der Euphorie eines *steak haché pommes frites* (die Große Bärin) und eines *petit salé aux lentilles* (der Wolf), beides mit dem eponymen Wein begossen, hielten wir den Standplatz für unser würdig und gingen unverzüglich zu Bett. In Fafnir zu Bett zu gehen ist ein sehr viel einfacherer Vorgang als aufzustehen, denn wenn das Bett aufgeschlagen ist, nimmt es einen Großteil des Platzes in Anspruch, der tagsüber der senkrechten oder sitzenden Position vorbehalten ist, ganz zu schweigen davon, daß wir nackt zu Bett gingen, wie es sich gehört (ob es wohl auf dieser Welt noch Leute gibt, die im Pyjama schlafen? Die amerikanischen Filme lassen es vermuten, aber wir nehmen an, daß dies zu den Frustrationen jenes bedauernswerten Landes gehört), weshalb das Sichwiederankleiden im Notfall eine der Herkulestaten ist, die von Hesiod und anderen Chronisten sträflicherweise vergessen wurden. Wenn wir erst einmal im Bett sind, in das wir gleiten wie aufgeschreckte Fische / zur Hälfte voll des Lichts / zur Hälfte voll der Kälte /, erscheint uns nichts gräßlich genug, als daß wir deshalb wieder aufstehen und Fafnir umplazieren würden, denn ein solches Unterfangen würde außerdem voraussetzen, daß wir zuvor diverse Säcke und Bündel wegräumen und auch die Segel einholen, also Fafnirs Faltdach, das um diese Zeit seine gelbe Haube den Sternen entgegenreckt.

Aus all diesen Gründen blieben wir, wo wir waren, aber nach fünf Minuten ging der Zores los: Unablässig kamen Lastwagen und Autos und Camper vorbei, hielten weiß Gott weshalb einen Augenblick neben Fafnir an, richteten ihre Scheinwerfer mitten in unser Halbdunkel und starteten dann mit fürchterlichem Röhren und Krachen wieder, um auf die Autobahn zurückzukehren. Dies alles hätte, objektiv gesehen, infernalisch sein müssen und war es irgendwie auch, aber zugleich waren die Vorzeichen umgekehrt und die mechanische Behelligung, die Lichtgarben und die Belästigung durch die fahrenden oder bereits geparkten LKWs wurden für die Feste der Nacht immer vorteilhafter, für die Nacht auf dem Rastplatz, für das, was wir nach und nach entdeckt hatten und was sich jetzt endlich mit uns selbst im Mittelpunkt entlud, nackt in diesem changierenden Aquarium, in der außerirdischen, weil unglaublichen und absurden Kapsel, staunende Piloten eines Ufos, das gerade zwischen den Lastwagen gelandet ist und dieses Spiel beginnt, von dem diejenigen nichts ahnen konnten, die uns mit ihren Lichtern geißelten und uns zum Mittelpunkt eines Hexensabbats von Motorenlärm und Feuerschein machten.

In diesem Zustand der Schwerelosigkeit, in dieser schillernden Blase, in der sich unablässig das Licht und die Geräusche änderten, wußten wir plötzlich, daß diese Nacht die Nacht unseres Festes war, daß wir nach so vielen Tagen des Vormarsches und der Erkundungen von einer der vergänglichen Städte aufgenommen worden waren, daß uns die Fernfahrer, ebenfalls ohne es zu wissen, in einer Zeremonie der Initiation und der Anerkennung umringten, uns die unsichtbaren Schlüssel der Geisterstadt in die Hände legten und daß im Morgengrauen der Ort menschenleer und grau sein würde, daß Fafnir wie Aschenputtel auf einem leeren, teilnahmslosen Betonparkplatz erwachen würde. Wir erlebten das Wunder, daß so viel an sich so Gräßliches unsretwegen und für uns zum Wunder wurde, wir akzeptierten in einer langsamen, köstlichen und endlosen Zeremonie alles, was wir in unserem Leben in dauerhaften, versteinerten Städten immer abgelehnt hatten. Beduinen im Zeltlager einer Nacht, Mutanten für ein paar Stunden, in denen wir uns liebten wie in einem Kaleidoskop, proteisch und flüchtig, mit phosphoreszierenden Sternen übersät oder in schnelle Schattengarben gehüllt, in Gruben der Stille versunken, wo unser Raunen wie eine weitere Zärtlichkeit war, bis

Inventur der wissenschaftlichen Beobachtungen, die den Wolf…

uns der kreischende Peitschenhieb einer Vollbremsung traf wie das Echo von vorsintflutlichen Schrecknissen, von Megatherien, die die Farne der Zeit zertrampeln.

Und danach schliefen wir, Bärchen, und am späten Morgen schliefst du immer noch, und nur mir war es gegeben, das Ende der Nacht auf dem Rastplatz zu sehen, die niedrig stehende Sonne, die Fafnirs Faltdach in eine orangefarbene Kuppel verwandelte und durch die Seitenvorhänge glitt, um zu uns ins Bett zu schlüpfen, um mit deinem Haar zu spielen, mit deinen Brüsten, mit deinen Wimpern, die immer nach mehr, die immer nach sehr viel mehr aussehen, wenn du schläfst.

Ich spielte auch dieses letzte Spiel vor den Orangen und dem Kaffee und dem frischen Wasser, ein Spiel aus der Kindheit, das darin besteht, daß man sich das Laken über

… in eine an Glenn Gould erinnernde musikalische Ekstase versetzt.

den Kopf zieht, in diese dickflüssige Luft eintaucht und dann, auf dem Rücken liegend, langsam die Beine anzieht und mit den Knien das Laken hebt, bis sich ein Zelt bildet, und im Zelt sein Reich gründet und sich dort dann ausmalt, die ganze Welt sei nur das, außerhalb des Zeltes gebe es nichts, das Reich sei nur das Reich, und man fühle sich wohl im Reich und sonst brauche man nichts. Du botest mir schlafend den Rücken dar, aber wenn ich sage, daß du ihn mir darbotest, sage ich damit sehr viel mehr, als die bloßen Worte sagen können, denn dein Rücken badete im gleißenden Licht des Aquariums, das die Sonne durch die durchscheinende Kuppel des Lakens sickern ließ, ein Laken mit zarten grünen, gelben, blauen und roten Streifen, die sich in Lichtstaub auflösten, schwebendes Gold, in das dein Körper sein dunkleres Gold einbettete, Bronze und Quecksilber, Zonen blauen Schattens, Senken und Täler.

Nie zuvor hatte ich dich so begehrt, nie hatte das Licht so auf deiner Haut geschillert. Du warst Lilith, du warst Kypris, aus der Nacht des Rastplatzes wurdest du der Sonne neu geboren, wie das Raunen, das draußen anschwoll, die Motoren, die nacheinander ansprangen, das Rauschen der Autobahn, das durch den Zustrom von den aus dem Schlaf erwachten Rastplätzen immer lauter wurde. Ich schaute dich so lange an und wußte, daß du nach dem Aufwachen verstört und erstaunt sein würdest wie immer, daß du nichts begreifen würdest, weder das geheime Zelt noch meine Art und Weise, dich anzuschauen, und daß wir beide den Tag wie immer beginnen würden, uns anlächelnd und »Orangensaft!«, uns anschauend und »Kaffee, Kaffee, haufenweise Kaffee!«

Briefe einer Mutter (5)

Savigny-sur-Orge, 11. Juni 1982

Mein lieber Eusèbe,

da Dein Vater zum Arzt gegangen ist, und wie ich ihn kenne, wird er das ausnutzen, um bis zum Abendessen herumzustreunen, habe ich ein bißchen Zeit, Dir zu schreiben und diese Geschichte einigermaßen klarzustellen. Nun gut, das zwingt mich, Dir auch Dinge zu erzählen, die ich lieber für mich behalten hätte, aber in Deinem Alter muß man ja schließlich, wie Dein Vater immer sagt (obwohl er natürlich keine Ahnung davon hat, was ich Dir in meinen Briefen erzähle), dem Leben ins Gesicht schauen können.

Seit zwei oder drei Jahren sind wir die langen Reisen nicht mehr gewöhnt, die wir immer machten, als Du noch kleiner warst und die Ferien noch Ferien waren. Dein Vater regt sich beim Fahren zu leicht auf, und wenn wir zu viele Kilometer auf einmal zurücklegen, sind wir immer

Drachen mögen keinen Wind, und Fafnir beobachtet beunruhigt die Windsäcke, die ihm gefährliche Breitseiten und Stöße ankündigen.

ganz erschöpft. Deshalb hatten wir beschlossen, schon am Tag vor der Beerdigung von Tante Héloïse nach Valence zu fahren und im Hotel zu schlafen, um für die Feier gut ausgeruht zu sein. Nun wollte aber der Zufall, daß uns Dein Vetter André ausgerechnet an diesem Tag besuchte, und wie könnte man einen Verwandten, der genau um die Mittagszeit kommt, nicht zum Essen einladen? Und da fingen natürlich Dein Vater und er mit ihren Geschichten über Tennis und Fußball und weiß ich was an, und selbstverständlich wird das alles kräftig begossen, und ich wette, daß dies, und ich wette, daß jenes, und gleich noch ein Glas geleert.

So kam es, daß wir erst gegen fünf Uhr abends wegfuhren, und ich muß Dir gestehen, daß ich mich alles andere als sicher fühlte, als ich zu Deinem Vater ins Auto stieg. Ich

Rastplatz Auberives: für alle, die Frieden suchen …

kann nicht sagen, daß er richtig betrunken war, aber er hatte jedenfalls einiges intus. Auf der Höhe von Solaize sah ich, daß ihm am Steuer die Augen zufielen, und bestand darauf, daß er beim nächsten Hotel haltmacht, und es kam mir fast wie ein Wunder vor, daß er einverstanden war. Gleich darauf sahen wir das Reklameschild eines Hotels direkt an der Autobahn. Ohne zu protestieren, fuhr er auf den Rastplatz, und dort fanden wir eines dieser langgezogenen Hotels, Du verstehst schon, was ich meine, die nicht in die Höhe gebaut sind, und vor jedem Zimmer ist ein Platz für das Auto. Sie heißen Motel, wie mich Dein Vater belehrte. Anscheinend sind in den Vereinigten Staaten alle Hotels oder Motels so flach. Na gut, es war sauber, mit Bad und allem, was dazu gehört. Ich konnte kaum glauben, daß sich Dein Vater nicht einmal

... und den Gesang der Vögel hören wollen.

über den Preis aufregte, aber wenn man bedenkt, was das Leben heute kostet, dann muß man sagen, daß er angemessen war. Aber natürlich konnte nicht ausbleiben, daß mir Dein Vater gleich sagte, ich dürfe keines von den Fläschchen Fruchtsaft trinken, die in einem Kühlschrank direkt im Zimmer standen, weil die Preise horrend seien.

Und dann fragte er sich gleich, ob er sich nicht mit Albert Desnoix zusammentun sollte – Du erinnerst Dich doch an ihn, als Du klein warst, hatte er eine Eisenwarenhandlung in der Rue Dufour –, um eine Hotelkette zu gründen. Ich halte das nicht für seriös. Auf jeden Fall verdarb er mir das ganze Vergnügen, als er den Fernseher einschaltete und sagte, das sei ja ein glücklicher Zufall, genau rechtzeitig zum Spiel. Stell Dir das vor, man könnte sich wirklich fragen, ob er nicht alles von Anfang an

Ein Beethovensches Bächlein auf dem Rastplatz Auberives.

einkalkuliert hatte. Da ich nicht einmal ein Glas Orangensaft trinken durfte und er sein Spiel von weiß ich was hatte, wollte ich ihm auf keinen Fall das Zugeständnis machen, im Zimmer zu bleiben und diesen Sport über mich ergehen zu lassen. Ich beschloß, essen zu gehen, denn dort gibt es Restaurants und alles mögliche.

Als ich das Zimmer verließ, sah ich genau, daß etwas weiter weg ein roter VW-Bus stand, aber ich kam nicht auf den Gedanken, daß sie *es sein könnten. Doch Du kannst mir glauben oder nicht, Eusèbe, ich ging in ein kleines Restaurant, das Le Bistrot heißt, und ich schwöre Dir, daß* sie *da saßen und wie alle anderen ein gutes Abendessen genossen. Ich schaute sie mir genau an, und ich versichere Dir, daß es sie wirklich gibt und daß sie nichts Besonderes an sich haben, außer daß sie etwas glücklicher aussahen als*

Ein unerwartetes nächtliches Hochwasser, das die Gefahren der Expedition beweist.

normal, aber das ist ja kein Grund, sie zu verurteilen. Sie bezahlten mit der Visakarte und gingen dann Hand in Hand hinaus. Ich sah sie den großen Parkplatz in Richtung Motel überqueren, und nach dem, was neulich passiert ist, will ich mir das Weitere lieber nicht ausmalen und hier einen Punkt machen.

Eusèbe, hältst Du es für möglich, daß diese Leute, seit ich sie das erste Mal sah, die Autobahn nicht verlassen haben? *Ich kann Dir nicht genau sagen warum, aber ich habe den Eindruck, daß sie nirgendwo hinfahren. Aber was machen sie dann auf der Autobahn? Es hat keinen Sinn, mit Deinem Vater darüber zu reden, der wird nur wieder sagen, ich würde spinnen. Aber ich habe mir das nicht zusammenphantasiert. Außerdem, wenn ich frustriert wäre, würde ich, glaube ich, eher eine andere Art von Projektilen machen – so nennst Du das doch, oder? –, denn das scheint ja nun wirklich keinen Sinn zu haben. Jedenfalls kann ein Gespenst nicht mit der Visakarte bezahlen. (Also gut, da ich nun mal beschlossen habe, Dir alles zu sagen: Sie hatten die Quittung auf dem Tisch zurückgelassen, und ich ging hin – es ist mir peinlich, aber da siehst Du ja, wie sehr mich diese Geschichte verwirrt – und nahm sie an mich, als wollte ich mir beweisen, daß das alles keine Erfindung von mir ist. Natürlich habe ich sie beim Hinausgehen dann weggeworfen. Stell Dir vor, ich hätte erklären müssen, was ich mit der Visakartenquittung von einem Unbekannten mache.)*

Wenn ich daran denke, daß sie mich hätten erwischen können, dann begreife ich nicht, wie ich so etwas tun konnte, aber ich ging hin, um einen Blick ins Innere des Busses zu werfen. Ich weiß wirklich nicht, was ich von diesem Sammelsurium von Dingen denken soll, die ich da sah: in einem Netz aufgehängte Orangen, eine offen herumstehende Whiskyflasche, ein Kompaß, ein Thermometer, die Schreibmaschinen (ja, es waren zwei, ziemlich kleine, und sie hatten sie nebeneinander zwischen den Sitz des Fahrers und den des Beifahrers gestellt); ich sah einen kleinen Kühlschrank, ein Fernglas, Hefte und Blöcke aller Art, außerdem einen großen Radioapparat mit Kassettenspieler, etwa wie der, den Du Dir vor zwei oder drei Jahren so gerne gekauft hättest. An einem der Fenster war sogar Unterwäsche aufgehängt.

Nun gut, mein Lieber, die Zeit vergeht, und ich glaube, ich habe Dir jetzt das Wesentliche erzählt. Ich verstehe nicht, wer *diese Leute sind und was sie auf der Autobahn machen. Auf jeden Fall weiß ich, daß ich sie mir nicht ausgedacht habe, und – Jacqueline hat mich daran erinnert, und ich hätte eigentlich gleich am Anfang daran denken müssen – diesmal habe ich mir die Autonummer notiert, so daß es keinen Zweifel mehr geben wird, wenn ich sie noch einmal sehe. Aber sag, Eusèbe, warum glaubst Du gehen sie mir einfach nicht mehr aus dem Sinn?*

Denk ab und zu an uns. Du weißt ja, daß Du das Wertvollste bist, was wir auf der Welt haben.

Es umarmt Dich

Mama

Bist du beim Lesen dieser Seiten, o komplizenhafter, geduldiger und bleicher Leser, nicht wenigstens einmal auf den Gedanken gekommen, dich zu fragen, ob wir uns nicht seit dem 23. Mai in irgendeinem Hotel von La Villette versteckt halten?

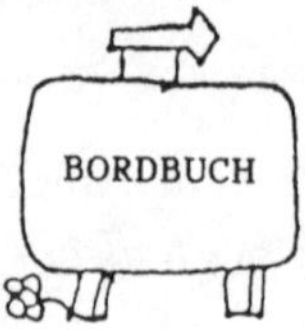

Freitag, 11. Juni

Frühstück: Orangensaft, Croissants, Marmelade, Kaffee.
9.25 h. Abfahrt.
9.30 h. Romanische Kirche zur Linken.
9.45 h. Mautstation.

9.47 h. Rastplatz: AIRE DE REVENTIN.
Erkundung, ohne Fafnir zu verlassen, denn es regnet wie aus Kübeln.
10 h. Abfahrt im Regen.

Auberives, Paradies der Picknicks, bei denen verbissen darum kämpft wird,...

10.02 h. Rastplatz: AIRE D'AUBERIVES.
Bäume, ein Bach, Tische, alles weit weg von der Autobahn.
Ausrichtung Fafnirs: S.
Mittagessen: Brötchen mit Butter und Salami, Käse, Kaffee.
Abendessen: Couscous, Kaffee.
Die Nacht über heftiger Regen. Als wir morgens betrachten, was gestern ein kristallklarer, über sichtbare Felsen plätschernder Bach war, sehen wir einen entfesselten Fluß. Die Strömung hätte uns in der Nacht fortreißen können!

...sich eines Tisches zu bemächtigen, und wo man die Entdeckung freier Plätze für das Mittagessen auskostet.

Wo das Bärchen von der Nacht spricht

Die Autobahn, ein rosaroter Fluß, über dem ein kaum wahrzunehmender violetter Dunst schwebt, und die Autos und Lastwagen huschen vorbei wie Gespenster, ihr Lärm verschwommen durch die Nacht, durch den Nebel, der alles dämpft, durch die Entfernung, die zwischen ihnen und uns die Welten abgrenzt, in denen wir leben, als wären wir nicht Reisende auf demselben Weg und könnten es auch nicht sein. Eine sonderbare, raunende Stille, von Zeit zu Zeit unterbrochen durch das Anfahren eines Lastwagens, durch die kreischenden Bremsen eines Zuges, eine Stille aus Lauten und Geräuschen, deren Existenz – an der jede unserer Gesten teilhat – uns irgendwie bestätigt, daß wir dort sind, wo wir zu sein glauben, daß das Ziel der Reise erreicht ist, und mit diesem Lächeln, das vielleicht unwissentlich bedeutet, daß du einen weiteren Schritt nach vorn tun wirst und ich mich erneut in deinen Armen finden werde, bleibt uns nur noch zu sagen, daß wir dieses Ziel, das nicht beständiger ist als die Rastplätze, die Welt oder die Sterne, von Tag zu Tag mit größerer Natürlichkeit leben.

Die Autobahn ist keine gerade Linie, sondern eine Spirale, unser beider Leben ebenfalls Spiralen, und inmitten dieser sich kreuzenden Linien, im Mosaik der Kreise und Tangenten, der Parallelen und Überschneidungen dieser Rausch; und nur ein willkürlicher Entschluß – wir haben ihn gefaßt, bevor wir uns auf diesen Weg begeben haben, ohne uns Gedanken über seine Bedeutung zu machen – wird uns eines (zum Glück noch fernen) Tages dazu bringen, das Spiel und den Raum zu verlassen, die alles umreißen.

Ein pampelmusenfarbener Mond, schwer wie ein Mond aus Samt, beleuchtet das Innere Fafnirs. Nach und nach tauchen unsere Körper aus der auf das Löschen der Lampe folgenden Unsichtbarkeit auf. Ich warte in der

Gewißheit, daß du aus dem Dunkel, in dem ich dich nur durch die Wärme erahnen kann, die mit einem Duft nach Mond, nach Zimt, nach Moschus und Schokolade zu mir aufsteigt, ganz allmählich wieder in die Nacht hineingeboren wirst, in unsere Nacht, die seit Beginn der Reise erfüllt ist von einem Licht, das sich ständig wandelnd durch die Vorhänge an den Fenstern und die Moskitonetze des Faltdachs fällt. Deine Schulter fängt zuerst ein Schimmern ein, das sie zaghaft zurückwirft, ein Glitzern, das langsam auf deinen ganzen Hals ausstrahlt, sich in deinem Bart verfängt; dein Gesicht bleibt noch im Dunkel. Das dauert eine Ewigkeit, und wir verharren geduldig und heiter. Nach und nach leuchtest du auf, als hätte sich dein Körper den ganzen Tag über mit einem Glanz vollgesogen, den er jetzt wieder freisetzt, ganz vorsichtig, damit er beim Heraustreten auf keinen Fall die Haut verletzt. Er bewegt sich deinen silbrigen Arm entlang, erreicht deine Taille, deine hochragende Hüfte und dehnt sich von dort auf deine Beine aus. Du rührst dich nicht. Auch ich nicht, aber mein Blick kehrt vertrauensvoll zu deinem Gesicht zurück, zu diesem Gesicht, das jetzt die Farbe des goldenen Mondes hat. Wir sind wieder da, vollständig, wie zwei leuchtende, eben erst aus der Dunkelheit geborene Körper, bereit, die Arme, die Beine auszustrecken, erneut diese Düfte, all diese Glieder, all diese Schreie zu vermengen.

Sehr viel später ziehe ich einen Zipfel des Vorhangs zurück und schaue aus dem Fenster. Als suchte er Zuflucht bei Fafnir, der ihn aufs väterlichste aufnimmt, schläft wie ein absonderliches Geschöpf aus einer anderen Welt ein junger Motorradfahrer aus Bern auf seinem Motorrad. Aus Furcht vor dem Regen hat er eine Plastikplane in eine große Luftblase verwandelt, unter der die Maschine und ihr Fahrer Schutz finden. In einem sanften, aus der Ferne kommenden Licht bietet er durch die transparente Plastikfolie den verschwommenen Anblick eines neugeschaffenen Engels. Er wußte nicht, ob Marseille eine große Stadt ist und wie weit entfernt es liegt, und hatte uns etwas schüchtern erklärt, er kenne niemanden in Marseille, im gleichen Tonfall, in dem jemand sagen würde: »Ich kenne niemanden auf der Welt.« Doch jetzt schläft er, den Kopf auf seinen Schlafsack gestützt, die Füße auf dem Lenker, und auf seinem Halbwüchsigengesicht leuchtet ein friedliches Lächeln.

Auf dem Rastplatz von Combe du Soleil scheint sich ein Mädchen ei Indianertanz hinzugeben. Was ist ihr auf der Toilette zugestoßen?

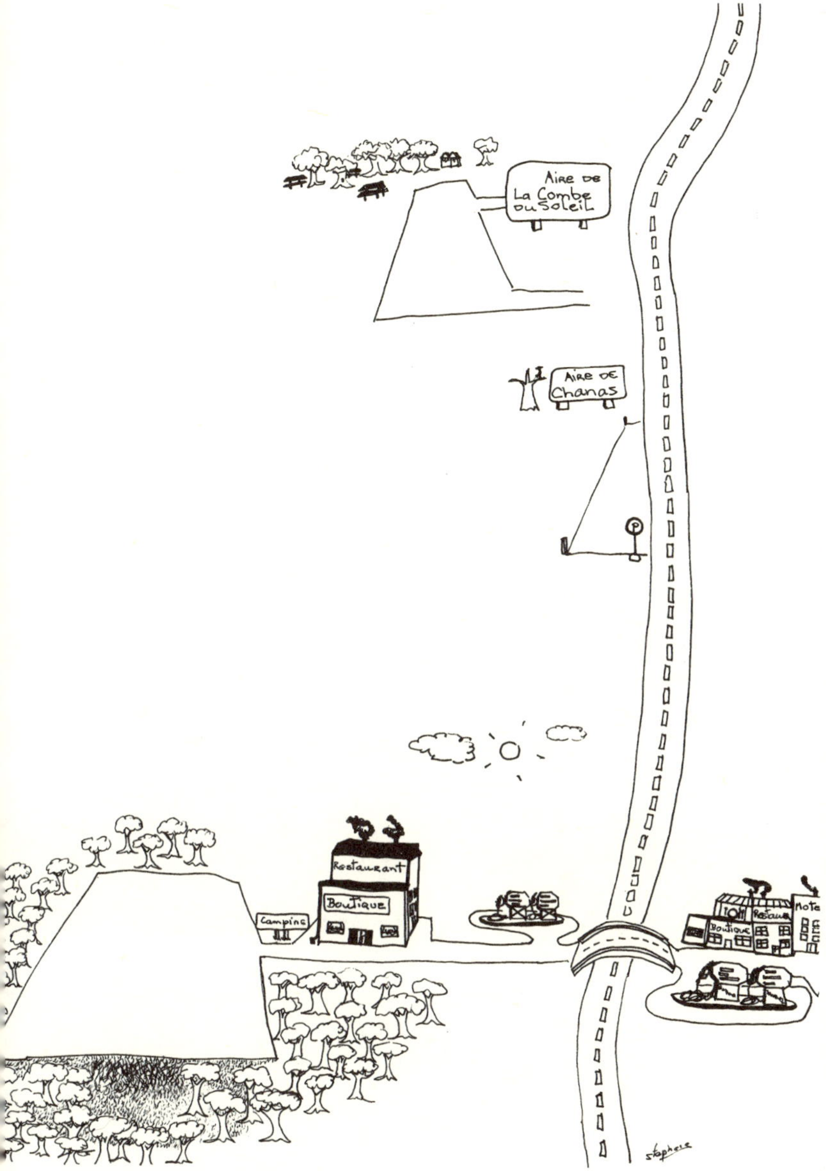
Aire de
La Combe
du Soleil
Aire de
Chanas
Restaurant
Boutique
Camping

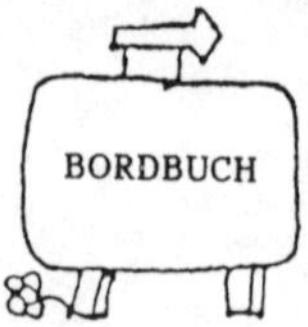

Samstag, 12. Juni

Frühstück: Orangensaft, Croissants, Madeleines, Kaffee.
8 h. 18 °C. Kühles, regnerisches Wetter.
13.15 h. Abfahrt.
13.19 h. Zur Rechten das Zentralmassiv. Der Mont Pilat.

13.20 h. Rastplatz: AIRE DE LA COMBE DU SOLEIL.
Ausrichtung Fafnirs: SW.
Ein paar Tische, wenig Schatten für uns und keiner für Fafnir. Wir beschließen, unser Glück auf dem nächsten Rastplatz zu versuchen.
13.26 h. Abfahrt.

13.34 h. Rastplatz: AIRE DE CHANAS.
Mittagessen: Spaghetti, Äpfel, Kaffee.
Pech: kein Schatten, kein gemütliches Eckchen, nicht einmal WC und Trinkwasser: alles nur Asphalt und Mülltonnen.
16.35 h. Wir beschließen, dem Rastplatz von Chanas aufgrund höherer Gewalt zu entfliehen: Gendarmerie, kein Wasser, keine sanitären Einrichtungen, usw.
16.38 h. Wir fahren in das Departement Drôme ein.

16.40 h. Rastplatz: AIRE DE SAINT-RAMBERT D'ALBON.
Abendessen: Crudités, Ravioles de Romans.

Verhalten auf den Rastplätzen

Für »Dash« und Raymond Chandler aus naheliegenden Gründen.
Für Claude-Edmonde Magny, die ihre Bücher als »Verhaltensromane« definiert hat.
Und für Osvaldo Soriano, der Freundschaft wegen.

»Nimm die Hand da weg«, sagte ich zu Sonia. »Oder willst du, daß wir kurz vor der Einfahrt zum Motel einen Crash bauen.«

»Wer hat mir denn vor zwei Kilometern den Slip ausgezogen«, fragte Sonia, gehorchte jedoch.

Die Beleuchtung des Parkplatzes hob einen kleinen Einschnitt im Wald hervor; wir fuhren von der Autobahn ab, und ich verringerte kaum die Geschwindigkeit, bis wir den Tankstellenbereich erreichten; ich ließ ihn hinter mir, und das Auto kreischte wie immer, wenn ich vor dem Motel bremste. Der Innenhof stand voller Autos, und ich hatte Mühe, eine freie Lücke zu finden. Wir luden den Koffer und die Taschen mit den Getränken aus. Ich betrachtete das Motel und zählte die Autos.

»Du bist sehr müde«, sagte ich zu Sonia. »Du fällst fast um vor Müdigkeit.«

»Ich? Ich habe mich noch nie weniger müde gefühlt als heute abend.«

»Trotzdem kannst du nicht mehr vor Müdigkeit. Und deshalb wirst du dich auf meine Schulter stützen, ich werde dich so festhalten, und wenn wir drinnen sind, wirst du die Augen verdrehen und nach Atem ringen.«

»Aber...«, sagte Sonia, doch sie gehorchte. Sie machte es sehr gut, vor allem in dem Augenblick, als wir der Blondine gegenüberstanden, die gerade einem italienisch aussehenden Typ einen Schlüssel aushändigte. Ich stellte das Gepäck auf dem Boden ab und führte Sonia langsam zu dem verschossenen Sofa in der Lobby; der Italiener machte sich auf den Weg in sein Zimmer, und sonst war niemand mehr da.

Ich setzte Sonia sanft ab, sie legte sich auf die Seite und schloß die Augen, und ich ging zur Rezeption zurück. Die Blondine schaute mich an, wie sie wohl jeden anschaute, einschließlich Fliegen und Kakerlaken.

»Ein Zimmer bitte«, sagte ich überflüssigerweise.

»Es tut mir leid, ich habe dem Herrn gerade das letzte gegeben«, sagte die Blondine, schlug eine Illustrierte auf und hielt sie nur wenige Zentimeter vor ihren Busen. Sie hätte sie ziemlich weit weghalten müssen, um ohne Sichtprobleme lesen zu können.

Mit der Geste eines Bergsteigers, der nach dem einzig Greifbaren greift, das sich in Reichweite befindet, stützte ich mich auf dem Tresen ab.

»Bitte, bringen Sie uns irgendwo unter, meine Frau ist völlig erschöpft. Sie hat sich schon heute morgen nicht wohlgefühlt, und wir haben…«

»Ich kann keine freien Zimmer herbeizaubern«, sagte die Blondine. »Und ich kann Sie auch nicht auf dem Sofa schlafen lassen, die Geschäftsführung erlaubt das nicht.«

»Unser Auto ist sehr klein und vollgepackt. Sie…«

»Sechzig Kilometer weiter gibt es noch ein Motel.«

»Bitte«, wiederholte ich mit einer Stimme, die ich ganz gut hinkriege, wenn ich das unter besonderen Umständen sagen muß. »Mir macht es nichts aus, aber wenn ich etwas für Sonia finden könnte, vielleicht eine Matratze oder ein Sofa, egal wo. Wir werden früh aufbrechen, Sie werden bestimmt keine Probleme bekommen.«

Sonias Arm glitt am Sofa herab, und ihre Finger streiften den Teppich. Die Blondine registrierte es, bevor sie mich wieder anschaute. Diesmal schaute sie mich tatsächlich an, bevor sie redete, und legte die Zeitschrift beiseite.

»Ich kann sie im Erste-Hilfe-Raum unterbringen«,

sagte sie. »Man kann sich da kaum bewegen, weil die Pritsche für das Zimmer zu groß ist, und dabei paßt kaum eine Person drauf.«

Das war keine gute Nachricht, und ich verkniff es mir, Sonia anzuschauen; ich war sicher, daß sie entrüstet aufgewacht wäre und alles verdorben hätte. Genau in diesem Moment verzog sich ein wirklich müde aussehendes Ehepaar wieder, bevor es den Mund aufmachen konnte, weil die Blondine auf das FULL-Schild zeigte, das sie gerade auf den Tresen gestellt hatte.

»Vielen Dank«, sagte ich, »Sie tun uns einen großen Gefallen.«

Die Blondine reichte mir ein leeres Formular und ging zum Sofa, um abzuwarten, bis Sonia aufgestanden war. Sonia folgte ihr wortlos zu einer Tür neben dem Tresen, und bevor sie hineinging, schaute sie mich aus dem Augenwinkel an, und ich konnte gerade noch leicht die Hand heben, um ihr klarzumachen, daß die Dinge nun einmal so waren, wie sie waren, und daß wir in dieser Nacht nicht

Auf dem Rastplatz von Chanas ist das einzig Erwähnenswerte das Gebäude der Gendarmerie.

fortsetzen konnten, was im Auto begonnen hatte, was immer im Auto begann, bevor wir ein Autobahnmotel anfuhren. Die Blondine kam gleich wieder zurück, warf einen Jugoslawen oder Rumänen hinaus, der die Nacht hier verbringen wollte, und setzte sich vor ihre aufgeschlagene Illustrierte. Doch zuvor schaute sie mich noch einmal an.

»Sie können sich da hinlegen«, sie zeigte auf das ausgeblichene, aber ziemlich große Sofa. »Ich muß noch zwanzig Minuten bleiben, aber dann geh ich schlafen und mach die Lichter aus.«

»Danke. Wirklich vielen Dank. Möchten Sie eine Zigarette?«

»Ich rauche nicht.«

Ich nahm eine Sportzeitschrift und setzte mich auf das Sofa. Fußball war um diese Zeit nicht sonderlich interessant, wenn Sonia auf einer Pritsche schlief und ich die ganze Nacht auf einem nicht allzu bequemen Sofa vor mir hatte. Die Blondine las konzentriert ihre Illustrierte, aber irgendwann öffnete sie die Seitentür und verschwand; ich hatte irgendwo hinter der Rezeption eine Männerstimme zu hören geglaubt, und als sie zurückkam, schaute ich sie ohne allzu großes Interesse an, ich schaute sie einfach nur an, und sie tat das gleiche.

»Ich muß dem Koch immer sagen, daß er endlich gehen soll«, erklärte sie mir unnötigerweise. »Man könnte meinen, daß ihm die Kasserollen Spaß machen, es ist fast Mitternacht, und er ist immer noch zugange. Wenn wir hier zumachen, dann machen wir zu.«

Sie hatte einen Schlüssel in der Hand und ging mit dem FULL-Schild zur Eingangstür, um es gut sichtbar aufzuhängen. Die Lichter erloschen mit Ausnahme eines ganz schwachen hinter dem Tresen, so daß ich die Ergebnisse der zweiten Liga nicht mehr erfuhr. Ich legte die Zeitschrift auf den Teppich und wartete darauf, daß die Blondine ging, um mich bequem auszustrecken. Ich habe mich noch nie gern dabei sehen lassen, wie ich auf einem Sofa liege, und die Nacht hatte ja gerade erst begonnen.

Die Blondine kehrte hinter den Tresen zurück, verwahrte die Schlüssel in einer Schublade und die Illustrierte in einer anderen. Jetzt fehlte nur noch ein »Gute Nacht«, das ich mit einem anderen und einem »Nochmals vielen Dank« als wohlverdientem Trinkgeld beantworten würde. Aber man darf nie vorgreifen, denn die Überraschungen sind immer ganz begierig darauf, über einen herzufallen.

»Sie werden es auf diesem Sofa sehr unbequem haben«, sagte die Blondine. »Kommen Sie mit mir.«

Nie werde ich erfahren, wie ich es geschafft habe, fast noch vor ihr an der Seitentür zu sein. Sie ging vor mir her durch einen Flur mit ein paar Türen, hinter deren einer Sonia vermutlich stocksauer auf ihrer Pritsche lag, und nach einer Biegung öffnete sie die erste Tür links. Es war ein Schlafzimmer mit einem riesigen Bett, einer in die Wand eingelassenen Bar, mit Fernseher, Schränken und

Der sonderbare Eindruck von Wachtposten, den die Abfallkübel erwecken.

Sesseln aus hellem Holz. Aber es war kein Motelschlafzimmer, denn auf einem Schminktisch standen Flakons und Tuben, am Fußende des Bettes führte eine Tür ins Bad, und überall waren zum Teil aufgeschlagene Zeitschriften, Aschenbecher und Lampen und noch mehr Illustrierten zu sehen. Die Blondine schloß die Tür ab und schaute mich an.

»Gefällt es dir?«

Man konnte auf unterschiedliche Weise antworten; meine war, sie bei den Schultern zu fassen, sie an mich zu drücken und mitten auf ihren Mund zu küssen, der sich anfühlte, als wollte er gerade noch die Frage zu Ende sprechen. Als tanzten wir ganz eng einen Tango, gelangten wir zum Bett, ich fiel über sie her, aber sie glitt zur Seite, und, uns immer noch küssend, begannen wir, uns auszuziehen. Ich sah, daß es ihr so ging wie mir, daß sie sich im Bett nur wohlfühlte, wenn an die ganze Haut frische Luft kam.

»Nur keine Hast«, sagte sie, als ich sie von oben bis unten mit den Händen abtasten wollte. »Wir haben die ganze Nacht, mein Mann kommt erst um halb acht zurück.«

Ich nahm die Mitteilung zur Kenntnis, aber es war mir völlig egal, die Blondine glühte vor Erregung, im Grunde schien sie es eiliger zu haben als ich und ließ mir fast keine Zeit, sie zu erkunden, sie mit den Fingern und dem Mund zu suchen, bevor ich den Bogen ihrer Beine spürte und in eine rote Glut eindrang, mich in blonden Lianen verfing, die mir in die Augen und in den Mund hingen, Finger wie aus Bronze spürte, die mich schlugen und streichelten, während eine brüchige, keuchende Stimme immer wieder »jetzt, jetzt« sagte, »mehr, mehr« verlangte, »so, so« entschied, bis zu einer ersten Hingabe, die nicht sehr lange dauerte; dann der Whisky aus der Bar, die von mir kommentarlos hingenommene Entdeckung, daß sie rauchen konnte wie ein Schlot, eine Wegstrecke von zwei Stunden mit Schlafintervallen und Zärtlichkeiten und weiteren Drinks, und gegen Morgen erneut die Liebe, aber diesmal gestattete die Blondine, die übrigens Norma hieß, nicht, daß ich meinen Vorlieben frönte oder zum Wiederholungstäter wurde, sondern legte sich mit dem Rücken zu mir auf die Seite, zog mich langsam an sich und sagte einen der wenigen Sätze, die sie in dieser Nacht sagte: »Komm ganz sachte rein und leg dein Bein über meines.« Ich tat es natürlich, obwohl es keine meiner Lieblingsstellungen ist, und Norma empfand fast sofort Wollust, jetzt zitterte sie von Kopf bis Fuß, während sie eine Art ersticktes Röhren von sich gab, ein heiseres Stöhnen, das anhielt und anhielt und wie zum Vorwurf abbrach, als ich nicht mehr konnte und mich dem Orgasmus hingab, ohne diese Lust verlängern zu können, die ich ihr, wie jeder Mann, der etwas auf sich hält, gerne noch weiter gegeben hätte.

Ich träumte von Spielzeugeisenbahnen, von Sonia, die mir etwas von ihrer Mutter erzählte, von einem Pferderennen. Norma weckte mich fast schroff, und ich sah das Morgenlicht durch die Gardinen.

Der Drachen wirkt ziemlich verloren in der Trostlosigkeit des Rastplatzes von Chanas.

»Dusch dich schnell, und dann gehen wir«, sagte sie. »Es ist schon spät, und ich muß aufmachen.«

Ich wollte sie an mich ziehen und küssen, aber sie war bereits angekleidet und hatte eine Illustrierte in der Hand. Ich duschte natürlich. Im Hinblick auf Sonia natürlich. Norma brachte mich zur Lobby, öffnete die Tür und kümmerte sich um die ersten Gäste, die bezahlten und abreisten. Ich setzte mich auf das Sofa, um die Ergebnisse der Liga zu lesen, und war gerade bei einer Gewichtheber-meisterschaft in der Ukraine, als ich Sonia kommen sah. Wir sagten uns gegenseitig, wir hätten sehr gut geschlafen, obwohl natürlich die Pritsche, und natürlich das Sofa. Die Gäste schienen sich darauf geeinigt zu haben, alle gleichzeitig abzufahren, aber jetzt war da mit Norma ein anderer Angestellter in der Lobby, wahrscheinlich ihr Mann. Ihm bezahlte ich die Nacht und erwartete, daß er mich nach der Zimmernummer fragen und den Schlüssel verlangen würde, doch er sagte nichts. Wir verabschiedeten uns, wie man sich in Motels verabschiedet, und die

Auf dem strategisch wichtigen Rastplatz von Saint-Rambert d'Alb fühlen wir uns aus der Luft überwacht.

Autobahn war leer und von der Sonne beschienen. An diesem Tag fuhren wir fast vierhundert Kilometer, ohne viel zu reden, denn wir waren offensichtlich beide müde und konnten nur Witze über Pritschen und Sofas machen. Zum Glück gab es in dem Motel um sechs Uhr abends freie Zimmer, und nachdem wir etwas getrunken und gebadet hatten, schauten wir uns an, und es war wie immer, Sonia riß das Federbett herunter, wir zogen uns aus, suchten uns, verflochten uns.

Wir machten eine Pause für einen weiteren Drink, gingen zu Abend essen, und um halb elf lagen wir wieder im Bett, lasen die Zeitung und tranken ein letztes Glas, das immer das vorletzte war. In diesen Fällen ist da eine Hand, die unter das Laken gleitet, bis sie findet, was sie gesucht hat, eine andere, die eine Zeitschrift oder ein Kissen durch die Luft wirft, eine weitere, die das Licht löscht, wir sind wie ein fröhlicher Krake voller geschäftiger Fangarme. Und wie immer bin ich es, der an der auf dem Rücken liegenden Sonia hinabgleitet, sie ganz mählich küßt, weil wir schon müde sind und zugleich spüren, daß die Lust noch nicht zu Ende ist. Wie immer bin ich es, der das tut, außer diesmal, denn Sonia küßte mich auf den Mund und ließ nicht zu, daß ich mein Gesicht von ihrem wegzog, küßte und küßte mich, streichelte meinen Po und meine Lenden, kämpfte lachend gegen meinen Widerstand und drückte mich an sich, während sie sich nach und nach auf die Seite drehte, jetzt konnte sie mich nicht mehr küssen, aber ihre linke Hand glitt über ihre Hüfte und suchte nach etwas, das sie zur Genüge kannte, sie liebkoste es, bis ich aufschrie, streckte sich ganz auf der Seite aus, bot sich mir von der Seite dar, während sie mich aufforderte, ganz langsam in sie einzudringen, ganz allmählich, und mein Bein auf ihres zu legen, ganz langsam in sie einzudringen, mein Bein auf dem ihren, so wie wir es nie zuvor gemacht hatten, so wie nur ich es mit Norma gemacht hatte.

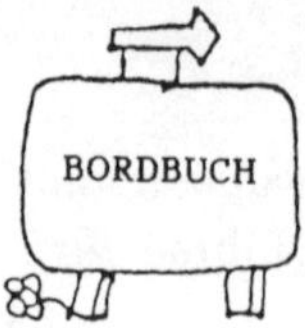

Sonntag, 13. Juni

Frühstück: Orangensaft, Madeleines, Kaffee.
Wetter zwischen kühl und kalt. Bewölkt. Wir richten uns an einem Tisch ein, um auf die zweite Hilfsexpedition zu warten. Der Regen zwingt uns, in Fafnir Zuflucht zu suchen.
13.26 h. Ankunft des Hilfstrupps! Jean Thiercelin und sein Sohn Gilles, und Brynhild Mascret, überschäumend von frischen Nahrungsmitteln, Neuigkeiten und Zuneigung.

Rastplatz von Saint-Rambert d'Albon: Die zweite Hilfsexpedi kommt, mit frischen Lebensmitteln beladen. Jean Thiercelin, Bry Mascret…

Mittagessen: Cucuron-Salami, kalter Braten, »Caillettes«, Käse, Kuchen, Kaffee.
18.45 h. Nach einem ganzen Nachmittag mit den Freunden sehen wir sie davonfahren und brechen unsererseits auf.

18.50 h. Rastplatz: AIRE DE BLACHERONDE.
Ausrichtung Fafnirs: O.
Abendessen: Kalter Braten, Salat (aus dem Garten von Kapitän Thiercelin), Käse, Kaffee.

… und Gilles Thiercelin stellen fest, daß die Forscher den Unbilden der Reise widerstanden haben. Brynhild und Carol beim Feiern der glücklichen Begegnung.

Wie die zweite logistische Unterstützung mit unübertrefflicher Perfektion ausgeführt wurde, was eindeutig ein Vorzeichen für den triumphalen Erfolg unserer wackeren Expedition war.

Die Sache fing eher schlecht an, denn ein der Urwälder Sumatras würdiger Regen vermasselte uns total unser offizielles Empfangsprogramm auf dem vorab festgelegten Rastplatz von Saint-Rambert d'Albon, das folgende Bestandteile hatte: 1) für das Mittagessen unter Bäumen vorbereiteter Tisch, wobei vereinbart war, daß dieses Mittagessen von der Hilfsexpedition Jean Thiercelins beigesteuert würde; 2) Sonne, Vögel und Wärme; 3) Dokumentar- und Gedenkphotos von der technischen und affektiven Fühlungnahme.

Unter dem besagten Regenguß rannten wir zusammen mit verschiedenen Touristen, darunter eine lärmende Gruppe junger französischer Judokas, die auf einen Schlag ihr ganzes martialisches Gehabe verloren, zu unse-

Staunend und glücklich träumt Gilles vielleicht von dem Tag, an d… er sich auf eigene Faust in die Erforschung der Welt stürzen wird. (L… ein beredtes Symbol…

ren jeweiligen Fahrzeugen zurück, und dort, in einem feuchten, mißmutig dreinschauenden Fafnir, verbrachten wir die Zeit des Wartens damit, trübsinnige Salamischeiben zu verzehren und das eine oder andere Gläschen Rotwein dazu zu trinken. Es begann gerade aufzuklaren, als wir Jeans VW-Bus kommen sahen, aus dem dann er mit seinem Sohn Gilles und Brynhild Mascret auftauchten, die Hände und Arme voller Flaschen, Pakete, Bündel, Salatköpfe, Brathähnchen, Tomaten, Erbsen, Orangen, Paprikaschoten, Eiswürfel, Kondensmilchdosen und anderer Lebensmittel, die dazu bestimmt waren, jegliche Skorbutgefahr von uns abzuwenden, ganz zu schweigen von vier Flaschen Scotch, einem Getränk, das meines Erachtens Mikroben besser abtötet als jedes Antibiotikum.

Von diesem Augenblick an lief alles gut, wir holten den Tisch heraus und bedeckten ihn mit Herrlichkeiten, wir erzählten uns alle möglichen aufregenden Dinge, wir sahen Flugzeuge, die Kunststücke vorführten, als wollte

… des Festes.) Der tapfere Kapitän Thiercelin wird von den Forschern bewirtet, wie es sich gehört.

sich die Gemeindeverwaltung von Chanas unseren Festlichkeiten anschließen, dies alles, während das Bärchen und ich die Begegnung mit diesem Gefühl genossen, das jeden Forschungsreisenden überkommt, wenn er aus einem tiefen Loch der Einsamkeit kommt, bevor er in das nächste fällt, und die Wonne des Wiedersehens genießt und nebenbei auch den *rôti de porc*, der ein wahrer Luxus war.

Zusätzliche Informationen, die den bleichen Leser sicherlich interessieren werden.

Begünstigen Expeditionen das Wettfieber? Man könnte meinen, daß ja, seit jener berühmten Wette, die Phileas Fogg zu seiner dramatischen Weltumrundung veranlaßte. Was uns betrifft, so teilte uns Jean Thiercelin mit, sein/unser Freund Vladimir habe kaltschnäuzig erklärt, wir würden nie nach Marseille kommen, und habe, um diese

Ein Parallelpicknick seitens belgischer Touristen.

Behauptung zu untermauern, die folgenden Gründe angeführt: unerträgliche Langeweile nach zwanzig Rastplätzen / sich aus derselben ergebende Ehekräche, welche die Ehepartner in entgegengesetzte, in jedem Fall aber Paris anpeilende Richtungen katapultieren würden / mechanische, ernährungstechnische und gastrische Probleme / Hunger und Durst aufgrund der schlechten Verwaltung des Proviants eingedenk des beträchtlichen Grades an Amateurismus, der bei den Forschungsreisenden zu beobachten sei / unbändige Lust, ins Kino zu gehen / dto. auf ein anständiges Bett / Sehnsucht nach der Metro / dto. nach der heißen Dusche / dto. nach Pommes frites, denn offensichtlich wären die Expeditionsteilnehmer nicht in der Lage, sich welche zuzubereiten / usw.

Als Folge dieser Überzeugung wettete Vladimir mit Jean um ein Abendessen (natürlich mit uns zusammen, denn er mag uns sehr, auch wenn er nicht an unsere Fähigkeiten glaubt). Wütend und trotzig nahm Jean die Wette auf der Stelle an, und dies, obwohl ihn, wenn er

In Saint-Rambert d'Albon waschen sich und trinken die Kinder im Freien.

verlieren sollte, ein Abendessen für fünf Personen teuer zu stehen kommen wird.

»Aber ich weiß, daß ich nicht verlieren werde«, sagte er und füllte uns die Weingläser. »Man braucht euch nach zwanzig Tagen des Kampfes und des kühnen Vordringens nur anzuschauen und merkt gleich, daß ihr eine Bombenmoral habt.«

»Die haben wir«, sagten Bärchen und ich im Chor.

Unsere liebe Brynhild, die es versteht, eine so wunderbare Freundin zu sein und dabei dennoch Ärztin zu bleiben und uns ganz unauffällig klinisch zu beobachten, stimmte wortlos zu und gab uns so neue Energien. Als wir uns bei Einbruch der Nacht verabschiedeten, schickten wir Vladimir eine Botschaft: er wird die Wette verlieren, aber wir werden einen herrlichen Abend mit ihm verbringen, wobei wir natürlich voraussetzen, daß er uns in ein anständiges Restaurant ausführen wird. Nach zweiunddreißig Tagen Martyrium kommen für uns Thunfisch in Dosen und hartgekochte Eier nicht in Frage.

Wir unsererseits verwandeln nach dem Bad Fafnir in einen Wäsc ständer, was der Drachen gutmütig erträgt.

Wo der bleiche Leser die »ultima ratio« dieser leidenschaftlichen Expedition erfahren wird, nebst anderen, gleichermaßen bedeutenden und unterhaltsamen Einzelheiten.

Wie Vasco da Gama zweifellos an einer Stelle sagt, muß jede Expedition, die sich ernst nimmt, ihr Ziel eindeutig darlegen, denn nur so wird sie einen unbestreitbaren wissenschaftlichen Rang erwerben, wie es bei dieser hier der Fall ist (Satzende durch uns hinzugefügt).

Nun wird aber dieser Rang auf ein Niveau steigen, das man in aller Bescheidenheit als erhaben bezeichnen darf, wenn die Expedition nicht nur ein Ziel hat, sondern zwei, und in diesem Falle ist nur die überschäumendste Bewunderung angebracht, wie es unter den hier waltenden Umständen zweifellos eintreten wird.

Die Autoren glauben sich verpflichtet zu erläutern, daß sie es im Verlauf der vorbereitenden Arbeiten für klug erachteten, nur das erste Ziel zu erwähnen, nämlich die genaue Kenntnis der Autobahn, die nacheinander A 6, A 7 und Autoroute du Soleil heißt, weil sie der Meinung waren, dies sei ausreichend, um in den Kreisen sowohl ihrer wissenschaftlichen als auch privaten Beziehungen für beträchtliche Aufregung zu sorgen, wobei diese Kreise von Anfang an in zwei gegensätzliche Lager gespalten waren, nämlich diejenigen, die sie schlicht und einfach für verrückt hielten, und diejenigen, die es vorzogen, sie in die Kategorie der Dummköpfe einzuordnen.

Man kann sich leicht vorstellen, welche Reaktionen die vorzeitige Kenntnis des zweiten Ziels der Expedition hervorgerufen hätte, das wir heute, fast am Ende unserer unverdrossenen Safari, ohne Pathos, doch mit berechtigtem Stolz bekanntmachen können: Es ging darum, am Ende der Expedition die Existenz der Stadt Marseille nachzuweisen.

Den ersten Ansporn zu diesem schwierigen Unterfangen gab uns vielleicht die Tatsache, daß alle Reisenden, die Paris auf der im Volksmund »des Südens« genannten Autobahn hinter sich lassen, dies in der Annahme tun, sie würden am Ende ihrer Reise von der besagten Autobahn am Stadteingang von Marseille abgesetzt. Diese Annahme, die sich auf Karten und andere Erkenntnismittel stützt, hält nicht der geringsten ernsthaften Analyse stand, denn zwar ist Paris ein bekanntes und nachweisbares Element, da dort ja die Reisenden ihre Autos in Marsch setzen und eine der Autobahnauffahrten ansteuern, doch deren anderes Ende ist mehr als achthundert Kilometer entfernt, was jede empirische Erfassung der Existenz von Marseille ausschließt, so daß die Stadt nur als theoretische Vorgabe festgehalten werden kann, vermittelt durch die Grundschule, Fernandel, die Ansichtskarten irgendeiner Tante auf Urlaub, die Persönlichkeit Gaston Deferres und andere Elemente, welche von der Wissenschaft nur als Arbeitshypothese akzeptiert werden können, und auch dies immer – seien wir so ehrlich, es zu sagen – »cum grano salis«.

Existiert Marseille?

Diese Frage sollte die Schlußetappe der Expedition beantworten, die dann, nachdem sie die vielfältigen Erkenntnisse über die Autobahn angehäuft hat, welche der bleiche Leser in diesem Bericht finden wird, in der Lage sein würde, sich ihrem zweiten Ziel zu stellen und nachzuprüfen, ob man nach dem letzten Rastplatz in diese von den Reisenden so leichtfertig angenommene Stadt kommt oder in eine ungewisse Region der Einöden und Sümpfe, um nicht von der Möglichkeit eines grauenerregenden Abgrundes oder undurchdringlicher Wälder zu sprechen.

Was soll man denken?

Wir wollen den Zweifel im Herzen des bleichen Lesers nicht länger aufrechterhalten: Marseille existiert, und es ist so, wie es Marcel Pagnol darstellt. *Aber es existiert nur, weil die Expedition seine Existenz nachgewiesen hat*, und nicht aus den Gründen, die das gemeine Volk ohne vorherige Analyse einfach akzeptiert.

Wir glauben in aller Bescheidenheit, daß dieser Nachweis den Ergebnissen unserer Reise ein beträchtliches zusätzliches Gewicht verleiht; die Autobahn nach Süden ist somit für immer gerechtfertigt und birgt nicht mehr die Möglichkeit eines ungeheuren Betrugs, wie wir ihn bei unseren Pariser Meditationen oft vermutet hatten, vor allem als wir um die Erlaubnis zu ihrer Erforschung nachfragten und man uns nicht antwortete, was uns fast als Beweis für die Inexistenz von Marseille erschien und uns in unserer Entschlossenheit bestärkte, zur Wahrheit vorzustoßen, koste es, was es wolle, und, das sei nur am Rande erwähnt, die Mautgebühren kosten einiges.

Der Wolf jagt dem Bärchen, das in seine wissenschaftlichen Spekulationen vertieft ist, einen gehörigen Schrecken ein.

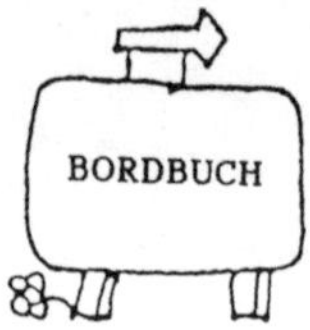

Montag, 14. Juni

Frühstück: Orangen, Butterbrot, Kaffee.
9.14 h. Abfahrt.
9.15 h. Anstieg zum Grand Bœuf: 323 Meter.

9.20 h. Rastplatz: AIRE DU BORNARON.
Ausrichtung Fafnirs: S. Wir richten uns auf der Kuppe eines Hügels ein.
11.30 h. Besuch der Gendarmen (sympathisch, als sie uns auf der Schreibmaschine schreiben sehen, überkommt sie großer Respekt, sie wünschen uns viel Glück und geben uns die Hand).
Mittagessen: Escalopes de veau au citron, Salat (Kopfsalat, Paprika, Zwiebeln), Käse, Pfirsiche, Kaffee.
17.20 h. Abfahrt von diesem wunderschönen Rastplatz.
17.29 h. Das Rhônetal zu unserer Rechten.

17.34 h. Rastplatz: AIRE DU PONT DE L'ISERE.
Er ist nichts Besonderes, könnte aber schlimmer sein.
Ausrichtung Fafnirs: O.
Abendessen: Eier mit Schinken, Käseplatte, Kaffee.

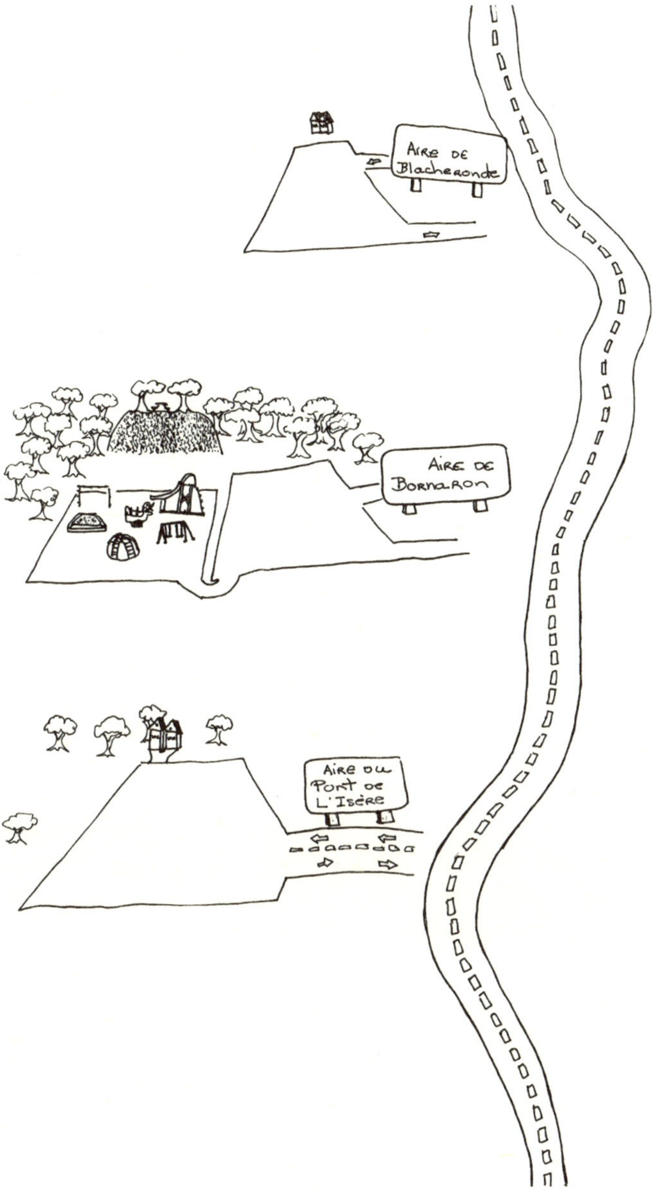
Aire de
Blacheronde
Aire de
Bornaron
Aire du
Pont de
L'Isère

Schon wieder die Tataren, als wäre es noch nicht genug.

»Sie sind schon mit dem Mittagessen fertig, Che«, sagt eine Stimme hinter den Büschen.

»Immer dasselbe«, sagt eine andere Stimme, »die müssen ein Radar haben, mit dem sie uns aufspüren, und obwohl es noch eine ganze Stunde hin ist, bis anständige Menschen zu Mittag essen, stürzen die sich auf die Mortadella und ihren miesen Wein, nur damit sie uns nichts abgeben müssen. Dabei opfern wir uns für sie auf.«

»Mutter Gottes, seit Jahren tun wir doch nichts anderes, und da siehst du, wie sie es uns vergelten.«

Nachdem sie sich vom ersten Schrecken erholt hat, fordert Bärchen sie auf herzukommen, was sie ohnehin schon getan haben, und bietet ihnen ein Glas Wein und den noch beträchtlichen Rest der Salami an, der jedoch im Handumdrehen verschwindet. Bisher wollte ich ihnen lieber keine Fragen stellen, denn das hätte ihnen Anlaß geboten, mich jeder Art von Undankbarkeiten und Geringschätzungen zu bezichtigen, aber da sie schon seit Tagen nicht mehr aufgetaucht sind, fühle ich mich verpflichtet, sie zu fragen, wo sie das Auto gelassen haben.

»Auto«, sagt Calac und schaut dabei Polanco an, als müßte er sich visuell auf ihn stützen, um nicht glatt umzufallen. »Hast du gehört, was der mich fragt.«

»Im allgemeinen ist die Autobahn den Autos vorbehalten«, bemerke ich zu meiner Rechtfertigung.

»Den Autos der Reichen«, sagt Polanco mit einer Stimme, wie ich sie mir bei Karl Marx vorstelle, wenn er dasselbe sagt. »Wir Poeten leben vom Mondschein und von Wasser, das ja zum Glück an diesen Orten gratis ist.«

»Salami ist auch ein Nahrungsmittel«, sagt Carol, die die beiden sehr viel schwerer ertragen kann als ich, was ich bestens verstehe und was sie ihr mit stummen, feindseligen Blicken heimzahlen.

»Wir«, teilt mir Calac mit, »fühlen uns moralisch verpflichtet, euch zu folgen, obwohl dies für uns ein Martyrium ist, um uns darüber Klarheit zu verschaffen, daß ihr noch nicht verrückt genug seid, unterwegs Hungers zu sterben.«

»Das hast du sehr schön gesagt«, pflichtet Polanco bei. »Du hast ein Vokabular gebraucht, das mich bei dir erstaunt, das sich aber bemerkenswert gut in den Kontext einfügt.«

»Es freut mich, daß ihr den guten Verlauf der Expedition überprüft«, sage ich, um sie von wechselseitigen Lobhudeleien abzuhalten, die eine ganze Weile dauern können, »aber ihr habt nicht auf meine Frage geantwortet. Wie zum Teufel macht ihr das? Ich vermute, daß ihr die Autos der anderen benutzt oder so etwas.«

»Wir haben dir ja schon gesagt, daß es eine Schinderei ist«, seufzt Polanco. »Dieses Trampen scheint ja bei unse-

Auf dem Rastplatz von Bornaron zeigt eine ausgeprägte Unordnung den sichtlichen Energieverlust der Expeditionsteilnehmer.

rer sympathischen Ausstrahlung ein Kinderspiel zu sein, die Autos halten an, kaum daß sie uns gesehen haben, aber das Problem ist, daß wir jedesmal, wenn wir euch – fast immer heimlich – inspiziert haben, die Autobahn verlassen und am nächsten Tag auf sie zurückmüssen, um ja keinen einzigen Rastplatz zu verpassen.«

»Das ist einfach schrecklich«, ergänzt Calac. »Ihr kommt zwei Rastplätze pro Tag voran, aber die Autobahnabfahrten sind an den seltsamsten Stellen, so daß wir zurücktrampen, in angemessener Entfernung aussteigen, auf die andere Seite wechseln und auf das nächste Auto warten müssen.«

»Das versteh ich nicht ganz«, sage ich.

»Ganz zu schweigen davon, daß wir, kaum hat uns jemand mitgenommen, am nächstbesten Rastplatz wieder aussteigen müssen, wo ihr natürlich todsicher nicht mehr seid, aber man darf sich ja auf nichts verlassen, und dann müssen wir auf das nächste Auto warten und dann wieder ein Rastplatz, mein Gott, mein Gott.«

Eine weite, strahlende Einsamkeit lädt auf dem Rastplatz von Pon l'Isère zum Ausruhen ein.

»Laß dich nicht von deine Gefühlen hinreißen«, rät Calac. »Am Ende glauben die noch, wir würden sie wirklich ernst nehmen.«

»Du hast recht, Bruder«, sagt Polanco. »Nur wegen des Eiweißmangels und der schlaflosen Nächte lasse ich mich so gehen, ich konnte noch nie im Gras schlafen, ohne daß mich die Nesselsucht überkam.«

Carol, die ziemlich gerührt zu sein scheint, geht zwei Äpfel holen und bietet einen heißen Kaffee an. Ich nutze ihre kurze Abwesenheit, um freundlich anzudeuten, daß soviel Selbstlosigkeit nicht unverzichtbar ist, zumal wir nicht darum gebeten haben, und daß sie besser daran täten, nach Paris zurückzukehren und ein paar Wochen im Bett zu schlafen. Natürlich schauen sie mich mit diesem Blick an, den ich schon so lange an ihnen kenne. Sie lieben mich eben, was sollen sie machen, es ist ja nicht ihre Schuld, daß sie so sentimental sind.

»Siehst du«, sagt Polanco. »Die wollen uns loswerden. Wenn diese Schinderei ...«

In den Tiefen des Rastplatzes von Pont de l'Isère kann niemand wissen, wo wir sind.

»Ich hab's dir ja gleich gesagt«, fällt ihm Calac ins Wort. »Die spielen mit unserer Würde, und deshalb werden wir uns zurückziehen, sobald wir den Kaffee getrunken haben.«

»Es ist noch ein bißchen Grappa da«, sage ich ziemlich schuldbewußt.

»Das ändert nichts an der Situation«, sagt Polanco, »wenngleich mich das Eiweißproblem dazu veranlaßt, einen anzunehmen, einen doppelten, wenn möglich.«

»Und danach machen wir uns auf den Weg, da ja in deinem Auto keine zwei Plätze mehr frei sind.«

»Und wenn es nur zwei Eckchen wären«, sagt Polanco.

»Es tut uns sehr leid«, sage ich in der Gewißheit, daß in diesem Augenblick unser Schicksal auf dem Spiel steht und daß wir, wenn ich mich vom Mitleid hinreißen lasse, kopfüber zur Hölle fahren, wie das fast immer der Fall ist.

»Siehst du«, sagt Calac und schüttet sich allen erdenklichen Zucker in den Kaffee.

»Na ja, das ist eben unser Schicksal«, sagt Polanco, der bereits die Grappaflasche in der Hand hat. »Scheint keine sehr gute Qualität zu sein, schau mal, was da für Bodensatz drin ist.«

»Die kaufen doch jeden Dreck«, sagt Calac. »Ich glaube nicht, daß die lebend nach Marseille kommen.«

»Wir tun alles Menschenmögliche, um euch zu beschützen, aber wir können nichts versprechen. Vielleicht noch ein Gläschen, danke.«

»Paß auf, da kommt schon die Schlempe«, warnt ihn Calac. »Ich werde unter Gefahr für mein Leben den Rest trinken, aber das ist das einzige, was ich tun kann, um dich zu retten.«

»Wie ne Mutter ohne Brust«, sagt Polanco.

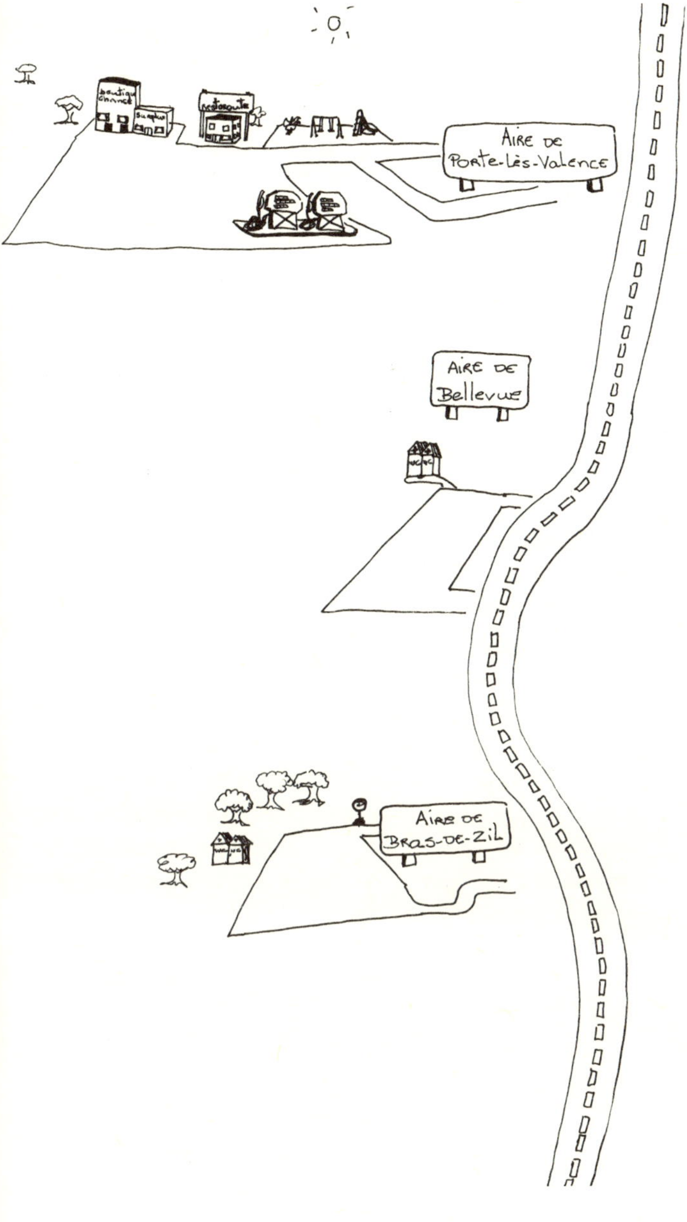
Aire de
Porte-lès-Valence
Aire de
Bellevue
Aire de
Bras-de-Zil

Dienstag, 15. Juni

Frühstück: Orangen, Brot mit Butter, Kaffee.
9 h. 18 °C.
9 h. Abfahrt unter dräuend grauem Himmel.
9.05 h. Schloß Crussol zur Rechten.

9.12 h. Rastplatz AIRE DE PORTES-LES-VALENCE.
Benzin, Restaurant, Laden, Kinderspielplatz.
Ausrichtung Fafnirs: S.
9.24 h. Abfahrt.

9.30 h. Rastplatz: AIRE DE BELLEVUE.
Igitt! Und dennoch fühlen wir uns wohl.
Ausrichtung Fafnirs: S.
Mittagessen: Hartgekochte Eier, Schinken, Salat (Kopfsalat, Tomaten, Paprikaschoten), Käse, Pfirsiche, Kaffee.
Abendessen: Hühnersuppe, Steak mit massenhaft Zwiebeln, Erbsen und Karotten, Sahnedessert, Kaffee (im Restaurant).
Um drei Uhr morgens mußten wir zum zweitenmal auf unserer Reise die »Boules Quiès« benutzen. Und nicht wegen des Lärms der Autobahn, die immerhin direkt neben uns ist, sondern wegen des höllischen, unablässigen Dröhnens eines Kühllasters, der sich zum Übernachten genau hinter uns gestellt hat.

Wo das Bärchen mit dem Wolf spricht und alles für immer gesagt ist

Die Autobahn bin ich, du, wir, und wenn deine Zunge die meine sucht und sich aufrollt, Schnecke in der Schnecke, deine Zunge, die ins Unendliche gleitet, sich in die Tiefe deines Mundes verlängert, Bruchstück der zerbrochenen Zeit, langes, heißes Asphaltband und auch ich Schnecke; deine Zunge streckt sich, und ich bin ein Abgrund, schlucke sie, und in diesem nicht endenden Fieber tritt dein Gesicht in mich ein, dein Haar, deine Augen, die vor Überraschung blinzeln, sich draußen glauben, die kitzeln, wenn sie sich auf der Höhe einer inneren Wärme öffnen, du gleitest bis zu den Ellbogen, ich schlucke deinen Po, ohne daß der Kuß aufhört, der erste. Dir Raum gebend, öffnet sich die feuchte Dunkelheit, und auch du auf der Höhe des Bauches tausend Schnecken, die gravitätisch in einer Spirale tanzen, und ich das andere Schneckenhaus.

Wir umarmen uns immer, bis uns der Atem ausgeht, suchen den Lebenshauch jenseits, du eingetaucht, ohne zu verschwinden, wo du bist, deine Augen in mir und vor mir, wo der Blick zum Widerschein von zwei, von tausend Blicken geworden ist, und du atmest mich ein. Ich tauche unter wie eine Perlenfischerin, Zunge, nur diese Zunge, die sich einfangen, sich dehnen läßt und diesen Durst hinter sich herzieht, den wir nie werden stillen können, der ganze Körper wird dünner, um in die tiefste Tiefe zu gleiten, in das Undurchdringlichste, und sich in deiner heftigen Sanftheit aufzulösen. Wir suchen wieder und wieder; wie sollten wir nicht jenseits seiner, deiner, meiner Zunge hinabstürzen, jenseits des Strudels der Wege, die dorthin führen, die immer gleichen, und doch gibt es langsame Pfade, pfeilschnelle Wege.

Ein Licht, das vorbeihuscht, ein Lastwagen, ein Hupen; wir verleiben auch sie dem stockenden Atem ein, miteinander versiegelte Münder, Einbruch des Draußen in die andere Seite. Wir erfinden die Luft, wo es nur Feuchtigkeit, Hitze und eine von Blitzen durchfurchte Nacht gibt, und ich schlucke immer noch deinen Ellbogen, deine andere Pobacke, dein Geschlecht, das warm und lebendig in mich gleitet und das mich auch durch mich selbst nehmen wird, du wirst dich penetrieren, denn bevor du die Rückkehr an die Oberfläche von dir weist, gerade noch rechtzeitig oder vielleicht nicht mehr rechtzeitig, hat das Ersticken zweifellos bereits begonnen, die Bewegungslosigkeit der Reise hat uns bereits in diesen Duftströmen von Honig, von Zimt ertränkt, in Fafnir wühlt der Wind Nächte und Siestas auf, tausend Gesten, um uns zu erreichen; wieder sind wir Schnecken im Schutze einer Schnecke, die auf dem Rücken eines flügellosen Vogels reist, wird die Ankunft eines Tages möglich sein? Wenn unsere Körper durch die Zunge bereits ineinander übergegangen sind, wenn du bereits ein flatternder Vogel in meiner Brust bist, eine Schlange, die auf der unsichtbaren Seite der Haut meine Hüften umschlingt, nicht eine ein-

Die wiedergewonnene Kindheit: auf einem riesigen Satz Bauklötzen arbeiten…

zige Zelle entkommt, von innen her umschlossen in dem Augenblick, in dem sich die Schwärze mit grünen Sternen riffelt, wir müssen, wir müssen zurück, atmen dem Ersticken nahe, doch wir sind bereits erstickt, nie kann man den ganzen Körper zurückgewinnen, bevor sich die Münder unter der Gewalt der Strangulation voneinander losreißen. Atmen, doch so kurz nur; du tauchst erneut ein, wie könnte man sich mit diesen nach außen gekehrten Körpern begnügen, umgestülpt wie Handschuhe, die von der stützenden Hand gleiten, und du tauchst ein, und wie Delphine in einem Meer, dessen Tiefen und Strömungen wir nicht kennen, gleiten wir gegeneinander, ineinander, umeinander, und wie Haie zerschneiden wir Welle um Welle, um die Überreste einer Wirklichkeit zu zerreißen, die etwas anderes sucht als diesen Rhythmus.

Seit dem Beginn der Reise, aller Reisen, messen wir die maßlose Zeit von einem Kamm zum anderen.

Und in der feuchten Schwere der Erschöpfung dann die Ruhe, die Schnecke mit dem flaumigen Gehäuse, dein Jungengesicht, das in seiner letzten Ermattung leuchtet, und mit einer müden Hand, doch schon geführt vom Rückfluß einer noch nicht wahrnehmbaren nächsten Welle, zeichnest du mich erneut, die Hüften, die Brüste, den Po, und mit dieser Zeichnung als Geschenk von dir an mich schenkst du mir noch einmal das einzige Geschenk, das ich dir gänzlich überlassen kann, bis zum See des Schlafes, der uns wiegen wird.

Mehr als einmal hast du zu mir gesagt: »Du bist so jung.« Du hattest recht, aber welcher Schleier hat dich daran gehindert, all die Jahre zu sehen, die auch ich mit mir herumtrage, Jahre eines sehr viel höheren Alters als

»Red nicht über die Zeit!«

Doch, wir wollen darüber reden, wir sind doch keine Kinder; wir sind, wir sind in der Zeit wie in dieser Reise: drinnen. Siehst du denn nicht, daß es keine vier oder drei oder zwei Zeiten mehr gibt?

So oft habe ich mich in den schwarzen Abgrund gestürzt, den ich im Dunkel zu begehen weiß. Und tausendmal, zehntausendmal hintereinander den Kopf der Hydra abgehauen, ohne mir dabei die Illusion zu machen, ich könnte sie daran hindern, in ihrem unheilvollen Wachstum ewig fortzufahren. Jahre geglaubt oder nicht, die Geburt sei nur dazu da, dem Tod ein Sonnenbad zu ermöglichen, andere damit zugebracht, ihn in grellen Farben auszumalen: wir erkennen uns.

Im Augenblick, großer Seelöwe, treiben wir auf einem ruhigen, klaren Wasser, getrübt nur durch den Anblick an den Ufern, wo Greuel, Folter und Kriege wüten und uns belauern. Aber unsere Wellen zeitigen nur ein weites Wogen, das im Rhythmus unserer Verrücktheit atmet. Licht, und die dunkle Leidenschaft, die uns bis zum Ende treiben wird, immer bis zum Ende und noch weiter. Dorthin, wo ich dich an mich drücke, als sollte sich unsere Haut in der Berührung mit der des anderen auflösen, als sollten wir zu einem einzigen unsichtbaren Wesen werden.

Deine Stimme ist klar, aber wenn dieser Schleier der Traurigkeit kommt, wenn du, kaum daß die Reise begonnen hat, schon wieder an ihrem Ausgang zweifelst, wie sollte ich da schweigen, und wie sprechen? Zu ihrer Zeit diese Traurigkeit, Geliebter, zu ihrer noch fernen, parallelen Zeit. So groß die Dunkelheit auch sein mag, es gibt keine Finsternis, die mich zur Umkehr zwingen könnte.

Du, und immer wieder du.

Durch das Schwimmen in den weiten schwarzen Wassern lernt man in der Dunkelheit treiben. Boje der schlimmsten Finsternis. Ausgeschlossen endlich die erniedrigenden Alterserscheinungen, die Alpträume von Krankheiten; und der Rest ist nicht für jetzt, und es ist keine Einsamkeit mehr möglich. Hast du nicht begriffen, welch ein Geschenk des Lebens es war, daß du vor einem Jahr nicht gestorben bist? Schnitt. Aufbruch. Und das

Unbekannte, das sich noch für viele Jahre vor dir ausbreitet, wenn du es mit deinen Kinderaugen ergründen willst.

Süße Verwirrung, wenn der Boden in der Sonne zittert und du rundum gegen meinen Körper bebst.

Wir werden die Autobahn nicht verlassen, Geliebter, weder in Marseille noch sonstwo. Es gibt keinen anderen Rückweg als die Spirale.

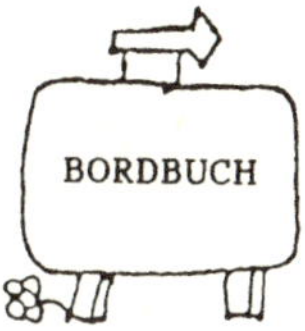

Mittwoch, 16. Juni

Frühstück: Orangen, Mandelkekse und Kaffee.
8 h. Der Tag verspricht sehr schön zu werden.
8.10 h. Abfahrt.
8.15 h. Zu unserer Rechten die Berge der Ardèche.

8.? h. Rastplatz: AIRE DE BRAS-DE-ZIL.
Ausrichtung Fafnirs: OSO.
Mittagessen: Hähnchen (köstlich!), Tomaten, Paprikaschoten, Zwiebeln, Birnen in Sirup, Kaffee.
13.55 h. 36 °C.
14 h. Abfahrt. Carol fährt zum erstenmal, und Julio betätigt sich als »Navigator«.
Gegend von Montélimar.

14.10 h. Rastplatz: AIRE DE LA COUCOURDE.
Unendlich viel Platz und Einsamkeit, aber die Bäume sind klein und stehen vereinzelt.
Der Parkplatz ist voller Lerchen.
Abendessen: Hähnchen mit Bambussprossen, Käse, Kaffee.

Der Rastplatz der Lerchen

Zwei Lerchen nur noch steigen
nachträumend in den Duft.

Joseph von Eichendorff, *Im Abendrot*

Monotonie der Rastplätze? Uns erscheinen sie von Mal zu Mal vielfältiger, wir empfinden und erleben sie als Mikrokosmen, auf denen unsere rote Raumkapsel jeden Tag wie auf unbekannten Planetoiden landet. Zum Beispiel ist der Rastplatz von La Coucourde auf der Höhe von Montélimar ein kleines Land für sich, und außerdem ist er das Land der Lerchen, das erste, auf das wir seit Paris stoßen.

Wenn man einmal annimmt, daß es tatsächlich Lerchen sind, denn in Sachen Vögel sind wir nicht sehr beschlagen. Bärchen hält mit ihrer Meinung hinterm Berg, aber ich bin davon überzeugt, vornehmlich aus Herzensgründen. Auch die Poesie ist mit im Spiel und vor allem die Musik,

In La Coucourde, der wunderbare Rastplatz der Lerchen.

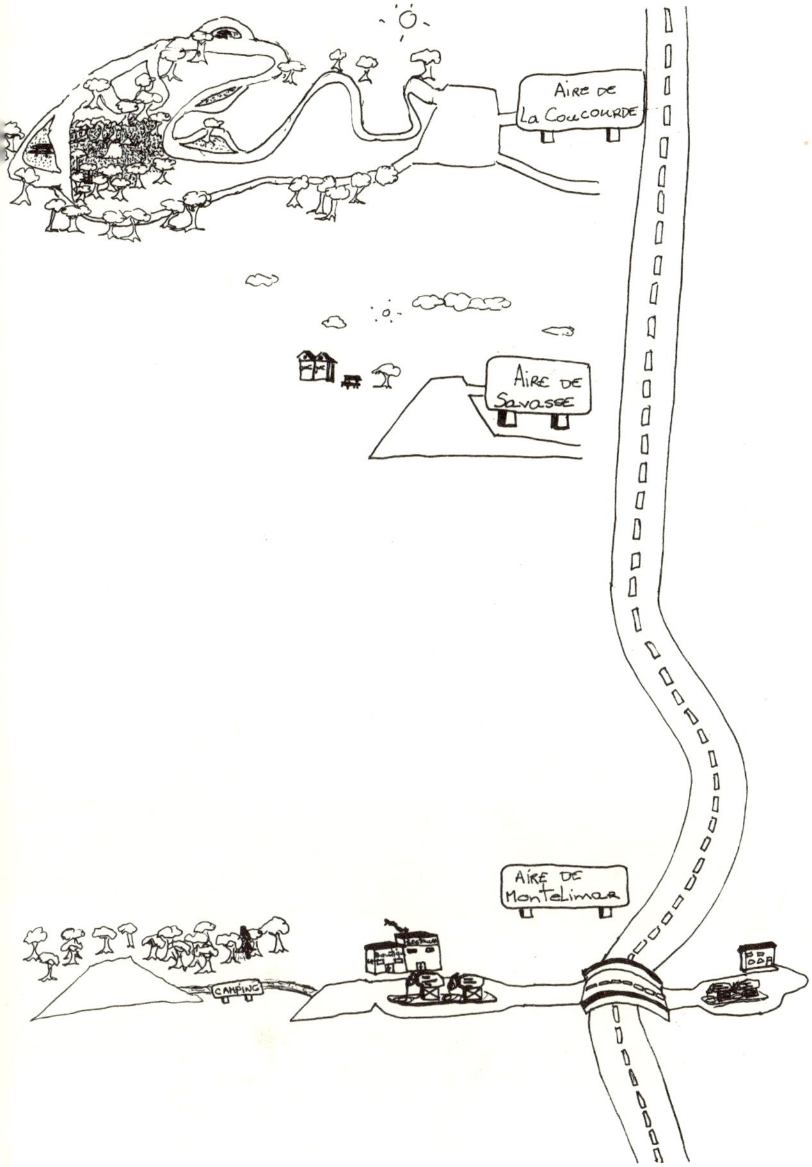
Aire de
La Coucourde
Aire de
Savasse
Aire de
Montelimar
CAMPING

wie man sehen wird, und Kindheitserinnerungen. Natürlich gab es in meiner Vorstadtkindheit keine Lerchen, aber irgendein Verwandter sagte einmal, daß die Lerche im Gegensatz zu fast allen anderen Vögeln mit Vorliebe im Flug singt, und diese Besonderheit gab ihr in meiner Phantasie ein besonderes Prestige; außerdem war im *Schatzkästlein für die Jugend*, meinem unerschöpflichen Wirklichkeitsreservoir, viel von Lerchen die Rede.

Auf dem riesigen, offenen Rastplatz von La Coucourde, wo wir mit dem ganzen freien Himmel über Fafnir kampieren, ist dieser Himmel seit dem Nachmittag voller Vögel, die singend aufsteigen und aufsteigen, die höchsten Höhen erklimmen und weitersingen, dem Wind mit einem wunderbaren Flügelschwirren trotzen und singen, und dann singend herabstoßen und sich auf den Bäumen niederlassen und immer noch singen, die ganze Zeit singen, und natürlich sind es Lerchen, obschon eigentlich vielleicht auch nicht, aber was kann mir das schon ausmachen, während ich genußvoll dem Gesang der Lerchen im weiten Himmel lausche.

Die Lerchen haben ja immer zu Diskussionen Anlaß gegeben, und obwohl ich meinen Shakespeare in der Oxfordausgabe nicht bei mir habe (Fafnir hat seine Grenzen, der Arme), erinnere ich mich an die Liebesnacht der Liebenden von Verona, und wie sich Julia und Romeo darüber unterhalten, ob der Vogel, der vor dem Fenster singt, eine Nachtigall oder eine Lerche ist. Hier in La Coucourde gibt es keine Nachtigallen, das steht fest, also sind die Vögel, die hier um uns her fliegen und singen, Lerchen; wohl eine sehr Shakespearesche Schlußfolgerung.

In meinem Geblümten Greuel liegend, verfolge ich den Aufstieg einer Lerche. Klein und grau und glücklich, gewinnt sie in weiten Spiralen an Höhe, steigt singend auf, und ihr Gesang ist voll, nicht sehr abwechslungsreich, doch anhaltend und farbenfroh, er scheint einer fortwährenden Freude zu entsprießen, als hätten die Lerche und ihr Flug als einzigen Daseinsgrund diesen ununterbrochenen Gesang, diese Verherrlichung des Lebens um seiner selbst willen, ohne Ursachen noch Begründungen, ohne Himmel noch Hölle. Fast nur noch ein Punkt im Raum, verharrt sie reglos gegen den Wind, und ihre Flügel vibrieren in einem kristallinen Schwebezustand, aus dem ihr Gesang entspringt und wunderbarerweise bis zu mir herabdringt. Wie kann diese winzige Kehle, dieses zerbrechliche Körperchen Quelle einer Musik sein, die in hundert Meter Höhe ausgesandt wird und sich mit solcher Klarheit in meinem fast ungläubigen Ohr niederschlägt?

In diesem Augenblick der Fühlungnahme, der vollkommenen Empathie, kommt mir Vaughan Williams' symphonisches Gedicht *The Lark Ascending* in den Sinn. Aus denselben Gründen, aus denen ich keinen Shakespeare lesen kann, kann ich es hier nicht hören, und es ist mir nicht möglich, seine Melodieführung mit der zu vergleichen, die jetzt vom Himmel herabkommt, aber sein Titel bestätigt mir, daß die Lerche beim Aufsteigen singt,

Die Touristen werden in La Coucourde nur viel Platz finden, aber die Lerchen haben daraus ihr Paradies gemacht.

daß sie von ihrer eigenen Musik in die Höhe getragen wird wie meines Wissens kein anderer Vogel.

Und dann sinkt sie sanft, fast zaudernd herab, um auf einem Zweig auszuruhen, und Carol erinnert sie mit dem seltsam nach unten gebogenen Körper an einen Phoenix, ein Seepferd der Lüfte, die Flügel schlagen immer langsamer, bis sie sich auf dem Zweig in ein unauffälliges Vögelchen verwandelt, ein Tierchen, das jetzt wie ein Spatz oder eine Drossel aussieht. Ach, wie gerne hätte ich jetzt Shelley hier (ist *To a Skylark* nicht von ihm?), doch es steht geschrieben, daß mir in La Coucourde alle englischen Freunde fehlen werden. Macht nichts, es sind Lerchen, und dies hier ist der einzige Rastplatz der Autobahn mit Lerchen, von ihnen als Reservat gewählt, weil der Himmel hoch und weit ist, und vielleicht weil wir eines Tages kommen sollten, um sie zu verherrlichen, und die Lerchen sind nichts anderes als das, eine ständige Verherrlichung, so wie wir es auf unsere etwas dunklere Art und Weise auch sind, mit Worten, die ebenfalls gerne Musik, gerne Lerchen wären.

Auf der Autobahn wimmelt es von Reisenden, aber in La Coucou herrschen für die glücklichen Forscher Leere und Einsamkeit.

Von den Metamorphosen des Traumes auf der Autobahn

Es war nicht unsere Absicht, das Reich des Hypnos in unsere Forschungen einzubeziehen; die zweimal tägliche Abfolge der Rastplätze schien uns schon genug. Vielleicht wurden uns deshalb am Anfang die Veränderungen nicht bewußt; da wir die Gewohnheit haben, uns unsere Träume zu erzählen, sobald wir aufgewacht sind oder wenn sie beschließen, in irgendeinem Augenblick unverhofft ihre Flashbacks loszulassen, taten wir das auch hier, ohne bemerkenswerte Veränderungen festzustellen. Aber vier oder fünf Tage nach der Abreise aus Paris spürten wir die ersten Veränderungen, die dann immer deutlicher wurden.

Wollte man den Unterschied zu den seßhaften Träumen* zusammenfassen, so könnte man sagen, daß er in einer zunehmenden Sinnesschärfe besteht, in der Art und Weise, wie sich die Dinge und Ereignisse abzeichnen, in der »Lentikularität« der Bilder. Wir träumen immer weniger Rembrandt und immer mehr van Eyck oder Rogier van der Weyden. Wenn wir uns unsere Träume erzählen, benennen wir Einzelheiten mit ungewöhnlicher Präzision, sowohl bezüglich des Dekors als auch der Geschichte. Wir können sie natürlich nicht miteinander vergleichen, aber Carols und meine Beschreibungen haben in diesen Tagen eine minutiöse Textur von sehr feinem Korn, klar definierten Farben und geschlossenen, präzisen Formen. Wenn wir von jemandem träumen, den wir kannten oder kennen, so ist jeder Gesichtszug, jede Geste, jedes Wort von einer erstaunlichen Wirklichkeitstreue, aber wenn es sich um eine Erfindung des Traumes handelt, dann hat diese Erfindung ebenfalls Umrisse und

* Nicht etwa, weil wir in Paris besonders geruhsam lebten, sondern weil die Träume immer im selben *Habitat* stattfinden: Schlafzimmer, Bett, Lichtverhältnisse, Geräuschkulisse usw.

Eigenheiten, die man als stereoskopisch bezeichnen könnte.

Wir fragten uns, worauf diese manchmal fast unerträgliche Verfeinerung unserer Träume zurückzuführen war. Unter anderen Hypothesen muß man die neuen Stimuli berücksichtigen, die bezüglich dessen, was der Resonanzkörper Unterbewußtsein im Schlafzustand über die Sinne empfängt, eine tiefgehende Wandlung bedeuten. Wahrscheinlich verändert sich die Traumqualität auch bei einer Flugreise oder einer Hotelübernachtung, doch da es sich um kurze, vereinzelte Erfahrungen handelt, wird dies nur wenigen bewußt. Wir dagegen befinden uns seit drei Wochen in einem Stimulationssystem, das nur partiell variiert (größere oder geringere Anzahl von Stimuli, je nach Topographie und Beschaffenheit des Rastplatzes) und durch die allnächtliche Wiederholung schließlich einen Traumtypus hervorgebracht hat, der zwangsläufig unsere Aufmerksamkeit auf sich gezogen und sich zur Beobachtung angeboten hat.

Die »teutonischen Ritter«, immer etwas bedrohlich für jemanden, sich überwacht fühlt...

Was ich das Stimulationssystem nenne, umfaßt neben anderen, weniger nachprüfbaren Dingen: die Präsenz, die Scheinwerfer und Geräusche der Lastwagen, sowohl was ihr ständiges Vorbeifahren auf der Autobahn als auch ihre Ankunft, Plazierung und Abfahrt auf dem Rastplatz betrifft, wo Fafnir über unseren Schlaf wacht. Wie der geneigte Leser bereits weiß, leben wir sehr wenig auf der Autobahn, doch sobald wir auf den Parkplätzen sind, sehen und hören wir die Lastwagen, die wie wir ein bißchen ausruhen oder übernachten wollen. Es war bereits von den faszinierenden ephemeren Städten die Rede, die nachts in den Parkzonen mancher Rastplätze entstehen, wenn zehn oder zwanzig schwere Lastzüge und eine Vielzahl von Wohnwagengespannen und Campingbussen wie Fafnir die Kennzeichen, Sprachen, Gerüche und Geräusche vieler verschiedener Länder vermengen. Wenn wir in Fafnirs Kapsel eingeschlossen sind und auf seinem Leinwandbalgen wie in einem fortwährenden Laterna-Magica-Spiel die Scheinwerfer tanzen, während die me-

... von fremden Mächten. Einsam bewacht ein »teutonischer Ritter« die Hügel.

chanischen Geräusche wie der deutlicher ausgeprägte Vordergrund des anhaltenden Lärms der Autobahn sind: welche dieser zuvor nie so konzentriert um uns herum vorhandenen Stimuli lösen dann die andere Aktivität des onirischen Theaters aus? Und warum arbeitet diese in unserem gewohnten Leben fehlende Stimulation so deutlich die Silhouetten der Träume heraus, warum werden sie dadurch verfeinert und nicht verwischt?

Fragen, die nicht zu beantworten sind, doch unterdessen träumen wir auf eine andere Weise, und sie gefällt uns, sie gefällt uns immer besser, selbst wenn wir bisweilen die gräßlichen Dinge träumen, die jedem normalen Menschen zustehen. Es erübrigt sich hinzuzufügen, daß wir, sobald wir wieder in Paris sind, aufmerksam verfolgen werden, was in der wohlbekannten Atmosphäre unserer Wohnung passiert; wenn unsere Träume in sich zusammenfallen, werden wir an neue, vielgestalte Expeditionen denken müssen. Letzten Endes ist die Welt voller Rastplätze, wo vielleicht Träume von einem solchen Reichtum warten, daß sie alle Hinreisen und irgendwann auch eine ohne Rückreise wert sind.

Von parallelen Eröffnungen

Gestern abend, nach dem abschließenden Trauerspiel des idiotischen Malvinenkriegs, bedachte uns *France-Inter* mit einer Sendung, die ein wahrer Forschungsreisender niemals hätte übergehen können. Ein Team, das genauso wissenschaftlich war wie das unsere (*honni soit qui mal y pense!*), übertrug aus Schottland, vom Ufer des Loch Ness, einen ausführlichen Bericht über Nessy, jenes anmutige Wassergeschöpf, das seit einem halben Jahrhundert in unserer Phantasie unter- und wieder auftaucht, wenngleich es dies im eigentlichen See sehr viel seltener tut.

So versuchte ein als »Krypto-Zoologe« bezeichneter Gelehrter uns davon zu überzeugen, daß die Hypothese vom Plesiosaurus auf eher schwachen Füßen steht, daß er hingegen von der Existenz einer Gruppe riesenwüchsiger Ohrenrobben oder Seehunde überzeugt ist, da eine einzige Nessy biologisch unmöglich sei. Ein gewisser

Die Geblümten Greuel verstehen sich darauf, unter einem gnadenlosen Himmel auch den kleinsten Schatten zu finden.

Tim Teasdale verwies auf seine Ballonflüge über dem See, auf den Film, in dem sich Nessy als Star der siebten Kunst erweist, und sogar auf ein »gelbes Unterseeboot«, allerdings wohl kaum das der Beatles, das wir in so angenehmer Erinnerung haben (wer könnte den bezaubernden Jeremy vergessen, oder den düsteren Glove, der so große Ähnlichkeit mit einem südamerikanischen General hatte?).

Das Ergebnis solcher Gelehrsamkeit war, daß es immer mehr Beweise dafür gibt, daß Nessy im Loch Ness lebt und daß sie außerdem eine entfernte Kusine im Champlain-See zwischen Kanada und den Vereinigten Staaten hat, ganz zu schweigen von einer weiteren, die fröhlich im Loch Morlach herumpaddelt. Ich meinerseits steuerte im stillen ein weiteres Glied zu dieser Kette liebenswerter Monster bei; mir fiel ein, daß in meiner Kindheit in Argentinien viel von einem Plesiosaurus die Rede war, der mehr als viermal den Kopf aus einem unserer Seen im Süden gestreckt haben sollte. Während zwanzig Millio-

Auch Bärchen flüchtet sich in einen Schattenfleck, während der kocht.

nen Argentinier über das angebliche Ungeheuer lachten (sie, die manchmal so gerne an andere Plesiosaurier auf zwei Beinen glauben), hatte ich eine sehr anrührende Erinnerung an Dr. Onelli, der nicht nur bis zum Tod seine Überzeugung verteidigte, sondern außerdem Direktor des so heißgeliebten zoologischen Gartens im Parque de Palermo war. Jetzt springen ihm die englischen und französischen Experten indirekt bei, wenn sie darauf hinweisen, daß alle Seen, in denen die Existenz solcher Riesenviecher festgestellt wurde, sich in Gegenden befinden, deren Durchschnittstemperatur bei zehn Grad liegt, wie das auch bei den Seen Patagoniens der Fall ist. Dr. Onelli verfügte nicht über Echolot, Radar und andere vergleichbare Gerätschaften, doch die Sendung von gestern abend endete fast mit der Gewißheit, daß Nessy sehr bald identifiziert sein wird, und mit ihr die gesamte Familie, die uns, das sei ohne beleidigende Absicht gesagt, nun wirklich schon genug an der Nase herumgeführt hat.

Wie der Zufall dem Wolf eine der Margeriten seines Geblümten Greuels in die Hand gibt.

Carol und ich schliefen in der Hoffnung ein, uns aus eher magischen als wissenschaftlichen Gründen einer der nächsten Expeditionen anschließen zu können, und diese Aura umgab uns noch heute morgen auf dem nächsten Rastplatz, wo wir uns mit den Geblümten Greueln im spärlichen Schatten eines ziemlich schwachmatischen Bäumchens niedergelassen hatten. Plötzlich entdeckte ich mitten am blauen Elfuhrmorgenshimmel den Mond; ich betrachtete gerade voller Zuneigung seine zaghafte Neumondsichel, die mich immer anrührt, wenn ich sie am hellichten Tag sehe, weil der Mond dann kleiner und äußerst wehrlos aussieht, als ich rechts davon deutlich eine durchscheinende, fast reglose Kugel im Raum erkennen konnte. Carol reagierte wie der Blitz auf meinen Aufschrei und bestätigte meine Vision; ich holte eilends das Fernglas (man beachte die Vorteile einer so wissenschaftlichen Expedition wie der unseren), und damit konnten wir bestens die Kugel sehen, die aus Glas zu sein schien, keine Ballongondel hatte und keinen anderen Eindruck machte, als den, eben eine durchsichtige Kugel zu sein, was ja schon etwas war.

Da wir viel über fliegende Untertassen, Ufos und andere Nessies des Weltraums gelesen haben, stürzte ich zu einer arglosen Schweizer Familie, die an einem der Tische zu Mittag aß, und ersetzte den eindrucksvollen Gruyèresandwich, den das verdutzte Gruppenoberhaupt gerade verspeiste, unvermittelt durch das Fernglas. Statt mich zu schlagen, war er so freundlich, nach oben zu schauen, und gab dann das Fernglas an seine Frau und die Kinder weiter. Alle sagten dasselbe:

»Sie haben recht, es ist eine durchsichtige Kugel.«

Ich gestehe, daß ich einen etwas ausführlicheren Kommentar erwartet hatte, aber immerhin hatte ich jetzt die notwendigen Zeugen für den Fall, daß die Erscheinung andere Formen annehmen oder zur Landung ansetzen sollte. Doch es kam nicht dazu; die Kugel glitt in der Ferne sanft dahin, und eine Wolke verbarg sie für immer. Ein Wetterballon? Vielleicht, aber ich habe schon mehrere davon gesehen, und das waren keine perfekten Glaskugeln. Glas? Ja, Glas, Carol und ich haben die Lichtreflexe gesehen, die kein Kunststoff, und hätten ihn die Jungs vom Observatorium noch so gewienert, hervorbringen könnte. So wie Nessie in ihrem See ist diese Kugel an irgendeinem Punkt des Himmels; es genügte, daß wir seit dem Vorabend zu einem *no man's land* der Wirklichkeit gehörten, um solche Dinge mit derselben Natürlichkeit zu erleben wie jeden anderen Augenblick unserer Reise. Letzten Endes hatte die Schweizer Familie ganz recht, als sie sich nicht aufschrecken ließ.

Die Forscher vermuten ein verstecktes Mikrofon in einem Abfallbehälter. Sie bespitzeln uns immer noch!

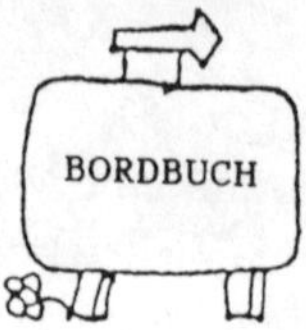

Donnerstag, 17. Juni

Frühstück: Orangen, grüne Tomatenkonfitüre, Kaffee.
(?) Es ist schon Nachmittag. Zum zweiten Mal haben wir die Zeit verlassen.
(?) Abfahrt.
Die Deutschen haben vollständig den Platz der Engländer eingenommen, und sie sind noch zahlreicher. Eine wahre Invasion!

(?) Fast sofort: Rastplatz: AIRE DE SAVASSE.
Sehr klein und ohne Schatten. Ausrichtung Fafnirs: SW.
Nur ein paar Tische und die Toiletten.
(?) Abfahrt.
Mittagessen: Hühnersalat mit Orangen, Tomaten mit Zwiebeln, Pfirsiche.
(?) Zur Rechten die südlichen Voralpen.

(?) 10 Kilometer weiter Rastplatz: AIRE DE MONTELIMAR.
Benzin, Restaurant, Tourismusbüro, Nougatverkauf.
Duschen! (Unleserlicher Satz).
Außerdem: Dicht mit Bäumen bepflanztes Picknickareal, mit Wegen für die Autos.
15 h. Als wir auf der Terrasse des Rastplatzcafés sitzen und versuchen, die drückende Hitze zu verkraften, tauchen André Stil und seine Frau Odette auf und lassen sich am Nebentisch nieder. Eine Weile angenehmen Plauderns.
Abendessen: Steak mit Pommes frites, Erdbeertorte, Kaffee (im Restaurant).

Wie sich Cronopien untereinander verstehen, ohne sich näher kennen zu müssen.

Mitten in unserer Expedition erreicht uns diese Nachricht. Staunen, Zuprosten und Begeisterung.

Später fragten wir uns, ob dieser Herr Rickard dieselbe Person ist, die wir um die Genehmigung für unser kühnes Unternehmen gebeten hatten und die uns mit leichenhaftem Schweigen geantwortet hatte. Wir hatten an den Direktor der Autobahngesellschaft geschrieben, während Herr Rickard Präsident der Vereinigung der Französischen Autobahngesellschaften ist. O Mysterium. Man möchte fast sagen, es ist nicht derselbe, doch ist es egal, wie der Kubaner Silvio Rodríguez singt: Mitten in der Expedition billigt der Zufall, der die bevorzugte Methode der Cronopien ist, *ex post facto* eine kulturelle Initiative, die wir *de facto* schon ergriffen hatten, scheiß drauf, wenn uns doch die bösen Bürokraten einfach links liegenließen. Und jetzt wollen sie Künstler, Herr Rickard ruft nach der

Auf dem Rastplatz von Montélimar ist uns der Büchervorrat ausgegangen, und wir müssen uns mit den Zeitschriften von den Kiosken behelfen.

Verschönerung der Autobahnen! Wer oder was wird sie mehr verschönern als unsere köstliche Chronik? Künstler der Feder, Stimmungsmaler, Bildhauer besonderer Augenblicke, die nun für immer auf dem Sockel der Wörter stehen, damit jeder Benutzer der Autobahn die ästhetische Verdichtung dieses weißen Bandes, auf dem er dahinfährt, dieser (meistenfalls) grünen Inseln, wo er zu seiner Erholung und zu seinen Lieblingssandwichs haltmacht, im Handschuhfach seines Wagens mitführen kann. Sind wir ihren Wünschen nicht vorausgeeilt, Herr Rikkard? Geben wir diesem Frankreich von heute nicht ein gutes Beispiel dafür, daß die Phantasie *tatsächlich* an die Macht kommen kann, wenn man die Routine vergißt?

Wir warten sehnlichst auf Ihre befugte Meinung, da ja von der anderen nie etwas zu hören war.

Page 42 – LE MONDE – Mardi 15 juin 1982 •••

RÉGIONS

Faits et projets

DES ARTISTES SUR L'AUTOROUTE

L'autoroute, ouvrage d'art, peut-elle être aussi œuvre d'art ? Peut-elle et doit-elle accueillir les productions des artistes ? A-t-elle le droit de consacrer une partie des ressources du péage à la création artistique et à l'action culturelle ?

Dans une communication à l'Académie des beaux-arts, M. Charles Rickard, président de l'Association des sociétés françaises d'autoroutes, répond affirmativement à ces trois questions. S'appuyant sur des exemples pris en France et à l'étranger, il montre que les sociétés d'autoroutes sont de plus en plus conscientes de la nécessité d'« *humaniser* » les itinéraires concédés en ayant recours aux artistes de toutes les disciplines et en mettant en valeur le patrimoine historique et archéologique de la France.

M. Rickard cite les textes qui permettent aux constructeurs italiens de consacrer jusqu'à 2 % du montant de leurs investissements à la création artistique. En France, l'arrêté interministériel pris en 1980 par les ministres français de la culture et des transports limite ce montant à un pour mille...

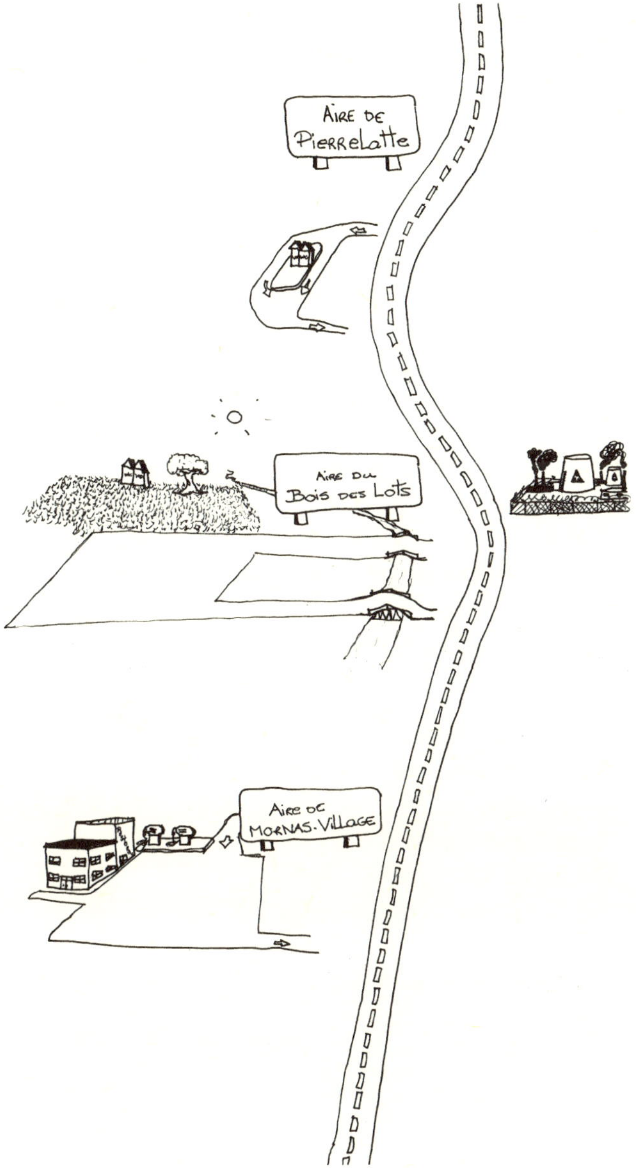
Aire de
Pierrelatte
Aire du
Bois des Lots
Aire de
Mornas-Village

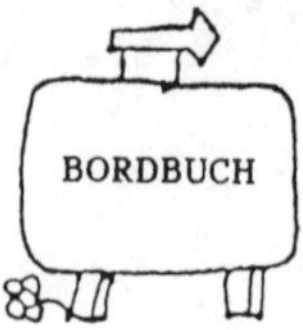

Freitag, 18. Juni

Frühstück: Aprikosensaft, Croissants, Butter, Marmelade, Kaffee.
10 h. Bedeckt. 20 °C.
15.12 h. Abfahrt aus dem Picknickbereich.
15.25 h. Abfahrt aus dem Ladenbereich, wo wir einige notwendige Dinge kauften.

15.35 h. Rastplatz: AIRE DE PIERRELATTE.
Ausrichtung Fafnirs: S.
Mittagessen: Hähnchen mit Mayonnaise, Creme »Grand-Marnier«, Kaffee.
Kleiner Rastplatz mit zwei Spuren (LKWs und Personenwagen), ohne Schutz und Schatten.
15.40 h. Abfahrt.
Großes, wunderbares Schild: SIE SIND IN DER PROVENCE.

15.45 h. Rastplatz: AIRE DU BOIS DES LOTS.
Ausrichtung Fafnirs: S.
Unerwartetes und neue Kraft verleihendes Auftauchen von Brian Featherstone und Martine Cazin. Ausgiebiges Trinken und Plaudern.
Wir hören eine Nachtigall singen.
Abendessen: Makkaroni forestière mit Schinken, Creme »Grand-Marnier«, Kaffee.

Kulturelle Abendveranstaltungen der Expeditionsteilnehmer

Meist verläuft der Tagesausklang so, daß das Bärchen sich nach dem Abendessen auf Fafnirs zum Bett umgestalteter hinterer Sitzbank einrichtet und dann, nachdem sie die Butangaslampe angezündet hat, mit großer Beharrlichkeit solche Dinge wie das Tagebuch von Virginia Woolf liest, während ich auf die Vordersitze wechsle, den Kassettenrecorder einschalte, die Kopfhörer anschließe und mir, mit zahlreichen Kassetten bewaffnet, ein Konzert genehmige, das immer wie eine Zusammenfassung meiner selbst ist, das heißt, etwas Heterogenes, Absurdes, Widersprüchliches, Unlogisches, mit anderen Worten, die Musik, wie ich sie zum Entsetzen der ernsthaften Melomanen unter meinen Freunden immer verstanden und geliebt habe.

Fast am Ende der Expedition frage ich mich, welche Gründe mir die Auswahl der Kassetten diktiert haben. Sie

Auch auf dem Rastplatz von Pierrelatte überwacht man uns in sonderbaren Verkleidungen…

ist sehr gut, aber ich begreife nicht immer, warum. Ich habe sie sehr überstürzt getroffen, und das erklärt vielleicht, daß drei Werke von Lutoslawski dabei sind und keines von Boulez, drei Kassetten von Billie Holiday und nichts von Ella Fitzgerald oder Helen Humes. Macht nichts, es ist mehr als genug da für die Reise. Tangos, zum Beispiel, Carlos Gardel mit einer Auswahl, in der *Malevaje* und *Mi noche triste* (in der guten Version, wohlgemerkt) vertreten sind, Angel Vargas, Pugliese, Julio de Caro und eine Zusammenstellung der unzüchtigsten Klassiker, die mir Tata Cedrón geschenkt hat, mit Rosita Quiroga, Corsini, Magaldi, Charlo... Ich habe auch eine ganze Kassette mit der Stimme von Eladia Blázquez und ihren Liedern, die in diesen Tagen, am Ende dieses schwachsinnigen, unheilvollen Malvinenkrieges, noch wahrhaftiger wirken: *Somos como somos, Patente de piola, Vamos en montón...* Aber da sind auch, und auch sie sind für mich so zutreffend, *El corazón al sur* und *Por qué amo a Buenos Aires*.

Ich werde nie erfahren, warum ich drei Kassetten von Fats Waller und nur eine von Ellington und eine von Armstrong mitgenommen habe; ich gebe hier keine Werturteile ab, doch es amüsiert mich, eine Stunde Musik von Charlie Mingus und eine von Jelly Roll Morton vorzufinden und dagegen nur zehn Minuten von Lester Young; ich glaube, ich habe an dem betreffenden Morgen noch halb geschlafen, obwohl ich immerhin daran gedacht habe, das Beste von Bix und Trum rauszusuchen, das in den Nächten auf den Rastplätzen so klar, so ausgesprochen perfekt klingt.

Und außerdem ist da der Schubert der Quartette 804 und 887, gespielt von den Julliards, und das erste Quartett von Arnold Schönberg. Aber letzten Endes glaube ich, daß es richtig war, bei Lutoslawski derart zuzugreifen, denn das höre ich in diesen Tagen am meisten und am besten. In seinem großartigen Streichquartett, in seiner

Musik für 13 Instrumente ist etwas, das wunderbar zur Klangatmosphäre der Rastplätze paßt, wo das Geräusch der Autobahn eine bloße Kulisse für Vögel, Insekten, brechende Zweige ist, für all das, was auch in der Struktur dieser Musik mitschwingt, auch wenn das die Musikwissenschaftler nicht glauben mögen.

Ah, und außerdem habe ich noch Susana Rinaldi, die wie sonst niemand Cátulo Castillo und Homero Manzi singt.

Ein ebenso unerwarteter wie angenehmer Besuch auf dem Rastplatz Bois des Lots: Martine Cazin und Brian Featherstone sind von ihren Hügeln herabgestiegen, um uns auf dem letzten Teilstück Mut zuzusprechen.

Die Pantoffeladmiralin

Nachdem sie ihren gelben 2 CV vor Fafnir geparkt hat, öffnet sie schroff die Tür, geht um ihr Auto herum und postiert sich auf der andern Seite, wo sie im Stehen zu Essen beginnt, zugleich energisch und als wollte sie sich verstecken, beugt sie sich zu ihrem Auto, um einen Löffel mit weiß Gott was zu füllen, wobei sie nervöse Blicke in unsere Richtung schickt, als wollten wir über sie herfallen oder ihr über Lautsprecher verkünden: ESSEN IST SÜNDE (während wir uns in unserem gemütlichen Häuschen ohne die geringste Scham und mit aller Gemächlichkeit vollstopfen; danach kommt der Kaffee, die Siesta, und die Frau mit dem gelben 2 CV wird durch einen kleinen Ford ersetzt sein, dann durch einen schweren Laster, bis wir schließlich den Faden verlieren).

Plötzlich (wie schnell sie gegessen hat, sagen wir uns, doch wir sind im Irrtum) schlägt die Frau die Wagentür zu, wappnet sich mit einer kleinen rechteckigen Tasche

Im Dschungel verirrt? Der Rastplatz Bois des Lots scheint auf Tar
zu warten…

und einer größeren, die sie über die Schulter hängt, und geht entschlossenen Schrittes auf den Laden zu, hinter dem wir geparkt haben. Erstaunt sehe ich sie einige Sekunden später wieder auftauchen: ohne den Schritt zu verlangsamen, an ihre Taschen geklammert, als fürchte sie jeden Augenblick einen Überfall, ist sie schon um das Gebäude herumgegangen. Einmal. Zweimal. Ist sie eine Berufskillerin auf der Suche nach ihrem Opfer (warum diese *zwei* Taschen)? Eine Analphabetin, die das WC nicht findet? Oder wartet sie darauf, daß plötzlich aus der Tür, über der »Fernfahrerraum« zu lesen ist, ein Arm schnellt, sie packt und zu finsteren, aufregenden Unbekannten zerrt? (A propos: Was geht in einem »Fernfahrerraum« vor sich? Und in all diesen Kabinen mit zugezogenen Vorhängen?)

Doch niemand taucht aus dem Schatten auf, um urplötzlich ihr Leben zu verändern. Hat sie sich vielleicht mit zwanzig in einen Fernfahrer verliebt? Fährt sie seither in der Hoffnung, eines Tages ihren Geliebten zu finden,

...und natürlich auch auf Jane, für die er Blumen und Vögel bereithält.

die Autobahnen ab? Wird sie ihn nach so langer Zeit wiedererkennen? Das pechschwarze Haar ihres Helden ist vielleicht grau geworden, oder die Glatze hat ihn völlig verändert. Die Autoren gewisser Liebesromane würden sicherlich inspirierende Motive finden, wenn sie wie wir die Autobahnen erforschen würden. Und wenn der Grund dafür, daß sie wie der Blitz davongerannt ist, alltäglicher und zwingender ist, dann wird sie es noch bis zum nächsten Rastplatz aushalten müssen, denn sie scheint auch das WC nicht gefunden zu haben. Sie kehrt mit demselben schnellen Schritt, fast ohne die Füße vom Boden zu heben, zu ihrem Auto zurück, öffnet die rechte Tür und setzt ihr fast militärisches Gekaue fort, als wäre nichts geschehen.

Und nachdem sie unter dem Pullover, der erst im letzten Augenblick beschlossen zu haben scheint, kein Schal zu werden, ihr zu langes und zu weites Kleid zurechtgezurrt hat, streicht sie ihr graues Haar glatt, setzt sich hinter das Lenkrad und fährt davon.

In Pantoffeln.

Vielleicht braucht man eine Lupe, aber zwischen den beiden Pf… sitzt ein wunderschöner Wiedehopf, der uns freundlich Gesells… leistete und uns viel Glück wünschte.

Ein Engel schwebt vorbei

Fafnir unter den Bäumen. Eine gut besetzte Wäscheleine. In der Ferne ein Dorf, dessen Kirchturm im nachmittäglichen Dunst zu schwanken scheint. Auf dieser Seite ein Tisch mit Schreibmaschinen, Büchern, Papieren, Füllfederhaltern, Kaffeetassen. Der Nachmittag vergeht, vergeht nicht.

Ohne daß ich weiß, warum, erinnert mich das Licht an den Anfang einer Erzählung, den ich bei einem Vortrag in Poitiers skizziert habe und der noch in meiner Tasche sein müßte. Überraschung beim Wiederlesen, nachdem ich einen guten Teil des Nachmittags damit zugebracht habe, über die Photographie nachzudenken, diesen Modus des Sehens, diese Methode, um das Zerreißen einer Wirklichkeit herbeizuführen, die oft zu oberflächlich und vielleicht sogar trügerisch ist, wenn der Blick nur ein nachlässiges, flüchtiges Hinsehen bleibt: Es geht um den Engel von Poitiers, ein wahres Geschöpf des Lichtes. Ich

Hoffentlich regnet es nicht!

bin immer noch nicht sicher, ob diejenigen, die mit mir im Restaurant waren, ihn wirklich gesehen haben. Vielleicht hätte nur die Photographie – und ich hatte meine Kamera nicht dabei – ihn so sichtbar machen können, wie ich ihn sah. Wie vollzieht sich diese Transformation, dieser Übergang der subjektiven Macht des Auges auf das, was photographiert wird? Es handelt sich dabei nicht nur um ein technisches Problem, sondern zunächst einmal darum, sehen zu können, um dann mit diesem Blick die objektive »Wirklichkeit« zu durchdringen. So wie sich die Literatur nicht mit der schlichten Handhabung der Wörter erklären läßt – da ja zumindest in den sogenannten entwickelten Gesellschaften die gesamte erwachsene Bevölkerung über schriftsprachliche »Techniken« verfügt –, kann man auch die Anziehungskraft und die Magie der Photographie nicht mit technischen Kenntnissen erklären. Haben der Photograph und der Schriftsteller im Grunde nicht an ein und demselben Prozeß teil, nur daß sie verschiedene Werkzeuge verwenden? Doch die Trans-

Orange-le-Grès: Wie hätten wir uns vorstellen können, was uns Ankündigung offenbaren sollte?

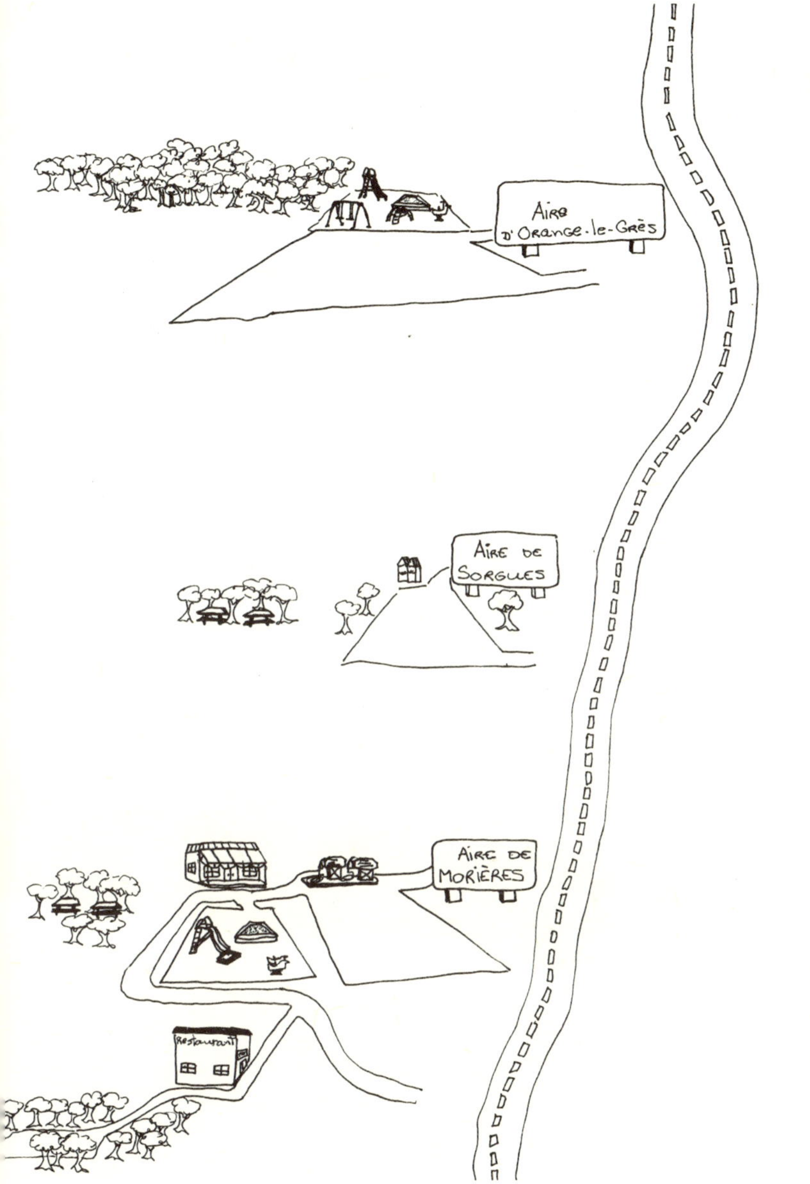
Aire d'Orange-le-Grès
Aire de Sorgues
Aire de Morières
Restaurant

formation der Geschichte des Engels – ihn von dem Photo, das nicht aufgenommen wurde, in die geschriebene Fiktion übertragen – würde noch einige Zeit in Anspruch nehmen.

Samstag, 19. Juni

Frühstück: Orangen, Madeleines, Nußcreme, Kaffee.
Sonniger und windiger Tag.
8.22 h. Abfahrt.
8.23 h. Einfahrt in das Departement Vaucluse.
8.28 h. Zur Linken der Felsen von Mornas.
8.29 h. Zur Linken die Festung von Mornas (11. Jh.).

8.37 h. Rastplatz: AIRE DE MORNAS-VILLAGE.
Ausrichtung Fafnirs: O.
Benzin, Geschäfte, Restaurant und eine Unmenge Touristen.
8.50 h. Abfahrt.

9 h. Rastplatz: AIRE D'ORANGE-LE-GRES.
Ausgezeichneter baumbestandener Parkplatz. Wir finden die Einsamkeit in den Wäldern. Ja, aber …
Ausrichtung Fafnirs: O.
Ein ganzer Tag und eine Nacht in vollkommenem Frieden.
Mittagessen: Sardinen, Makrelenfilets, Tomaten, Paprikaschoten, Zwiebeln.
Abendessen: Spaghetti mit Butter (Carol) und mit Öl (Julio), Sahnedessert, Kaffee.

Man soll nicht an Hexen glauben, aber geben gibt's sie.

Orange-le-Grès… Wer hätte das gedacht? Ein so schöner Name, in dem sich der Saft der Frucht mit der Erde vermischt, aus der die ersten Menschen Gefäße, Statuetten, geheiligte Figuren machten…

Ah, ah. Statuetten, geheiligte Figuren? Forscher, Forscher, nichts ist schöner, als sich von der Poesie leiten zu lassen, ich meine durch die Assoziierung von Wörtern und Dingen: aus einer Orange und einem Klumpen Ton entspringt, was du auf ganz andere, sicherlich weniger gelungene Weise sagen wolltest. Denn auf diesem Rastplatz, der schön und geräumig ist, der über Winkel verfügt, wo Fafnir und wir eine gemächliche, frische Ein-

Doch man muß sich in das Offenkundige fügen, wie zu seiner Zeit gesagt wird.

samkeit finden, auf diesem Rastplatz haust der Teufel. Wie immer unter dem Anschein eines Gartens der Lüste, auch wenn er sehr viel bescheidener ist als der von Bosch. Und wie immer wird es nur den Unschuldigen gegeben sein, die Wahrheit aufzudecken und sie dann zu sagen, damit sich alle Welt über sie lustig macht und ihnen nicht glaubt. (Das ist uns egal. Das ist uns egal. Wir werden es trotzdem sagen.)

Der Trick ist einfach, wie alle guten (vgl. Houdini und andere Experten). Seit vielen Jahren begegnet den Reisenden auf zahlreichen Abschnitten der Landstraßen das Schild BAUARBEITEN, gefolgt von einem Bereich, wo rot-weiße Plastikkegel (es gibt verschiedene Modelle, aber alle erinnern eindeutig an einen Hexenhut) die Verengung oder Sperrung einer Fahrbahn anzeigen. Als wir

Nicht zu leugnen, wir stehen vor dem Grauenvollen…

gestern auf dem Rastplatz von Orange-le-Grès ankamen, sahen wir die Kegel zuhauf neben der Einfahrt stehen, als sollte sie später geschlossen werden oder als sei sie gerade erst wieder geöffnet worden. Wir schenkten ihnen keine besondere Aufmerksamkeit, und nachdem wir Fafnir im Schutz der Bäume abgestellt hatten und entdeckten, daß der Rastplatz riesig war, machten wir uns daran, ihn zu erkunden und die wissenschaftlichen Erhebungen durchzuführen, die der Leser bereits kennt und bewundert.

Wie andere Parkplätze hat auch dieser einen Bereich, zu dem man gelangt, wenn man einer Reihe von Schildern mit der Aufschrift KINDERSPIELPLATZ folgt. Die Spielgeräte kamen uns abwechslungsreich, stabil und sympathisch vor. Kamen sie uns vor. Sie kamen uns abwechslungsreich, stabil und sympathisch vor, bis sich die Erleuchtung einstellte. Spielgeräte für Kinder, diese Konstruktionen aus dicken Balken, diese Formen, die in fataler Weise an eine andere, grausige Art von Spielen erinnern? Alles gerann in einer Sekunde, und die Wahr-

... das der Galgen zu unserem Entsetzen bestätigt.

heit wurde uns bewußt: Wir waren an dem Ort, wo die Hexen bestraft und hingerichtet werden, und der ganze Rastplatz war ein Meisterwerk der Tarnung, das verbergen sollte, was nur eine Expedition mit so erfahrenen Teilnehmern wie uns entdecken konnte.

Ich hoffe, daß die Photos einen Eindruck von den Schafotten, Galgen und Folterinstrumenten vermitteln, die den Platz beherrschen. Hier werden auf die unterschiedlichste Weise die Hexen hingerichtet, die man dann später zu verschiedenen Landstraßen bringt und aufrecht stehend begräbt, wie es eine alte Sanktion verlangt, wobei man jedoch zur Abschreckung anderer Hexen den Hut auf dem Grab zurückläßt. Jetzt begreifen wir alles: Die an der Einfahrt des Rastplatzes angehäuften Hüte sind zweifellos das verabredete Zeichen für die baldige Zusammen-

Ein Fall von Teufelsbesessenheit? Nach der schrecklichen Entdeckung von Orange-le-Grès scheinen sich des Wolfes sonderbare Kräfte zu bemächtigen.

kunft von Richtern, Henkern und einem ausgewählten Publikum zur Teilnahme an den Autodafés, bei denen aus naheliegenden Gründen die Scheiterhaufen durch Galgen und Blutgerüste ersetzt worden sind (bekanntlich ist es verboten, auf den Rastplätzen Feuer zu machen). Ohne Zweifel wird man am anberaumten Tag die Hüte in einer Reihe aufstellen, um den belgischen, englischen und einheimischen Touristen, die diesen Teil der Autobahn befahren, den Zugang zu verwehren, was keineswegs überrascht, wie der bleiche Leser im Lichte unserer gleich zu Beginn der Expedition gemachten Erfahrung unschwer feststellen kann. Ein geschlossener Rastplatz hat scheinbar keine Bedeutung; um so wichtiger ist es aufzudecken, daß er geschlossen wird, wenn ihn die Inquisitoren zur Hinrichtung eines weiteren Kontingents von Hexen benutzen, deren Zahl in Frankreich anscheinend immer mehr zunimmt, urteilt man nach der Vielzahl der über alle Haupt- und Nebenstraßen des Landes verstreuten Hüte.

Sogar die harmlosesten Pilze beunruhigen uns jetzt, so nah bei den Schafotten.

Muß man also annehmen, daß der *Malleus maleficorum* zusammen mit dem Guide Michelin zur praktischen Bibliographie der Autobahn gehört? Wird die Regierung von François Mitterand und werden insbesondere die Ministerinnen im Kabinett angesichts dieser Enthüllung die Hände in den Schoß legen? Soll das Sozialismus sein? Worauf wartet Christiane Rochefort noch, um mit ihrer ganzen Virulenz als Pétroleuse der Literatur ein neues Buch zu schreiben? Und die *Éditions des Femmes*? Praktisch alle Hexen sind Frauen und die Inquisitoren Männer. *Usque tandem, Catilina?*

Das WC von Orange-le-Grès versucht mit seinen anheimelnden Zeichnungen die tiefere Wirklichkeit des Rastplatzes zu vertuschen.

Bärchen schläft

Ich vermute, daß ein guter Forscher dazu neigt, im Morgengrauen aufzuwachen, um die dem anbrechenden Tag gemäßen diversen wissenschaftlichen Beobachtungen zu machen. Wohl aus diesem Grund wache auch ich fast immer sehr früh auf, doch anstatt aufzustehen und die verschiedenen Instrumente abzulesen, mit denen Fafnir ausgerüstet ist, bleibe ich gemütlich zu Hause und widme mich dem Studium eines Themas, das von Vespuccio, Cook oder Kapitän Cousteau nie behandelt worden ist, nämlich der Art und Weise, wie das Bärchen schläft.

Diese Art zu schlafen ist vielleicht die aller Bärchen, was ich jedoch unmöglich verifizieren kann, und deshalb werde ich mich vor unbesonnenen Verallgemeinerungen hüten. Im Falle Bärchens verläuft der Schlaf in zwei Hauptphasen, deren erste keine Besonderheit aufweist, das heißt, das Bärchen sucht die bequemste und angenehmste Haltung, mummelt sich in Übereinstimmung mit der Raumtemperatur ein und schläft während eines Großteils der Nacht mit aller Natürlichkeit, fast nie auf dem Rücken und fast immer auf dem Bauch, mit seitlichen Zwischenspielen, die nie allzu lange andauern und ohne jede Anstrengung nach behutsamen Verlagerungen den anderen Positionen weichen, was zeigt, wie tief und angenehm ihr Schlaf ist.

Wenn der Tag anbricht, also der Augenblick, in dem ich gemeinhin ernsthaft aufwache, denn die vorangehenden Beobachtungen habe ich ohne allzu große wissenschaftliche Strenge gemacht, bemerke ich nach kurzer Zeit, daß Bärchen in die zweite Phase ihres Schlafs eingetreten ist. An diesem Punkt muß man sich fragen, ob diese Art zu schlafen nur ihr eignet oder für ihre ganze Spezies zutrifft, denn es handelt sich dabei um ein ziemlich ungewöhnliches, ja sogar außerordentliches Verhalten, das darin besteht, daß das schlafende Bärchen fortwährend versucht, sich in ein Bündel, Päckchen, Paket oder einen Packen zu verwandeln, denn von all dem hat sie etwas, dank einem System von Gebärden, zerrenden und ziehenden Bewegungen und Verwicklungen, die sie nach und nach in die Laken hüllen, bis sie zu einem großen, je nach Sachlage weißen, rosaroten oder blau-gelb gestreiften Kokon wird, so daß das Bärchen eine Viertelstunde nach Beginn dieser Metamorphose im Morgengrauen, die ich immer verblüfft verfolge, in einem verzwirbelten Wirrwarr von Laken verschwindet, welche, nebenbei gesagt, zugleich auch von meiner Seite des Bettes verschwinden, denn niemand kann sich die Kraft vorstellen, die das Bärchen entfaltet, um sie alle an sich zu ziehen, bis sie sich gänzlich darin eingerollt hat und endlich zur Ruhe kommt, nachdem eine letzte Serie von Drehungen, die Puppe und die offenkundige Glückseligkeit ihrer Bewohnerin vervollkommnet hat.

Mit einem Ellbogen auf die Matratze gestützt, die mir als letztes geblieben ist, betrachte ich das Bärchen voller

Wissenschaftliche Arbeitsanordnung im Innern Fafnirs.

Zärtlichkeit und frage mich, welchem tiefen Bedürfnis nach Rückkehr in den Mutterleib oder so etwas Ähnlichem ihre unverdrossene allmorgendliche Arbeit entspricht. Ich weiß sehr wohl (denn am Anfang wußte ich es nicht und hatte Angst), daß nichts von alledem mich zurückweisen soll, denn ich brauche das warme Paketchen an meiner Seite nur mit einem Finger zu streicheln, und schon steigt aus seinem tiefsten Innern ein überaus sanftes Grunzen der Zufriedenheit auf. Das Mysterium ist, wie man sieht, vollkommen, denn Bärchen ist froh, mich an ihrer Seite zu spüren, und zugleich flüchtet sie sich in eine Klausur, in die ich nicht vordringen könnte, ohne ihr wunderbares Halbdunkel, ihre tiefinnere Wärme zu zerstören, und etwas in ihr weiß das und verteidigt es vom Morgengrauen bis zum endgültigen Erwachen. Einige Male – aber schon länger nicht mehr – habe ich den Versuch gemacht, sie so behutsam wie möglich aus ihrem Kokon auszuwickeln, denn ich hatte Angst, sie könnte in dem Gewirr aus Laken und Kissen ersticken, und da wurde mir klar, was es bedeutete, ihre Hände aus den Knoten, Schlingen und Quasten zu lösen, zu denen sich die Laken zwischen ihren Fingern verhedderten. Also beschränke ich mich jetzt darauf, sie bei ihrem flüchtigen und zweifellos atavistischen Winterschlaf zu betrachten, und warte, bis sie von selbst aufwacht, bis sie anfängt, sich nach und nach zu entwirren, eine Hand herausstreckt, ein Haarbüschel, ein Pobäckchen oder einen Fuß, um mich dann anzuschauen, als wäre nichts geschehen, als bildeten die Laken nicht einen großen Strudel um sie herum, die aufgebrochene Puppe, aus der mein neuer Tag hervorschaut, mein Grund, einen weiteren Tag zu leben.

Sonntag, 20. Juni

Frühstück: Orangen, Madeleines, grüne Tomatenkonfitüre, Kaffee.
Wir beschließen, bis nach dem Mittagessen an diesem Ort zu bleiben, der uns so bezaubert.
Mittagessen: Reis mit Butter, Sahnedessert, Kaffee.
14.30 h. Abfahrt (mit Tränen in den Augen).
14.32 h. Zur Linken der Mont Ventoux.
14.35 h. Wir überqueren die Ouvèze.

14.40 h. Rastplatz: AIRE DE FOURNALET.
Ausrichtung Fafnirs: SSO.
Kleiner Rastplatz mit einem schattigen Bereich mit Tischen, der jedoch nur zu Fuß zu erreichen ist.
16 h. 52 °C. Abfahrt.

16.12 h. Rastplatz: AIRE DE MORIERES.
Benzin, Restaurant, Picknicktische, Kinderspielplatz.
Wir entdecken, direkt an der Ausfahrt des Hauptparkplatzes, einen schönen, verborgenen zweiten Parkplatz. In der Ferne ist Avignon zu sehen.
Abendessen: Gemischter Salat, Entrecôte, Püree (sie), Reis (er), Kompott, Kaffee.

Auszüge aus dem Handbuch der Wölfe

Er ist polyglott und mag Musik.

Es ist noch nie ein weißer Wolf gesehen worden, der kleiner als dreißig Zentimeter oder größer als drei Meter fünfzig gewesen wäre.

Es empfiehlt sich, dem weißen Wolf auf keinen Fall Knoblauch zu geben, denn sonst könnte er sich für einen Wolf aus einer völlig anderen Familie halten.

Wenngleich im allgemeinen bezüglich seiner Ernährung wenig anspruchsvoll, hat der weiße Wolf die Besonderheit, Gurken grenzenlos zu verabscheuen.

Wenn man ihn kitzelt, lacht er aus vollem Herzen. Was andere Zärtlichkeiten angeht, siehe das Handbuch der Bärchen, Kapitel »Wolf«.*

Diese Gattung von Wolf ist der schlimmsten Verrücktheiten fähig, die im allgemeinen auch die schönsten sind.

Wenn Sie die Absicht haben, bei einem Cocktail dadurch zu glänzen, daß Sie Sätze wie den folgenden von sich geben: »Wie wär's, wenn wir heute abend die transsibirische Eisenbahn nähmen?«, dann wäre es angebracht, vorher den Koffer zu packen, denn in diesem Zug werden weder Zahnpasta noch Slips verkauft.

Nur bei Tag darf man ihm Horrorgeschichten erzählen, es sei denn, Sie hätten nachts gerne Alpträume.

* Dieses Handbuch sollte geschrieben werden, aber der Leser möge verzeihen, daß es der Wolf nur in seinem Gedächtnis bewahrt.

Er hat sehr lange Arme, was in manchen Situationen von praktischem Nutzen ist und in anderen sehr angenehm.

Egal, in welchem Jahr er geboren ist, die Phantasie, die Lebhaftigkeit und die Perversität der Kindheit sind sehr gut auf dem Grund seines Blickes verankert. Um mit einem Wolf leben zu können, muß man begreifen, daß alle Uhren erneuerbare Artischocken sind.

Im allgemeinen zeigt er eine gewisse Begabung für das Kochen, obschon es ihm passieren kann, daß er sich in einem Übermaß an Phantasie vertut. Wenn Sie wissen, daß er zum Beispiel einen Apfelkuchen backen will, dann ist es klüger, die Gläschen mit Paprika, Basilikum, Koriander und Thymian zu verstecken.

Disziplin der Expeditionsteilnehmer: nach einem Monat anstrengender Reise zeigt das Innere Fafnirs Ordnung und Sauberkeit.

Warnung an alle, die den Rausch fürchten: Man darf neben ihm nicht zu tief einatmen.

Entgegen allen Gemeinplätzen hat der Wolf eine seidigere Haut als ein Neugeborenes, mit dem zusätzlichen Vorteil, nicht säuerlich nach Milch zu riechen.

Im Gegensatz zu den meisten Tieren seiner Spezies weist der weiße Wolf in seinem Immunsystem eine Lücke auf, durch die die Welt eindringt. Seien Sie bereit, einen Teil ihres Gewichts auf sich zu nehmen, da sich sonst die Lücke in eine bösartige Wunde verwandeln könnte. (Wenn Ihre Seele dieselbe Art von Riß aufweist, so fürchten Sie sich nicht, das wird Ihre Sorgen nicht vermehren, ganz im Gegenteil).

Man sieht ihn oft in Begleitung eines Drachens.

Wenn ein Wolf wohlgelaunt aufwacht, sei es um fünf Uhr morgens oder um drei Uhr nachmittags, neigt er unweigerlich dazu, seine Begeisterung mit jenen (oder vielmehr jener) zu teilen, die ihn umgeben: Aufgepaßt, ihr grummelnden Schlafmützen, die ihr Zeit braucht, um aus dem morgendlichen Dunst aufzutauchen.

Man hat beim Wolf schon eine Neigung festgestellt, im Wald zu tanzen, vor allem bei Sternenhimmel.

Halten Sie ihm die Füße warm, wenn er schläft; vielleicht schenkt er Ihnen dann einen Traum oder singt aus der Tiefe seines Schlafes etwas von Schubert.

Falls nötig, bezeichnen Sie ihn liebenswürdig als Macho, und er wird allmählich aufhören, einer zu sein.

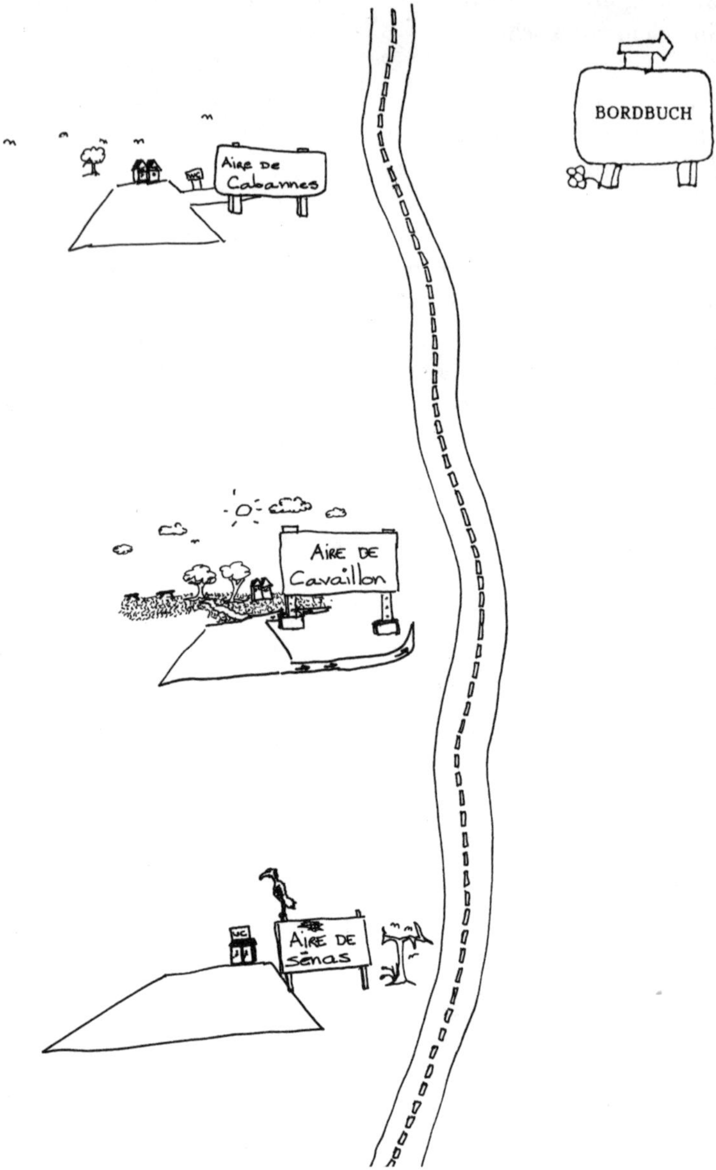
BORDBUCH
Aire de
Cabannes
WC
Aire de
Cavaillon
WC
Aire de
Sēnas

Montag, 21. Juni

Frühstück: Grapefruitsaft, Brioches, Croissants, Butter, Konfitüre, Kaffee (am Buffet).
13.30 h. Abfahrt.
13.35 h. Wir überqueren die Durance.
Wir fahren in das Departement Bouches-du-Rhône ein.

13.37 h. Rastplatz: AIRE DE CABANNES.
Ausrichtung Fafnirs: O.
Gräßlicher Parkplatz, vor allem nach dem vorangehenden.
13.38 h. Abfahrt.
13.40 h. Zur Linken die Berge des Lubéron.

13.44 h. Rastplatz: AIRE DE CAVAILLON.
Ausrichtung Fafnirs: O.
Mittagessen: Grive entière fourrée (Geschenk von Brian und Martine), Salat aus Kichererbsen und Zwiebeln, exotischer Fruchtsalat, Kaffee.
20.30 h. Ankunft (beim vorherigen Besuch bereits angekündigt) von Raquel und Jean Thiercelin, Doña Pura, Mutter von Raquel, Vladimir (der Freund von Jean, der gewettet hat, daß wir die Reise nie durchstehen würden) und Gilles Thiercelin. Große Versammlung und Abendessen an einem Picknicktisch.
Abendessen: Hartgekochte Eier, Rôti de porc, Käse, Erdbeeren, viel *Wein, Kaffee.*

Gedenken an einen Freund. – Wie dank diesem Freund Fafnir in unser Leben trat und von anderen Dingen, die ebenfalls mit Poesie zu tun haben.

Es war gerecht und notwendig, daß zu meiner Reiselektüre auch das *Tagebuch* von Paul Blackburn gehörte, dem vor mehr als zehn Jahren verstorbenen Freund und Dichter. Das Tagebuch, das von Robert Kelly, einem anderen nordamerikanischen Dichter, herausgegeben wurde, enthält die Gedichte, die Paul im Verlauf der letzten zwei oder drei Jahre seines so kurzen Lebens schrieb. Aber im Grunde sind alle seine Gedichte, alle seine vorangehenden Bücher ebenfalls *Tagebücher*, denn was Pauls Poesie den innigsten Klang verleiht, ist die bewußte Nichtunterscheidung zwischen angeblich poetischen und prosaischen Themen; wie bei anderen Dichtern der sogenannten »New Yorker Schule« war bei Paul die Poesie ein Erkennen und zugleich eine unmittelbar darauf folgende Interpretation und Transfiguration der alltäglichen Erfahrung,

Auf dem Rastplatz von Cavaillon, schon nahe am Ziel, bekamen einen Extrabesuch von Kapitän Thiercelin und den Seinen. (Im Vo grund Vladimir, von dem schon die Rede war.)

Katzen und Möwen, Frauen und Jalousien, Flugzeuge und Wespenstiche, zahllose Autofahrten, Landstraßen, Farmen, provenzalische Troubadoure – die er liebte und wunderbar übersetzte –, Hotel- und Motelzimmer, Liebschaften und Entfremdungen, Städte und Tauben.

Ich sage, daß diese Lektüre (größtenteils eine erneute Lektüre, denn Paul hatte mir viele der Gedichte aus dem *Tagebuch* bereits gegeben) gerecht und für unsere Arbeit notwendig ist, denn der fernste Ursprung dieser Expedition ist jener Tag, an dem mir Paul das Wunderbare an einem Drachen offenbarte, einem Zwillingsbruder Fafnirs, und ich begriff, daß man, wenn man diesen Drachen ritt, das Land und die Strände und Wälder Europas auf andere Weise entdecken konnte. An dem Tag, an dem Paul nach Saignon in mein Landhaus in den mit Lavendel und Mandeln gesegneten Tälern des Vaucluse kam, öffnete er mir das, was ich nach seinem Äußeren für einen Volkswagen wie jeden anderen gehalten hatte, zeigte mir seine Höhle und seine befreienden Reichtümer.

Und das Fest dauert bis zum Abend, dank dem Proviant von Raquel Thiercelin, die man hier neben ihrer Mutter Doña Pura sieht.

Ich kann nicht sagen, daß Pauls fahrbares Haus ein Musterbeispiel an Ordnung war, vor allem weil er mit seiner Frau und seiner Schwester reiste, und drei Personen sind zuviel in einem Drachen, der für zwei gedacht ist und höchstens noch für ein Kind, das in der hierfür vorgesehenen Hängematte geschickt neutralisiert wird; außerdem reiste Paul mit einem riesigen mexikanischen Sombrero, von dem er sich unter keinen Umständen trennen wollte und der allein schon ein Drittel des Drachenvolumens einnahm. Als wäre das noch nicht genug, waren alle für andere funktionale Zwecke vorgesehenen Stauräume mit Büchern, Papieren, Nachschlagewerken und Schreibheften ausgefüllt, und die Technologen des Hauses Volkswagen hätten sich bestimmt mit Grausen abgewandt, hätten sie sehen können, welcher Bestimmung Paul und die beiden Frauen die verschiedenen Elemente des Campingbusses zuführten.

Und dennoch brauchte ich nur einen Blick in den Drachen zu werfen, um zu sehen, wie aus der Rückbank ein Bett wurde, wie die kleine Handpumpe Wasser in ein Waschbecken beförderte, während der kleine Butangasherd begeistert knisterte, um das Kochen von Eiern und Spaghetti zu begünstigen, und schon kam mir die Erleuchtung, und mit ihr veränderte sich die Zukunft, doch von alledem merkte ich nichts in dieser provenzalischen Gegenwart, in die Paul sein Lachen, sein Marihuana und seine Kassetten mit den gesammelten Werken der Beatles brachte und in der wir mehrere Wochen gemeinsam arbeiteten, um seine englische Übersetzung einiger meiner Erzählungen auf den Punkt zu bringen, und außerdem sangen und redeten und die ganzen umliegenden Täler abfuhren und all das erlebten, was Paul in seinen Gedichten über Saignon erzählt und ich in einem Kapitel der *Reise um den Tag in achtzig Welten*, wo überdies (schlechte) Photos abgedruckt sind, auf denen Paul und seine Frau Joan zu sehen sind, Julio Silva zu sehen ist, die

Lebenden und die Toten und die Abwesenden zu sehen sind, alle Flüsse zu sehen sind, die früher oder später ins Meer münden, Jorge Manrique. Aber ich schreibe das so, wie es Paul gefallen hätte, so wie er immer schrieb, ganz und gar dem Leben jedes einzelnen Augenblicks verhaftet, und weder er noch ich werden der Melancholie verfallen, weil uns das wie ein Verrat vorkommen würde.

Ich hätte ihm nur gerne diese Zeilen geschickt und zu ihm gesagt: Siehst du, als du wegfuhrst, wußtest du nicht, daß du mich erleuchtet hattest, daß ich nach Paris zurückkehren und in einem der schlimmsten Momente meines Lebens dank dir genau das Gegenteil von dem machen würde, was jeder andere klardenkende Mensch getan hätte, das heißt, statt in der Neurose zu versacken, die schon so viele meiner Freunde auszeichnete, besorgte ich mir einen Drachen, nutzte den völlig unerwarteten Scheck, den mir ein unvernünftiger Verleger zukommen ließ, und besorgte mir einen roten Drachen, nannte ihn Fafnir, wie ein richtiger und überdies roter Drache heißen muß, und kaum konnte ich ihn fahren, kaufte ich ein paar Dosen Konserven und ein paar Flaschen Wein und Kleenex und füllte den Wassertank, um mir morgens das Gesicht waschen zu können, und fuhr sage und schreibe durch ganz Frankreich und Deutschland nach Österreich und lernte in Fafnir schlafen, in Fafnir kochen, wobei ich allerdings etwas mehr Ordnung hielt als du, ohne Sombrero und ohne zweihundert überall herumliegende Pocketbooks, aber genau wie du mit einem Kassettenrecorder und vielen Kassetten, genau wie du mit einem Buch von Gary Snyder, ich erinnere mich, und so wurden irgendwie die Bedingungen dafür geschaffen, daß eines Tages, so viele Jahre danach, als das Bärchen ebenfalls in Fafnir einstieg und ihn liebgewann und sogleich Dinge entdeckte, die ich nie in ihm vermutet hatte (zum Beispiel ein Moskitonetz für die hintere Klappe, das zehn Jahre lang in Fafnir mitreiste, ohne daß ich es sah), als wir beide beschlossen, daß ein Wald nichts taugt, wenn es kein Wald mit Fafnir in seinem geheimsten Winkel ist, und daß die Strände nur ein Haufen Sand und Wasser sind, wenn Fafnir nicht da ist, um sie zu ordnen, um ihnen ihren Sinn und ihre wahren Fluchtlinien zu geben, nach einem langen Kampf mit den Dämonen die Idee dieser Expedition entstand, aber das hat Bärchen, glaube ich, schon an anderer Stelle erzählt, also will ich mich nur noch daran erinnern, wie du, Paul Blackburn, so kurz schon vor dieser Abfahrt, die mir immer noch unmöglich erscheint, eine bloße Verzögerung bei der Korrespondenz, die wir bald auf den neuesten Stand bringen werden, wie du mich lehrtest, daß Reisen Gedichte sein müssen und daß dazu ein Drachen nötig ist, der, der neben uns zwischen den Bäumen steht und mir mit seinen großen Augen aus geriffeltem Glas beim Schreiben zuschaut und auf einem Rastplatz voller Vögel und pelzigen Raupen seine wohlverdiente Ruhe genießt.

Auf dem Rastplatz von Sénas die Überraschung, überdachte Kab für die Mahlzeiten der Touristen zu finden.

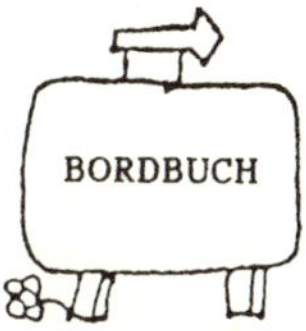

Dienstag, 22. Juni

Frühstück: Orangen, Kekse, Kaffee.
8.40 h. 45 °C.
8.41 h. Abfahrt.
8.44 h. Wir halten wegen eines technischen Defekts mitten auf der Autobahn: wir hatten vergessen, das Faltdach einzuziehen.

8.50 h. Rastplatz: AIRE DE SENAS.
Ausrichtung Fafnirs: O.
Gräßlicher Parkplatz.
9 h. Abfahrt.
9.01 h. Zur Rechten die Alpilles.
9.05 h. Mautstation. Wir geben zum zweiten Mal vor, das Ticket verloren zu haben, und kommen problemlos durch, nachdem wir 85 Franken bezahlt haben.
9.20 h. Wieder eine Mautstation: 5 Franken.

9.21 h. Rastplatz: AIRE DE LANCON.
Ausrichtung Fafnirs: SSW.
Hotel, Restaurant, Benzin, Tourismusbüro.
Wir quartieren uns im Hotel ein.
Mittagessen: Roher Schinken, Faux-filet frites, Salat, Käse, Kaffee (im Restaurant).
Abendessen: Carol hat vergessen, es aufzuzeichnen. Wir haben im Restaurant des Hotels gegessen.

Wo die Forschungsreisenden das Vergnügen haben, eine Faksimilereproduktion der beiden Gebührentikkets vorzulegen, die aus den dem Leser bereits bekannten Gründen beim Bezahlen als »verloren« galten.

Forscher, wie sie uns gefallen

Ich gehe die Pinguine besuchen und biete ihnen ein Phonographenkonzert. Wir hatten das schon mehrmals erfolgreich gemacht, aber diesmal übersteigt die Wirkung jede Vorstellungskraft. Ich spiele ihnen »Ouvre tes yeux bleus, ma mignonne« *vor, das mein ausgezeichneter Freund Lasalle vor der Abfahrt extra für uns gesungen hatte, und*

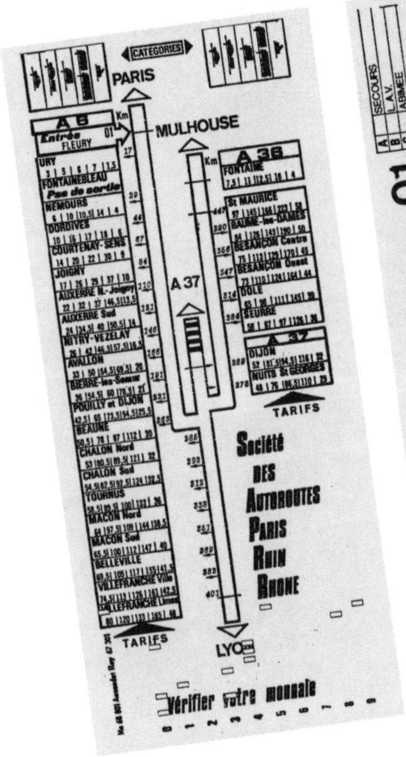

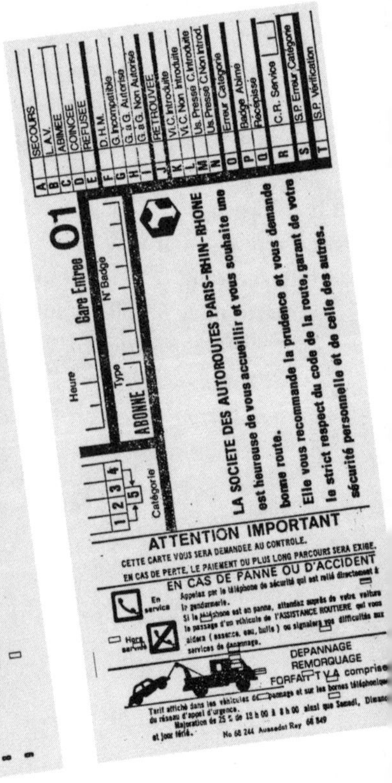

man könnte meinen, daß die Pinguine das Talent dieses großen Künstlers zu schätzen wissen, denn einer von ihnen versuchte, in den Schalltrichter zu schlüpfen, wahrscheinlich um besser hören zu können. Ich wollte auch die Stimme und die Schreie der Pinguine aufnehmen, aber das Ergebnis war fast unbrauchbar.

JEAN CHARCOT, Autour du Pôle Sud.

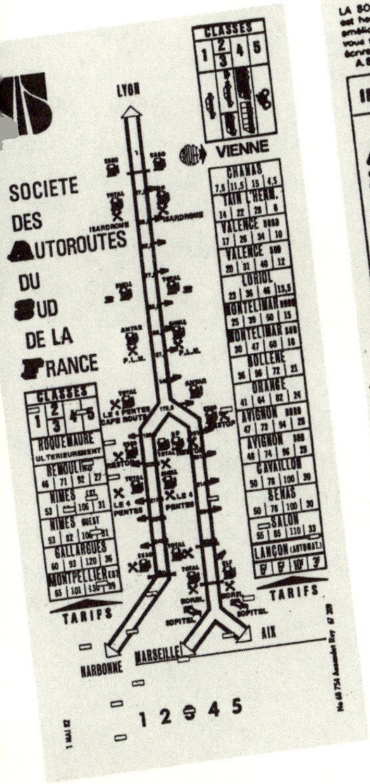

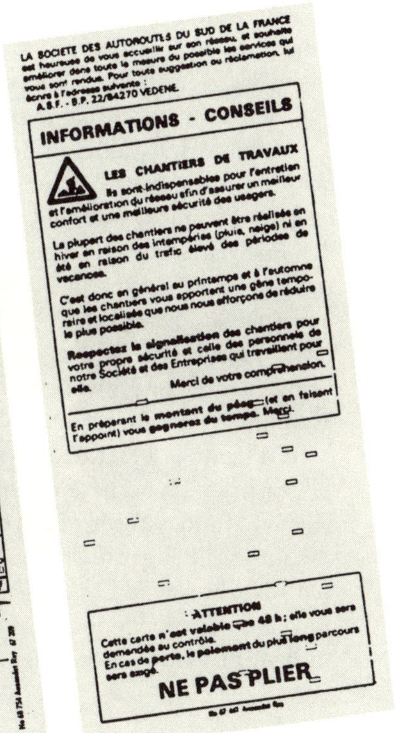

Drachen leben nie in Frieden, aber man kann ihnen helfen.

Der ärmste Fafnir macht auf uns den Eindruck, sich ein bißchen gedemütigt zu fühlen, als der italienische Campingbus neben ihm einparkt. Plötzlich erscheint er uns sehr klein, schäbig und absurd mit seinem aufgestellten Faltdach; er sieht so aus, wie die Drachen von den meisten Künstlern der Renaissance dargestellt wurden, nämlich als offenbar wehrlos gegenüber dem mächtigen Pferd des heiligen Georg und den Ausmaßen seiner Lanze. Was kann Fafnir gegen einen opulenten Fiat ausrichten, der überdies noch das Kennzeichen desselben Landes aufweist, dessen Künstler von Paolo Uccello bis Raffael schon so viele Drachen gedemütigt haben?

Um ihn zu rächen, um mehr denn je auf seiner Seite zu stehen, beginne ich die fünf gipsheiligen George zu studieren, die sich, mit Körben und Flaschen bewaffnet, an einem Tisch niederlassen, zum Glück weit entfernt von uns, denn wir haben mit dem gewohnten Geschick den besten Platz des Waldes in Besitz genommen. Drei Männer und zwei Frauen stürzen sich auf ein keineswegs frugales Picknick, während ich darüber nachdenke, daß der Fiat natürlich sehr groß ist und wie so viele Wohnungen oder Studios in Paris oder Mailand zwei Paare beherbergen kann; aber fünf Personen scheinen mir etwas zuviel, und ich frage mich, wie sie die Nacht verbringen, drei und zwei, vier und einer oder alle fünf zusammen und mit allem, was eine nicht zu schamhafte Phantasie gestattet. Einmal mehr stehen die Rastplätze jeder Hypothese offen, ein fruchtbares Feld erotischer Mutmaßungen, Freizone mobiler Dekamerones, die ihre vielfältigen Liebeskonstellationen, ihre befristeten Bündnisse von Ort zu Ort tragen (vielleicht werden in Lyon oder Avignon nur noch zwei oder drei Insassen in dem Fiat verbleiben, oder es steigt unversehens noch einer zu, der, der für das vollkommene Sechseck noch fehlte...).

Fafnir denkt natürlich an nichts dergleichen, aber ich habe das Gefühl, daß meine kritischen Überlegungen zu seinem italienischen Rivalen ihm helfen, sich besser zu fühlen, klein, aber mit uns beiden, ein Drächelchen, aber zufrieden mit uns beiden, die wir genau den Platz in seinem Herzen ausfüllen, Odem und Brodem, die er braucht, um gegenüber seinen italienischen Artgenossen weder Neid noch Angst zu empfinden.

Der ärmste Fafnir macht auf uns den Eindruck, sich ein bißchen gedemütigt zu fühlen ...

Mittwoch, 23. Juni

Ob der Aufregung (und Traurigkeit) der Schlußetappe hat Carol vergessen, die gastronomischen Daten des letzten Tages festzuhalten.

9.55 h. Abfahrt.

10.10 h. Ein für uns sehr bedeutungsvolles Schild:
SIE VERLASSEN JETZT DIE FRANZÖSISCHE SÜDAUTOBAHN. GUTE REISE.

10.11 h. Zur Rechten der Étang de Berre.

10.12 h. Zur Linken die Klippen von Vitrolles. Zur Rechten der Flughafen von Marignane.

10.14 h. Rastplatz: AIRE DE VITROLLES.
Ausrichtung Fafnirs: W.
Benzin, Laden. Am Rand ein Zigeunerlager.

10.16 h. Abfahrt.
Wir fahren in den Bereich der Luftverschmutzung.

10.30 h. WILLKOMMEN IN MARSEILLE.

10.35 h. Notre-Dame-de-la-Garde in Sicht.

10.38 h. ENDE DER AUTOBAHN.

10.40 h. Ankunft am Vieux Port, wo wir am Marcel-Pagnol-Kai haltmachen.
Letzte dokumentarische Photos. Der Triumph erfüllt uns nicht so mit Freude, wie wir es erwartet hatten, ganz im Gegenteil. Uns stören die Gerüche des Hafens, der Lärm der Stadt, die Rückkehr in das Zeitliche, das uns bereits auffordert, uns zu beeilen, nach Serre hinaufzufahren (wo wir allerdings noch ein paar Tage ausruhen werden) und dann in wenigen Stunden nach Paris zurückzukehren und dabei traurig unsere Inseln vorbeiziehen zu sehen, den wunderbaren Archipel der Rastplätze, jetzt durch die andere Fahrbahn von uns getrennt, unerreichbar, fern…

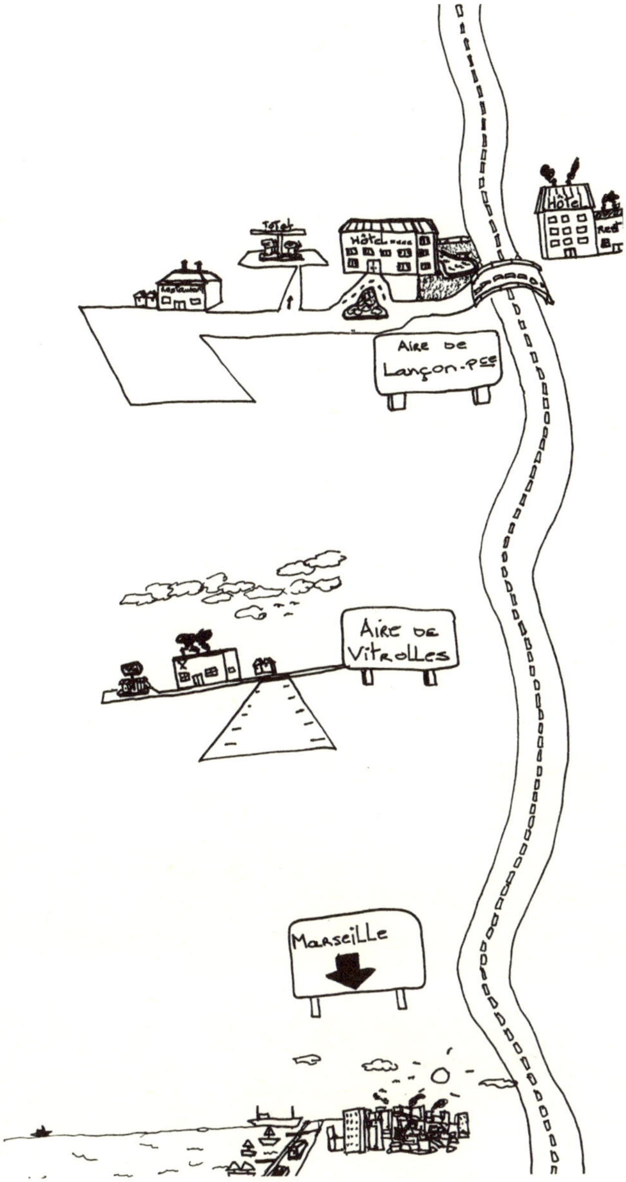
Total
Hôtel
Restaurant
Hôtel
Aire de Lançon-Pce
Aire de Vitrolles
Marseille

Wie kurz war doch die Reise!

Wir wußten es, klar: am Ende großer Expeditionen oder großer Heldentaten oder sportlicher Großtaten steht als Topos die Apotheose, vom Lorbeerkranz der Alten bis zur Olympiamedaille unserer Zeit oder sogar dem Scheck, der den Sieger nach vier Sätzen oder fünfzig Runden erwartet. Doch das Ende unserer Expedition war – mehr Logos als Topos – so sehr das Gegenteil einer Apotheose, daß ich diese abschließenden Zeilen erst viele Monate danach schreibe, und ich schreibe sie ohne jede Lust, sie zu schreiben, fühle mich jedoch in der Pflicht, den geduldigen und bleichen Leser, der all diese Seiten mit uns gereist ist, nicht im Stich zu lassen.

Traurigkeit: das gab es. Eine Traurigkeit, die zwei Tage vor der Ankunft begann, als wir uns auf dem Rastplatz von Sénas in die Augen schauten und uns zum ersten Mal richtig bewußt machten, daß wir am nächsten Tag unsere letzte Etappe antreten würden. Wie könnte ich Bärchens

Letzte Etappe: Wir verlassen die Autobahn und rücken auf Mar vor. Ein ganzer Monat, ohne entgegenkommende Fahrzeuge ben!

Satz vergessen: »Oh, Julio, wie kurz war doch die Reise...« Wie könnte ich vergessen, daß uns in dem Augenblick, als wir das Schild lasen, auf dem das Ende der Autobahn angekündigt wurde, eine Beklommenheit erfüllte, deren wir nur durch beharrliches Schweigen Herr werden konnten, bis wir in den Lärm von Marseille eintauchten, einen freien Platz am Vieux Port suchten und die Füße auf einen Boden setzten, der nicht mehr der Boden des Paris-Marseille sein würde. Ein Triumph, getrübt von Tränen, die wir in einem Café beim ersten Marseiller *Pastis* und bei dem Gedanken trockneten, daß wir noch am selben Nachmittag nach Serre hinauffahren würden, um ein paar Tage bei den Thiercelins auszuruhen, in unserem großmütigen Hafen, in unserer altvertrauten Freistatt.

Erschöpft, aber siegreich beenden wir unsere Expedition an einem Kai, dessen Name den bestmöglichen Empfang aufwiegt.

Wo zum Abschluß andere mögliche Gründe für unsere Expedition und vielleicht für alle Expeditionen angedeutet werden.

Als das Geheimnis keines mehr war, als sich nach der Rückkehr in Paris die Freunde um uns scharten, sich über die mündliche Version der Reise zu amüsieren, solange das Buch noch nicht da war, das alles, was wir ihnen unter Gelächter und Gewitzel erzählten, vervollständigen sollte, kam in vielen Kommentaren eine andere Sichtweise der Expedition zum Vorschein. Sogleich wollten manche wissen, ob unsere Absichten rein spielerischer Art gewesen waren oder ob nicht die Suche nach einer anderen Natur dahintersteckte, das Eintauchen in eine nicht nur geographische Landschaft, die Konfrontation zwischen dem gewöhnlichen Leben und diesem herausfordernden *no man's land*, das mitten im Strudel der Zivilisation eingerichtet ist. Jemand wollte wissen, ob wir nicht eine zeitgenössische Form der Zen-Provokation praktiziert hätten, ob die manchmal verzweiflungsvolle Widerborstigkeit einer Reise gegen alle von der Autobahn vorgegebenen und begünstigten Normen nicht eine innere Begegnung als wahres Ziel hatte, eine Befreiung von Spannungen auf persönlicher und sogar historischer Ebene, ob Marseille nicht vielleicht unser Gral, unser Orplid, unser Land Urkhalya war, wie es unser lieber José Lezama Lima wohl formuliert hätte.

All das erstaunte uns ein bißchen, aber wir fanden es vor allem komisch, denn wir hatten die Expedition niemals mit tiefschürfenden Absichten geplant und durchgeführt. Es war ein Spiel für ein Bärchen und einen Wolf, und das war es dreiunddreißig wunderbare Tage lang. Angesichts solch verwirrender Fragen sagten wir uns oft, wenn wir diese Möglichkeiten präsent gehabt hätten, dann wäre die Expedition etwas anderes gewesen, vielleicht besser oder schlechter, aber niemals diese Entfaltung in Glück und Liebe, aus der wir so erfüllt hervorgingen, daß danach nichts mehr, nicht einmal wunderbare Reisen und Stunden vollkommener Harmonie, diesen Monat außerhalb der Zeit übertreffen konnte, diesen inneren Monat, in dem wir zum ersten und zum letzten Mal erfuhren, was uneingeschränktes Glück ist.

Und vielleicht begriffen wir deshalb auch ohne Worte, daß wir diese Reise möglicherweise unbewußt als Ausdruck einer inneren Suche gemacht hatten, die dann im Munde unserer Freunde verschiedene Namen bekommen sollte. Wir begriffen, daß wir auf unsere Weise einen Akt des Zen vollzogen hatten, daß wir den Gral gesucht hatten, daß wir die goldenen Kuppeln von Orplid gesichtet hatten. Und daß sich dies alles gerade deshalb so ergeben hatte, weil wir es weder bedacht noch gesucht, noch uns vorgenommen hatten, weil wir zu sehr von Freude und Liebe erfüllt waren, um einer suchenden Sehnsucht Raum zu geben. Wir hatten uns selbst gefunden, und das war unser Gral auf Erden.

Marseille: Im Alten Hafen werden die Expeditionsteilnehmer offiziell von den Möwen empfangen.

»Mama, wann fährt denn das letzte Auto auf die Autobahn?«

(Stéphane, im Alter von drei Jahren).

Jetzt frage ich mich: War es nicht irgendwie unseres, Bärchen?

Postskriptum, Dezember 1982

Leser, vielleicht weißt du es schon: Dieses Buch, das von Bärchen und dem Wolf gelebt und geschrieben wurde, so wie ein Pianist eine Sonate spielt und dabei die Hände in einer einzigen Suche nach Rhythmus und Melodie vereint sind, beendet und ordnet Julio, der Wolf, allein.

Kaum war unsere Expedition zu Ende, kehrten wir in unser militantes Leben zurück und reisten einmal mehr nach Nicaragua, wo es so viel zu tun gab und noch gibt. Carol nahm dort ihre Arbeit als Photographin wieder auf, während ich Artikel schrieb, um an allen möglichen Horizonten zu zeigen, wie wahrhaftig und groß der Kampf dieses kleinen Volkes ist, das unermüdlich seine Reise zur Würde und Freiheit fortsetzt. Auch dort fanden wir Glück, nicht mehr allein auf den Rastplätzen des Paris-Marseille, sondern im alltäglichen Kontakt mit Frauen, Männern und Kindern, die wie wir nach vorne schauten. Dort wurde Bärchen zusehends schwächer, Opfer einer Krankheit, die wir für vorübergehend hielten, weil bei ihr der Lebenswille stärker war als alle Prognosen, und ich teilte ihren Mut, so wie ich immer ihr Licht, ihr Lächeln, ihr verliebtes Erleben der Sonne, des Meeres und der Hoffnung auf eine schönere Zukunft teilte. Wir kehrten voller Pläne nach Paris zurück: gemeinsam das Buch fertigschreiben, die Autorenrechte dem nicaraguanischen Volk schenken, leben, noch intensiver leben. Es folgten zwei Monate, die unsere Freunde mit Zuneigung füllten, zwei Monate, in denen wir Bärchen mit Zärtlichkeit umgaben und in denen sie uns jeden Tag diesen Mut gab, der uns allmählich verließ. Ich sah sie auf ihre einsame Reise gehen, bei der ich sie nicht mehr begleiten konnte, und am 2. November entglitt sie meinen Händen wie ein kleines Rinnsal, ohne zu akzeptieren, daß die Dämonen, die sie auf diesen Seiten so herausgefordert und bekämpft hatte, doch das letzte Wort haben sollten.

Ihr schulde ich, so wie ich ihr das Beste meiner letzten Jahre schulde und verdanke, daß ich dieses Buch allein zu Ende bringe. Ich weiß wohl, Bärchen, daß du dasselbe getan hättest, wenn ich vor dir hätte gehen müssen, und daß deine Hand zusammen mit meiner diese letzten Worte schreibt, in denen der Schmerz nicht stärker ist, noch jemals sein wird als das Leben, das du mich leben gelehrt hast, wie wir es vielleicht bei diesem Abenteuer zeigen konnten, das hier sein Ende findet, aber dennoch weitergeht, in unserem Drachen weitergeht, für immer auf unserer Autobahn weitergeht.